Der Rasmus-Effekt

Cookie Ellerdahl

Imprint: Independently published
Herausgeber und Autor: Cookie Ellerdahl
Beekloh 8d, 22949 Ammersbek
Webseite: www.cookie-ellerdahl.de
E-Mail: post@cookie-ellerdahl.de
Instagram: @cookie.ellerdahl
Umschlaggestaltung, Illustration: A. Mertel
Lektorat, Korrektorat: Nina Restemeier –
E-Mail: nr.wortklauberei@gmail.com

Bibliografische Information der Deutschen Nationalbibliothek: Die Deutsche Nationalbibliothek verzeichnet diese Publikation in der Deutschen Nationalbibliografie; detaillierte bibliografische Daten sind im Internet über http://dnb.d-nb.de abrufbar.

ISBN: 9798656332668

Und in den dunklen Nächten
fällt die schwere Erde aus allen Sternen
in die Einsamkeit.

Rainer Maria Rilke

Inhalt

Prolog

15. Mai 2035

»Verdammt, Richard, Sie haben Scheiße gebaut!«

Sie hatte die Tür zu meinem Büro aufgerissen und stand schwer atmend vor dem Schreibtisch, während ich damit beschäftigt war, Beweise aus der Welt zu schaffen. Zu spät. Erschrocken riss ich den Kopf hoch, unfähig, etwas zu meiner Verteidigung hervorzubringen, was offenbar weiteres Öl ins Feuer goss.

»Ich weiß ja, welchen Ruf Sie haben, Dr. Marks, aber dass Sie dermaßen verantwortungslos gehandelt haben, ist nicht nur beschämend, es ist eine Tragödie.« Sie presste die Lippen zusammen, ihre Augen sprühten Funken.

Irgendetwas musste ich entgegnen, also sagte ich, ohne nachzudenken: »Geena, tragen Sie einen neuen Lippenstift? Korallenrot. Steht Ihnen.« Hatte ich den Verstand verloren?

Sie schüttelte den Kopf, sah mich an, als wollte sie mir meinen augenblicklich abreißen. »Und hören Sie auf, die Unterlagen zu manipulieren. Ich hasse es, wenn ich unterschätzt werde, Richard.«

Sie war eine große Frau, nicht nur äußerlich. Ich respektierte sie für ihre Entschlossenheit und ihren Weitblick. Zugleich umgab sie eine Aura, die mich einschüchterte. Geena war ein Mensch mit Format und Prinzipien. Unantastbar.

Sie stützte die Hände auf den Schreibtisch, lehnte sich vor, bis ihr Gesicht wenige Zentimeter von meinem entfernt war. Ich vermied es, ihr in die Augen zu blicken, weil ich die Enttäuschung darin nicht ertragen hätte. Stattdessen konzentrierte ich mich auf die gezackte Ader an ihrer Schläfe, die an einen gewundenen Flusslauf erinnerte.

»Sie sind erbärmlich, Richard. Wenn es die Situation zuließe, würde ich Sie augenblicklich feuern, aber ich habe eine bessere Idee. Sie werden in Ordnung bringen, was Sie angerichtet haben!«

Die höchste Befehlsgewalt der NASA hatte mir diese herzerwärmenden Worte entgegengeschleudert und einige mehr. Vierundzwanzig Stunden später verfrachtete mich ein übermüdeter Pilot nach Florida und ein allzu gesprächiger Fahrer zur Cape Canaveral Air Force Station.

Ich wurde in einen Raumanzug gezwängt, der nicht für mich angefertigt worden war, und begab mich auf eine Reise, für die eine systematische Vorbereitung, ein einwandfreies psychologisches Kompetenzprofil und unerschütterlicher Wille unentbehrlich waren. Konnte ich irgendetwas davon vorweisen?

Etwas Verheerendes hatte sich auf der ISS ereignet, und Geena Snyder, die NASA-Administratorin, war davon überzeugt, dass das meinem Fehlverhalten zu verdanken war.

Ich fürchtete, sie hatte recht.

Der Weltraumbahnhof Cape Canaveral empfing mich mitten in der Nacht. Die hektischen Anweisungen eines schlecht gelaunten Ingenieurs prasselten auf mich ein, während er mich zur Abschussrampe führte und ich, von unguten Gefühlen bestürmt, einen Fuß in die Raumkapsel setzte.

Mein Körper passte nicht in den vorhandenen Sitz. Das war nicht verwunderlich, denn er war nicht für mich angefertigt worden, sondern für den Astronauten Flemming de Jonge, der vor vier Tagen mit der Astronautin Kara Brooks und dem Weltraumtouristen Donald Parker auf die internationale Raumstation geflogen war.

Die Kapsel war so eng, dass die Sitzplätze auf die Körpermaße der startenden Crew zugeschnitten wurden. Auf diese Annehmlichkeit würde ich in den nächsten Stunden verzichten müssen.

Machte es einen Unterschied, ob man bequem saß, wenn man mit sechsundzwanzig Millionen PS ins All katapultiert wurde? Vielleicht. Aber nicht für mich. Ich ging ohne Vorbereitung hinauf, musste mich in der Schwerelosigkeit bewegen und handlungsfähig bleiben. Was mich dort erwarten würde, wusste nur Gott oder Kara Brooks. Einer von beiden wusste es, da war ich mir sicher.

Die Ingenieure der NASA hatten die Kapsel nach ihrer Rückkehr zum Weltraumbahnhof mit einer Notbesetzung gewartet, was sich als schwierig erwiesen hatte, da jeden Tag weniger Mitarbeiter zum Dienst erschienen. Das galt auch für das Johnson Space Center in Houston, in dem ich mehr als acht Jahre die psychologischen Qualifikationstests der künftigen Astronauten durchgeführt hatte. Nicht nur die US-Raumfahrtbehörde war von dem plötzlichen Mitarbeiterschwund betroffen, auch im Space Center wurden die Büros und Konstruktionshallen täglich leerer. Auf dem gesamten Planeten ging etwas Albtraumhaftes vor, und immer mehr Menschen fielen der Tragödie zum Opfer. Ersten Erkenntnissen zufolge handelte es sich um ein Virus, das sich rasend schnell um den Erdball ausbreitete. Eine Pandemie, deren Ursprung noch nicht erforscht werden konnte, weil alle Wissenschaftler im Laufe ihrer Untersuchungen selbst infiziert worden waren.

Der Tod hatte einen Rhythmus entwickelt. Das Grauen forderte unzählige Menschenleben. Für mich erweckte es den Anschein, als wäre das nur die Ouvertüre einer mörderischen Komposition, deren Schlussakkord die Menschheit vernichten würde.

Während dieser Katastrophe sollte ich auf Anordnung der Administratorin zur ISS fliegen. Ausgerechnet ich, der kaum qualifiziert für diesen Trip war. Ich hatte nur eine Schmalspurversion des Basistrainings für Astronauten absolviert und einen Parabelflug, um die Schwerelosigkeit zu erleben. Mehr Training war nicht vorgesehen gewesen, um die Gesetzmäßigkeiten auf der ISS nachvollziehen zu können.

Bis zum heutigen Tag hatte ich mir eine Menge darauf eingebildet, mich den Anwärtern gegenüber kompetent gefühlt, als wäre ich ein verfluchter Major Tom. Aber zu meinem Bedauern lag die Übung bereits acht Jahre zurück, und ich begriff, dass ich nichts hatte, worauf ich mich auf dieser Reise würde berufen können.

Wollte Geena mich bestrafen, oder sie hatte keinen Astronauten gefunden, der bereit war, seine Familie in einer Zeit zurückzulassen, in der niemand wusste, ob es Aussicht auf Rettung gab? Praktischerweise hatte ich keine familiären Verpflichtungen, und sie hatte mich buchstäblich an den Eiern gepackt.

Der Ingenieur warf mir einen mitleidigen Blick zu, ehe er die Luke dichtmachte und die Kapsel mit einem Ruck von außen verschloss. In den letzten Minuten hatte er wiederholt darauf hingewiesen, ich dürfe keine der technischen Gerätschaften berühren. Alles würde automatisiert ablaufen, hier war kein Zutun eines Astronauten mehr nötig, nicht einmal für das Andockmanöver an der Raumstation.

Seit der Weltraumtourismus zu einer einträglichen Finanz- und Prestigequelle geworden war, konnten die Flüge durchs All mit gewöhnlichen Menschen wie mir stattfinden. Es war fast so einfach wie Achterbahnfahren. Oder auch nicht.

Als junger Bursche hatte ich mich von meinen Freunden zu einer Achterbahnfahrt überreden lassen. Natürlich wollte ich nicht als Hosenscheißer dastehen, der ich damals fraglos war, und setzte mich selbstgefällig posierend in den Waggon, als wäre das Ganze sterbenslangweilig für einen Kerl wie mich. Aber nachdem der Sicherheitsbügel in meinem Magen gelandet war, der Zug sich in Bewegung gesetzt hatte und einen steilen Buckel hinaufgezogen wurde, wollte ich raus, bekam weiche Knie und die Befürchtung, einen Riesenfehler gemacht zu haben. Genauso fühlte ich mich jetzt auch.

Eine tiefe Stimme drang aus meinen Kopfhörern: »Start in fünf Minuten, Richard. Sind Sie okay?«

Das konnte ich nicht bestätigen. Der Anzug engte mich ein, der Helm beschlug, weil ich zu schnell atmete. Ich hockte zusammengequetscht in Embryonalhaltung auf dem Sitz und wünschte mir menschlichen Beistand in diese Sardinenbüchse.

Alle Astronauten nahmen wenige persönliche Dinge mit auf die Reise. Fotos ihrer Familie zum Beispiel. Ich hatte nichts dergleichen, meine Korona bestand aus lockeren Affären, die eine Halbwertszeit von wenigen Wochen besaßen. Ich vermutete, keine meiner zahlreichen Ex-Freundinnen hätte mir ihr Bild zukommen lassen, damit ich mich in diesem Moment daran hätte wärmen können. Ein Umstand, den ich nun bedauerte.

Die Kapsel begann zu vibrieren, und ich hielt die Luft an.

»Richard, heben Sie die Hand, um zu bestätigen, dass alles in Ordnung ist.«

Gott, hier war irgendwo eine Kamera auf mich gerichtet. Ich hob meine Hand. Auch wenn sie wie ein Aal zitterte, wollte ich nicht den Eindruck erwecken, dass ich mich gerade in meine Bestandteile auflöste.

»Five. Four. Three. Two. One. Zero.«

Die Kapsel vibrierte heftig. Lärm fraß sich durch meine Eingeweide wie ein Bass, der keinem Takt folgte. Ich kniff die Augen zusammen und lauerte auf den Moment, in dem die Achterbahn sich in Bewegung setzen würde.

Er überfiel mich mit einer Gewalt, die meine wildesten Fantasien übertraf. Die Hölle brach aus. Ich wurde brachial in den Sitz gedrückt, als hätte sich ein Riese auf mich geworfen, der im Sinn hatte, meinen Körper zu einem maßgeschneiderten Sessel für sich zu formen. Mir wurde schwindelig, das Atmen fiel mir schwer, und meine Zunge drängte nach hinten in meine Kehle. Der Lärm nahm so irrsinnige Ausmaße an, dass mein Kopf explodieren wollte.

Erzeugte der Start ein euphorisches Gefühl, wenn man ein jahrelanges Training hinter sich und überaus viel Glück gehabt haben musste, um hier zu sitzen? Ich vermutete es. Für mich war dieser Irrsinn nicht die Erfüllung meiner Träume. Vielmehr war ich die nächsten acht Minuten damit beschäftigt zu überleben. Acht Mal sechzig Sekunden Todesangst, Einsamkeit und Bedauern. Acht Minuten können verdammt lang sein. Meine Gedanken waren bei Kara. Das war verrückt und unbegreiflich. Ich wollte sie ausblenden und sah das rote Kleid, es flimmerte vor meinen Augen wie eine Fata Morgana.

Endlich befand ich mich im All, und die Schwerelosigkeit empfing mich sanft. Mein Herz beruhigte sich um ein paar Schläge. Die Bullaugenfenster zeigten kleine Ausschnitte der Schwärze, durch die ich mit 28.000 km/h jagte. Nie hatte ich mich abgeschnittener von menschlicher Nähe gefühlt.

»Richard, wie war der Start? Haben Sie ihn genossen?«

Die unvermittelte Kontaktaufnahme jagte meinen Puls erneut in die Höhe.

»Hören Sie, egal was auf der Raumstation passiert ist, Sie krümmen Kara kein Haar. Haben Sie mich verstanden?«

»Ja, Geena.« Was zur Hölle sollte das bedeuten? Hatte sie Sorge, ich könnte der Astronautin etwas antun? Wie kam sie auf so einen absurden Gedanken?

»Ausgezeichnet. Ich wünsche Ihnen eine gute Weiterreise, Doktor. Sobald Sie angekommen sind, loggen Sie sich bezüglich weiterer Anweisungen in den Hauptrechner ein.«

»Geena?« Mein Ruf verhallte ungehört.

Auf eine wenig erbauliche Art schien sie mein Debakel zu genießen. Hätte ich an ihrer Stelle genauso reagiert?

Ich hätte jemanden wie mich nicht auf die Raumstation geschickt. Bestrafung konnte nicht der Grund sein. Wog meine psychologische Ausbildung die fehlende Erfahrung in der Raumfahrt auf? Sie musste ihre Entscheidung, mich zu entsenden, gut begründet haben. Oder hatte sie wirklich keine weitere Option gehabt?

Die nächsten Stunden vergingen in Stille, ich verlor das Zeitgefühl, döste ein. Irgendwann öffnete ich die Augen und sah etwas am rechten Bullauge vorbeiziehen. Die ISS.

Unerwartet fühlte ich mehr Faszination als Angst. Die riesigen Sonnensegel reflektierten das Licht der untergehenden Sonne. Gebannt starrte ich durch die Fenster der Kapsel, die nur winzige Puzzleteile des Gesamtbildes erkennen ließen. Das Andockmanöver dauerte eine Dreiviertelstunde, dann war ich mit der Raumstation verbunden und konnte die Kapsel durch die obere Luke verlassen.

Meine Reise war beendet. Ich hoffte, es würde ein Zurück für mich geben. Die wenigen Menschen, die mich vor meinem unerwarteten Aufbruch verabschiedet hatten, schienen nicht an ein Wiedersehen zu glauben. Fürchteten sie ihren eigenen Tod oder meinen? Ich wusste es nicht, aber ich wollte jeden Einzelnen von ihnen sehen, sobald ich wieder auf der Erde gelandet wäre. Daran klammerte ich mich. Hoffnung ist ein mächtiges Konstrukt, genau wie die Rakete, die mich hierher befördert hatte.

Bevor ich die Luke öffnete, atmete ich einmal durch. Dann entriegelte sie sich und offenbarte eine diffuse Sicht in den engen Schleusengang der ISS.

Die Architektur der Raumstation ist vorstellbar wie ein Gebilde aus mehreren miteinander verbundenen Containern, vollgestopft mit technischem Equipment.

Diese Module sind in Arbeits- und Wohneinheiten gegliedert. Neben den Forschungsbereichen gibt es sechs Schlafquartiere. Der Aufbau unterteilt sich in aktuell zweiundvierzig Module. Vergleichbar mit einer über vierhundert Quadratmeter großen Wohnung oder dem Innenraum eines Jumbojets. Obwohl ihr Ende mehrfach besiegelt zu sein schien, weil sie mit ihren über fünfunddreißig Jahren nicht mehr als sicher galt, wurde das Programm weitergeführt, in ihre Nachrüstung und Erhaltung investiert. Immerhin handelt es sich um das bisher bedeutendste Bauwerk der Menschheit.

Mühsam entledigte ich mich des Raumanzuges. Ohne den gewohnten Bodenkontakt kippte ich dabei in alle Richtungen und stieß an die Wände der Raumstation. Das würde noch interessant werden.

Ehe ich registrieren konnte, was mich am Ende des Schleusenganges erwartete, stach mir ein metallischer Geruch in die Nase, schwerfällig süß und mariniert mit Verderblichkeit.

Einen Moment befürchtete ich, rückwärts hinzuschlagen, doch es existierte keine Schwerkraft, die mich zu Boden zog. Haltsuchend schnappten meine Hände ins Leere. Im selben Augenblick spürte ich Feuchtigkeit, die dumpf auf meine Haut traf. Reflexartig wischte ich mir übers Gesicht, fühlte den sonderbaren Charakter der Flüssigkeit. Etwas Dunkles regte sich in mir, eine abwegige Assoziation versetzte mich in Panik. Ich riss die Augen auf, versuchte, etwas zu entdecken, doch die Dunkelheit verhüllte ihren Ursprung. Der Geruch zermürbte mich, je länger ich ihn inhalierte.

Wo steckte die Crew? Auch wenn ich von Geena auf eine desaströse Situation vorbereitet worden war, hatte ich nicht damit gerechnet, dass mich hier niemand in

Empfang nehmen würde. Meine Ankunft konnte unmöglich übersehen worden sein, obwohl seit zwei Tagen kein Kontakt zur Mannschaft mehr bestand. Sämtliche Kommunikationssysteme und die Überwachungskameras waren deaktiviert worden.

Ich wollte nicht glauben, dass sie dafür verantwortlich sein sollte, und doch hatten die letzten Bilder Kara gezeigt und danach nichts mehr.

Atemlos glitt ich durch den Schleusengang, stieß mich etappenweise voran, bis sich der enge Durchlass weitete und ich mich entscheiden musste, ob ich nach rechts oder links beziehungsweise oben oder unten wollte. Obwohl mir die Architektur der ISS halbwegs vertraut erschien, fiel mir die Orientierung schwer.

Überwältigt von den Ereignissen der letzten Stunden und bedrängt von der Enge, brachte ich keinen klaren Gedanken zustande, kämpfte mit Übelkeit, die sich jeden Moment entladen wollte.

»Flemming, hören Sie mich? Viktor?« Meine Rufe gingen in der Geräuschkulisse der Lüftungsventilatoren unter. Stück für Stück zog ich mich durch das Wohnmodul und spürte erneut Tropfen auf dem Gesicht. Im hell erleuchteten Sektor schienen sie einträchtig ihrer Entdeckung zu harren. Unzählige rote Tropfen füllten den Innenraum des Navigationsmoduls, hingen bewegungslos wie Seifenblasen im Raum.

Blut. Massenweise Blut, das wie ein im Niedergang erstarrter roter Regen im Modul schwebte. Etwas Unvorstellbares musste hier vorgefallen sein, und ich begriff, ich war in einen Albtraum hineingeraten.

Kopflos strampelte ich umher, je mehr ich den Tropfen ausweichen wollte, umso tiefer geriet ich in sie hinein. Eine zornrote Aura der Vernichtung umfing mich, das Blut drang mir in die Augen und den Mund. Ich wollte schreien. Es gelang mir nicht, meinen Körper zu koordinieren, und mein Magen entleerte sich jäh.

Keuchend beobachtete ich, wie sich mein Erbrochenes mit den schwebenden Blutstropfen vermischte. Mein irres Treiben hatte alles in Schwingung versetzt. Die abstoßende Ansammlung von Flüssigkeiten prallte gegen die Steuereinrichtungen, Trainingsgeräte und jegliche Begrenzung, blieb dort haften, ohne herunterzutropfen.

Die fehlende Schwerkraft verlieh der Szene einen surrealen Effekt. Die physikalischen Gesetze dahinter begriff ich, doch auf diesen Anblick war ich nicht vorbereitet.

Das war noch nicht das Finale. Jetzt entdeckte ich Blut im russischen Swesda-Modul, es überzog die Wände, das Inventar und Gerätschaften, als hätte hier ein wahnsinniger Schlachter gewütet. Ich stieß mich ein Stück weiter hinein und betrachtete das Blut aus der Nähe. Es wirkte älter, die Flecken sahen wie getrockneter Lack aus.

Nie hatte ich so viele gegensätzliche Regungen zugleich empfunden. Ich wusste nicht, was hier passiert war, aber auf eine unerträgliche Art sollte ich dafür verantwortlich sein.

In der blanken Alu-Verkleidung des Lagerraumes entdeckte ich die verzerrte Spiegelung einer Gestalt, meiner eigenen. Garniert mit Blutflecken und Erbrochenem taxierte mich ein desolat aussehender Mann mit düsterer Miene. Trotz meiner 1,90 Meter schien ich winzig, als wäre ich angesichts des Grauens zu einem Wicht geschrumpft. Mein Gesicht war abstoßend beschmiert und wirkte älter als neununddreißig.

»Kara? Alles in Ordnung? Wo sind Sie?« Meine

Stimme klang gedämpft und mir selbst fremd.

Schweigen.

Vorsichtig zog ich mich durch die Module. Wieder trafen mich Blutstropfen, und ich presste die Lippen zusammen. Nacheinander öffnete ich vier der sechs Schlafquartiere und steckte den Kopf hinein. Keine Spur. Nun verblieben nur noch wenige Bereiche, in der sich die Besatzung aufhalten könnte. Meine Hände schwitzten, jede Berührung der Einrichtung hinterließ Spuren meiner Anspannung.

Unvermittelt vernahm ich leises Wimmern. Es klang gedämpft, als sei der Mund, dem es entstammte, geknebelt. Die Schluchzer wirkten seltsam kindlich, mich schauderte es, und jeder Muskel meines Körpers straffte sich in der Erwartung, was als Nächstes geschehen würde. Gleichzeitig registrierte ich aus den Augenwinkeln eine Bewegung in der russischen Node 1 Unity.

Ich wirbelte herum, stieß mich durch den blutbefleckten Gang und versuchte, die Szenerie zu begreifen. Weiß Gott was hier passiert war. Hier füllte sich erneut alles mit Blutstropfen, die sich warm auf meiner Haut niederließen.

Einen Augenblick später entdeckte ich sie. Sie kauerte weinend am Ende der Passage. In den Armen hielt sie einen reglosen Körper. Viktor. Kara umfing ihn beinahe mütterlich, schien ihn zu trösten, presste ihn an sich. Sie bemerkte mich nicht, war völlig in ihr Tun vertieft. Jetzt konnte ich ihr Profil erkennen. Sie schien mit Viktor zu sprechen, ihre Kiefer mahlten lebhaft.

Grauen erfasste mich. Etwas stimmte an diesem Bild nicht.

»Kara?« Wachsam näherte ich mich. »Kann ich helfen? Ist er verletzt?«

Sie hob den Kopf und durchbohrte mich mit ihrem Blick. Ihre Stimme zerschnitt die Stille. »Der Doktor höchstpersönlich, ich bin beeindruckt.« Ihr Lachen klang wie ein Knurren. »Willst dir einen Nachschlag holen? Armer Schatz, die ganze Reise umsonst. Verpiss dich!«

Ihr Tonfall senkte die Raumtemperatur, als würde sie Frost speien. Gänsehaut ätzte über meinen Nacken, meine Hände zitterten. Um Kontrolle bemüht, wollte ich ihr nicht zeigen, wie sehr mich ihr Anblick entsetzte: »Tut mir leid, draußen ist es kalt, und ich habe meine Handschuhe vergessen.«

»Verpiss dich, noch mal sag ich es nicht.«

Ich erkannte diese Frau nicht wieder, aber sie durfte mich nicht in die Defensive treiben. »Das kränkt mich, schließlich bin ich gerade erst angekommen. Übrigens schön, Sie zu sehen, Kara.«

»Verlass die Station. Hau ab!«

»Ich kann nicht.«

»Geh, Richard, geh!«

Die letzten Worte kreischte sie wie eine Furie. Bevor ich reagieren konnte, stieß sie sich mit beiden Füßen blitzschnell von der Wand ab und schleuderte mir Viktor entgegen. Ich prallte gegen die Decke des Moduls. Kara schoss auf mich zu, verpasste meinem Brustkorb einen Tritt, ich hörte Rippen knacken und bekam keine Luft mehr. Dann verschwand sie.

Ächzend krümmte ich mich zusammen, segelte haltlos durch die Einheit. Die Schmerzen prügelten auf mich ein, doch die Details, die ich nun zusammenfügte, rissen mich in abgrundtiefe Schwärze. Während Viktors lebloser Körper mir stumme Gesellschaft leistete, rebellierte mein Verstand gegen die furchtbaren Bilder. Ich presste die Lippen aufeinander, um nicht zu brüllen.

Nachdem Kara sich von Viktor gelöst hatte, hatte ich flüchtig ihr Gesicht sehen können. Ihr gottverlassener Gesichtsausdruck schockierte mich. Eben hatte sie um Viktor geweint, aber als sie mich fixiert hatte, wirkte ihr Blick wie abgeschottet. Doch nicht ihre Augen trieben mich in den Wahnsinn, es war ihr blutiger Mund. Auch ihre Wangen, das Kinn und alles darunter waren blutverschmiert.

»Was hast du getan, Kara?«, fragte ich tonlos und betrachtete Viktor. Sein weißes Mister-Spock-T-Shirt war zerrissen und tiefrot durchtränkt, in seinem Hals klaffte ein riesiges Loch.

1. Zwölf Häupter

01. Mai 2035

Mi Phan Tok hatte schon als Kind davon geträumt, durch Urwälder zu streifen, exotische Tiere zu erforschen, in die Kronen haushoher Bäume zu klettern, Tarzan zu spielen und von Liane zu Liane zu schwingen.

Doch wenn sich Träume erfüllen, offenbaren sie zuweilen eine enttäuschende Realität. Tok verspürte Angst. Jede Bewegung im dichten Grün ließ sein Herz rasen, die fremdartigen Geräusche molken dauerhaft seine Schweißdrüsen.

Statt auf Bäume zu klettern, stolperte er über ihre Wurzeln und tauchte kopfüber in die Farngewächse, welche ihn für einen Augenblick verschlangen. Brüllend schnellte er auf die Füße und versuchte, sich die scharf pissenden Ameisen vom Hals zu schaffen.

Es graute ihm vor der Ankunft der zwölf anderen. Insbesondere weil es sich bei einem von ihnen um den weltbekannten Atomphysiker Louis Zamcoeur handelte. Obwohl er während der Vorlesungen im Studium meist geschlafen hatte, war dieser Name hängen geblieben und flößte ihm Respekt ein. Zamcoeurs Einladung zu dieser

Dschungel-Expedition hatte ihm einen Schock versetzt. Warum war ausgerechnet er dazu auserwählt worden?

Von den weiteren Teilnehmern wusste er nur, dass sie alle auf ihren jeweiligen Fachgebieten als Koryphäen galten. Hochrangige Wissenschaftler, zwischen denen man ihn übersehen würde.

Dennoch hatte er in den Monaten bis zum Beginn der Expedition davon geträumt, wie er für seine Forschungen den Nobelpreis erhielt, wie sein Vater in der ersten Reihe aufsprang und applaudierte.

Ricardo, der Guide, der ihn seit drei Stunden zur Forschungsstation führte, wurde nicht müde, ihn über die Gefahren des brasilianischen Dschungels zu belehren:

»Halt die Augen auf, Freund! Die Anakondas fahren auf zarte Jungs wie dich ab. Wenn sie dich erwischen, zerquetschen sie dich, bis du platzt.«

»Anakondas?« Tok explodierte bereits bei der Vorstellung der Schädel.

»Oder wie wäre es mit einem sechs Meter langen Mohrenkaiman? Wenn dich so einer erwischt, endest du als Alligatorenscheiße.«

»Ich bekomme Kopfschmerzen von deinen Geschichten«, beschwerte sich Tok.

Ricardo blieb plötzlich vor einem etwa fünfzehn Meter breiten Flussarm stehen.

»Hast du eine Ahnung, wo das Floß ist?«, fragte er, als sei es Toks Vergehen, dass es nicht an seinem Platz lag. Ricardo setzte den schweren Rucksack ab, den er mühelos für seinen Kunden durch das unwegsame Gelände getragen hatte. »Schätzchen, die Reise geht auf der anderen Seite weiter, aber nicht für mich, ohne Floß geh ich nicht durch den Fluss!«

Tok schüttelte den Kopf. »Aber du musst mich zur Station führen!« Sein jämmerlicher Ton war ihm peinlich, doch er konnte sich nicht zügeln, wagte kaum, ins trübe Wasser zu blicken.

»Nimm den Rucksack auf die Schultern. Dann watest du auf die andere Seite. Verzichte auf eine Arschbombe und mach im Wasser keine unnötige Bewegung. Schnell rein, zügig durch und marsch wieder raus, hast du verstanden?«

Tok schlang die Arme um seinen Körper. Niemals würde er dieses mörderische Gewässer betreten, doch Ricardo redete weiter. »Am Ufer gehst du nach Norden. Du hast alles richtig gemacht, wenn nach ungefähr zwanzig Minuten ein schmaler Flussarm vor dir auftaucht. Lauf daran entlang in den Urwald, bis die Bäume deutlich höheres Niveau erreichen. Dort befindet sich die Station in den Bäumen. Kein Problem für ein schlaues Kerlchen wie dich!«

Der Guide warf ihm das Gepäck zu und verschwand im Dickicht. Einfach so. Tok brüllte hinter ihm her, brachte es aber nicht fertig, ihm nachzulaufen, zu groß war seine Angst, sich zu verirren.

Er betrachtete die Umgebung aufs Neue und verfiel in Starre. Er wusste, dass ihm nicht viel Zeit blieb, ehe die Dunkelheit ihn in eine heikle Lage bringen würde. Er hockte sich auf seinen Rucksack, betrachtete aus sicherer Entfernung den Fluss und dachte nach.

Musste denn alles, was er anfing, in einer Katastrophe enden? Seine erste Niederlage hatte er im Alter von zwölf Jahren erlebt, als er ankündigte, Koch werden zu wollen. Sein Vater hatte ihn geschlagen. Es sei unter seiner Würde, wenn sein Sohn ein bedeutungsloser Koch würde.

In den folgenden Jahren versuchte sein übermächtiger Vater, etwas Angesehenes aus ihm zu machen. Er befehligte Tok durch seine Beziehungen auf die technische Hochschule in Seongsan Gu, schleuste ihn durch die Prüfungen.

In seinem Studienfach gab er eine kümmerliche Figur ab. Selbst wenn er sich bemühte, fand er keinen Zugang, wusste oft nicht, was er tat. Dennoch erhielt er den Master of Science in Nukleartechnik, weil sein Vater im Hintergrund die Strippen gezogen hatte.

Tok hasste seinen Vater dafür, dass er ihn zu diesem Leben aus Lügen verdammt hatte. Auch wenn er nicht wusste, wie er es anstellen sollte, hier im Dschungel musste er seine Chance ergreifen, seine allerletzte. Er musste sich und seinem Vater beweisen, dass er fähig war, Großes zu vollbringen.

Wie folgenreich ihm das schon bald gelingen sollte, ahnte er nicht.

Er war gezwungen, durch den Wasserlauf zu waten. In seinem Magen brodelte es. *Erzählt mir dieses Arschgesicht Märchen von Kaimanen. Wahrscheinlich gibt es hier keinen einzigen. Gar nichts gibt es hier!*

Er setzte einen Fuß ins Wasser, sein Gepäck hielt er über den Kopf. Nach ein paar Schritten stand er bis zu den Knien im Fluss, und es fühlte sich nicht unangenehm an.

Während er tiefer hinein watete, musste er sich anstrengen, um sein Schuhwerk aus dem schlammigen Boden zu lösen, dabei rutschte er aus einem Sneaker. Fieberhaft überlegte er, wie er ihn befreien könnte, da hörte er zu seiner Linken etwas auf das Wasser klatschen. Er sah sich panisch um, ohne zu entdecken, woher das Geräusch stammte.

Tok erstarrte im Bemühen, ruhig zu bleiben, konnte nicht mehr an sich halten und fügte dem trüben Wasser ein paar Spritzer Persönliches hinzu.

Er gab seinen Schuh auf, versuchte, geräuschlos

voranzukommen. Schritt für Schritt versank er tiefer im sumpfigen Untergrund. Der Rucksack wurde bald zu schwer für seine schmächtigen Arme, kraftlos ließ er ihn sinken und zog ihn durchs Wasser hinter sich her.

Tok vernahm neuerliches Platschen, näher als zuvor. Kleine Wellen touchierten seine zitternde Gestalt. Ihm war zumute, als sei er von der Kreatur berührt worden. Er fragte sich, wie viel Zeit ihm blieb, ehe er von einem monströsen Maul gepackt und unter Wasser gezogen würde. Er gab sein Gepäck auf, schwamm um sein Leben und kreischte: »Hau ab! Geh weg!«

Er wagte es nicht, den Kopf in Richtung des Plätscherns zu drehen, und ruderte wie verrückt. Unverhofft bekam er wieder Bodenkontakt. Sein unbeschuhter Fuß ertastete schlammigen Untergrund. Lebenswille durchdrang ihn, die letzten Meter zum Ufer flog er durchs Wasser, blickte nicht zurück, bog an irgendeinem Punkt ab und rannte, bis seine Erschöpfung die Panik besiegte und er entkräftet stehen blieb.

Vom Fluss abgekommen, fand er sich im Dickicht wieder. Hier erstreckten sich weitläufige Senken, die unter Wasser standen. Der junge Mann hastete mitten ins üppige Strauchwerk. Die Dämmerung setzte ein und stahl der Umgebung die Konturen.

Die Nacht infizierte seine Augen mit Erscheinungen von Kaimanen und Riesenspinnen. Jeder querliegende Baumstamm sah wie eine Anakonda aus. Er verletzte sich den nackten Fuß an Dornen und Wurzelgeflechten, humpelte und kam nur mühsam voran, während die Dunkelheit das letzte Tageslicht schluckte.

Zuletzt kauerte er sich auf die Erde, ohne Kenntnis, wo er sich befand. Dort rollte er sich zusammen und schloss die Augen. Die Musik der Wildnis ängstigte ihn. Hier erklangen andersartige Geräusche, sie wirkten zupackender. Er lauschte den Tieren, hoffte, sie würden ihn heute nicht auserwählen, wünschte, sie fänden andere Beute. Er begann leise zu singen. Seine Stimme klang silbern und unschuldig wie die eines Lammes.

Etwas Lautes bedrohte ihn, riss ihn aus dem Dämmerschlaf und fauchte in sein Gesicht. Er fühlte sich niedergedrückt wie von einem gewaltigen Tier, das ihm die Eingeweide zermalmte. Er öffnete die Augen in Erwartung seines letzten Atemzugs und erblickte eine schwebende Kreatur über sich. Als sie unaufhaltsam zu ihm herabsank, verspürte er ihren tosenden Flügelschlag.

Auf dem Tier war etwas eingekerbt. ›VIP Shuttle‹. *Was?* Das ›Tier‹ beabsichtigte zu landen. Genau an der Stelle, wo er wie ein Adoniskäfer strampelnd auf dem Rücken lag. Entsetzt kam er auf die Beine und stürmte los.

Ein kurzer Blick zurück demonstrierte ihm das Ausmaß seiner Blamage. Nun im Tageslicht erkannte Tok, dass er sich exakt am Fuße der Forschungsstation befand, auf einem Hubschrauberlandeplatz. Die Container ragten hoch oben in den Bäumen direkt über seinem Nachtlager auf.

Der Hubschrauber landete, die Tür flog auf und spuckte die Forscher einen nach dem anderen aus. Tok beobachtete sie versteckt hinter einem Baum. Der deutsche Kernphysiker Karl Ostenfeld war kaum ausgestiegen, als er sich eine Zigarette anzündete und tief inhalierte. Ihm folgte der Experimentalphysiker Sander Thornblad aus Trondheim. Was für ein aufgeblasener Fatzke. Der Typ verkörperte durchweg, was Tok zu sein wünschte. Alles an ihm wirkte repräsentativ und zu imponierend, um real zu sein.

Der Norweger hielt Maive Tamm, der bildschönen estnischen Biochemikerin, die Hand entgegen, half ihr beim Aussteigen. Sie schwebte elegant aus dem Helikopter. Augenblicklich rückten die anderen Forscher in den Hintergrund, als er seinen Blick auf Maive zoomte. Tok bekam nicht mehr mit, dass ein weiterer Hubschrauber landete und die restlichen Wissenschaftler in den Dschungel entließ.

»Ist sie nicht atemberaubend? Wäre ich nur zwanzig Jahre jünger«, ertönte es unvermittelt hinter Tok. Er riss den Kopf herum und brachte kein Wort heraus, bis er sein Gegenüber erkannte.

»Monsieur Zamcoeur? Bitte schicken Sie mich nicht nach Hause.«

»Warum sollte ich? Weil Sie eine schöne Frau begaffen? Wäre der Baum breiter, würde ich mich Ihnen anschließen, mein Guter.« Sein Lachen verriet nicht, ob das der Wahrheit entsprach. »Ich bin Louis, und Sie sind mein koreanisches Technikgenie?«

»Mi Phan Tok«, antwortete der junge Mann und bekam bei dem Wort Technikgenie einen glasigen Blick.

»Wie war Ihre Anreise?«, fragte Louis.

»Dieser Dschungel ist höllisch!« Tok riss seine Arme in die Luft. »Ich wurde von einem gewaltigen Kaiman angefallen und konnte nur knapp entkommen. Alles ist fort, mein Schuh und mein Gepäck. Die Bestie hat mich in den Fuß gebissen. Ein Wunder, dass ich noch lebe.« Tok begann zu schwitzen. Wahrscheinlich bereute Zamcoeur bereits, dass er ihn auserwählt hatte.

»Ist das wahr?« Der Franzose sah ihn zweifelnd an. »Sagenhaft, du meine Güte. In diesem Gebiet sind Kaimane eine Seltenheit. Da hatten Sie Glück in zweifacher Hinsicht.« Louis schüttelte den Kopf. »Dann ist das vermutlich Ihr Rucksack?« Er hob das verloren geglaubte Stück von seiner Schulter und lächelte.

»Ja, bei Gott, das ist er!«, rief Tok ungläubig. »Warum saßen Sie nicht mit den anderen im Helikopter?«

»Ich liebe den Urwald und wollte den kleinen Marsch unbedingt zu Fuß genießen. Schauen Sie, ich habe Kokosnüsse aus dem Fluss gefischt, die fielen klatschend ins Wasser, die konnte ich nicht davonschwimmen lassen.«

Louis öffnete seinen Rucksack und präsentierte die Beute. Tok stellte sich die Frage nur einmal. Nein, der Kaiman war keine Kokosnuss gewesen.

Sie traten auf den Landeplatz. Die Ankömmlinge bezogen bereits das Quartier. Nur Karl Ostenfeld saß auf einem Baumstamm und rauchte.

»Genießt du die Urwaldluft, Karl? Tut gut, mal richtig durchzuatmen, was?«

Karl blickte auf. »Louis, ich habe eben vernommen, dass wir uns ein Bett teilen, und um es gleich klarzustellen, ich liege oben.« Sie lachten.

»Pardon, das war unhöflich, das ist Mi Phan Tok, unser technischer Supporter aus Korea.«

»Du meine Güte, Sie sehen aus, als hätten Sie ein Schäferstündchen mit einem Kaiman abgehalten?«, sagte Karl.

»Darauf können Sie einen lassen.« Tok zog eine Grimasse.

»Kommen Sie, Tok, wir brauchen dringend eine Dusche«, rief Louis ihm zu.

Erleichtert, den Fragen des Kettenrauchers zu entkommen, folgte er Zamcoeur, der zu den Quartieren marschierte. Der Weg führte über Hängebrücken hinauf, wo sich die Forschungsstation befand, und ein paar Brücken weiter, zwischen den Urwaldbäumen, die Unterkünfte.

Am Abend versammelten sich die Wissenschaftler unter der Station zu einem ersten Meeting. Als Louis die Szene betrat, verstummten die Gespräche und gespannte Stille legte sich auf die Gruppe.

»Ich möchte Sie alle im Dschungel willkommen heißen. Wir haben uns im Auftrag der L&M Industries hier eingefunden. Ich hoffe, Sie wissen zu schätzen, dass Sie ein Teil dieses Projektes sind. Sie sind sorgfältig ausgewählt worden, und zwar durch mich persönlich.«

Louis klopfte sich auf die Schulter und lachte. Danach erklärte er den weiteren Ablauf, und dass er am nächsten Tag allen Forschern ihre Aufgaben zuweisen würde.

Zum Schluss sagte er: »Wer mich noch nicht kennengelernt hat oder nichts über mich weiß«, er grinste, »dem gebe ich einige Daten. Mein Name ist Louis Zamcoeur, ich bin 56 Jahre alt, stamme aus dem schönen Marseille und bin Atomphysiker, so wie einige von Ihnen. Meine beruflichen Stationen sind so lang wie einschläfernd, dass ich sie gern auslassen möchte.« Kollektives Gelächter. Es war unmöglich, ihn nicht zu kennen, diesen Superstar der Wissenschaft.

Am nächsten Morgen vergab Louis die Forschungsaufträge. Es quälte Tok, nicht zu erfahren, woran die Wissenschaftler konkret arbeiten würden. Er sollte nur für alle verfügbar bleiben und die Zuarbeiten übernehmen. Warum hatte Louis ihn als Technikgenie bezeichnet, wenn er ihm jetzt nur primitive Aufgaben zuwies? Ironie?

Oder hatte wieder einmal sein Vater die Finger im Spiel gehabt? Der Gedanke war unerträglich. Er war den weiten Weg hierher in den grauenhaften Dschungel gekommen und hatte nicht den Hauch einer Ahnung, worum es sich bei den Forschungen handelte. Die Informationen, die er vor der Expedition von Louis erhalten hatte, waren vielversprechend gewesen. Er sollte an bahnbrechenden Entwicklungen beteiligt werden, die Einfluss auf die gesamte Menschheit hätten. Ja, das wollte er. Genau danach sehnte er sich. Doch nun schien er außen vor zu bleiben.

Am Vormittag schleppte er Hilfsmittel von hier nach da, erledigte Arbeitsaufträge und ertrug die Herablassung der Forscher mit einer Scheißwut im Bauch. Die wich augenblicklich, als er Maive auf einer der zahlreichen Hängebrücken begegnete. Als sie ihn entdeckte, sagte sie: »Da sind Sie ja. Ich suche Sie seit Ewigkeiten. Meine Ausrüstung muss ins Labor! Ich dachte, das hätten Sie gestern erledigt?«

Tok fühlte, wie seine Wangen brannten.

»Entschuldigen Sie, Mrs. Tamm, ich bringe sie sofort nach oben. Kann ich vielleicht noch etwas für Sie tun?«

Etwas Wundersames schien in ihr vorzugehen, sie lächelte. »Wie heißen Sie eigentlich? Tut mir leid, wenn ich unhöflich war, die Zeit sitzt mir im Nacken, ich muss heute noch in den Dschungel und Pflanzen sammeln. Würden Sie mich begleiten?«

Tok strahlte. »Überaus gern!«

»In einer halben Stunde auf dem Landeplatz.«

Unterdessen befassten sich Karl und Louis im Spezialcontainer mit der Anlage, die der Franzose BlueJohnny getauft hatte.

»Beeindruckend, Louis. Ich habe von der Planung dieses Ungeheuers Wind bekommen, aber ich hielt das für einen Witz. Doch wer außer dir hätte die Mittel und den Einfluss, diesen Kasten bauen zu lassen und in den

Urwald zu verfrachten? Sag schon, was planst du zu fabrizieren, alter Gauner?« Der Deutsche studierte ein weiteres Mal die technischen Daten und schüttelte den Kopf.

Louis saß vor dem Gerät und schmunzelte. »Ich dachte, du hättest eins und eins zusammengezählt?«

»Pfuschst du immer noch an Organismen herum?«

Louis lachte. »Du bist so ein Ignorant, Karl. Ja, so ist es! Nur ersetzen wir *pfuschen* durch *forschen*.«

Er startete eine Präsentation auf seinem Notebook und erklärte Karl Diagramme und Berechnungen. »Mit BJ existiert ein gewaltiges Upgrade der Möglichkeiten, und jetzt können die endgültigen Tests an der DNA der Gewächse anlaufen. Im Gegensatz zu der seit 1930 patentierten Lebensmittelbestrahlung, die zur Abtötung von Keimen und Verlängerung der Haltbarkeit dient, setzt mein Wirken, oder Pfuschen, wie du es nennst, an einem anderen Punkt an.«

Karl spielte an der Zigarettenschachtel herum, zu gern hätte er sich eine angezündet. Louis warf ihm einen warnenden Blick zu, und so packte er die Glimmstängel wieder in die Hemdtasche.

»Durch eine präzise radioaktive Bestrahlung im Zellinneren ist es gelungen, das Erbgut neu zu programmieren und gezielte Mutationen zu provozieren. Der Plan ist, diese Veredelung im konventionellen Anbau von Getreide, Obst und Gemüse einzusetzen. Stell dir vor, welche Auswirkungen es hätte, wenn die Gewächse weniger Wasser benötigen würden, gegen Schadorganismen und Pilzbefall widerstandsfähig wären und ihr Volumen geringstenfalls verdoppeln würden?«

Der Deutsche saß leidenschaftslos da und hoffte, der Vortrag wäre bald vorüber.

Louis donnerte mit der Faust auf den Tisch. »Karl,

hörst du mir eigentlich zu?«

»Du hast mir gerade eine halbe Stunde Lebenszeit gestohlen. Kannst du deine Redesucht drosseln und mir einfach sagen, wozu du den ganzen Aufwand betreibst?«

»Verdammt, Ostenfeld, bei deiner Erschaffung wurde auf alles verzichtet, was einen Menschen sympathisch macht.« Er lachte und sprach weiter: »Die so entstehende Saat soll zuerst Länder begünstigen, auf deren Territorien Wassermangel herrscht.« Louis sprang auf, seine Augen glänzten. »Wir erschaffen Superfruits, Karl, und bekämpfen den Hunger.«

»Wie nobel, das klingt zu wohltätig, um wahr zu sein. BJ produziert enorme radioaktive Strahlung. Wo ist der Haken?«

»Was ist los, Karl, du fürchtest dich vor Komplikationen? So haben wir uns auseinanderentwickelt seit dem Studium. Ich forsche – du kümmerst dich um anderer Leute Müll. Ich glaube an Chancen und dachte, du siehst das nicht anders?«

Seit Karl die Verantwortung für die Atommüllzwischenlager in Deutschland trug, verdrängte er alle Bedenken über Risiken. Zu oft war etwas schief gelaufen, und er hatte es immer wieder geschafft, den Kopf aus der Schlinge zu ziehen. »Ich mag Banknoten, und das Moos lässt mich an alles glauben, was du willst.« Er lachte rau. »Wirklich, Superfruits?«

Tok schlich zeitig auf den Landeplatz. Bereits aus einiger Entfernung vernahm er zwei weibliche Stimmen. Die Frauen waren in eine Unterhaltung vertieft und nahmen kaum Notiz von ihm. Die brasilianische Agrarwissenschaftlerin Fabiola Vaz begleitete Maive, und das zügelte seine Begeisterung.

Während der Erkundung ignorierten sie ihn und

redeten geisttötendes Zeug über biochemischen Stuss. Maive richtete nur das Wort an ihn, wenn sie ein bestimmtes Grünzeug entdeckt hatte, das auf ihrer Liste stand. »Tok! Sehen Sie die Pflanze? Bitte vorsichtig ausgraben.«

»Meinen Sie mich?« Tok hüpfte in die Luft. »Wahnsinn! Sie meint mich. Ihr Packesel wird sie sofort für die Gnädigste beschaffen.«

»Was ist denn los, Kollege? Haben wir Sie verärgert?«, fragte Fabiola erstaunt.

»Kollege?« Er lachte, als hätte sie einen Witz erzählt. »Was los ist? Nichts! Diese blasierten Eierköpfe, die Heimlichtuerei und das unterirdische Zeug im Dschungel.« Er zeigte mit einer hitzigen Geste auf die Umgebung. »Die Damen machen keinen Finger schmutzig, aber ich werde von Ameisen angepisst. Ovationen, ich werde angepisst. Selbst diese dämlichen Insekten haben nichts Besseres für mich.«

»Tok«, sagte Maive versöhnlich, »jeder Handgriff, den Sie hier tun, wird in die Geschichte eingehen. Sie sind nicht der Einzige, der spärliche Informationen über das Projekt erhalten hat. Aber die Tatsache, dass Sie ausgewählt wurden, sollte Sie mit Stolz erfüllen.«

Tok sah sie an und begann zu lachen: »Sie wissen selbst nicht, was hier geschehen soll? Das beruhigt mich enorm. Wie beglückend, dass jeder meiner Handgriffe in die Geschichte eingehen wird. Dann werde ich mich nun in der Gewissheit erleichtern gehen, dass mein Urin in die Geschichtsbücher kommt.«

»Wie bitte?« Fabiola verzog das Gesicht, blickte zu Maive, und beide begannen zu lachen. Das war zu viel für ihn. Bekloppte Weibsbilder. Er ließ sie stehen und transportierte das gesammelte Grünzeug ins Labor.

Wenn die anderen Wissenschaftler nicht sämtliche

Informationen besaßen, hatte man ihn offenbar ganz davon ausgeschlossen.

Am nächsten Tag suchte er die Nähe zu Louis, mit dem Ziel, mehr herauszufinden. Er stellte einige harmlose Fragen, aber Louis ließ ihn abblitzen, sprach mit ihm, als wäre er ein neugieriges Kind, das seine Nase nicht in die Angelegenheiten von Erwachsenen stecken sollte.

Stundenlang schlich er den Forschern hinterher und versuchte, etwas aufzuschnappen. Aber sobald sie ihn entdeckten, verstummten sie und arbeiteten weiter, als wäre er nicht anwesend.

Bald wurde es zur traurigen Gewissheit: Sein Vater musste ihm diesen Job organisiert haben, denn es lief wie immer ab. Er wurde mit huldvollen Versprechungen unter Vertrag genommen, aber nur mit bedeutungslosen Aufgaben betraut. Welche Beziehungen sein Vater zu Zamcoeur unterhielt, wusste er nicht, doch es musste eine Unsumme gekostet haben, ihn bei dieser Expedition unterzubringen. Sein Vater schien sich zu erhoffen, dass hier etwas Revolutionäres geschehen würde. Auch wenn Tok seine Machenschaften verabscheute, er wollte seinen Vater stolz machen. Einmal müsste es ihm doch gelingen. Was für ein Gefühl es wohl wäre, Erfolg zu haben, gefeiert zu werden und eine herausragende Position in der Welt einzunehmen?

Auf Louis' Anordnung trafen sich die Forscher im Konferenzraum zu einer Besprechung. Wie erwartet bekam Tok keine Einladung, aber die brauchte er auch nicht. Er kauerte vor dem verschlossenen Eingang, legte sein Ohr an die Tür und lauschte dem Wortwechsel. Immer wieder sprachen sie über ein Gerät, das Louis BlueJohnny oder BJ nannte. Es schien eine enorme

Bedeutung für ihn zu haben und eng verknüpft mit den Forschungen zu sein. Offenbar erfuhren auch die Forscher heute zum ersten Mal von diesem Objekt, sie stellten Fragen und wirkten uninformiert wie er selbst. Ohne ihre Gesichter sehen zu können, spürte Tok die Spannung, als Louis Details offenbarte. Das gesamte Projekt hatte mit dem besagten Gerät zu tun. Sie wollten Superfrüchte herstellen, indem das Zellinnere von Pflanzen aus dem Dschungel mit radioaktiver Strahlung manipuliert wurde.

Sein Herz klopfte mit jedem Wort schneller. Louis hatte etwas Bedeutsames geplant, und er, Tok, war hier und wollte seinen Anteil daran haben. Nach geschlagenen zwei Stunden fingen die Wissenschaftler an, über das Projekt zu diskutieren und ihre zum Teil ethischen Bedenken auszusprechen. Aber niemand schien sich tatsächlich davon abhalten zu lassen. Ihr Interesse war offensichtlich geweckt, und die Bezahlung musste exorbitant sein. Das Geld interessierte Tok kein Stück, er wollte etwas anderes. Anerkennung!

Superfrüchte! Das war seine einmalige Chance. Er musste etwas unternehmen. Ein letztes Mal lauschte er an der Tür. Die Koryphäen drinnen verloren sich in uninteressanten Nebensächlichkeiten.

Geräuschlos machte er sich auf den Weg ins Labor, das sich eine Ebene höher zwischen den Bäumen befand. Er flog die Hängebrücken eilig hinauf. Im Laboratorium präsentierten sich mit 3D-Mikroskopen, Analysegeräten und weiteren Apparaturen ausgestattete Arbeitsstationen, an denen Versuche durchgeführt werden konnten.

Doch das sagenumwobene Gerät befand sich hier nicht, wie er frustriert feststellte. Er wusste nicht, wie viel Zeit ihm blieb, ehe die Konferenz beendet sein würde. Eilig griff er sich zwei Kisten vom gesammelten

Pflanzgut und suchte weiter nach BJ.

Kreuz und quer rannte er über die Hängebrücken rauf und wieder runter, bereute, nicht mehr Interesse an der Forschungsanlage gezeigt zu haben.

Er plante seinen Vorstoß nicht präzise. Er wollte einfach den Forschern zuvorkommen, bevor sie anfingen, mit der Anlage zu arbeiten. Das war seine einzige Chance.

Mit Herzklopfen entdeckte er einen schmalen Trampelpfad. Der musste doch irgendwohin führen. Er vergaß die Angst vor dem Dschungel und seinen Bewohnern, lief mitten durch die üppige Vegetation, achtete nicht auf Insekten, Schlangen oder anderes Getier. Er hatte ein Ziel. Zwanzig Minuten später entdeckte er den fraglichen Container. Er ragte abseits auf einer soliden Bodenkonstruktion in den Himmel und war nicht wie die anderen an den Bäumen fixiert. Stromkabel von den Ausmaßen von Anakondas schlängelten sich in sein Inneres.

Er begann zu rennen, kletterte die Leiter hoch, stand atemlos auf der Plattform und drückte den Türgriff hinunter. Die Containertür war abgeschlossen. Natürlich. Fahrig zog er den Generalschlüssel aus seiner Hosentasche. Das war der einzige Vorzug seiner niederen Tätigkeit, sie verschaffte ihm Zugang zu allen Bereichen. Vielleicht war es Nachlässigkeit, dass der Schlüssel auch zu dieser hochsensiblen Anlage passte. Er steckte ihn ins Schloss und öffnete die Tür. Vorausblickend zog er die Leiter hinter sich hinauf auf die Plattform und stürmte in den Raum.

Er wusste, er brach die Regeln und Louis würde außer sich sein. Aber es war nicht wichtig, ob er seine Offensive gutheißen würde. Offensichtlich war Tok nur hier, um der Expedition eine kräftige Finanzspritze zu bescheren.

Es war so banal, was Louis den Wissenschaftlern

erklärt hatte. BlueJohnny konnte mit gewaltiger radioaktiver Strahlung die Genetik von Pflanzen manipulieren, und daraus würde Saatgut für Superfrüchte entstehen. Damit könnte der Hunger auf der Welt gestoppt werden. Das klang gut. Heldenhaft.

Er wusste nicht, ob er in der Lage wäre, es auf die richtige Weise zu tun, so wie die Wissenschaftler es vorhatten. Aber er musste es versuchen. Jetzt. Er wollte der Erste sein, und niemand konnte ihm diesen Sieg mehr nehmen. Tok, der Mordskerl. Er lächelte bei der Vorstellung.

Als er das Gerät erblickte, jubelte er. BlueJohnny war ausladend wie ein Geländewagen, beeindruckend und monströs zugleich. Die Außenverkleidung glänzte in einem satten Blauton. Er trat nah heran, konnte sein Spiegelbild darin erkennen und grinste draufgängerisch.

Sein Herz klopfte aufgeregt, und die Gedanken überschlugen sich. »Komm schon, Johnny, wie erwachst du zum Leben?« Fieberhaft suchte er nach einem Schalter, um BJ in Betrieb zu setzen, und entdeckte diverse Auswahlmöglichkeiten. Einen digitalen Drehregler, mehrere Druckknöpfe und ein Touchdisplay. Er drückte und drehte einige Schalter, und die Anlage erwachte mit einem fühlbaren Brummen. Für Tok war es, als vernähme er einen frenetischen Applaus, und er verneigte sich vor dem imaginären Publikum. Er nickte seinem Vater zu, der in der ersten Reihe saß.

Er versuchte, sich an jedes Detail zu erinnern, das er durch die Tür des Konferenzraumes aufgeschnappt hatte, sein Verstand war so klar wie lange nicht mehr. BJ besaß extreme Energie, und Tok schreckte einen Moment zurück, doch es mangelte an einer Instanz, die ihn aufhalten konnte.

Bebend griff er einige der mitgebrachten Gewächse,

öffnete den hermetisch verschlossenen Objekttisch und positionierte das Grün auf dem Objektträger, drehte am Regler. BJ quittierte das mit einer leichten Frequenzänderung, der Ton klang höher.

Ansonsten passierte nichts. Frustriert stellte er alle Schalter auf null. Verdammt, was sollte überhaupt geschehen? Er hatte mit einem Paukenschlag gerechnet.

Er öffnete die Verriegelung und betrachtete die Pflanzen. Sie wiesen keinerlei Veränderung auf. Schweiß troff von seiner Stirn, und er erschauerte unter der Last der Erwartungen.

Sie beobachteten ihn. Alle. Unzählige Augen, die abfällig auf ihn herabsahen und zweifelten.

Frustriert fegte er die Pflanzen hinunter und griff in einen anderen Korb, bekam einiges Grünzeug zwischen die Finger, warf es auf den Objektträger. Louis hatte gesagt, sie wollten sich der Höchstdosis langsam annähern, aber diese Zeit hatte Tok nicht. Ohne Bedenken drehte er die Regler auf, schaltete alle Bedienelemente auf hundert Prozent und ließ sich auf den Boden fallen.

BJ lief auf seiner höchsten Einstellung, der Container füllte sich mit Sirenenarien, und einen Moment später umgab ihn blaues Licht. Nach fünfundvierzig Sekunden schaltete die Anlage sich von selbst ab, das Leuchten erstarb und mit ihm BJs Gesang.

Draußen schwollen Stimmen zu einem zornigen Chor an. Sie riefen durcheinander, und über allem vernahm er Louis' Gebrüll.

»Tok, lassen Sie die Leiter herunter! Es ist hochgefährlich, was Sie da machen. Herrgott, kommen Sie raus, sofort! Was es auch immer ist, wir können drüber reden.«

Tok hörte ihn, aber niemand würde ihn jetzt hier runterbringen. Er sprang auf die Füße und besah, was BJ angestellt hatte. Doch abermals wurde er enttäuscht. Die

Blätter wirkten nur verändert in ihrer Struktur, bei seiner Berührung zerfielen sie zu Staub.

Was hatte er sich dabei gedacht? Wollte zu den renommierten Wissenschaftlern gehören, indem er zwei Hände voll Blätter bestrahlte? Er schämte sich für sein einfältiges Vorgehen. Die Pflanzen hätten präpariert werden müssen, und davon hatte er keine Ahnung.

Die Enttäuschung über sein neuerliches Versagen verschlang ihn. Seine Chance war vertan. Er hockte sich vor die Anlage und fiel in sich zusammen. Es war vorbei. Sein Vater würde ihn verachten, vielleicht würde er sich sogar von seinem erbärmlichen Sohn lossagen. Tok wollte sterben. Einfach hier liegen und krepieren.

Jäh erfasste ihn Schmerz, als setzte die Verzweiflung seinen Körper in Brand und schickte Lava durch seine Adern. Er begann unkontrolliert zu zucken, sein Kopf wurde heiß und schwer, als würde er wachsen. Seine Schädelknochen schienen sich zu dehnen, und im nächsten Moment schoss ihm Blut aus Ohren und Nase. Er hob die Hände vors Gesicht und sah, wie das Blut in seine Handflächen floss.

Tok öffnete den Mund, um zu schreien, um zu tun, was jeder in seiner Lage getan hätte: die Wissenschaftler um Hilfe anflehen. Doch im nächsten Augenblick hielt er inne. Obwohl er sich fürchtete und am ganzen Körper zitterte, fühlte er sich so euphorisch wie noch nie. In ihm wuchs eine überwältigende Energie, etwas Göttliches schien ihn berührt zu haben. Verdammt, ich bin Hulk, dachte er.

Berauscht taumelte er aus dem Container, trat an den Rand der Plattform und sah in eine blau schimmernde Atmosphäre. Die Blätter der Baumriesen schienen zu fluoreszieren, er entdeckte tanzende Spiegelbilder seiner selbst im Himmel, die funkelten. Er spürte den Atem sämtlicher Lebewesen auf seiner Haut und vereinte sich mit all diesen Geschöpfen, verschmolz mit den Wellen der fernen Ozeane, schmeckte die lebensvolle Köstlichkeit der Erde. Es war das Paradies.

Tok atmete ein und roch alle Pflanzen, jede Blume, die ihre Knospen geöffnet hatte. Er sah auf die Forscher hinab, und sein Hass versiegte. Je länger er sie betrachtete, umso kümmerlicher erschienen sie.

Die Mitglieder des Forschungsteams hetzten unter der Plattform umher, die Stimmung lud sich immer weiter auf. Fabiola entfernte sich ein Stück von der Gruppe, nicht ahnend, dass sie sich damit in eine unvorteilhafte Position brachte, und schrie: »Was ist mit ihm los, er blutet, mein Gott, er braucht Hilfe.«

»Der hat Ebola«, bemerkte Karl und kratzte Dreck von seinen Schuhen.

Der Agrarökologe Angel Revoredo musterte seine Kollegen und rief: »Allmächtiger, haben wir denn hier unter all den Spezialisten keinen Mediziner?«

»Alle ruft ihr nach Gott, aber hat ihn jemand mal gesehen? Ihr seid Wissenschaftler, ist das erbärmlich. Dieser Idiot hantiert an einer millionenschweren Anlage herum, vielleicht hat er sie beschädigt. Wir sollten ihn neutralisieren!« Der Amerikaner David Vinston zielte mit einer imaginären Schusswaffe auf Tok.

»Bitte holt ihn da runter, er braucht doch offensichtlich Hilfe.« Fabiola blickte angsterfüllt in die Runde, aber niemand beachtete sie.

»Neutralisieren? Bist du verrückt geworden, David?«, schaltete sich der Australier Rob Clarke ein, »was soll er schon anstellen? Er weiß doch nicht, worum es geht. Er ist ein Schwachkopf, der vor der Station übernachtet hat, weil er sie übersehen hat!«

»Die Anlage war gerade eben in Betrieb, Rob, ist dir das entgangen? Ich habe keine Vorstellung, was er treibt, und schau ihn dir doch an, sieht er in Ordnung aus? Er gefährdet unser Projekt, die Anlage befindet sich in den Händen eines Wahnsinnigen. Wir sollten das beenden!«, beharrte David.

»Wir werden niemanden ausschalten!«, mischte Louis sich endlich ein und tastete zugleich nach seinem Revolver, den er im Hosenbund trug. Ein kompakter Colt, den er sich wegen seiner Zuverlässigkeit hatte aufschwatzen lassen. Er könnte in Matsch, Sand und Wasser fallen und wäre immer noch voll funktionsfähig, hatte der Verkäufer ihm vor Reiseantritt versprochen. Hatte er sich damit wirklich nur die wilden Tiere vom Hals halten wollen, oder hatte er sie vorsorglich für eine derartige Komplikation mitgenommen? Die Schusswaffe schien in seiner Hand zu glühen.

Sie rissen ihre Mäuler auf und plärrten, sie langweilten Tok. Er verfügte über eine neue Kommunikationsform. Obwohl der Schmerz in seinem Schädel ihn in die Knie zwingen wollte, überwältigte ihn die Energie in seinem Inneren. Tränen der Seligkeit liefen über sein blutbefecktes Gesicht.

Etwas stimmte mit seinem Kopf nicht, der Druck wuchs zu einer Höllenqual an. Doch je stärker er wurde, desto maßloser fühlte er Beglückung. Er stellte sich breitbeinig an den Rand der Ebene, öffnete seinen Mund, riss ihn weit auf.

Die Forscher riefen durcheinander. Was hatte dieser Spinner vor? Warum nötigte er ihnen diese Horrorshow auf? Während die Menschen panisch herumkrakeelten und alle Augen auf dem blutenden Mann ruhten, der scheinbar den Verstand verloren hatte, blieb ein letzter Moment.

Tok registrierte, wie Louis eine Waffe auf ihn richtete und das Geschrei zu einer Melodie anwuchs, ein Orchester, das die gedämpften Töne hinter sich ließ, Trommeln, die wilder schlugen, zum Höhepunkt hinsteuerten, bis endlich mit einem Höllenkrach die Pauke erscholl. Und Tok wusste, er wäre einmal die Nummer eins, für alle Zeiten.

In diesem Moment explodierte sein Kopf. Ein reißendes Geräusch ertönte, als würde ein Baum umstürzen. Sein Körper schlug auf die Plattform und zuckte kopflos auf den Brettern seiner letzten Bühne. Blut lief wie ein glühendes Rinnsal über die Planken, suchte sich seinen Weg durch die Fugen und färbte die Heiterkeit des Dschungels rot.

Doch der Vorhang war noch nicht gefallen. Während das Publikum tobte, dem Grauen entfliehen wollte, als Louis bestürzt seinen Revolver anstarrte und sich fragte, ob er Tok erschossen hatte, schwebten hauchzarte Partikel durch die Luft.

Ein guter Beobachter außerhalb des Schockmoments hätte das zartblaue Leuchten der Teilchen wahrgenommen, die wie Staub auf die Gruppe hinunter flirrten.

Fabiola schluchzte leise. Der mannhafte Sander Thornblad spuckte sein Frühstück in den Urwald. Karl Ostenfeld bekam einen Hustenanfall, der ihn in ernste Not brachte, und Louis stierte noch immer auf seinen Revolver.

David Vinston fand als Erster die Sprache wieder: »Louis, du hast ihn abgeknallt! Was für ein Horrorfilm.« Dabei klopfte er dem Franzosen anerkennend auf die Schulter.

»Habt ihr den Verstand verloren? Sind denn alle verrückt geworden?«, fragte Fabiola und presste sich die Hand vor den Mund. Überall auf ihrer Kleidung und in ihren Haaren klebten blutige Überreste.

»Bumm! Sein Kopf ist weg. Was für ein Kaliber ist das? Ich dachte, mein Trommelfell platzt«, sagte Christian Kors.

Plötzlich hörten sie jemanden lachen. Der Spanier Xavier Fergara prustete, als hätte er etwas Urkomisches gesehen. Er grölte, bis Maive ihm kräftig ins Gesicht schlug. Danach kehrte Ruhe ein.

»Was machen wir jetzt?«, fragte Rob Clarke, der aussah, als würde er jeden Moment zusammenklappen.

Alle drehten sich zu Louis und warteten auf etwas. Er antworte nicht. Noch immer umklammerte er die Waffe, unfähig seine Hand zu öffnen.

»Louis?« Maive stupste ihn an.

»Wir müssen ihn da runterholen«, sagte er matt, »und untersuchen, ob die Anlage Schaden genommen hat.«

»Sie haben diesen unschuldigen Mann getötet und denken an die Scheiß-Maschine?« Fabiola war aufgesprungen und baute sich vor Louis auf.

»Halt die Klappe! Du begreifst gar nichts. Das ganze Projekt kann an diesem Irren scheitern und ich brauche die Kohle, Fabiola, verstehst du?!« David Vinston drängte sie von Louis fort. »Übrigens, du siehst reizend aus. Trägt man das jetzt, koreanische Hirnmasse als Accessoire?«

Erschrocken besah sie ihre Kleidung und entdeckte, worauf er angespielt hatte. Sie kreischte und schlug mit den Fäusten auf Vinston ein. Er zögerte nicht und verpasste ihr einen kräftigen Kinnhaken.

Alle vernahmen das Geräusch ihres brechenden Kiefers, sahen zu, wie sie zusammensackte und stumm liegen blieb. Ein stiller Augenblick verging.

Dann brach die Hölle los. Thornblad und Clarke stürzten sich auf Vinston und prügelten auf ihn ein. Christian Kors feuerte die Kämpfenden an, bis er selbst einen Schlag einsteckte und wimmernd zu Boden sank. Die

Männer bluteten und keuchten. Sie kämpften weiter, bis aus Vinstons gebrochener Nase Blut schoss und er ohnmächtig zusammensackte. Nun traktierten sich Thornblad und Clarke gegenseitig, obwohl sie im gleichen Team gestartet waren.

Xavier Fergara begann abermals zu lachen. Karl Ostenfeld saß kreidebleich dazwischen und röchelte, sein Hemd war mit Blutflecken besudelt, die nicht von Tok stammten.

Der Rest der Gruppe war ein Stück von den Kämpfenden abgerückt und diskutierte lautstark über den Abbruch des Projekts. Louis setzte den Revolver an seine Schläfe.

Die Prügelei endete aus heiterem Himmel, als hätte der Herrgott selbst genug von ihren Querelen gehabt und dem Treiben ein Ende gesetzt. Schlagartig wurde es still.

Louis fiel die Waffe aus der Hand, die Verletzten kamen wieder auf die Beine und Karl füllte seine Lungen mit Sauerstoff. Niemand sagte ein Wort. Alle bewegten sich synchron aufeinander zu, postierten sich Schulter an Schulter zu einem Kreis. Auf diese Weise verbunden verharrten sie einen Moment, bis sie sich zeitgleich in Bewegung setzten, zu den Unterkünften wanderten und ihre Sachen packten. Nur Karl und Louis schienen einen anderen Plan zu verfolgen und machten sich auf den Weg zum Versorgungscontainer.

Der erste Hubschrauber landete eine Stunde später auf dem Landeplatz, auf dem Tok vor drei Tagen seine Schreckensnacht durchlebt hatte. Fünf Minuten danach nahm ein weiterer die letzten Passagiere auf. Am Flughafen in Manaus verteilten sich die Wissenschaftler in alle Himmelsrichtungen. Ihre Wunden waren verheilt,

Fabiolas Kiefer unbeschädigt, Vinstons Nase gerichtet, als seien sie nie verletzt gewesen.

Aus dem Versorgungscontainer trugen die beiden verbliebenen Männer Gasflaschen zu BJ. Mühelos erklomm Louis die Plattform, ohne die Leiter zu benutzen. Von unten warf ihm Karl nach und nach die zwanzig Gasflaschen in die Arme, die der Franzose um die Anlage herum auslegte.

Nachdem sie ihre Arbeit erledigt hatten, zog Louis seine Kleidung aus und warf sie zu Karl herunter, der sich damit auf den Weg zur Station machte. Bis hierhin hatte keiner ein Wort gesprochen. Fünf Minuten später schoss Louis mit seinem Revolver auf eine Gasflasche und sprang von der Plattform zehn Meter in die Tiefe. Zeitgleich detonierte der Druckbehälter und löste eine Kettenreaktion aus. Der Container explodierte mit einem ohrenbetäubenden Knall. Blitzartig breitete sich ein Feuerball aus, der alle Vegetation im näheren Umkreis vernichtete.

Wie eine glühende Fackel stapfte Louis aus dem Feuer. Die Hitze zerfraß seine Haut am gesamten Körper. Das dichte von Silberfäden durchzogene Haar war verschwunden, sein kahler Schädel schwarz verbrannt wie ein zu lang gegrilltes Beefsteak. Taub, blind und von Brandwunden übersät hetzte er zu den Unterkünften und zog seine Kleidung wieder an.

Karl beorderte einen Hubschrauber in den Dschungel, der sie zum Flughafen Manaus bringen sollte.

Der erfahrene Pilot Diego Barbosa riss nach der Landung vor der Station die Tür auf und brüllte: »Allmächtiger, zwei Kilometer südöstlich von hier brennt es, und überall liegen Trümmerteile.«

Die beiden Männer betraten den Landeplatz, und Diego schluckte hart, als er den übel zugerichteten Louis bemerkte. »Ach du Scheiße, was ist Ihnen denn zugestoßen? Sie müssen sofort in ein Krankenhaus.« Er drückte sich erschrocken in den Sitz. »Kommen Sie, wir dürfen keine Zeit verlieren.«

Louis verzog keine Miene. »Nicht nötig. Sieht schlimmer aus, als es ist.« Seine Augen und Ohren funktionierten wieder einwandfrei.

»Sir, entschuldigen Sie, Ihre Haut«, Diego räusperte sich, »sie hängt in Fetzen herunter. Das sieht lebensgefährlich aus.«

»Nett von Ihnen, sich Sorgen um sein Wohlergehen zu machen. Aber haben Sie nicht gehört, er fühlt sich gut«, ergriff Karl das Wort.

Diego hielt das für einen üblen Scherz. Der verbrannte Fluggast wirkte, als würde er jeden Moment den letzten Atemzug machen. Sein gesamtes Erscheinungsbild jagte ihm Angst ein. Seinem Begleiter schien es gleichgültig, was mit ihm passierte.

»Okay, wie Sie meinen. Ist mir ein Rätsel, wie er sich auf den Beinen hält.« Diego schüttelte den Kopf, so etwas hatte er noch nie erlebt. Er startete den Motor und versuchte, sich auf seinen Job zu konzentrieren. »Dann zum Flughafen Manaus?«

Louis lehnte sich vor und sagte: »Fliegen Sie endlich los!«

2. Lillehammer

»Übertreib es nicht, Herzchen«, mahnte Edda ihre Tochter und drückte ihren dreijährigen Enkel Kjell an sich. Sie trug den Kleinen ins Wohnzimmer und zog ihm Jacke und Schuhe aus.

»Mama, mach mir kein schlechtes Gewissen. Ich war seit vier Jahren nicht mehr aus«, sagte Livi und lachte aufgedreht. Sie wusste, bei ihrer Mama war der kleine Sonnenschein gut aufgehoben und sie könnte für ein paar Stunden frei sein. Schon hüpfte sie zur Haustür, sie musste sich beeilen, sonst wären die Plätze ganz vorn weg.

Edda folgte ihr mit Kjell an der Hand. Livi beugte sich hinunter und drückte ihm einen Kuss auf die Wange. Er streckte die Arme nach ihr aus. »Wann kommst du wieder, Mama?«, fragte er mit Tränen in den Augen.

»Morgen hole ich dich wieder ab, mein Schatz. Sei brav, Kjell, ja? Schau mal in die Küche, da steht Omas Keksschachtel, und jemand hat mir verraten, da sind jetzt welche mit Erdbeermarmelade drin.«

»Kekse, ja, Kekse«, rief der Kleine, flitzte Richtung Küche, machte noch einmal kehrt, küsste Livi auf den

Hals, vergaß, beim Abschied zu weinen, und suchte Omas Erdbeerkekse.

»Danke«, sagte Livi, küsste ihre Mutter auf die Wange und flog die Stufen vor der Haustür hinunter, war schon außer Sichtweite, ehe Edda etwas erwidern konnte.

Livi tanzte vor der Bühne, auch wenn der Hauptact noch auf sich warten ließ. Ihre Freude drängte hinaus, denn sie war hier. Die alte Clique war vollzählig erschienen und sie alberten herum. Wie in alten Zeiten.

Ob Frontmann Arvid immer noch so umwerfend aussah? Sie postierte sich direkt vor der Bühne, um einen guten Blick auf ihn zu erhaschen. Livi trug das T-Shirt mit seinem Foto, roten Lippenstift und die langen Haare zu wilden Locken aufgedreht. Würde er sie auf die Bühne holen? Sie malte sich diesen wahnsinnigen Moment aus und kicherte, wie es nur junge Frauen können, hell und erwartungsvoll. Heute durfte sie das wilde Babe sein, wie damals, bevor sie schwanger geworden war. Morgen wäre sie wieder die beste Mutter der Welt für Kjell, etwas Schöneres existierte nicht.

Endlich betraten die Musiker die Bühne. Arvid als Letzter, die Gitarre lässig über die Schulter gehängt, ein breites Grinsen auf den Lippen. Livi riss die Arme in die Luft und brüllte seinen Namen.

Ein Pfeifkonzert brach aus, und der Sänger johlte: »Lillehammer, seid Ihr hier?«

Aus Tausenden von Mündern gellte es: »Yeah!«

Die Band spielte den ersten Song, *Darling, today I'll make you cry.* Arvid schien nur für sie zu singen. Die harten Beats fuhren Livi in den Bauch. Sie tanzte, schüttelte ihre Locken, den Blick fest auf den Sänger geheftet. Die Menge bewegte sich im Takt wie ein Körper und ein Mund, der mitgrölte.

Sie spielten Song um Song, und Livi drehte immer mehr auf, bewegte sich im Rhythmus, sang laut mit. Arvid blickte immer wieder zu ihr, grinste, und ihr Herz fing an zu trommeln. Er bewegte sich mit lässigen Schritten an den Bühnenrand. Er war ihr jetzt so nah, wie sie es sich immer erträumt hatte. Seine blauen Augen leuchteten, und er schenkte ihr sein strahlendes Lächeln. Und als er ihr dann tatsächlich zunickte, wusste Livi nicht, wie ihr geschah. Meinte er wirklich sie? Endlich passierte es, Arvid beugte sich herunter und streckte ihr die Hand entgegen, um sie auf die Bühne zu ziehen. Ihre Träume erfüllten sich in diesem Moment, und sie juchzte aufgekratzt. Sie würde ihm gleich eine Show bieten, die er nicht vergessen würde. Vielleicht konnte sie später noch Backstage? Heute war ihr Glückstag!

Unvermittelt tauchte ein schwarzhaariger Mann neben ihr auf, der sie grob zur Seite kickte und selbst auf die Bühne hechtete. Die Menge johlte. Was war das denn? Verdammt, das hatte wehgetan. Livi rappelte sich wieder auf und starrte den Scheißkerl, der ihr das angetan hatte, bebend an.

Der Typ forderte mit Handzeichen die Gitarre von Arvid, und der ließ sich unwillig auf die ungeplante Aktion ein. Das Publikum verfolgte die Darbietung auf den großen Leinwänden rechts und links der Bühne, pfiff und applaudierte erwartungsvoll. Livi wollte ihn da runterholen und in sein dümmliches Grinsen schlagen. Er schien gut bei den Zuschauern anzukommen, hob die Hände und klatschte einen Takt. Sofort stieg das Publikum mit ein, und er wiederholte den letzten Song. Seine Stimme war der des Frontmanns zum Verwechseln ähnlich, und an der Gitarre zeigte er sich sogar noch fingerfertiger als Arvid. Die Menge rastete aus.

Livi verstand nichts mehr. Aber gefallen lassen wollte sie sich diese hinterhältige Aktion nicht. Sie sprang über die Absperrung und kletterte nun selbst auf die Bühne. Arvid hatte sie ausgewählt. Sie. Nicht dieses Arschloch, das sie einfach weggetreten hatte. Sie würde sich von ihm diesen Abend nicht kaputtmachen lassen.

Arvid war mit dem Penner beschäftigt, der den zweiten Song anstimmte und ein so überragendes Gitarrensolo hinlegte, dass ihr Idol erblasste.

Die Zuschauer feierten den Typen frenetisch. Er spielte einen langen Ton, der nicht enden wollte, fiel auf die Knie. Die Menge feuerte ihn an. Alle Augen und unzählige Handykameras waren auf den Schwachkopf gerichtet. Morgen wären die sozialen Medien voll von diesem Blödmann, der Arvid die Show stehlen wollte. Der hatte doch den Schuss nicht gehört. Am liebsten hätte sie ihn von der Bühne gekickt.

Von einem auf den anderen Moment verstummte das Kreischen der Gitarre, der Fremde riss seinen Mund weit auf und lachte wie ein Wahnsinniger. Dann brüllte er.

Der schrille Klang schreckte die Gemüter auf, das Publikum applaudierte nicht mehr. Einzelne Buhrufe verstärkten die Disharmonie, aufgeladenes Knistern erfüllte die Atmosphäre.

Endlich bewegten sich die Männer von der Security zur Bühne, um diesen Unfug zu beenden, Livi atmete erleichtert auf.

Der Schwarzhaarige brüllte ohrenbetäubend. Das war keine Show mehr, offensichtlich hatte er Schmerzen. Die Mikrofone und Lautsprecher verstärkten sein qualvolles Stöhnen, überlebensgroß starrte seine schmerzverzerrte Fratze von den Leinwänden.

Er rappelte sich auf, stand wieder auf seinen Füßen

und blickte leer in die erschrockenen Gesichter. Er lachte erneut, als würde ihn die Situation amüsieren. Seine Stimme überschlug sich und zersprang in schmerzerfülltes Keuchen.

Livi stand keine zwei Meter von ihm entfernt, presste sich die Hand vor den Mund, um nicht ebenfalls zu schreien. Sie konnte sich nicht regen, nicht wegschauen. Was war mit diesem Typen los?

Einen Augenblick später explodierte sein Kopf, atomisierte seine Bestandteile, bespritzte Livi, Arvid und die Bandmitglieder mit Blut und Hirnmasse. Auch auf das Publikum am Bühnenrand ging warme Feuchtigkeit nieder.

Der leblose Körper des Mannes kippte vornüber. Blut strömte aus seinem Rumpf und breitete sich auf der Bühne aus. Panik brachte die Menge in Bewegung. Sie hetzten unkontrolliert Richtung Ausgang, fielen, schrien, versuchten davonzulaufen.

Livi merkte erst, dass sie weinte, als die Mikrofone auf der Bühne ihr Schluchzen in die kreischende Menge übertrugen. Verdammt, was war das gewesen? Sie wollte zu Arvid und nachsehen, ob es ihm gut ging. Aber sie konnte sich nicht rühren, es rauschte in ihren Ohren, und sie rollte sich auf der Bühne zusammen.

Menschen weinten und suchten einen Weg hinaus aus diesem furchtbaren Geschehen. Livi blickte auf die panische Menge und trauerte um den Tag, auf den sie sich so lange gefreut hatte. Sie wollte zu Kjell, zu ihrer Mama.

Ohne Ankündigung legte sich Stille über jeden einzelnen Menschen, als hätten sie wie aus dem Nichts Trost gefunden. Niemand rannte mehr. Alle erstarrten in ihrer Rastlosigkeit. Nur Atem war zu hören, sie atmeten wie aus einem Mund, und Livi atmete mit ihnen.

Sie erhob sich und sprang von der Bühne. Arvid und die Band folgten ihr.

Eben noch waren die Besucher rücksichtslos übereinander gerannt, hatten sich gegenseitig geschubst und getreten, um schnell zu den Ausgängen zu kommen, wenige Augenblicke später strömten Tausende Menschen geordnet vom Gelände. Wie die Flutwelle eines aufgepeitschten Meeres zogen sie durch Lillehammer, immer weiter gen Osten.

Livi mitten unter ihnen. Ihre Beine trugen sie, einen Schritt nach dem anderen. Sie dachte nicht. Sie lief. Sie hatte ein Ziel. Sie wusste nicht, wo es war, wusste nur, dass sie es erreichen musste. Überall um sie herum Köpfe. Einer davon gehörte Arvid, aber sie fühlte nichts. Er war einer von vielen.

Als sie sich dem Haus ihrer Mama näherten, erfasste sie eine Regung. Ihr Herz begann schmerzhaft zu schlagen, als steckte eine Hand in ihrer Brust, die es zusammenquetschte. Nein. Sie versuchte, ihre Schritte zu kontrollieren, freizukommen. Hier, hinter den Wänden des rotgestrichenen Hauses, war ihr Baby. Kjell. Es kostete sie enorme Anstrengung, vom Weg abzuweichen, aus dem Strom der Dahinstürmenden auszubrechen.

Hände griffen nach ihr, versuchten, sie zurückzuhalten. Livi schlug nach ihnen, befreite sich und schrie mit einer fremden, gebrochenen Stimme. Sie schleppte sich zur Haustür, polterte mit ihren Fäusten gegen das abgewetzte Holz, bis Edda sie voller Schrecken aufriss. Livi ließ ihre Mutter auf der Schwelle stehen, schoss in die vertraute Wohnstube, streckte die Arme nach Kjell aus, der im Gästebett lag und schlief, drückte seinen warmen Körper an ihr pochendes Herz.

»Was machst du, um Himmels willen, was ist da los?«

Edda versuchte, Livi aufzuhalten, als die Anstalten machte, mit Kjell hinauszulaufen. »Wo willst du hin, Schatz? Livi, du weckst ihn.« Edda schluchzte, aber ihre Tochter schien sie nicht zu hören.

Sie schubste ihre Mutter zur Seite, stürmte mit ihrem schlaftrunkenen Sohn hinaus in den kühlen Abend. Nicht einmal eine Jacke zog sie ihm an. Edda hielt sich am Türrahmen fest, schrie hinter ihrer Tochter her. Aber sie war fort, verschmolz mit den Menschen, die sich fortbewegten wie ein unermüdlicher Lavastrom.

Sie schwiegen, die Vielen. Schritt für Schritt durchquerten sie die Stadt. Die gut Trainierten lösten sich bald von der Gruppe und bildeten eine rascher vorankommende Vorhut. Die älteren Konzertbesucher fielen zurück. Sie hielten ein Tempo, das ihnen alles abverlangte, selbst wenn sie stolperten, erhoben sie sich wieder und setzten ihren Weg fort. Niemand half dem anderen. Sie flossen verbunden wie eine Flüssigkeit zu ihrem unbekannten Ziel.

Kjell weinte in den Armen seiner Mutter. Er fror, die Menschenmasse ängstigte ihn. Er vergrub sein Gesicht in ihren Locken und kniff die Augen fest zusammen. Mama sprach nicht mit ihm, tröstete ihn nicht. Sie schien ihn überhaupt nicht wahrzunehmen, nur ihre Arme hielten ihn fest umschlungen. Unter ihren Augen war verschmierte Farbe, als hätte sie schwarze Tränen geweint. Sie liefen und liefen. Er wollte zurück zu seiner Oma. In sein warmes Bett, Kekse essen und zugedeckt werden. Er war so müde, und endlich schlief er ein.

Irgendwann erwachte er wieder, weil sie ihn nicht mehr so fest hielt. Ihre Arme zitterten, und als er seine Mama anblickte, sah er, dass sie weinte. Sie schluchzte nicht wie sonst, wenn sie traurig war, aber ihre Tränen liefen immerzu, tränkten ihr schmutziges T-Shirt und tropften auf seinen Kopf.

Kjell flüsterte: »Mama.«. Ihre Augen blickten starr nach vorn. »Mama«, wiederholte er verschüchtert, und Livi zuckte zusammen, als hätte sie jemand geschlagen. Ihre Schritte wurden schwerfälliger, eine ältere Frau rempelte sie von der Seite an. Das Zittern ihrer Arme nahm zu, und Kjell begann laut zu weinen. Niemand interessierte sich für ihn. Sie sahen durch ihn hindurch.

Mama hob ihn bebend auf ihre Schultern. Das liebte er. Heute nicht. Von hier oben konnte er all diese kalten Menschen sehen. Es waren so viele. Er fror und machte sich klein, umschloss mit seinen Ärmchen ihren Hals, schmiegte sich an seine Mama. Und die ganze Zeit schluchzte er, bis es ein tröstendes Geräusch wurde, das ihn einschlafen ließ.

Sie liefen die gesamte Nacht hindurch, verließen die Straßen und begannen eine schreckliche Wanderung über Hügel und Steine. Mama strauchelte und fing sich im letzten Moment. Er wäre ein paar Mal fast heruntergefallen. Ihm tat der Rücken weh und er fühlte seine Arme kaum. Wieder schluchzte er. Durst und Übermüdung quälten ihn.

Die Gruppe fiel immer weiter auseinander. Kjell sah sich um und entdeckte verletzte Menschen. Manche trugen nur einen Schuh am Fuß und bluteten am anderen. Eine Frau schien auf ihr Gesicht gefallen zu sein. Aus ihrem Auge quoll Blut. Er musste wegschauen. Er fürchtete sich. Und er war allein. Mama war so kalt, gar nicht mehr lieb. Sie war wie die anderen.

Endlich erreichten sie wieder einen befestigten Weg, und er musste sich nicht mehr fürchten, dass er herunterfallen könnte. Der schmale Pfad führte durch einen dicht bewachsenen Wald, und die Leute drängten sich zusammen. Unvermittelt stolperte Mama und stöhnte. War sie verletzt? Sie humpelte. Kjell schluchzte. Sein sicherer Hafen fiel auseinander.

Seine Mutter setzte ihn ab, ergriff seine Hand und zog ihn mit sich. Er weinte, versuchte, sich an ihrem Bein festzuhalten. Mama hinkte. Sie musste Schmerzen haben. Er suchte immer wieder ihren Blick, aber sie starrte in die Ferne.

Plötzlich rempelte ihn ein riesiger Mann an, und Kjell stürzte. Livi drehte sich blitzschnell um, öffnete ihre Arme und zum ersten Mal während dieser furchtbaren Wanderung blickte sie ihren Sohn an. Kjell wollte aufstehen und zu ihr rennen. Aber jemand trat ihm auf die Wade, sodass er vor Schmerz aufschrie. Niemand scherte sich darum. Es folgten andere Wanderer, sie trampelten über ihn hinweg, traten auf seinen kleinen Körper, bis er nicht mehr weinte, sich nicht mehr bewegte, ihm nicht mehr kalt war.

Livi begann zu schreien. Sie brüllte, und in ihrer Stimme lag der ganze Schmerz ihrer verlorenen Seele. Sie ließ sich auf den Boden fallen und robbte zu ihrem Sohn, riss ihn an sich, wollte ihn mit sich zerren.

Hilfesuchend sah sie auf und entdeckte das erste Mal Tränen in den Augen der anderen Frauen. Sie fühlten für einen Moment mit ihr. Doch dann grapschten sie nach ihr, packten ihre Arme, rissen an ihren Haaren und zwangen sie weiterzulaufen. Sie fügte sich. Ließ ihren Sohn im Staub liegen, spürte den gebrochenen Knöchel nicht mehr, fühlte gar nichts mehr und lief weiter. Tage- und nächtelang.

3. Ragnarök

Rasmus war außer sich. Seine Fäuste donnerten schwer gegen die Haustür, tränkten das Holz mit rotem Zorn. Der Schmerz brachte ihn nicht zur Vernunft. Im Gegenteil, der konstante Rhythmus seiner Hiebe entfachte eine Höllenqual in seinem Inneren und gebar einen wahnsinnigen Plan.

Entsetzen vor dem, was er zu tun gedachte, brachte seine Entschlossenheit ins Wanken. Er öffnete und schloss die blutverschmierten Fäuste, während ein Rest verbliebener Vernunft nach einem Zweifel suchte, nach einer Hand, die ihn zurückhielt.

Doch die Visionen raubten ihm den Atem. Er stellte sich vor, wie Henrik und Lillian zu Briketts verbrannt im Ehebett lagen. Dem Bett, in welchem er jahrelang neben seiner Frau geschlafen hatte.

Bebend ließ er die Hände sinken, während andere Bilder in seinen Kopf drängten. Zwölf Jahre lang war er ihr Mann gewesen und heute hatte er sie zum ersten Mal auf diese Weise betrachtet. Seine eigene Frau. Nie hatte er sie nackt sehen dürfen, wenn sie sich nah gekommen waren.

Sie hatte das nicht gewollt, war so erzogen worden. Er müsse das verstehen, hatte Lillian gesagt. Und so hatte Rasmus seine unwillkommene Begierde jeden Tag beim Betreten ihres Zuhauses an der Türschwelle zurückgelassen. Sie war schließlich seine Frau. Er hätte sie niemals verlassen, so einer war er nicht.

Heute, so unerwartet wie ungebeten, hatte Rasmus erkennen müssen, dass er ein Trottel war. Ausgerechnet Henrik, für den er lange Jahre gearbeitet und den er für einen Freund gehalten hatte.

Hätte der Transporter nicht gestreikt, wäre er wie von Henrik aufgetragen die ganze Strecke nach Hudiksvall gefahren, um Holz auszuliefern. Aber die Karre war stehen geblieben und hatte alles verändert.

Zu Fuß war er den endlosen Weg über die Landstraße nach Hause geeilt, glücklich Lillian mit einem frühen Arbeitsende zu überraschen. Als er Henriks Wagen vor seinem Haus erkannte, hatte Rasmus keine Ahnung, warum sein Chef sich hier aufhielt, obwohl er selbst nicht anwesend war. Auch nicht, als er die Haustür nicht öffnen konnte, weil der Schlüssel von innen steckte.

Bester Laune war er ums Haus zum Hintereingang spaziert, hatte daran gedacht, mit Henrik ein Bier zu trinken und Fleisch auf den Grill zu werfen. Im Vorbeigehen hatte er einen Blick ins Schlafzimmer geworfen. Und in diesem Moment hatte sich Rasmus' Weltbild verändert. Er dachte fortwährend ans *Grillen.*

Er seufzte, als er wieder vor sich sah, wie sie es sich von diesem Drecksack hatte besorgen lassen. Ihre blütenweiße Haut, die wippenden Brüste, das blonde Haar ihrer Scham, der begehrlich verzerrte Mund.

Ihr ekstatischer Gesichtsausdruck hatte sich in seine Netzhaut gebrannt. Wie sie sich brünstig im Ehebett gesuhlt, die Beine in die Luft gereckt hatte.

Lillians triebhafte Schamlosigkeit hatte ihm den Atem geraubt.

Beim Betrachten der Szene, die in einem Augenblick alles zertrümmerte, wofür er gelebt hatte, hatte er einen Ständer bekommen. *Hure.*

Sie hatten weitergemacht, während er auf die Haustür eindrosch. Vielleicht war es ein Kick für sie gewesen.

Beim Gedanken daran trat Rasmus gegen die Holzstufen und fluchte. Nichts hielt ihn mehr zurück, er musste es sofort tun, solange sie noch im Schlafzimmer waren.

Er stürmte etliche Male zum Gartenschuppen und schleppte haufenweise Holzlatten auf die Veranda. Ein letztes Mal rannte er in die Laube und kam mit der Nagelpistole zurück. Vorsorglich durchtrennte er die Telefonleitung mit seinem Klappmesser und begann mit geübten Handgriffen, sämtliche Türen und Fenster des Hauses zu vernageln. Er startete mit den zwei Ausgängen und Fenstern im Erdgeschoss, damit sie nicht mehr entwischen könnten.

Zum Schluss stand Rasmus vor dem Schlafzimmerfenster. Er konnte nicht glauben, dass sie den Lärm überhört hatten. Aber so war es wohl gewesen, nichts hatte sie voneinander lösen können, als seien sie in den Flitterwochen.

Rasmus donnerte mit dem Brett in seinem Arm gegen die Holzverkleidung des Schlafzimmers, bis Lillian, ihre Blöße notdürftig mit einem Deckchen verhüllend, den Kopf aus dem Fenster steckte.

»Rasmus? Was um Gottes willen treibst du da?« Sie schüttelte den Kopf, ihr rot zerknutschter Mund zitterte.

»Halt die Klappe, du erbärmliches Miststück. Abgesehen davon gebe ich dir einen Rat: Bleib im Haus mit deinem Stecher! Ansonsten nagel ich euch ans Bett, verstanden?« Rasmus zielte mit der Nagelpistole auf ihren Kopf.

»Tut mir leid. So hättest du es nicht erfahren sollen, Liebster.«

Vielleicht entsprach das sogar der Wahrheit – oder war sie nur entsetzt, dass ihre Affäre aufgeflogen war?

»Liebster?« Er schüttelte sich, hätte ihr beinahe das schwere Arbeitsgerät an den Kopf geworfen. »Verschon mich mit deinen Lügen!«

Lillian antwortete nicht, nickte erschrocken, schloss das Fenster lautlos und begann hysterisch zu heulen. Das gefiel ihm, sollte sie doch flennen, dieses scheinheilige Aas.

»Warum brennt Ihr nicht zusammen durch?!«, rief er ihr hinterher. Wäre er nicht so abgerissen gewesen, hätte er sich totgelacht über seinen eigenen Witz.

Er hatte damit gerechnet, dass Henrik aus dem Haus kommen und ihm Einhalt gebieten würde, aber stattdessen war er feige drinnen geblieben. Lillian hatte ihm immerhin in die Augen gesehen.

Entschlossen setzte er seine Arbeit fort, summte einen Song, *Burning down the House*, und prügelte ihm einen Beat mit der Nagelpistole ein, aus der er Hunderte von Nägeln abschoss. Am Ende stand er auf der Leiter und vernagelte die Fenster der oberen Etage.

Von drinnen hörte er die beiden streiten. Sie waren so miteinander beschäftigt, dass er den Job ungehindert zu Ende bringen konnte.

Seine Hände bluteten, waren gespickt mit Holzsplittern, doch er empfand keinen Schmerz. Die Arbeit war erledigt, und für einen Moment fühlte er sich befriedigt.

Lillian und Henrik schienen inzwischen begriffen zu haben, was Rasmus getan hatte. Sie rüttelten und zerrten an der vernagelten Haustür. Ihre Rufe klangen mickrig wie aus dem Diesseits amputiert. Rasmus stellte sich vor, sie wären tot und die Stimmen entstammten ihren verkommenen Seelen, die in der Vorhölle gegrillt wurden. Er hätte ihr Gebrabbel überhören können, doch er presste sein Ohr an die Tür. Lillian gelobte honigsüße Versprechen. *Lügen*. Nie vorher hatte er eine derartige Scheißwut verspürt. Er wusste, er war kein Supermann, stellte nichts Herausragendes dar. Weder waren seine Fingernägel manikürt, noch besaß er einen Doktortitel, aber er hielt sich für einen guten Kerl und arbeitete hart.

Henrik brüllte durch die Tür: »Was soll das werden, Bursche? Denk mal dran, wer dein Gehalt bezahlt und pass auf, dass ich dich nicht vor die Tür setze.«

Rasmus drosch gegen das raue Holz und stellte sich vor, es wäre Hendrik: »Halt bloß die Schnauze, Arschloch. Du hast mich bereits vor die Tür gesetzt, vor meine eigene. Und dann vögelst du seelenruhig meine verfluchte Frau. Was für ein abartiges Problem hast du eigentlich, du Dreckskerl?« Die letzten Worte brüllte er: »Übrigens, ich kündige.«

»Du reagierst über, Rasmus. Das zwingt mich, die Polizei zu rufen, die müssen dich wohl mal …«

Rasmus fiel ihm ins Wort: »Ja, mach das, unbedingt, du Scheißkerl. Grüß Peterson von mir und sag ihm, dass es mir leidtut. Ach was, wird es nicht.«

Ein finsterer Lachkrampf schüttelte ihn. Sie hatten offensichtlich nicht bemerkt, dass das Haustelefon nur noch als Deko diente und das Mobilfunknetz war hier noch immer nicht flächendeckend ausgebaut worden.

Rasmus verschwand erneut im Schuppen, brachte eine Flasche vom guten Selbstgebrannten mit, die er dort vor Lillian versteckt hatte. Alles, von dem er gewusst hatte, dass sie es missbilligen würde, hatte er vor ihr verheimlicht und verleugnet. Rückblickend fand er sein Dasein unerträglich. Wer war er überhaupt? Seine Frau trieb es mit seinem Chef, während er sie nie nackt gesehen hatte? Sie hatte augenscheinlich Spaß gehabt, während er jahrelang in seinem Wohnmobil gehockt und sein Verlangen mit Pornoheften gestillt hatte.

Flammender Schmerz breitete sich in seinen Händen aus. Er betrachtete seine von Holzsplittern durchdrungenen Finger und jaulte wie ein verlassener Hund. Sein Leben war ein Scherz ohne Pointe. Immerhin schien er seine Rolle als Witzfigur überzeugend ausgefüllt zu haben.

Rasmus setzte sich auf die Veranda. Nur noch einen Moment. Er wollte einen kleinen Schluck vom Selbstgebrannten nehmen. Er leerte die halbe Flasche.

Im Haus war es still geworden. Warum kratzten sie nicht mehr an der Tür? Wo war das Geplänkel geblieben? Tranken sie etwa Kaffee und lachten über ihn?

Benebelt taumelte er zum Wohnmobil und zog den Benzinkanister aus dem Durcheinander, das im Wagen herrschte. Er schaffte es nicht, den Deckel aufzuschrauben und verfluchte sein beschissenes Dasein.

Vorsichtig tastete er nach dem Klappmesser in der Jacke, zog es umständlich heraus und begann auf den Kanister einzustechen. Der Sprit sickerte über einige kümmerliche Löcher aus dem Behältnis. Was für eine Pfeife war er eigentlich? Schließlich beförderte seine unerträgliche Wut den Kunststoff ins Jenseits. Er hielt inne. Plötzlich erwachte er aus diesem Albtraum. Sollte er weinen oder lachen? Er konnte das Haus nicht anzünden und warf das Behältnis zurück in den Camper, der seit Jahren auf dem verwilderten Grünstreifen neben dem

Haus sein erbärmliches Dasein fristete. Er fühlte sich genau wie das alte Gefährt. Er stand nur herum, tat nie, was ihm bestimmt war.

Doch sie töten? Was hatte er sich bloß gedacht? Er wünschte ihnen eine richtig beschissene Zeit, die hatten sie sich verdient. So einfach kämen sie da nicht mehr hinaus.

Aus dem Haus erklangen gedämpfte Schreie. Sie bettelten, plärrten, verlangten. Er vernahm Gepolter aus dem Inneren, sie versuchten, sich zu befreien.

Für einen Moment genoss er den Gedanken, dass sie sich jetzt Sorgen machen würden. Heute würde es fraglos keinen lustvollen Nachschlag geben.

Er setzte sich erneut auf die Terrasse, hörte ihren Verwünschungen zu und leerte den Selbstgebrannten bis auf den letzten Tropfen.

Als er die Flasche wegstellte, fiel sein Blick auf seinen Ehering. Er brannte auf seiner Haut, schien förmlich zu glühen. Das illusorische Ding musste weg. Er packte ihn und zog daran. Er bewegte sich kein Stück. Rasmus tobte wie ein Wahnsinniger, doch seine Hände waren zu geschwollen, um ihn abzustreifen.

In seiner Bedrängnis packte er das Messer und traktierte seinen Finger, hieb die Klinge ins Geflecht aus Haut und Muskeln, perforierte Gefäße, durchtrennte Sehnen. Er schrie wie ein Tier, schrill und qualvoll, doch er hörte sich selbst nicht. *Hure.* Zermürbt schleppte er sich zum Wohnmobil, setzte sich hinter das Steuer und fuhr in Schlangenlinien davon.

So übel sich die Ereignisse für Rasmus auch präsentiert hatten, was einige Stunden später an diesem Tag geschah, besaß eine massivere Wirkung.

Es war Sonntagnachmittag, der 06. Mai 2035. Die

Natur war frisch aus ihrem Winterschlaf erwacht. Keine Wolke zeigte sich am tiefblauen Himmel. Die Luft roch nach Raps und Barbecue. Die Eiscafés in der Stadt boomten. Die Einwohner und zahlreichen Touristen genossen den strahlenden Ausblick auf den Sommer. Allerorts wurde gepicknickt, Fußball gespielt, geangelt und in der Sonne entspannt.

Die Ausgelassenheit wich, als ein greller Blitz den Himmel durchzuckte. Nicht begrenzt wie das Aufleuchten eines Gewitters, die Lichtquelle besaß höhere Energie und tauchte jeden Winkel der Kleinstadt in gleißendes Licht, gewährte Lillian und Henrik durch die Ritzen der vernagelten Fenster einen Moment Helligkeit. Fahrzeuge rasten blind ineinander, Lachen verstummte, alles Tun erstarb, Panik überrollte das Städtchen.

Unmittelbar darauf wurde eine ohrenbetäubende Detonation hörbar, die die Schreie der Bevölkerung übertönte. Am Boden formte sich ein riesiger Feuerball, der alles, was sich darunter befand, auslöschte. Für einen Moment herrschte im Epizentrum der Explosion eine höhere Temperatur als im Inneren der Sonne.

Kurze Zeit darauf eliminierte die Druckwelle alles Leben in einem Radius von zwei Kilometern. Menschen und Tiere wurden zu Geschossen und verdampften. Der Atompilz manifestierte sich. Im weiteren Umfeld fraß sich die tödliche Hitze durch alles, was Nahrung bot.

Henrik und Lillian wurden, wie von Rasmus ersehnt, zu Briketts verkohlt, das Haus von der heranrollenden Druckwelle hinweggefegt. In weiterer Entfernung verbrannte das Fell der Kühe bis tief ins Muskelfleisch. Ein Feuersturm breitete sich kilometerweit aus und wütete, bis jedes Dasein verschlungen war. Radioaktiver Niederschlag schwebte über Stunden zu Boden und verseuchte den umliegenden Landstrich.

Die Wenigen, die überlebten, waren beschädigt, massiv strahlenbelastet oder von schweren Verbrennungen gezeichnet. Über dreitausend Menschen verloren das Leben. Weitere dreihundertzweiundsiebzig folgten ihnen innerhalb von achtundvierzig Stunden.

Tage vor der Apokalypse hatte sich ein Wanderer auf den Weg gemacht. Er lief barfuß, querfeldein, kreuzte Straßen, passierte Wälder, schwamm durch Seen und Flüsse, erklomm Berge, überwand alle Hindernisse. Er aß und trank nicht, gewährte sich keine Rast, erleichterte sich nicht. Er lief am Tag und in der Nacht. Seine Füße bluteten, er war atemlos, aber sein Tempo blieb konstant.

Nach und nach wurden weitere Wanderer sichtbar. Sie traten aus allen Himmelsrichtungen hervor. Am Ende des Tages durchzogen mehr als fünftausend Menschen die Region, gezeichnet von ihrem kraftraubenden Marsch. Etliche robbten auf zerschundenen Händen und Knien. Manche wiesen gebrochene Gliedmaßen auf.

Sie hatten ein Ziel. Sie drängten zur Todeszone.

4. Kick off

»Guten Abend, Atlanta!« Rob Clarke lächelte und ließ den Blick durch den voll besetzten Saal schweifen. »Es ist mir eine Ehre, die Elite der Wissenschaft aus allen Nationen der Welt zur Verleihung des Wally-Goodman-Forschungspreises zu begrüßen. Sind Sie auch voller Vorfreude wie ich, meine Damen und Herren? Sie alle verdienen es, für Ihre Tätigkeiten ausgezeichnet zu werden. Sind Sie nicht aus diesem Grund hier und hoffen darauf, Ihren Namen zu hören? Hätten Sie sonst den Anzug in die Reinigung gebracht und Ihre Schuhe geputzt?«

Kurzes Gelächter scholl durch die Halle, die mit über vierhundert Besuchern bis auf den letzten Platz gefüllt war. Vor so einem hochkarätigen Publikum zu sprechen gehörte vor zwei Tagen noch nicht zu seinen Talenten. Doch Lampenfieber existierte nicht mehr, er war ganz in seinem Element.

Es war ein Kinderspiel gewesen, die Führung durch den Abend kurzfristig an sich zu reißen und den ursprünglich vorgesehenen Moderator verschwinden zu lassen. Einfach und nahezu unblutig. Dass er, der prominente Kernphysiker, unverhofft zur Stelle war und einspringen konnte, hatte beim Organisator für Verzückung gesorgt. Einen Tag vor der Preisverleihung einen neuen Moderator zu finden, war so gut wie ausgeschlossen. Nun stand er hier und genoss den Auftritt.

»Ich möchte Ihnen eine Geschichte erzählen«, begann er und betrachtete die Anwesenden. Niemand saß zufällig hier, alle hatten sich einen Namen in der Medizin, Astronomie, Biologie, Physik, Genetik und weiß Gott wo noch gemacht. Sie waren ideale Anwärter, wie er selbst, sonst stünde er heute nicht auf dieser Bühne.

»Während ich in den letzten Tagen mit Freaks wie Ihnen im brasilianischen Urwald Forschungen betrieben habe, ist etwas Außergewöhnliches passiert. Zwischen die Wissenschaftler hatte sich ein schwarzes Schaf geschlichen. Eine schlichte Seele, die sich nach Anerkennung verzehrte. Dieses schmerzliche Gefühl ist Ihnen bekannt, nicht wahr?«

Das Publikum lachte verhalten.

»Sein Antrieb, neben den renommierten Forschern etwas gelten zu wollen, hatte ihm großen Enthusiasmus verliehen. Sie werden staunen, er war es, der die Welt verändert hat. Er hat in seiner Naivität etwas bewirkt, wozu wir nicht in der Lage waren. Es hat ihn das Leben gekostet, aber er hat sich seinen Platz in den Geschichtsbüchern verdient.«

Er hielt inne und musterte die Menschen. Hochrangige Gelehrte saßen dort und sahen ihn selbstgefällig an. Selbst eine Astronautin befand sich im Publikum. Er ballte die Fäuste, als er sie erkannte.

»Sie! Ja, die Dame im schwarzen Kostüm, die mir diese zweifelnden Blicke zuwirft.« Er zeigte auf Kara Brooks.

»Frauen!«, sagte Clarke, »Evastöchter wie Sie, Mrs.

Brooks, mit einem IQ von über einhundertfünfzig und maximaler Vernetzung der Hirnhälften, die Sie an geniale Effizienz heranbringt. Durchsetzungsstarke Wesen mit Persönlichkeit. Ein wahrer Großrechner, versetzt mit einem Treibstoff, der uns Männern fehlt. Östrogen! Liquide Cleverness? Ein Mysterium!« Clarke lächelte salbungsvoll. »Meine Damen und Herren, diese Lady wird in einigen Tagen auf die Internationale Raumstation fliegen und Forschungen betreiben, die unter höchster Geheimhaltung stehen.«

Die Geladenen drehten ihre Köpfe und betrachteten sie interessiert. Kara lächelte überrumpelt und rutschte auf ihrem Stuhl umher.

Die Augen auf das Publikum gerichtet, sagte er: »Fragen Sie sich, warum ich Ihnen das alles erzähle?« Er hielt inne und lächelte, die Hitze in seiner Brust breitete sich über seine Blutbahnen im ganzen Körper aus. »Sie warten darauf, dass Ihr Name genannt wird, weil Sie überzeugt sind, zu den Preisträgern des Abends zu gehören?« Er klatschte in die Hände und grinste. »Zweifellos zählen Sie zu den Auserkorenen, die etwas Denkwürdiges vollbringen werden!«

Er hastete ein paar Schritte vor, stellte sich an den Rand der Bühne und sagte: »Sie haben richtig gehört, die Sternstunde liegt vor Ihnen, meine Damen und Herren. Schauen Sie hin, und lassen Sie sich vom größten Moment meines Lebens inspirieren.«

Sein glanzvoller Augenblick nahte. Clarke stockte. Seine Beine zitterten. Er wollte loslassen, dem Druck nachgeben.

Mit jedem weiteren Wort aus dem Mund des Moderators schwand die feierliche Atmosphäre im Saal. Kara sah über die Tische zu den anderen Gästen, sie schienen sein Gebaren ebenso wenig zu verstehen wie sie, steckten die Köpfe zusammen und tuschelten aufgeregt. Was war mit diesem Typen los? Er verhielt sich distanzlos und sagte sonderbare Dinge. Sein Lob hatte zynisch geklungen, fast wie eine Beleidigung. Weil sie eine Frau war? Und Geheimhaltung? Was meinte er damit? Es war noch nicht einmal sicher, ob sie überhaupt an der geplanten Mission teilnehmen durfte. Ihre letzte Hoffnung war der NASA-Psychologe Dr. Marks, den sie morgen zum zweiten Begutachtungstermin treffen würde.

Der Moderator stand bebend auf der Bühne. Seine Augen wirkten leer, Speichel tropfte ihm aus dem Mund. Der Impuls zu flüchten, wurde so stark, dass Kara sich am Stuhl festhalten musste. Gleichzeitig konnte sie den Blick nicht von ihm abwenden. Clarke zog eine Grimasse, als litte er unter unsagbaren Schmerzen. Er taumelte, hielt sich am Mikrofonständer fest, der krachend umfiel, und eine schrille Rückkopplung auslöste, die durch den Saal gellte. Er riss den Mund eigentümlich weit auf, hob die Arme in die Luft.

Kara stieß einen Schrei aus, die Gäste sprangen von ihren Stühlen und riefen durcheinander.

Im nächsten Moment platzten seine Augen aus den Höhlen und sein Schädel zerbarst.

Die Geladenen wirbelten durch den Saal, als würde sie ein Tornado umherfegen, schmissen die exquisit gedeckten Tische um, wollten hinaus. Panik schwoll an, immer greller. Kara stürzte beim Versuch, zum Notausgang zu gelangen. Sie hockte auf dem blanken Parkettboden und presste die Hände auf die Ohren. Diese Schreie würde sie nie vergessen. Sie wagte es nicht, den Blick auf Clarke, oder das, was von ihm übrig geblieben war, zu richten. Sie hätte nicht hierher kommen sollen. Kara fühlte, hier war etwas Furchtbares geschehen, und es ließ sich nicht mehr rückgängig machen. Das Gefühl setzte sich in ihr fest, wie ein Albtraum, aus dem sie nicht erwachen konnte. Sie musste hier raus. Sofort, bevor es zu spät wäre. Doch statt aufzustehen, blieb sie sitzen, ihr Herz raste, aber ihr Körper gehorchte ihr nicht.

Abrupt kehrte Stille ein. Die aufgepeitschten Leute erstarrten in ihrer Bewegung, als erinnerten sie sich nicht mehr, warum sie losgestürzt waren.

Kurze Zeit später verließen sie ruhig und geordnet den Saal, setzten sich in Mietwagen, bestiegen Flugzeuge und verteilten sich über den ganzen Globus.

Kara flog nach Houston.

5. Kein Ausgang

ISS

Wie lange hatte ich hier gekauert, den Blick auf Viktor geheftet, der mich aus leblosen Augen zu beobachten schien? Je eingehender ich ihn fixierte, desto lebendiger wirkte er. Meine Fantasie spielte mit mir. Ich wünschte, er würde sich schütteln und einen seiner Flachwitze reißen.

Hatte Geena gewusst, was mich hier erwarten würde, und es verschwiegen? Was war mit Kara geschehen? Die Erinnerung an das Blut auf ihrem Gesicht weckte in mir keinen Elan, ihr erneut zu begegnen. Aber war ich nicht genau deshalb hier? Hatte sie Viktor getötet? Ihn aufgerissen? Obwohl ich sicher war, dass es so sein musste, sträubte ich mich, diese Wahrheit zu akzeptieren. Ausgerechnet sie sollte eine Mörderin sein?

»Hilf mir.«

Erschrocken knallte ich meine Füße an die Begrenzung des Lagerraumes, stieß mich unkontrolliert ab und prallte gegen Viktor, der einige Meter vor mir mit gebrochenen Gliedern in der Schwerelosigkeit aufgebahrt war.

»Richard, hörst du mich?«

Es war keine akustische Halluzination gewesen, das war Kara.

Der Klang ihrer Stimme machte mich fassungslos. Der Schmerz und die kindliche Hilflosigkeit darin irritierten mich.

»Ich halte das nicht mehr aus.«

Sie weinte, und ihre Schluchzer lösten etwas in mir aus. Lautlos verließ ich Viktor und stieß mich durch die Gänge zurück in die Unit 1, die Blutkammer, hielt die Luft an, obwohl mein Herz pumpte und nach Sauerstoff verlangte.

Wo war sie? Sie sollte mein Kommen nicht bemerken, aber ich spürte deutlich, sie beobachtete mich. Einen Moment hielt ich inne. Ich wollte sie sehen und begreifen, was mit ihr geschehen war. Ein Teil von mir sehnte sich nach ihr, und zur gleichen Zeit fühlte ich schmerzhafte Enttäuschung, als hätte sie mich betrogen, indem sie etwas Unfassbares getan hatte.

Sie war mir einige Male vorher begegnet, und immer hatte sie eine besondere Wirkung auf mich gehabt. Bei der letzten psychologischen Begutachtung, kurz vor der geplanten Mission, hatte sie zusammengesunken vor mir gesessen und ununterbrochen nicht vorhandene Fussel von ihrer Hose gepickt. Sie hatte mir nicht in die Augen gesehen, und wenn doch, war ihr Blick nur kurz aufgeflackert, ehe sie sich wieder auf die Flusen konzentrierte. Auf die Frage, ob sie etwas Persönliches belasten würde, hatte sie gestammelt:

»Mein Vater. Ein Schlaganfall. Entschuldigen Sie, ich hatte noch keine fünf Minuten, um das zu verarbeiten. Es würde ihn umbringen, wenn ich nicht zum Raumflug zugelassen werde.«

Sie hatte geweint, und die Flut von Tränen war nicht abgeklungen. Nicht ihr Kummer hatte mich beeinflusst. Es war die Kombination aus dem möglichen Verlust ihres Lebenstraumes, für den sie hart gearbeitet hatte, ihrer beeindruckenden Intelligenz und ihren hellblauen Augen, die verhindert hatte, dass ich die richtige Entscheidung traf.

In diesem Moment hatte ich die Chance dazu gehabt, aber stattdessen hörte ich mich sagen: »Miss Brooks, ich möchte Sie in drei Tagen noch einmal sehen.«

Hier hatten meine Fehler begonnen. Kara war zu beeinträchtigt gewesen, um an der Mission teilzunehmen, ich hätte sie zurückstellen müssen. Doch das hätte weitere Konsequenzen nach sich gezogen.

Die beiden anderen Crewmitglieder, die mit ihr zusammen fliegen sollten, hätten ebenfalls auf der Erde bleiben und die Ersatzmannschaft hätte übernehmen müssen. Daraus hätte ein weiteres Problem resultiert: Zu Karas Crew gehörte der Astronaut Flemming de Jonge, den ich bereits beim letzten Mal von einer Mission ausgeschlossen hatte. Absolut zu Recht. Aber die Vorstellung, ihn erneut zurückzustellen, war mir unerträglich gewesen. Nicht zuletzt hatte mir Kara gefallen. Sie hatte einen IQ von einhundertsiebenundfünfzig, kombiniert mit dem Augenaufschlag eines Rehs. Niemand hatte die Tests je so erfolgreich bestanden wie sie.

»Richard? Ich bin hier.«

Ihre Stimme schien aus einer der zwei Schlafkojen im Swesda-Modul zu kommen. Zögernd glitt ich durch den Gang, öffnete die erste Kammer und entdeckte eine menschliche Silhouette, die vollständig im Schlafsack steckte. Der graue Stoff war dunkelrot durchtränkt. Ich zog mich näher heran. Kein Lebenszeichen. Es roch nach Tod. Schweiß sammelte sich zwischen meinen Schulterblättern. Widerstrebend zog ich mich zur anderen Koje und öffnete sie.

Kara steckte angegurtet im Schlafsack wie eine Raupe, die bald aus ihrem Kokon schlüpfen würde. In was für ein Ungeheuer sollte sie sich verwandeln, das sie nicht bereits war? Um ihre Augen hatten sich Tränen gesammelt, die wie Trauben an ihrer Haut hafteten.

Meine Anspannung schlug in Wut um, während ich sie anstarrte. Sie war unvergleichlich anziehend und hochgebildet. Doch wie sie vor mir an der Kojenwand haftete, wirkte sie wie ein albtraumhaftes Kunstobjekt. Ihr Gesicht war bis unter die Augen mit Blut beschmiert. Ihre schulterlangen Haare waren verklebt und standen aufgrund der fehlenden Schwerkraft in alle Richtungen ab wie der Glorienschein eines Todesengels. Unter ihren Fingernägeln klebte Blut, und die Vorstellung, was sie mit ihnen getan hatte, drehte mir den Magen um. Sie sah furchtbar und wunderschön aus. Ich wusste nicht, wie ich diese beiden Empfindungen verarbeiten sollte und musterte sie schweigend.

Mir zitterten die Hände, ich klammerte mich an die Tür, um zu verhindern, dass meine Finger auf ihrem Hals landeten. Mindestens zwei Besatzungsmitglieder waren tot. Wenn sie dafür verantwortlich war, traf mich die Schuld genau wie sie. Hatte ich noch Zweifel?

Sie schwieg, als wollte sie mich das ganze Ausmaß ihrer Vergehen begreifen lassen. Gleichzeitig präsentierte sie sich, als könnte sie nichts für das Grauen, das sie verkörperte.

Neben ihr war ein Laptop befestigt, der Bildschirm zeigte eine Übersicht aller Sektoren. Sie hatte mich tatsächlich die ganze Zeit beobachtet.

»Du solltest mich ins All werfen.« Ihre Stimme war kaum mehr als ein Flüstern. Sie wandte ihren Kopf weinend zur Seite. »Daddy ist tot, Richard.«

Ich unterdrückte den Impuls, mich ihr zu nähern, durchforstete mein Hirn nach Worten, fand keine. Ich wollte sie vernichten und fühlte gleichzeitig ihre Macht, wie sie mich trotz ihrer abstoßenden Erscheinung anzog. Als hätte sie meine Gedanken gelesen, schwollen ihre Schluchzer zu einem hysterischen Geschrei an. Verdammt, was war mit ihr los? Ich suchte nach Krankheitsbildern, die ihr Verhalten erklären könnten. Mir fiel nichts ein, mein Kopf war wie leer gefegt.

Die erneute Begutachtung, die ich drei Tage nach der letzten angesetzt hatte, war verheerend verlaufen. Noch immer konnte ich nicht begreifen, wie ich dermaßen die Kontrolle hatte verlieren können. Hätte ich mich besser im Griff gehabt, wäre niemand gestorben.

Innerhalb der kurzen Zeit zwischen den Untersuchungen hatte sich Kara massiv verändert. Sie war ins Sprechzimmer stolziert, als wäre sie Jessica Rabbit höchstpersönlich. Wie herangezoomt hatte ich jedes Detail an ihr wahrgenommen.

Ihre Augen funkelten wie das hellblaue Eis der Arktis, und ich konnte den Blick nicht von ihr lösen. Sie trug ein kirschrotes, von oben bis unten durchgeknöpftes Kleid, das sich eng an ihre Kurven schmiegte. Was für eine unpassende Aufmachung für die Begutachtung. Doch ich ertappte mich bei anstößigen Gedanken. Das war unprofessionell, und ich versuchte, Kontrolle über meine Anwandlungen zu bekommen.

Sie sah wie ein Wesen von einem anderen Stern aus. Absolute Vollkommenheit. Hatte ich sie bereits bei unseren vorigen Begegnungen attraktiv gefunden, spürte ich jetzt etwas Abnormes nach mir greifen.

»Erzählen Sie mir von Ihrem Vater, Miss Brooks?«

»Er ist vorgestern gestorben.«

Sie sagte das so unbeteiligt, als sei ein Goldfisch in ihrem Aquarium eingegangen.

»Mein Beileid.«

»Er ist erlöst, Doktor. Lassen wir das Thema ruhen.«

Ihre Lippen bewegten sich in Zeitlupe, ich vermochte ihr kaum zu folgen. Ihre Augen funkelten, ihre Energie glich einem Orkan, der mich mit sich riss. Was wollte ich ihr an diesem Tag mitteilen?

»Bevor Sie fragen, mir geht es großartig.« Ihre Stimme klang spöttisch, und sie sah mich herablassend an.

Ich räusperte mich. »Das verwundert mich, Miss Brooks. Sie wirken glücklich. Was? Ich meine, wie ist das möglich?«

»Doktor, dieses Bild hinter Ihnen an der Wand, dieser alberne Psycho-Tintenklecks. Als ich das letzte Mal hier saß, erblickte ich drei goldige Hunde. Wissen Sie, was ich heute darin erkenne? Es ist ein riesengroßer Schwanz, nicht wahr?«

Sie lachte über ihre Interpretation des Rorschachbildes.

»Testosteron pur, Doktor Marks. Warum haben Sie sich ausgerechnet für diese Darstellung entschieden? Ich sehe Sie und hinter Ihnen diesen Phallus. Welche Geheimnisse möchten Sie damit enthüllen?«

Was hatte sie gesagt? Warum sprach sie auf diese unpassende Weise mit mir? Sie duftete verlockend. Ich sog ihren Geruch tief ein, und etwas in mir klinkte aus. Es war ein übermenschlicher Akt der Selbstbeherrschung, dass ich sie nicht sofort an mich riss. Verwirrt saß ich ihr gegenüber, krallte mich an der Sessellehne fest, fühlte mich fiebrig.

»Doktor, ich bekomme Ihre Zustimmung?« Das klang nicht wie eine Frage, es war eine Mitteilung.

»Wie bitte? Was reden Sie da, Miss Brooks?«

Sie rutschte mit dem Po an die Stuhlkante, bis ihr Knie unter dem Schreibtisch meines berührte. Ihr Duft blockierte jeden Versuch, klar zu denken. Ich schüttelte mich, als könnte ich dadurch ihrer Wirkung entkommen.

»So einfach ist das nicht.« Meine Worte zerfielen zu einzelnen Buchstaben, während ich mich um Fassung bemühte. »Ihre positive Stimmung wirkt wie eine Fassade. Ich bezweifle, dass Sie einsatzfähig für den Raumflug sind.«

Etwas Unfassbares nahm seinen Lauf, und ich war nicht in der Lage, es aufzuhalten.

»Richard, spürst du es nicht auch? Ich halte es nicht aus, dir gegenüber zu sitzen, ohne dich zu berühren. Du und dieses Bild. Das macht mich wahnsinnig«, sagte sie hypnotisch.

Sie erhob sich, umrundete den Schreibtisch, bis sie dicht vor mir stand, übertrat alle Grenzen, und ich ließ es geschehen. Kara beugte sich herunter, raunte mir aufreizend ins Ohr. Ihr Atem pulsierte wie elektrische Energie durch mein Hirn, schaltete meinen Verstand aus und weckte etwas Verkommenes in mir. Ich gebe zu, was Frauen anging, war ich kein Kind von Traurigkeit. Aber im Job hatte ich mich immer professionell verhalten.

Geschmeidig drehte sie mir den Rücken zu und setzte sich auf meinen Schoß. Sofort spürte ich, unter ihrem Kleid befand sich nichts außer Haut, die den Stoff meiner Hose zu versengen schien.

Einen Augenblick später waren alle Dämme gebrochen, hatte ich die Finger in ihre Taille gekrallt, sie an mich gepresst. Doch das hatte nicht gereicht. Keine Sekunde länger. Mit flatternden Händen hatte ich meine Hose geöffnet, die Stimme in mir ignoriert, die Nein gebrüllt hatte, und den Tabubruch vollendet. Langsam hatte sie ihren Kopf zu mir gedreht und mich geküsst. Ihre Lippen hatten nach süßer Schokolade geschmeckt. In ihren Augen, so blau, hatte der Triumph geleuchtet.

Zwei Tage später war sie auf die ISS geflogen.

6. Sveriges Radio

Was tat sie da? Rasmus grunzte wohlig. Er hätte schwören können, diese blonde Sängerin saß auf seinem Schoß und machte Anstalten, ihre Bluse zu öffnen. Er kam nicht auf ihren Namen. Sie wackelte mit den Hüften, öffnete den Mund und sang für ihn: »*Hit me, baby, one more time.*«

Plötzlich blickte sie ihn streng an und sagte: »*Wir unterbrechen die Sendung für eine Eilmeldung. Nachdem über der Stadt Bollnäs heute eine Atombombe abgeworfen wurde …*« Es folgte ein Rauschen »*… ein Flugzeug in den Atomreaktor in …*« die Stimme zerriss durch lautes Knistern.

Rasmus öffnete die Augen. Was für ein beschissener Traum. Sein Kopf brummte, in seiner rechten Hand pulsierte ein grimmiger Schmerz. Warum wackelte der Boden? Er betrachtete seinen dick einbandagierten Ringfinger, erinnerte sich an nichts. Wieso war da ein Verband? Er stieß sauer auf, und dann fiel ihm der Selbstgebrannte ein, danach der Grund für das Besäufnis. Lilian und Henrik und das ganze Übel. Er sah sich um und stellte erleichtert fest, dass er sich in seinem Wohnmobil befand. Soweit so gut. Aber warum lag er hinten drin, obwohl der Camper fuhr?

»Was ist hier los?« Seine Stimme klang wie eine knarrende Bremse. Wer saß da am Steuer und gondelte mit ihm in der Gegend herum?

Keine Antwort.

Er räusperte sich. »Wer sind Sie und verdammt, was machen Sie in meinem Wagen?« Wie beschissen sollte der Tag noch werden? Er wollte aufspringen und den Typen rauswerfen, aber er lag wie angetackert auf dem Boden des Campers.

»Entspann dich, so lange es noch möglich ist«, tönte eine Frauenstimme aus der Fahrerkabine, »Kopfschmerzen? Die Tabletten liegen auf der Ablage neben dir.«

Was zur Hölle?! Rasmus setzte sich schwerfällig auf. Ehe er einen klaren Gedanken fassen konnte, rief sie: »Achtung!«

Sie bremste scharf, riss das Steuer herum. Es rumpelte unter dem Wagen, und sie überrollten irgendwas.

»Scheiße, du hast was überfahren! War das ein Elch?«

»Nicht der erste heute«, kam es von vorn.

»Bist du irre?«, fragte er, und in seinem Kopf sprangen tausend wütende Trolle los.

Er linste am Tisch vorbei und erhaschte einen kurzen Blick auf sie. Sie sah aus wie ein durchgeknalltes Punkgirl. Womit hatte er das verdient? Was war das für eine abgedrehte Frau?

»Tu mir einen Gefallen und dreh nicht durch, Cowboy.«

»Scheiße! Ich soll hier hinten hocken, während du Elche rammst?«

»Korrekt. Halt die Klappe und bleib sitzen! Hör dir erst an, was los ist, bevor du es zu sehen bekommst.«

Er wollte die Elchkillerin aus dem Camper werfen. Aber ihre forsche Art ließ ihn verstummen.

»Erstens: Über Bollnäs ist eine Atombombe explodiert.« Sie schien auf eine Reaktion zu warten.

Rasmus lachte, und abermals wollte ihm der Schädel platzen. *Ja, klar. Und was war sonst los in dem Kaff?* Dann erinnerte er sich an seinen Traum, als die Schöne nicht mehr gesungen, sondern die Nachrichten gesprochen hatte. Sein Lachen verstummte und er versuchte aufzustehen. »Kam das eben im Radio?«

»Japp! Wiederholen die seit zwei Stunden.«

»Was? Mein Gott. Wo sind wir?«, fragte er atemlos.

»Weit genug weg. Hundertfünfzig Kilometer ungefähr, gleich müssten wir durch Säter kommen.«

Rasmus hielt sich die unbandagierte Hand vor den Mund. »Scheiße. Lillian.«

»Wer ist das?«

»Meine Frau.«

»Warum war sie nicht bei dir?«

»Scheiße!«

»Willst nicht drüber reden?«

»Scheiße. Nein.«

Er schaffte es nicht zum Waschbecken und erbrach sich auf den alten Flokati. Während er würgend über dem mottenzerfressenen Teppich hockte, konnte er nur daran denken, dass Lillian das Teil gehasst hatte. Vielleicht hatte sie auch ihn gehasst.

Die Frau am Steuer wartete, bis er fertig war, bevor sie sagte: »Tut mir ehrlich leid, falls sie in Bollnäs war.«

Eine Minute hielt sie den Mund, ehe sie mit der nächsten Frage hinauspolterte: »Sag mal, hast du versucht, dir deinen Ehering vom Finger zu schneiden? Hmm?«

Sie drückte aufs Gas, und Rasmus sah die Landschaft vorbeifliegen.

»Warst du sauer auf sie?«

»Und warum rast du mit meinem Camper durch die

Gegend und überfährst Elche?«

»Dein Wohnmobil hing halb im Graben und du schlafend über dem Lenkrad. Ich war auf der Flucht vor den Irren da draußen und dachte, es könnte nicht schaden, wenn ich uns beide in Sicherheit bringe.«

»Irren? Kannst du dich vielleicht genauer ausdrücken?«

»Du hast wirklich nicht viel mitbekommen, was? Die rennen alles um. Schon seit vorgestern.«

»Die? Verdammt wovon sprichst du?« Er wollte die Augen schließen und beim Öffnen feststellen, dass er den ganzen Mist geträumt hatte.

»Halt dich fest!«

Sie stieg auf die Bremse. Erneut rumpelte es, diesmal auf der linken Seite.

»Machst du das zum Spaß? Hast du was gegen Elche? Mir reicht es. Ich geh ans Steuer!«

Rasmus rappelte sich auf und taumelte nach vorn. Der Schlag traf ihn, als er sie genauer betrachtete: Ihre Beine steckten in einer viel zu kurz abgeschnittenen, durchlöcherten Jeansshorts. Diverse Tätowierungen sprangen ihn an. Drachen und Totenköpfe auf ihren Beinen und Armen. Ihre langen blonden Haare waren zu Dreadlocks gefilzt. Sie miefte nach Erde, und ihre Springerstiefel zierte eine dicke Dreckkruste.

Sie drehte den Kopf zur Seite und sah ihn an. »Hinsetzen und anschnallen. Sofort.«

Ihre grünen Augen funkelten, und noch einiges mehr in ihrem Gesicht. Nasenring, Lippenpiercing und irgendwas an der Augenbraue.

»Hast du ein Handy oder ein Navigationsgerät? Wir müssen von der Hauptstraße runter.«

Rasmus ließ sich auf den Beifahrersitz fallen und schnallte sich umständlich an. »Was sind das für Leute?« Die Landstraße war gefüllt von Fahrzeugen, die wie sie

Richtung Süden fuhren. Doch in die Gegenrichtung strömten Hunderte von Fußgängern. Die meisten wichen den entgegenkommenden Autos früher oder später aus, aber nicht alle.

»Das waren keine Elche?«

Sie blickte ihn kurz an, sagte nichts. Er schnallte sich ab, schleppte sich wieder nach hinten und übergab sich erneut auf den Vorleger. Kraftlos blieb er auf dem Boden liegen.

»Du dachtest, ich sei so gesegnet, zwei Elche an einem Tag umzufahren? Wenigstens gäbe es dann was zu essen.«

Darauf fiel ihm keine Erwiderung ein. »Verrätst du mir deinen Namen?«, fragte er matt.

»Gigi. Und du heißt Rasmus. Entschuldige, hab in deiner Brieftasche nach Geld gesucht.«

»Gigi?« Er schüttelte den Kopf. »Das soll ein Name sein? Und wieso wühlst du in meinen Sachen herum? Du bist ziemlich unverschämt. «

»Der Benzinkanister war leer. Total durchlöchert. Hast du damit die Blumen im Garten gegossen? Hab getankt. Wir werden nicht weit damit kommen. Du warst ziemlich pleite.«

Sie fluchte laut und bremste, bis der Wagen stillstand. Rasmus setzte sich behäbig auf, kletterte nach vorn und sah auf die Straße. Immer mehr Menschen kamen ihnen entgegen.

»Sie sind unheimlich«, sagte Gigi leise, »schau sie dir mal an. Manche haben schreckliche Verletzungen.«

Er spähte durch die Seitenscheibe. Der Menschenstrom schob sich direkt am Camper vorbei. Einige schrammten am Wagen entlang und setzten das bejahrte Fahrzeug in Bewegung.

»Was ist mit denen los? Wo kommen die her?« Er wich von der Scheibe zurück.

»Am Donnerstag fing es an. Die sind durch mein Lager gelatscht, haben mein Zelt plattgetrampelt. Musste auf einen Baum klettern, sonst hätten die mich in den Boden gestampft.«

»Lebst du in einem Zelt?«, fragte er in einem Tonfall, als fände er die Vorstellung unerträglich.

»Ist daran irgendwas schlechter, als in einem Camper zu hausen und sich Pornohefte reinzuziehen?«

Sie schien ihn ziemlich gut zu kennen. »Wir müssen von der Straße runter, einen Feldweg suchen«, sagte Rasmus kleinlaut.

Gigi startete den Motor und fuhr zögernd an. Eine junge Frau rannte ihnen entgegen, ohne Anstalten zu machen auszuweichen. Sie hastete immer weiter.

»Hey, pass auf!« Rasmus drückte sich in den Sitz.

In dem Moment prallte die Frau gegen den Kühlergrill und verschwand unter dem Wagen. Das Letzte, was die beiden von ihr sahen, war ihr auffälliges T-Shirt mit dem Foto von Arvid Vinter, dem Sänger der norwegischen Rockband Hodepine Explosion. Wieder rumpelte es unter dem Fahrzeug.

»Lieber Gott. Was hast du getan?« Rasmus beugte sich vor, steckte den Kopf zwischen die Knie und versuchte, sich zu beruhigen.

»Hast du ihre Verletzungen gesehen? Sie war blind und es sah so aus, als wäre ihre Schulter gebrochen. Sie lief auf ihrem Knöchel.« Sie starrte in den Rückspiegel und beschleunigte das Wohnmobil. »Sie ist eben wieder aufgestanden und läuft weiter, falls dich das aufmuntert.«

Er hob den Kopf. »In was für einen beschissenen Zombiefilm bin ich hier hineingeraten?«

»Leider haben wir noch nicht alle schlechten Nachrichten durchgekaut. Weil die Stimmung gerade so mies ist, sage ich es dir jetzt: Dein Finger wird dich umbringen, wenn …«

»Macht dir das Spaß?«

Gigi nahm eine Hand vom Steuer, berührte kurz seine Stirn.

Rasmus wich zurück. Er wollte nicht von ihr angefasst werden.

»Du hast Fieber. Tut mir leid, wir müssen deinen Finger loswerden!«, sagte sie seelenruhig, als ginge es um einen Aschenbecher, der geleert werden muss.

Er blickte starr aus dem Fenster. Behielt die Menschen im Auge. Er spürte die Verletzung in seinem Finger wie ein wütendes Herz, das darin schlug und platzen wollte.

»Mach dir keine Sorgen, ich kriege das hin«, sagte sie aufmunternd.

Er lachte dumpf. »Hast du zufällig einen Operationssaal dabei?«

»Wozu denn? Du hast ganze Arbeit geleistet. Nur noch den Knochen und ein bisschen Haut. Ein Klacks. In einer Stunde müssten wir Uppsala erreichen, da treiben wir Antibiotika auf.«

Schweigend fuhr Gigi weiter. Es war angenehmer gewesen, als er im Delirium gelegen hatte. Was sollte sie mit diesem Trottel anstellen, der sich offensichtlich ein Messer in den den Finger gerammt hatte, um seinen Ehering loszuwerden?

Als sie in seiner Brieftasche nach Geld zum Tanken gesucht hatte, war ihr sein Ausweis entgegengefallen. Er war siebenunddreißig, nur vier Jahre älter als sie selbst, und wirkte eher wie ein zorniger Junge, der nicht wusste, wohin er seine Wut richten sollte. Ein zerknicktes Hochzeitsfoto hatte hinter dem Ausweis gesteckt und zeigte ein junges Paar, das scheu in die Kamera lächelte.

Nun war seine Frau wohl nicht mehr am Leben. Das tat ihr aufrichtig leid, dennoch hatte sie wenig Lust, Zeit mit einem Mann zu verbringen, dem es offenbar nicht länger gefallen hatte, verheiratet zu sein, und sich deshalb selbst verletzt hatte. Keine unzurechnungsfähigen Männer mehr, davon hatte sie für alle Zeit genug. Sie würde ihm helfen, bis er allein klarkäme, und sich dann verdrücken.

Wie aus dem Nichts kommend überholte sie ein Krankenwagen, bahnte sich einen Weg durch den Menschenstrom und blieb ungefähr zwei Kilometer vor ihnen auf dem Seitenstreifen stehen. Gigi sah auf Rasmus, der offenbar eingeschlafen war. Schweiß stand ihm auf der Stirn, und sein Körper vibrierte, als säße er auf einer Waschmaschine im Schleudergang. Sie befürchtete, dass er nicht mehr bis Uppsala durchhalten würde.

»Hey? Bist du noch da?« Sie stupste ihn an, und er kippte zur Seite, blieb mit dem Kopf am Beifahrerfenster kleben.

Im Schritttempo fuhr sie an die Ambulanz heran und erhaschte einen Blick auf das Geschehen, das sich vor dem Fahrzeug abspielte. Die Sanitäter beugten sich ein paar Meter weiter vorn in einen grünen Volvo und waren mit einer Frau beschäftigt, die ohrenbetäubend brüllte. Die Arme hatte sich wahrlich keinen guten Tag ausgesucht, um ihr Kind zu bekommen. Und noch dazu allein im Auto.

Immer weniger Wagen bewegten sich mit ihnen auf der Landstraße. Doch alle verringerten das Tempo neben der Gebärenden, um einen neugierigen Blick auf die Frau zu werfen.

Gigi wartete auf einen günstigen Moment, bis der Strom der Wanderer eine Lücke zeigte. Sie riss die Fahrertür auf, rannte die wenigen Meter zum Rettungswagen und sprang mit einem Satz in den offenstehenden Laderaum. Sie orientierte sich kurz und begann, Verbandsmaterial, Desinfektionstücher und alles, was ihr sinnvoll erschien, in die Taschen ihrer Jeans zu schieben.

Als sie dort nichts mehr unterbrachte, stopfte sie ihren BH voll, bis sie wie eine dämliche Version von Dolly Parton aussah. Wo waren die Antibiotika und Schmerzmittelampullen? Bloß kein Durcheinander hinterlassen, schließlich waren das ehrbare Leute, denen sie keinen Ärger bereiten wollte.

Am Ende siegte die Sorge um ihren derangierten Begleiter. Sie fühlte sich für ihn verantwortlich, wie immer, wenn sich jemand in Not befand. Eine Eigenschaft, die selten Gutes nach sich gezogen hatte.

Gigi riss alle Fächer auf, und wühlte zwischen Tabletten, Spritzen und medizinischen Präparaten, bis sie Antibiotikaampullen fand. Ein kleiner Karton mit zwanzig Einheiten. Gerade als sie eine Handvoll geschnappt hatte, vernahm sie die Stimmen der Sanitäter, die sich dem Wagen näherten. *Sorry, Rasmus, leider keine Schmerzmittel.*

Sie war im Begriff, hinauszuspringen, da entdeckte sie die Jacke von einem der Rettungsjungs. Schon hielt sie die Brieftasche in der Hand, zog ein paar Scheine heraus, die sie sich ebenfalls in den BH stopfte, und hechtete mit einem Riesensatz aus dem Krankenwagen.

Die Sanitäter trugen die Schwangere auf einer Trage zum Fahrzeug. Fast wäre Gigi ihnen in die Arme gesprungen und hätte das Baby auf die Welt gebracht. In einem anderen Leben vielleicht.

Alle erschraken, sogar die Gebärende hielt für einen Augenblick die Luft an. Bevor jemand erfasst hatte, was geschehen war, saß Gigi im Wohnmobil, startete den Motor, überfuhr einen Wanderer, der stur auf seinem

Weg blieb, und sagte: »Scheiße, schon wieder ein Elch, muss mein Glückstag sein!«

Sie fuhr zu schnell. Rasmus war noch nicht wieder zu sich gekommen. Sie erlaubte sich eine Träne, die sie sofort wegwischte, während sie verstohlen nach rechts blickte, ob er noch weggetreten war.

Die Komplikationen schienen sich mit Anlauf auszudehnen. Sie hatte ihr Zuhause verloren. Das Zelt, ihre Ruhe, ihr Versteck. Wieder einmal war sie auf der Flucht. Verdammt.

Endlich entdeckte sie eine Abzweigung, einen Feldweg, der glücklicherweise menschenleer war, schaltete den Motor aus und sprang hinaus. Sie lehnte sich gegen einen Baum und atmete tief ein, wappnete sich für das Unausweichliche.

Sie betrat erneut den Wagen, rollte den stinkenden Flokati zusammen und stopfte ihn in einen Abfallbehälter, in den vor zwei Tagen noch Ausflügler ihre leeren Lunchpakete entsorgt hatten.

Dann eilte sie zurück zum Camper, riss nacheinander alle Schränke auf, um ein geeignetes Werkzeug für ihr Vorhaben zu finden. Weitere Pornohefte und eine Flasche mit undefinierbarem Inhalt fielen ihr entgegen. Sie öffnete den Verschluss, roch dran und genehmigte sich einen Schluck, der ihre Kehle hinab brannte. Sie kramte weiter, entdeckte eine schmuddelige Tasche mit Werkzeug, wühlte darin, bis sie einen Seitenschneider in den Händen hielt. Nicht perfekt, aber besser als Hammer und Meißel.

Sie riss zwei Packungen Desinfektionstücher auf, reinigte den Tisch und breitete eine Rettungsdecke darauf aus. Sie feuerte eine Arbeitshose und anderes Zeug von der Sitzbank, nestelte in ihrer Jeans und ihrem BH, warf den restlichen Inhalt auf den Tisch. Jetzt musste sie Rasmus irgendwie auf die Bank bugsieren.

Gigi desinfizierte den Seitenschneider gründlich, legte Kompressen und Verbände bereit, zog die Spritze mit Antibiotika auf, ordnete alles in der Reihenfolge an, in der sie es brauchen würde, und begab sich zu Rasmus.

»Hey, jemand zuhause?«, sagte sie und verteilte zwei dezente Backpfeifen. Er rollte mit den Augen, stöhnte. Gigi erschrak, als sie seine Haut berührte. Sie glühte.

»Komm, hilf mir etwas, Rasmus.« Sie schlang ihm die Arme um die Taille und zog ihn Stück für Stück an die Kante des Beifahrersitzes. Zum Glück ließen sich die Sitze nach hinten drehen und der Weg zur Sitzbank war nicht weit.

»Was soll das?«, wimmerte Rasmus, als sie ihn ächzend auf die muffige Bank verfrachtete.

»Schhh! Du ruhst dich jetzt aus!«, sagte sie und schob ihm ein Kissen unter den Nacken.

»Was machst du da?«, fragte er, und dasselbe fragte sie sich auch.

Er war genug bei Bewusstsein, um sich zu wehren, und das musste sie verhindern. Gigi tat es nicht gern, und es würde ihm nicht bekommen, aber die Flasche mit dem Selbstgebrannten lag vor ihr und würde jetzt gute Dienste leisten. Erst nahm sie selbst einen weiteren Schluck, ehe sie Rasmus das Gefäß an die Lippen führte. »Trink, Cowboy, heute gibt es keinen Ärger im Paradies, wenn du eine Fahne hast.«

Er trank wie ein Baby sein Fläschen.

Gigi sprang durch die Seitentür hinaus, setzte sich auf die Erde und versuchte, ihre zitternden Hände unter Kontrolle zu bekommen. Sie atmete die angehaltene Luft aus und begab sich wieder zu ihrem Patienten. Sie stupste ihn an und stellte erleichtert fest, dass er weggetreten war. Freudlos zog sie die sterilen Handschuhe an und legte seinen Arm auf den Tisch.

Vorsichtig wickelte sie den blutbefleckten Verband ab und hielt erschrocken inne. Was hat dieser Verrückte da fabriziert? Der Finger war auf seinen doppelten Umfang geschwollen und begann sich dunkel zu verfärben. Sie nahm das Skalpell und schnitt, ohne zu zögern, durch die zerfetzte Haut, legte geschickt den Knochen frei.

Rasmus rührte sich nicht. Es war an der Zeit, sich des mörderischen Fingers zu entledigen. Gigi packte den Seitenschneider und drückte testweise einige Male die Griffe zusammen. Sie wusste, wenn nicht sofort, würde sie es nie tun.

Sie suchte einen festen Stand, griff nach seiner Hand, setzte das Schneidewerkzeug hinter seinem Ring an und drückte schnell und beherzt zu. Es knackte, als hätte sie einen Zweig zerbrochen.

Rasmus brüllte, riss an seinem Arm, verdrehte die Augen und verlor das Bewusstsein. Blut spritzte aus der Wunde. Es floss auf ihre Hände. Das war zu viel. Sie biss die Zähne zusammen, versuchte, die aufkommende Panik zu kontrollieren. Sie durfte der Erinnerung keine Macht geben. Das Blut. So viel. Die Szene verschwamm vor ihren Augen, und sie klammerte sich an den Tisch. Gigi atmete langsam aus und blickte sich um. Sie befand sich in Rasmus' Wohnmobil, es war nicht *er*, der blutend vor ihr lag. Sie spannte ihre Muskeln und lockerte sie. Sie wollte die bittere Erinnerung ausspucken und nie wieder daran denken. Es würde nicht aufhören, das wusste sie und hasste es. Zwischen zusammengepressten Lippen entfuhr ihr ein »Scheiße«.

Sie zündete den Gaskocher an, durchwühlte die Besteckschublade und entdeckte ein großes Tranchiermesser. Sie hielt es über die blaue Flamme, bis es heiß genug sein musste, und presste das erhitzte Metall auf die blutende Wunde. Es zischte, Rasmus stöhnte, erwachte aber nicht aus dem komatösen Zustand. Sie wiederholte die Prozedur zweimal, bis die Blutung abklang, desinfizierte und verband die Wunde, zog so viele Splitter aus seinen Händen, wie sie zu fassen bekam.

Fünf tiefe Atemzüge und zwei Mundvoll aus der Flasche später hielt sie die Spritze mit dem Antibiotikum in der Hand. Durch ihren Kopf rauschte die Erinnerung an etwas, das sie vor etlichen Jahren auswendig lernen sollte, etwas mit dem Buchstaben R. Richtige Dosis? Richtiger Patient und Medikament? R wie Ratlosigkeit. Welche Wahl blieb ihr?

Sie spritzte Rasmus das Antibiotikum in die Muskulatur oberhalb seiner Hüfte. Es kostete sie Überwindung, den Ehering aus dem abgeschnittenen Finger herauszulösen. Vielleicht bedeutete ihm dieser Ring etwas. Er war das Letzte, was ihm von seiner Ehefrau geblieben war. Sie wusch das blutige Gewebe ab und legte ihn auf den Tisch.

Gigi setzte sich auf den Fahrersitz und drehte am vorsintflutlichen UKW-Radio. Es gab nur noch wenige Sender, die ein analoges Signal sendeten, doch in Schweden hielten einige Stationen an der alten Zeit fest. Der Empfang war miserabel, es rauschte und knisterte, bis sie auf einen Sender stieß.

»… nicht sichergestellt, wie er sich Zugang in den Hochsicherheitsbereich verschaffen konnte und wie die F-16 mit einer Atombombe bestückt werden konnte.«

Der Sprecher atmete hörbar aus und setzte die schockierenden Meldungen fort. *»Ein Umkreis von einhundertfünfzig Kilometern um die Stadt Bollnäs wurde zur Sperrzone erklärt, ebenso ein Radius von zweihundert Kilometern um das Atomkraftwerk Forsmark, in welches das gestohlene Flugzeug gesteuert wurde, nachdem die Bombe ab-*

geworfen war. Die Bevölkerung wird um Besonnenheit gebeten, wir informieren Sie über die Entwicklungen …«

Im Anschluss spielten sie Songs. Bescheuerte Gute-Laune-Musik, als könnte die davon ablenken, dass sich eine Katastrophe ereignet hatte. Sie und Neunfinger-Rasmus hockten mittendrin. Forsmark und Bollnäs. Beide Städte waren keine zweihundert Kilometer entfernt. Sie mussten von hier verschwinden.

Gigi startete das Wohnmobil und verfluchte sich dafür, kein Handy zu besitzen, das sie auf kürzestem Weg aus dem Gefahrenbereich hätte navigieren können. Im Handschuhfach fand sie eine zerfledderte Karte von Skandinavien und Europa. Uralt, aber besser als nichts. Sie schlug sie auf und versuchte, ihren Standort zu bestimmen.

Langsam steuerte sie den Camper vom Waldweg zurück auf die Landstraße. Der Strom von Menschen riss nicht ab. Warum standen einige Wagen leer und mit geöffneten Türen auf der Fahrbahn? Was war hier passiert? Gigi fuhr Richtung Süden. Die Leute schienen sie nicht wahrzunehmen, ließen sie passieren, wichen ihr im letzten Moment aus. Einige von ihnen wirkten vollkommen unversehrt, doch die meisten gaben ein entsetzliches Bild ab. Nicht nur ihre Kleidung war zerrissen, sondern ihre Seelen selbst. Sie entfernten sich nicht von der Katastrophe, sie rannten darauf zu.

7. Jessica Rabbit

»Mach dich sauber, Kara.«

Ich konnte ihren Anblick nicht mehr ertragen und hielt ihr Feuchttücher hin. Sie sah mich wütend an, zog eine Handvoll Tücher heraus und rieb sich das angetrocknete Blut vom Gesicht.

Mit jedem Zentimeter Haut, den sie reinigte, wurde mir das Herz ein wenig leichter. So simpel war das? Die äußeren Spuren beseitigen und ich könnte wieder ruhig schlafen? So war es nicht! Aber ich musste erfahren, was hier vorgefallen war, und die blutigen Male auf ihrem Gesicht machten es mir unmöglich, einen klaren Gedanken zu fassen.

»Gefalle ich dir jetzt wieder?«

Sie machte sich über mich lustig. Ihre Laune wechselte zwischen tränenreich und tobsüchtig. In ihrer Nähe zu sein fühlte sich an, wie am Krater eines Vulkans zu stehen, der jederzeit ausbrechen konnte.

Die benutzten Tücher ließ sie aus der Hand gleiten und schmutzigrot in der Koje umherschweben. Ihre widerwärtige Darbietung brachte mich in Rage, und ich fing die Lumpen ein wie Motten, die ziellos umherflatterten.

»Wo ist die Besatzung?«

Sie zuckte zusammen. Weil ich die Stille durchbrochen hatte oder die Frage sie verängstigte?

»Kara?«

»Such sie doch, wenn du dich nach ihnen sehnst.«

Sie klang, als würde sie gar nichts empfinden, keine Reue oder Schuldbewusstsein.

»Das habe ich. Was hast du mit ihnen gemacht?«

Sie lachte. »Sieh dich an, Richard, da ist überall Blut auf deinem Gesicht. Du siehst wie ein Schlächter aus und fragst mich, was ich mit ihnen gemacht habe?«

Ihr Mund verzog sich zu einem blutleeren Lächeln, ihre Augen schimmerten wie blaues Eis.

Fahrig zog ich Tücher aus der Packung, rieb sie mir übers Gesicht und ließ Kara nicht aus den Augen. Sicher entging ihr meine Anspannung nicht.

»Du hast die Überwachungskameras abgeschaltet und Viktor getötet. Du hast sein Fleisch wie ein Tier herausgerissen.« Ich musste innehalten, die Vorstellung verursachte mir Übelkeit.

Sie sah mich nicht an, lächelte vor sich hin, als zelebrierte sie einen amüsanten Gedanken. Dann drehte sie ruckartig den Kopf in meine Richtung, riss den Mund auf und schnappte nach mir.

Erschrocken wich ich zurück, knallte gegen die Wand der Koje. Sie lachte schrill, und ich begriff, sie würde nicht zögern, wenn sie die Gelegenheit dazu bekäme.

»Deine Fragerei ist nervtötend, Richard.«

Sie kratzte mit rotverkrusteten Fingern über ihren Hals, schloss die Augen und beendete das Gespräch.

Ich blieb noch einen Moment und betrachtete sie. Ihre Augäpfel bewegten sich hinter ihren Lidern, und ihr Atem beschleunigte sich. Obwohl ich sie packen und ins All werfen wollte, schob ich mich wortlos aus der Koje, schloss die Kammer und zog mich durch die blutbefleckten Einheiten, bis ich im Destiny-Modul den Hauptrechner des Überwachungssystems entdeckte. Möglicherweise existierten Aufnahmen aus den letzten Tagen. Ich loggte mich ein, öffnete die Dateien. Sie waren leer.

Von drei Besatzungsmitgliedern fehlte jede Spur. In der Schlafkoje neben Kara befand sich ein Mensch, für den jegliche Hilfe zu spät kam. Ich musste die Leiche identifizieren und bergen.

Vielleicht fehlte mir Schlaf, um die Hintergründe zu erkennen. Hätte ich doch nur die Augen schließen und in Stille hinabfallen können, um das Geschehen für einen Atemzug zu vergessen.

Doch daran war nicht zu denken. Sie und ich, wir waren einander ausgeliefert. Nur sie konnte mir Antworten geben. Was hatte sie auf diese Weise verändert? Litt sie an einer Persönlichkeitsspaltung und wurde von zwei unterschiedlichen Identitäten beherrscht? Wie hatte das während der gesamten Ausbildungszeit unbemerkt bleiben können?

Erst bei der letzten Begutachtung hatte diese tiefgreifende Veränderung vorgelegen. Je länger ich darüber nachdachte, desto sicherer war ich, dass sich hinter ihrem Verhalten etwas anderes verbarg.

Müdigkeit lähmte mich, als ich das Telefon suchte, um Kontakt nach Houston herzustellen. Doch eine Kommunikation war nicht möglich. Die Verbindung war deaktiviert worden. Und in diesem Moment war ich nicht unglücklich darüber, das Gespräch mit Geena aufschieben zu müssen.

Ob es für irgendwen nützlich sein würde, wusste ich nicht, aber ich beschloss, ein digitales Logbuch über die Geschehnisse auf der Raumstation zu verfassen. Jeden Tag, bis die Reise endete.

Ich fühlte Karas Blicke, die jede meiner Bewegungen verfolgten. Sie spielte mit mir, und der Einsatz war mein Leben. Wann würde sie es einfordern?

8. Wanderer

Rasmus erwachte, weil das einschläfernde Schaukeln des Campers fehlte. Er versuchte, sich zu orientieren. Wie war er auf die Sitzbank gekommen? Sie hatte ihm Schnaps eingeflößt, an mehr erinnerte er sich nicht. Der Schmerz in seinem Kopf war nichts im Vergleich zu der Hölle, die in seinem Ringfinger entbrannt war. Sein Blick fiel auf den zerkratzten Ehering auf dem Tisch vor ihm. Warum lag er da? Er schluckte. Zwölf Jahre hatte er ihn ununterbrochen getragen und sein Finger hatte eine Kerbe bekommen, die ihn als ihren Dummkopf von Ehemann gekennzeichnet hatte. Es war vorbei. Er fuhr sich mit dem Handrücken übers Gesicht, besah seine dick einbandagierte Hand und traute seinen Augen nicht. Wo sein Ringfinger sein sollte, klaffte eine Lücke. Wie war das möglich? Er spürte ihn doch, er brannte wie Feuer.

Das Machwerk der Verrückten. Diese abgedrehte tätowierte Frau, die Metall im Gesicht trug, zeltete und deren Jeans aus mehr Löchern als Stoff bestand. Sie hatte ihm den Finger abgeschnitten. Je länger er darüber nachdachte, desto verrückter kam sie ihm vor. Er setzte sich schwerfällig auf, stellte die Füße auf den Boden und fühlte sich, als wäre er seit Tagen volltrunken. Er blickte sich um und bemerkte erleichtert, dass sie sich nicht im Wagen aufhielt. Rasmus torkelte zum Fahrersitz, setzte sich und spürte noch ihre Körperwärme im Polster.

Er startete den Wagen und lenkte ihn zügig aus der Haltebucht. Nur wenige Fahrzeuge fegten über die Landstraße, keiner der unheimlichen Läufer war zu sehen. Er drückte aufs Gaspedal. Im Rückspiegel entdeckte er Gigi, wie sie rennend versuchte, sich die Hose hochzuziehen. Sie gestikulierte wild. Er schüttelte den Anflug von Schuldgefühl ab und murmelte: »Leb wohl, Gigi.«

Rasmus beschleunigte und fuhr in die Dämmerung. Er schaltete das Radio ein. Zwischen dem Knistern und Rauschen bildete er sich ein, Lillian weinen zu hören. Er sehnte sich nach Ablenkung. Irgendwas, das seine Unruhe überdeckte. Knapp zehn Minuten brauste er mit dem Wohnmobil über die Straße, auf den flammendroten Himmel zu, der aussah, als würde er brennen. Wie ein Atompilz. Ein verfluchter Witz.

Unvermittelt knallte es, und der Camper schleuderte auf die Gegenfahrbahn. Hatte er etwas überfahren? Er nahm den Fuß vom Gas, umklammerte das Lenkrad, so gut es mit der verletzten Hand möglich war. Mitten auf der Landstraße kam der Wagen zum Stehen. Er riss die Tür auf und stolperte hinaus. Der linke Hinterreifen war geplatzt, einzelne zerfetzte Gummireste schauten ihn anklagend an.

Die Reifen hätte er längst wechseln müssen, aber meist hatte er nur in der Karre gehockt und sich volllaufen lassen. Rasmus setzte sich an den Straßenrand und verfluchte sein Leben. Dort saß er eine halbe Stunde, bevor er in der Lage war, sich zu rühren. Er musste den Reifen wechseln.

Er schraubte den nicht minder mürben Ersatzreifen

mit der unversehrten Hand aus der Halterung unter dem Wagen, sammelte das Werkzeug zusammen. Es war ein utopisches Vorhaben, den Wagenheber mit einer Hand zu bedienen. Er versuchte es trotzdem.

»Verdammt!« Frustriert trat er gegen das rostige Blech. Keine gute Idee, Gigi zurückzulassen. Warum hatte er das getan? Weil sie eine komische, verrückte Frau war! Wieso dachte er überhaupt an sie? Sie musste nicht einmal hier sein, um ihn zu schaffen.

In dem Moment traf ihn ein kräftiger Schlag auf den Rücken. Er fiel vornüber auf die Knie, wurde gewaltsam unter den Wagen gedrängt. Alles passierte innerhalb von einem Augenblick. Rasmus verlor die Orientierung.

»Was zum … ?«, setzte er an, als er Gigi erkannte.

»Halt den Mund, du Schwachkopf!«

Er rutschte ein Stück von ihr weg. Sie würde ihm den Kopf abreißen, so viel war klar.

»Was sollte das?« Seine linke Wange brannte vom rauen Asphalt, auf den sie ihn gestoßen hatte, und sein verschollener Finger pumperte, als würde ein Messer darin stecken.

Sie knallte ihm die Hand auf den Mund. »Schhh.«

Nachdem Rasmus endlich mit dem Gezappel aufgehört hatte, vernahm er Schritte. Es rumpelte und raschelte auf der Straße, Absätze klackerten über den Asphalt. Das dumpfe Geräusch von Gummisohlen vermischte sich mit dem angestrengten Schnaufen von Menschen, die direkt am Wohnmobil vorbeihasteten. Er wendete den Kopf und blickte durch den schmalen Ausschnitt zu den Gestalten. Gigi lag wie ein Schutzschild vor ihm. Ihr Brustkorb hob und senkte sich schnell, sie rückte ein Stück nach hinten und streifte seine Knie mit ihren Beinen. In ihm erwachte der Reflex zurückzuweichen, doch entschlossen blieb er, wo er war.

»Was ist mit dir los, du lebensmüder Idiot?«, sagte sie gedämpft, »du wärst in der Karre verreckt, hätte ich dir den beschissenen Finger nicht abgeschnitten! Und wenn ich dich nicht unter den Wagen gestoßen hätte, wärst du schon wieder am Arsch!«, feuerte sie ihre Wut in den rostzerfressenen Unterboden.

»Was willst du hören? Vielleicht, ich bin schon am Arsch? Denn das ist die Wahrheit!«

»Das sind wir beide, wenn du einfach verschwindest. Was geht eigentlich in deinem Kopf vor?«

Für einen Moment glaubte Rasmus, Verzweiflung in ihrer Stimme zu erkennen, und schämte sich für seine Flucht.

»Es tut mir leid.«

»Ich hoffe, das war der Schock, unter dem du stehst. Mach das nicht noch mal!«

Sie lagen still da, die Augen auf die vorbeilaufenden Füße geheftet. Manche krochen mehr tot als lebendig auf allen vieren.

Rasmus konnte es nicht eindeutig erfassen, weil es allmählich dunkel wurde, aber er meinte, unter der zerrissenen Kleidung der Menschen blanke Knochen zu erkennen, zerfetzte Haut und Blut. Sie rochen nach Tod.

»Gigi?«

»Ja.«

»Hast du eine Idee, was hier los ist?«

»Vielleicht hat der Supermarkt in Bollnäs Angebotswochen?«, sagte sie und schnaufte. »Eine Atombombe ist über Bollnäs explodiert und ein Flugzeug ins Kraftwerk Forsmark geflogen. Wir versuchen, schnellstens Abstand zu den Sperrzonen zu bekommen, aber die Leute laufen in diese Richtung. Seit Tagen schon, als hätten sie es gewusst.«

»Was meinst du damit?« Er sah sie verwirrt an.

»Sie müssen es vorher gewusst haben, warum …«

Unvermittelt tauchte ein alter Mann zwischen ihren Füßen auf, der scheinbar keinen besseren Weg wusste, als unter dem Wohnmobil hindurchzukriechen. Dort traf er auf ein Hindernis, auf sie.

Gigi unterdrückte einen Schrei. Bevor sie etwas tun konnten, schob der Alte sie rabiat auseinander und robbte zwischen ihnen hindurch, bis er am hinteren Ende wieder rauskam. Gigi wurde bei dieser rücksichtslosen Aktion halb auf die Straße gedrängt, und einen Augenblick später trampelten Menschen über sie hinweg, als wäre sie ein Teil der Fahrbahn. Sie schrie.

In diesem Moment nahm Rasmus zum ersten Mal wahr, sie war verwundbar und besaß Gefühle. Hastig robbte er zu ihr, packte mit der Vierfingerhand in den Bund ihrer Jeans, knallte mit dem Kopf gegen den Auspuff, und riss sie zurück unter den Camper. Beide brüllten vor Schmerz.

»Alles okay?«, fragte Rasmus, obwohl er wusste, dass nichts gut war und nie mehr sein würde. Sie antwortete nicht. Er griff nach ihrer Hand, zog sie vorsichtig mit sich, bis sie auf der Beifahrerseite unter dem Wagen hervorkamen. Rasmus rappelte sich auf, öffnete die Seitentür, half ihr in den Camper, sprang hinein und schloss sie.

Gigi hockte auf der Sitzbank und zitterte.

Er traute sich nicht, Licht zu machen, wer weiß, auf was für Ideen diese Leute kommen mochten. Er setzte sich neben sie und hielt ihr ein Taschentuch hin.

»Danke.« Sie betupfte ihr linkes Auge und schniefte: »Denk nicht, dass ich heule.«

»Denk ich auch nicht. Das ist doch mein Part. Hast du Schmerzen?«

»Nichts Schlimmes passiert, wahrscheinlich ein paar blaue Flecken.«

Gigi zog die Beine auf die Bank und lehnte den Kopf an das abgewetzte Polster. »Was passiert hier? Ich dachte immer, irgendwann würde es einen Atomkrieg geben, aber gab es eine politische Eskalation, die das erklären würde? Und diese Leute, die überall herumwandern. Rasmus, die stürmen in die atomar verseuchten Gebiete. Wie kann das sein?« Sie atmete aus.

»Warum in Schweden, in einer unbedeutenden Stadt wie Bollnäs?«, fragte Rasmus.

»Wenn es ein Terrorakt war, wie erklärt das die Wanderer? Was stimmt mit denen nicht?« Gigi riss einen langen Faden ihrer ausgefransten Shorts ab.

»Ein Horrorfilm. Die Frage ist, welche Rolle wir darin spielen?« Rasmus blickte durch das Fenster in die schwarze Nacht.

»Gibt es hier was zu essen?«, fragte Gigi.

Rasmus öffnete den Kühlschrank. Es war lange her, dass er etwas aus der Küche mitgehen lassen und hierher gebracht hatte. Sie schauten auf ein verschimmeltes Stück Schinken. Mehr gab es nicht.

Er schüttelte den Kopf, sah sie entschuldigend an und erschrak. Im bleichen Licht der Kühlschranklampe bemerkte er unter ihrem linken Auge eine Wunde, aus der Blut floss. Sie fing seinen Blick auf. »Du musst das nähen!«

»Sehe ich wie Doktor Frankenstein aus? Lass uns in ein Krankenhaus fahren.«

»Wir können kein Geld verschwenden.«

»Du bist nicht versichert?«

»Bingo!« Sie sprang auf, breitete das geklaute Medizinequipment erneut auf dem Tisch aus und warf Rasmus ein paar Einweghandschuhe zu.

»Nein! Bist du verrückt? Ich bin Rechtshänder und vielleicht erinnerst du dich, du hast mir den Finger abgeschnitten.«

»Hatte ich verdrängt.« Sie fuhr fort, Verpackungen aufzureißen, träufelte Desinfektionslösung auf eine Kompresse, betupfte die Wunde. »Mist, brennt das. Hast du einen Spiegel?«

»Um mein Make-up zu richten?«

»Verdammt, du hattest eine Frau!«

»Verdammt, die hat hier keinen Fuß reingesetzt!«

Sie standen sich gegenüber und starrten einander an wie Außerirdische, die verschiedenen Planeten entstammten. Rasmus machte eine wegwerfende Handbewegung. »So eine Scheiße!«

»Es tut mir leid.«

»Und mir erst.« Er hechtete zum Beifahrersitz, riss die Sonnenblende aus ihrer Verankerung, an der ein stumpfer Schminkspiegel befestigt war, und hielt ihn Gigi hin.

»Danke, kannst du ihn bitte halten?«

Rasmus verzog das Gesicht, nahm ihr den Spiegel ab und lehnte sich gegen den Tisch.

»Ich brauche Licht.«

Er betätigte den Schalter für die Lampe über der Arbeitsplatte.

»Wie viel Watt hat die, ein halbes? Gibt es hier noch andere Lichtquellen?«

Er schüttelte den Kopf.

Gigi zog sich die Einmalhandschuhe an, fädelte das chirurgische Nahtmaterial durch die Nadel und sah in den Spiegel, den er mit zittriger Hand vor ihr Gesicht hielt.

»So geht das nicht. Wenn du so zappelst, näh ich mir die Augenlider zusammen.«

»Warte.« Rasmus griff nach der Flasche mit dem Selbstgebrannten, öffnete den Verschluss mit den Zähnen, und trank einen großen Schluck. »Willst du auch?«

Sie nickte, und er führte die Flasche an ihren Mund und ließ sie trinken.

Sie wartete einen Moment, nickte ihm zu und setzte, ohne zu zögern, die Nadel unter ihrem Auge an, stach schnell und geschickt in ihre Haut, schnitt den Faden ab und verknotete ihn. Das wiederholte sie viermal, bis die Wunde verschlossen war. Sie jammerte nicht, und er fühlte zum ersten Mal Respekt vor dieser Frau. Zum Schluss deckte sie ihr Werk mit einem breiten Pflaster ab.

»Du kannst die Augen wieder aufmachen.«

Sie lachte, und Rasmus fragte sich, ob das dem Alkohol geschuldet war oder ob sie gerade eine Grenze überschritten hatte. Wahrscheinlich traf beides zu und noch einiges mehr.

Und wie sie vor ihm stand, das Kinn trotzig nach vorn gestreckt, tapfer wie er nie einen Menschen erlebt hatte, fing er an, sie ein wenig zu mögen.

Gigi setzte sich auf die Bank, nahm einen weiteren Schluck aus der Flasche und bot sie Rasmus an. »Erzähl mir von deiner Frau, wie war sie?«

Er leerte sie, warf sie nach hinten und setzte sich auf den Boden. »Warum willst du das hören?«

»Du hast versucht, dir den Ehering vom Finger zu schneiden.«

Sein Kinn zitterte und er schaute gedankenverloren auf seine Schuhe.

Als sie dachte, er würde nichts mehr sagen, öffnete er den Mund.

»Wir kannten uns, seit wir Kinder waren. Bollnäs ist ein Kaff.« Er lächelte, als die Erinnerungen auflebten. »Sie wollte ein Haus, Kinder, einen Mann, der sie auf Händen trägt.«

»Hat sie ihn bekommen?«

»Das zählte nicht. Sie wollte Kinder, aber die waren uns nicht vergönnt. Sie wurde unglücklich.« Er schnaubte und starrte auf den Ring, der noch immer auf dem Tisch lag.

»Hast du sie geliebt?«

»Auf eine unentrinnbare Art habe ich das.«

»Warum wolltest du den Ring auf die harte Tour loswerden?«

»Vergiss dieses beschissene Ding! An welchen Finger soll ich mir den jetzt noch stecken? Sie lebt nicht mehr.«

Sie schwiegen, bis Gigi behutsam sagte: »Irgendwann hört es auf, dich zu zerreißen.«

Rasmus sah sie verächtlich an. »Was weißt du schon davon? Du stellst eine Menge Fragen, ohne ein Wort über dich zu verlieren.«

Sie hatte nur etwas Tröstliches sagen wollen. Gigi wusste, der Schmerz würde nicht nachlassen, nur dumpfer werden. Wie ein Parasit, der sich in der Seele einnistet und alle glücklichen Momente verschlingt. Was sollte sie über sich erzählen? Er war nicht der Typ Mann, der das verdauen könnte. Vermutlich würde er sie aussetzen, und das wollte sie nicht riskieren.

Sie hockten gedankenverloren im Camper und versuchten zu schlafen, aber Ruhe wollte sich trotz ihrer Erschöpfung nicht einstellen. Im Morgengrauen griff Rasmus unwirsch nach dem Ehering, betrachtete ihn, als hätte er Schuld an seiner Schlaflosigkeit, als wäre er der Grund allen Übels. Er riss die Seitentür auf, feuerte ihn ins Gebüsch, setzte sich auf die Türschwelle und starrte ins Nichts.

Draußen war es still. Niemand hastete mehr über die Straße.

Gigi, die das Schauspiel stumm beobachtet hatte, gab ihm ein paar Minuten, damit er sich sammeln konnte, und erhob sich. »Lass uns den Reifen wechseln, ich brauche etwas zu essen.«

Sie erledigte den Job schnell und geschickt. Rasmus konnte nicht mehr beitragen, als Werkzeug anzureichen.

Wie selbstverständlich nahm sie auf dem Fahrersitz Platz, startete den Motor und lenkte den Camper auf die Landstraße. Es war nur eine Frage der Zeit, wann der nächste Reifen seinen Dienst quittieren würde.

»Wir müssen tanken und den Kühlschrank füllen.« Sie griff in ihren BH, zog ein Bündel Scheine hervor und reichte sie Rasmus. »Zähl. In deiner Brieftasche waren sechshundert Kronen, davon sind vierhundert fürs Tanken draufgegangen.«

Er nahm das Geld und spürte ihre Körperwärme auf dem Papier. Verlegen begann er zu zählen. »Tausendeinhundert, plus zweihundert aus meiner Brieftasche.«

»Nicht üppig, aber wir kommen schon zurecht.«

»Wohin willst du?«, fragte Rasmus unerwartet.

Sie blickte ihn an und zuckte mit den Achseln. Ein Zurück gab es nicht, aber hatte sie deshalb ein Ziel?

»Ich habe einen Bruder in Karlstad«, sagte er leise.

Während er die Worte aussprach, veränderte sich ihre Miene, als würde ein Vorhang über ihr Gesicht fallen und alle Gefühle abstellen. Ein Bruder, eine Zuflucht. Gut für ihn. Sie presste die Lippen aufeinander, ehe sie antwortete: »Nimmst du mich mit bis dahin? Ich steige dort in den Zug nach Göteborg, dort lebt jemand von früher.«

Doch diese Option zog sie nicht wirklich in Erwägung, nur über ihre Leiche würde sie in die Arme ihres Vaters springen. Für Rasmus klang die Geschichte gut genug und es war Zeit, diesen Holzkopf seiner Wege ziehen zu lassen, ehe sie sich an ihn gewöhnen würde.

Gigi fuhr weiter, als wäre nichts geschehen, doch ihre

Bewegungen wirkten eckig und ihre Gedanken tauchten in das eisige Meer der Ernüchterung. Was verband sie überhaupt mit ihm außer ein bisschen Blut, ein paar Schlucke Schnaps und der Verlust von allem, was einmal ihr Leben gewesen war?

Sie schwiegen. Obwohl sie keinen halben Meter voneinander entfernt saßen, hätte die Kluft nicht größer sein können. Es hätte leicht sein können, eine Brücke zu bauen, ehrlich zu sein, Wertschätzung und so etwas wie Freundschaft zu zeigen. Aber in diesem Moment wäre es leichter gewesen, zum Mond zu fliegen.

Rasmus wollte etwas sagen, doch seine Lippen fühlten sich wie zusammengefroren an. Warum hatte er nicht gefragt, ob sie mit ihm kommen wollte? Hätte sie das überhaupt gewünscht? Diese Frau war kein Anhängsel, das man in die Tasche stecken konnte. Aber was wusste er sonst von ihr, außer, dass sie MacGyver zu sein schien?

Die Stimmung im Wagen hatte den Gefrierpunkt erreicht, und es hätte ihn nicht gewundert, wenn sein Atem als zarter Nebel sichtbar geworden wäre. Er wagte es nicht, sie anzusehen, starrte geradeaus auf die Straße. Einige Minuten später hielt er die Stille nicht mehr aus und schaltete das Radio an. Erst knackte es, dann vernahmen sie Musik. Rasmus drehte am Regler, bis er einen Sender mit stärkerem Signal fand. Eine weibliche Stimme sprach stockend, jemand weinte im Hintergrund.

»*... Radio Jönköping, mein Name ist Ida Andersson. Meine Damen und Herren, eine Katastrophe ist über Schweden hereingebrochen. Nach dem Abwurf einer Atombombe über Bollnäs in der Provinz Gävleborgs län und eines offenbar geplanten Flugzeugabsturzes in das Atomkraftwerk Forsmark, erreichen uns aus weiteren Teilen des Landes dramatische Meldungen.*

Anscheinend sind alle Atommeiler des Landes ins Visier unbekannter Attentäter geraten.«

Etwas polterte, sie hörten jemanden weinen.

»Sigrid, ich habe eine Nachricht bekommen. Oskarshamm ist explodiert.« Unter das Schluchzen mischten sich Geräusche, die klangen, als würden Jalousien heruntergelassen. Die Sprecherin hatte das Mikrofon nicht ausgestellt und schien auf eine andere Person einzureden. *»Wir machen hier dicht. Geh nach Hause, Sigrid, ich rufe Erik an und schließe ab. Bring dich in Sicherheit.«*

Die Funkverbindung riss ab. Rauschen. Stille. Gigi und Rasmus lauschten angestrengt. Das Radio empfing wieder ein Signal. Sirenengeheul erklang, dazwischen schoben sich Fetzen eines Telefonates. Ida Andersson flehte: *»Du musst ihn abholen … er ist nur dreißig Kilometer vom Atommeiler Oskarshamm entfernt …«* Sie schluchzte und irgendwas klirrte laut, als hätte sie etwas umgeworfen. *»Bitte, Erik, du bist sein Vater. Ihr müsst hier weg! Hörst du Erik?!«* Rauschen.

Gigi sah zu Rasmus. »Gott, was ist hier los? Jetzt auch der Meiler Oskarshamm?«

»Verdammt, fahr! Wir hauen ab nach Karlstad!«

Mit jeder Minute füllten sich die Straßen mit voll beladenen Fahrzeugen und Wohnwagen. Sie kamen immer schleppender voran, die Tanknadel fiel umso schneller.

Rasmus blätterte hektisch durch die Landkarte. »Lass uns von der Schnellstraße runter und über kleinere Verbindungswege fahren.«

Eine Stunde lang steuerte Gigi über Buckelpisten und Waldwege, bis sie erneut auf eine gewaltige Ansammlung dieser geisterhaften Menschen trafen, die den Wald durchzogen. Sie bremste und hielt auf einem Forstweg. Sie saßen still im Wagen und beobachteten das Gewimmel draußen.

»Das sind Zombies«, sagte Rasmus. Doch sie bluteten, atmeten, schienen zu leiden und Schmerzen zu fühlen. In ihren Blicken lag ein entsetzlicher Mix aus Getriebenheit und Erschöpfung. Sie wirkten nicht aggressiv, aber sie waren gefährlich, das spürte er.

»Ich bin todmüde. Hältst du die Stellung, wenn ich mich aufs Ohr haue?« Gigi hatte bereits die Sitzbank ausgezogen und sich hingelegt, ehe er etwas erwidern konnte.

Sie schlief drei Stunden. Es war kurz nach Mittag, als sie die Augen öffnete. Von vorn hörte sie Rasmus schnarchen. So sah Stellung halten also für ihn aus.

Auf Zehenspitzen schlich sie zur Fahrerkabine und sah auf seine schlafende Gestalt. Er zuckte immer wieder zusammen, das war offensichtlich kein erholsamer Schlaf. Die dunklen Haare hingen ihm wild in die Stirn, und der Bartschatten stellte einen deutlichen Kontrast zu seiner blassen Haut dar. Er war kein unwiderstehlicher Mann, aber in seinen Augen lag etwas, das mit scharfen Krallen nach einer verlorenen Empfindung greifen wollte. Sie hob die Hand, um ihm das Haar aus der Stirn zu streichen, und ließ sie wieder sinken. Es wäre gut, wenn sich ihre Wege am Abend trennen würden. Sie mussten Karlstad heute noch erreichen.

Gigi nutzte die Pause, um sich die Narbe unter ihrem Auge anzusehen. Es war ihr nicht wichtig, makellos zu sein. Für wen oder was? Würde es sie morgen überhaupt noch geben? Hatte sie keine Angst vor dem Tod, oder einfach keinen Grund, leben zu wollen? Sie wusste es nicht. Eine Zeit lang war sie dem Tod näher als dem Leben gewesen, hatte ihn in sich getragen.

Bei diesen Gedanken begann ihr Herz schmerzhaft zu klopfen, wie um sie an das Leben zu erinnern, das in ihren Adern pulsierte. Und sie spürte, sie wollte nicht tot sein. Die Ungewissheit über das, was hier geschah, fühlte sich an wie das Warten auf eine niederschmetternde Diagnose.

Vorsichtig zog sie das Pflaster ab. Die Wundränder waren gerötet, aber nicht so geschwollen, dass eine Entzündung zu erwarten war. Trotzdem erschrak sie bei ihrem Anblick. Den Moment, als die Menschen über ihren Körper getrampelt waren, hatte sie nicht vergessen. Gott, sie konnte einstecken, aber das hier jagte ihr Angst ein. Sie versorgte die Wunde mit einem neuen Pflaster und sah hinaus in den Wald. Die Sonne stand hoch am Himmel. Der Menschenstrom war verebbt. Ihr Magen knurrte.

Sie öffnete die Tür und schlich hinaus. Die Pflanzendecke des Waldes war heruntergetrampelt und der Boden mit Blut gesprenkelt. Sie schauderte. Woher kamen sie? Wohin liefen sie? Sie wollte nicht glauben, dass sie in die radioaktiv verseuchten Zonen stürmten. Die Geschehnisse änderten nichts daran, dass ihr Magen leer war. Auf der Suche nach etwas Essbarem huschte Gigi lautlos zwischen die Bäume.

Rasmus schlug die Augen auf und das erste, was er registrierte, war ihre Abwesenheit. Er rappelte sich auf und blickte nach draußen. Niemand war zu sehen. Er öffnete die Beifahrertür, sprang hinaus und umrundete das Wohnmobil. »Gigi«, sagte er zurückhaltend. Als keine Antwort kam, brüllte er ihren Namen. Unversehens tauchte sie aus dem Nichts auf, stolperte aufgeschreckt zu ihm. In ihren Händen hielt sie Wurzeln und irgendwelches Grünzeug.

»Warum schreist du wie ein Verrückter durch den Wald?«

Das wusste er auch nicht und kam sich wie ein Idiot vor. Plötzlich hatte ihn die Vorstellung überwältigt, sie könnte fort sein. »Wir müssen weiter!«

Er setzte sich ans Steuer und startete den Motor. Sie knabberte an den Wurzeln herum, an denen noch der halbe Waldboden hing. Auch sein Magen knurrte, aber es war nichts im Angebot, dass er sich jemals in den Mund gesteckt hätte.

»Kannst du aufhören, so laut zu kauen?« Er hatte sich die Geräuschkulisse zehn Minuten schweigend angehört.

Sie lachte und biss erneut in dieses undefinierbare Etwas. »Warum probierst du nicht? Ich weiß, du hast Hunger.« Sie legte ihm eine Wurzel hin.

Er beäugte das wenig appetitlich aussehende braune Ding und schüttelte den Kopf. »Ich will das nicht, ich brauche etwas Richtiges!«

Noch während sie über Gigis Naturkost stritten, leuchtete ihnen ein großes blaues Schild verheißungsvoll zwischen den Bäumen entgegen.

»Gott, ja!« Rasmus, beschleunigte, bog aus dem Waldweg auf die Landstraße.

»Gott, nein!« Gigi sah sich um. Die Tankstelle war total überfüllt, es war unmöglich, das Gelände zu befahren. Die Straße platzte schier aus allen Nähten. Rasmus trat auf die Bremse, schlug mit der bandagierten Hand aufs Lenkrad und jaulte: »Scheiße! Was ist denn los hier?«

»Offensichtlich haben auch andere Menschen Fluchtreflexe.«

Den Nummernschildern nach gehörten die Fahrzeuge vor allem deutschen und holländischen Touristen, die schleunigst nach Hause wollten.

»Der Tank ist fast leer. Wir können nicht weiter«, sagte er.

Sie blieben an der Einfahrt zur Landstraße stehen

und beobachteten das Chaos. Die wartenden Menschen schauten verzweifelt aus ihren Fahrzeugen und der Stau wuchs unaufhaltsam.

Nach einer halben Stunde bewegte sich die Preistafel für die Spritpreise. Der Abgabepreis für Diesel hatte eben bei dreissig schwedischen Kronen pro Liter gestanden. Aus der Drei wurde eine Vier, eine Fünf … Rasmus und Gigi sahen sich ungläubig an. Sechs, Sieben. Bei Acht blieb die Anzeige stehen. Sie sollten nun achtzig Kronen für einen Liter Diesel bezahlen. Der Benzinpreis erreichte ebenso schwindelerregende Höhen.

Rasmus versuchte, die Gestalt hinter der Kasse zu erkennen. »Was zur Hölle, der Pächter schlägt Profit aus der Situation. Verdammtes Arschloch!«

Als Reaktion auf den unerhörten Preisanstieg brach ein Hupkonzert aus. Fahrzeuge verließen die Tankstelle, andere rissen die Autotüren auf und stürmten das Geschäft. Immer mehr Leute stiegen aus und riefen durcheinander.

Gigi öffnete die Beifahrertür. »Warte hier!« Sie sprang aus dem Wagen und sprintete mitten ins Chaos.

»Nein, tu das nicht.«

Aber sie hatte sich bereits zwischen den Fahrzeugen hindurchgeschlängelt, und die Tür zum Verkaufsraum schloss sich hinter ihr. Rasmus konnte nichts erkennen. Nur die wütenden Rufe der Menschen drangen zu ihm herüber. Er klammerte sich ans Lenkrad und spürte sein Herz im abgetrennten Finger hämmern.

Sie blieb eine gefühlte Ewigkeit hinter der geschlossenen Tür. Zwei Männer stürzten heraus. Sie zerrten einen Dritten mit sich, der aus der Nase blutete und nicht glücklich wirkte. Sie gestikulierten wild, drängten den Mann in eine der Toilettenkabinen und verriegelten die Tür von außen. Unter den wartenden Menschen entbrannte ein Streit um die Zapfsäulen und im nächsten Moment waren sie zu einem Knäuel von Fäusten und tretenden Füßen verschmolzen.

»Scheiße, was ist hier los?« Rasmus wollte gerade aus dem Camper springen, da öffnete sich erneut die Tür des Ladens, und Gigi stürmte heraus wie eine Bankräuberin. Sie sah merkwürdig aus. War sie verletzt? Sein Herz setzte einen Schlag aus.

Sie brüllte: »Starte den Motor!«

Rasmus drehte die Zündung und trat aufs Gas. Der Motor heulte auf. Sie erreichte den Wagen, riss die Tür auf und sprang auf den Sitz. »Fahr!«

Er drückte das Pedal durch.

Gigi griff unter ihr Shirt und zog eine Packung Toast, abgepackten Käse, Schokolade und eine eingeschweißte Salami hervor. In den Bund ihrer Jeansshorts hatte sie es bewerkstelligt, zwei Flaschen Wasser zu stecken, von denen sie eine öffnete und Rasmus reichte. Sie war noch nicht fertig damit, Schätze aus ihrer Kleidung zu ziehen. Aus dem Tal zwischen ihren Brüsten beförderte sie zwei Fläschchen Schnaps hervor und grinste.

Rasmus lachte. »Du erstaunst mich immer wieder.«

Gigi konnte nicht anders, als sich über seine Worte zu freuen. Es war das erste Mal, dass er gelacht hatte. Sie riss das Brot aus der Folie, belegte die Scheiben mit Käse und legte das Sandwich in seine Hand. Sie stopften sich die Brotscheiben in den Mund und genossen das Gefühl, etwas in den Magen zu bekommen.

Gigi sagte zwischen zwei Bissen: »Ich glaube, die lynchen den Pächter.«

Er nickte. »Das geschieht dem Mistkerl recht!«

»Die Leute verlieren den Verstand. Sie haben sich geschlagen und den Laden zerlegt.«

»Du hast deine Einkäufe bestimmt bezahlt?«

Sie lachte. »Wollte ich, aber die Kasse war nicht besetzt.«

Nach ein paar Kilometern erkannten sie aus einiger Entfernung einen Stau, auf den sie zusteuerten.

Rasmus nahm den Fuß vom Gas und fuhr langsam ans Stauende heran. »Wenn das so weitergeht, brauchen wir drei Tage nach Karlstad.«

Gigi beschlich ein komisches Gefühl. »Da stimmt was nicht.«

Es saßen keine Menschen in den Fahrzeugen. Die verlassene Kolonne umfasste um die zweihundert Wagen. Die Autotüren standen offen, als wäre jemand vorbeigelaufen, und hätte überall neugierig seinen Kopf hineingesteckt. Viele Motoren liefen, als warteten die verwaisten Gefährte darauf, dass die Reise gleich weitergehen würde. Wie auf Kommando sprangen sie aus dem Wagen.

Rasmus marschierte ein Stück die Straße hinunter. In einiger Entfernung entdeckte er etwas auf dem Asphalt und eilte zurück zum Camper, um das Fernglas zu holen.

Gigi lief hinter ihm her. »Was ist los?«

»Da liegt etwas auf der Straße.«

Sie näherten sich dem Objekt ungefähr bis auf fünfzig Meter.

»Warte!« Er blickte durch das Fernglas. »Gott, was zum Teufel?«

»Gott oder Teufel? Was siehst du?«

Er sagte nichts, hielt ihr den Feldstecher hin. Sie sah hindurch und erstarrte.

Rasmus griff nach ihrem Arm. »Irgendwie habe ich keine Lust, mir das aus der Nähe anzusehen. Lass uns zum Camper zurück.«

Sie schob seine Hand fort. »Warte mal, nicht so eilig. Siehst du den Camper da vorne? Ich wette, der ist bis zum Hals vollgetankt. Hast du einen Schlauch im Wagen?«

Er konnte nicht fassen, wie kaltschnäuzig sie über das Gesehene hinwegging. Sie war offensichtlich aus hartem Holz geschnitzt, und er hätte sie für ihre Unerschrockenheit umarmen können. Nicht direkt in die Arme nehmen, aber ein High five geben.

Gigi suchte im Wohnmobil nach einem Schlauch. Vergeblich. Dieser Wagen war wohl nie für das genutzt worden, wofür er vorgesehen war. Am liebsten hätte sie die alte Karre stehen gelassen und das moderne Gefährt genommen. Doch das brachte sie nicht übers Herz, auch wenn die Menschen, denen es gehörte, wahrscheinlich nicht zurückkommen würden.

Sie gab die Suche auf und marschierte rüber zum verlassenen Wohnmobil. Der Schlüssel steckte und sie startete den Motor. Die Tanknadel kletterte auf etwas mehr als dreiviertel voll und sie rief: »Kannst du den Wagen herfahren?«

Rasmus parkte den Camper neben dem neueren Model. Gigi hatte in der Zwischenzeit einen Schlauch gefunden, kürzte und schob ihn in den Tank des Fahrzeugs, während Rasmus sich das hintere Stück griff.

Er hatte das einmal in seiner Jugend getan. So etwas vergaß man nicht. Er nahm das Ende des Schlauches in den Mund und saugte kräftig, bis er den Kraftstoff schmeckte und den Schlauch rasch in den Tank seines Wohnmobils schob. Er spülte sich den Mund aus und stellte erfreut fest, der Sprit wechselte die Tanks. Zum ersten Mal fühlte er sich nicht nutzlos.

Gigi hob den Daumen, als hätte sie seine Gedanken gelesen, und verschwand im verlassenen Fahrzeug. Dort raffte sie alles zusammen, was ihr noch nützlich sein könnte. Decken, einen Campingkocher, ein Zelt, Konserven, einen verpackten Kuchen, Bier und einen Zehnliterkanister Trinkwasser.

Den Konsumgütern nach schätzte sie, dass es sich um ein reiferes Paar handeln musste, dem sie gerade alles, was nicht festmontiert war, gestohlen hatte.

Nachdem sie alles rübergetragen und Rasmus ihre Beute begutachtet hatte, ging sie ein letztes Mal zurück. Ihr Blick blieb an der Dusche hängen. Eilig schlüpfte sie aus ihren Klamotten, betrat die kleine Kabine und ließ das Wasser über ihren Körper laufen. In der Ablage fand sie ein Vanilleduschgel und seifte sich damit ein. Schon lange her, dass sie so ein kommerzielles Damenprodukt benutzt hatte. Anschließend trat sie nackt aus dem Bad und wühlte in den Sachen der Frau. Sie fand eine pinkgemusterte Softshelljacke, eine hochgeschnittene Jeans, Socken, geblümte T-Shirts und weiteres Zeug.

Sie kramte tropfnass im Kleiderspind, als Rasmus nichts ahnend die Seitentür öffnete, sie anblickte, und beim Zuwerfen der Tür »Verdammt«, murmelte.

Mit dem Arm voller Klamotten kehrte Gigi in den Camper zurück. Rasmus hockte auf der Sitzbank und trank ein Bier.

»Hier, für dich.« Sie warf einige T-Shirts sowie eine schwarze Jeans auf den Tisch.

Er schaute nicht auf und murmelte: »Danke!«

Sie beobachtete ihn einen Moment, bevor sie sagte: »Was ist los, hast du noch nie eine nackte Frau gesehen?«

Er verzog das Gesicht und nahm einen großen Schluck aus der Flasche. »Willst du auch eins?«

Sie nickte, und er reichte ihr eine aus dem Kühlschrank.

Die Erinnerung an ihren nackten Körper wirkte in ihm nach. Das großflächige Tattoo über ihrer Hüfte hatte einen schlafenden Buddha gezeigt, darunter hatten ihre Beckenknochen widerspenstig hervorgestanden, als suchten sie unter dem auffallenden Bildnis nach Beachtung. Er erinnerte sich an ihre kleinen Brüste, auf denen Wassertropfen gehaftet hatten, ihre sehnigen Arme, die ein Stück zu lang wirkten. Ihr gesamter Oberkörper war von Blutergüssen übersät gewesen, die unschönen Hinterlassenschaften der Wanderer. Er wünschte, er hätte es verhindern können. Und dann waren da noch Narben auf ihrem Brustkorb und Bauch gewesen, fast verblasste Male. Sie war anders als Lillian, anders als jede Frau, der er begegnet war, und er fühlte sich unerwartet angezogen von ihr. Sie faszinierte und erschreckte ihn zur gleichen Zeit. Gigi hatte sich nicht bedeckt, als er überraschend aufgetaucht war, weder irritiert oder peinlich berührt gewirkt. Sie passte nicht in sein Weltbild. »Wir sollten weiterfahren.«

Sie nickte, blieb aber hinten sitzen.

Rasmus fuhr an der Kolonne verlassener Autos entlang bis zu der Stelle, an der er am liebsten Vollgas gegeben hätte. Er bremste und fuhr im Schritttempo an den Leichnam heran. Der Körper lag hingestreckt in einer Blutlache auf dem Asphalt. Die Scheiben der umstehenden Fahrzeuge waren mit Blut überzogen.

Gigi kam nach vorn, setzte sich auf den Beifahrersitz und sah die Leiche an. »Wo ist sein Kopf?«, fragte sie ihn, als müsste er das wissen. »Warum liegt ein kopfloser Mann auf der Landstraße und alle Fahrzeuge sind verlassen?«

Er lehnte sich zurück und sah sie an. »Ich glaube, die Erklärung wird uns nicht gefallen.«

Sie schüttelte den Kopf. »Vielleicht hängt alles zusammen. Die Atombombe, die Anschläge auf die Meiler, die alles niederwalzenden Menschengruppen und die leeren

Autos.« Sie dachte nach, versuchte, einen Zusammenhang zu finden. »Ist es ein Virus? Hast du schon mal daran gedacht, dass wir wie sie werden könnten?«

»Ich hoffe, du irrst dich.« Rasmus beschleunigte den Wagen.

Als sie das Ende der Kolonne erreichten, entdeckten sie drei Polizeiwagen. Sie waren ebenso verlassen wie die anderen Fahrzeuge.

Die nächsten Stunden vergingen ohne Zwischenfälle. Gigi lehnte sich gegen das Seitenfenster, und obwohl die Angst sich in ihr eingenistet hatte, fielen ihr die Augen zu. Kurz vor Karlstad erwachte sie, weil Rasmus das Tempo drosselte. »Wir sind schon da?«, fragte sie benommen. »Hast du Radio gehört?«

»Im Meiler Oskarshamm ist es zur Kernschmelze gekommen. Tausende von diesen Wanderern sind dort gesichtet worden, auch in Bollnäs und Forsmark. Und es werden immer mehr.«

Sie sah hinaus auf die Stadt, die idyllisch am Nordufer des Sees Vänern im Mündungsdelta des Flusses Klarälven lag. Das Venedig des Värmlands. In den Häusern brannten Lichter, und dieser Anblick vermittelte willkommene Normalität, als wäre sie gerade aus einem schlechten Traum erwacht. »Warum läuft hier alles einfach weiter?«

»Siehst du irgendwelche Menschen auf der Straße?«, fragte Rasmus.

Bis auf einige Fahrzeuge hielt sich niemand draußen auf. Vielleicht war das nichts Ungewöhnliches, es war bereits dunkel und die Menschen saßen vermutlich beim Abendessen. Sie wünschte sich ihr abgeschiedenes Leben im Wald zurück. Wollte sie wirklich nach Göteborg? Sie wusste es nicht. Sie könnte das Zelt mitnehmen, den

Gaskocher und ein paar der geklauten Schätze aus dem Wohnmobil und erst mal abtauchen und warten, wie sich alles entwickeln würde. Rasmus brauchte das Zeug nicht, wenn er bei seinem Bruder unterkäme.

Der Abschied nahte. Sie wollte allein sein und doch nicht. Wie schnell hatte sie sich an diesen Mann gewöhnt? Sie war nur zu lange ohne Gesellschaft gewesen. Es hatte gutgetan mit jemandem zu reden, mehr nicht. Sie hatte kein Verlangen, sich auf einen Mann einzustellen. Allein käme sie besser klar, zumindest hoffte sie das.

»Fährst du mich zum Bahnhof?«, bat sie leise. Das war die richtige Entscheidung. Sie würde ihren Weg finden. Sie würden es beide irgendwie hinbekommen. Auf einmal konnte sie es nicht erwarten, seiner Gegenwart zu entkommen, sprang auf und raffte ein paar Sachen zusammen, verstaute sie in ihrem Rucksack. Sie nahm sich wenige Lebensmittel, um über die nächsten zwei Tage zu kommen, dann würde sie weitersehen.

Rasmus fuhr Richtung Bahnhof. Der Gedanke, sie gleich abzusetzen und zu verlieren, bedrückte ihn. Aber was hätte er Finn sagen sollen, wer diese tätowierte Frau mit den blonden Dreadlocks war? Er sah seinen Bruder vor sich, seine herablassende Reaktion, wie er Gigi unter Beschuss nehmen würde. Aber hatte er nicht genau so auf sie reagiert? Trotzdem machte ihn die Vorstellung wütend, Finn könnte sie schlecht behandeln. Doch sie war schon dabei, ein paar Sachen zusammenzupacken. Es war zu spät.

Freudlos lenkte er das Wohnmobil zum alten Bahnhof, parkte und schaltete den Motor aus. Sein Herz klopfte, als er sich zu ihr drehte. Er wollte den Moment hinauszögern. Sie aufhalten. Sie saß still auf der Bank, hatte den Rucksack wie einen Schatz umarmt, und starrte auf das Bahnhofsgebäude.

»Wir sind da«, sagte er und stand auf.

Sie erhob sich, streckte ihre Hand aus und ergriff vorsichtig seine. Ohne ihn anzublicken, sagte sie mit einem schiefen Lächeln: »Ringe bekommt man mit Seife vom Finger. Pass auf dich auf.«

Er drückte ihre Hand, und für einen Moment sahen sie sich wirklich an. Rasmus wollte etwas sagen, aber er fand keine passenden Worte.

Sie drehte sich um, öffnete die Seitentür und sprang aus dem Wohnmobil, warf sie krachend zu und stürmte davon.

»Scheiße!«, war das Einzige, das Rasmus einfiel. Eine verdammte, beschissene, verkackte Scheiße.

Mechanisch setzte er sich ans Steuer und fuhr zu seinem Bruder. Je weiter er sich von ihr entfernte, desto blödsinniger kam ihm seine Idee vor. Was wollte er bei Finn?

Wenige Minuten später bog er in die Nolbygatan ein und hielt vor dem grünen Bungalow mit der Nummer 23. Finns alter Saab parkte vor der Tür. Rasmus stieg aus und sah durch das Wohnzimmerfenster in das Zuhause seines Bruders. Der Fernseher flimmerte. Seine Schwägerin Agnes deckte den Tisch, es roch nach gedünstetem Fisch. Alles wirkte normal, als befänden sie sich in einer anderen Welt, die unversehrt weiter existierte, während seine in Trümmern lag. Ohne nachzudenken, machte Rasmus kehrt, rannte zum Camper und gab Gas. Er folgte der Ahnung, etwas Dummes getan zu haben, und dem dringenden Wunsch, das sofort in Ordnung zu bringen. Er fuhr den gleichen Weg durch die Dunkelheit zurück. Die Stadt war wie leer gefegt, niemand war unterwegs. Sein Fuß zitterte auf dem Gaspedal, und die Angst, es könnte zu spät sein, floss wie Eis durch seine Adern.

Endlich erreichte er das altehrwürdige Bahnhofsgebäude, stellte den Wagen ab und rannte in die Halle. Keine Menschenseele. Er hastete hin und her, eilte zu den Gleisen. Niemand. »Gigi«, rief er atemlos. Keine Antwort. Er suchte jede kleine Ecke ab. Sie war fort.

9. Festgesetzt

»Richard, wo bist du?«

Ihre Stimme klang fern, als hätte ich mir ihren Ruf nur eingebildet. Erschöpft zog ich mich durch die Module, vorbei an ihrem persönlichen Schlachthaus, zurück zu der Frau, die eben nach mir geschnappt hatte und jetzt mitleiderregend nach mir verlangte. Sie wusste genau, wo ich mich aufhielt, diese Komödie beleidigte meinen Verstand. Wahrscheinlich hatte sie erkannt, dass es damit nicht weit her sein konnte, sonst wären wir beide nicht hier gelandet. Entschlossen riss ich die Kojentür auf. »Hör auf, Kara! Dieses Theater nehme ich dir nicht ab.«

Sie hielt den Blick gesenkt, hatte die Arme um sich geschlungen, als wollte sie sich selbst trösten.

»Bitte, Richard, geh nicht weg.«

Sie rieb sich über die Augen, bis sie rot und geschwollen waren.

»Was willst du von mir?« Ich blieb auf Abstand, innerlich wie äußerlich. Sie hatte mich schon einmal um den Finger gewickelt, mich manipuliert, und ich war wie ein Idiot in ihre Falle getappt.

Sie blickte auf. »Es ist stärker als ich.«

»Das musst du mir schon genauer erklären. Was bedeutet ›es‹? Und wenn ›es‹ stärker ist als du, worüber hast du noch Kontrolle?«

Meine Worte schienen sie zu schmerzen, sie bedeckte ihr Gesicht mit den Händen und schluchzte.

»Das kann ich dir nicht sagen, aber ich werde dich töten, wenn du mich nicht fesselst.«

»Das hebt meine Laune ins Unermessliche, Kara.«

»Fessel mich, Richard.« Sie sah mich flehend an.

»Ist das ein Trick? Soll ich dir nah kommen, damit du deinen kranken Appetit an mir stillen kannst?«

»Nein.« Sie schüttelte den Kopf, und ihre klebrigen Haare wippten hin und her.

»Woher der Sinneswandel? Bis jetzt hast du den Eindruck erweckt, dass du gefährlich für mich bist.«

»Nicht ich.«

Ihre Worte waren leise, kaum mehr als ein Zischeln, als fürchtete sie sich vor irgendwem.

»Im hinteren Lagerraum im Swesda-Modul auf der linken Seite findest du Kabelbinder. Bring sie mir und ich fessel meine Hände selbst damit, dann kannst du den Rest erledigen.«

Wie sollte ich herausfinden, ob das nicht alles zu ihrem Plan gehörte? Das war nicht sie? Was meinte sie damit? Offensichtlich waren es ihre Hände und ihr Mund gewesen, die das Grauen an diesen Ort gebracht hatten. Mittlerweile war ich sicher, dass die gesamte Besatzung nicht mehr lebte. Was plante sie hier zu erreichen? Wofür war sie auf die ISS geflogen, wenn sie hier alles Leben auslöschte?

»Okay, Kara. Du verstehst, warum ich das mache? Schluss mit der Belauerung!« Während ich sprach, riss ich den Laptop, auf dem sie mich beobachtet hatte, aus der Verankerung und schleuderte ihn ins Labor, wo er gegen die Aluverkleidung der Versuchseinheit knallte.

Sie nickte.

»Wenn du nicht mehr hier bist, wenn ich zurückkomme, ist die Show beendet.« Ich drehte ihr langsam den Rücken zu und spürte ihren Blick, als ich die Koje verließ und sie hinter mir schloss.

Was bezweckte sie damit? Mich in Sicherheit wiegen, um dann umso grausamer zuzuschlagen? Ich wusste es nicht. Trotz meiner Beklemmung fühlte ich noch immer unselige Zuneigung zu ihr. Seit dem ersten Tag ihrer Ausbildung hatte ich sie gemocht. Oder hatte ich den Verstand verloren? Ich musste herausfinden, was mit ihr los war. Das war ich allen schuldig.

Der Weg ins Swesda-Modul dehnte sich aus. Ständig drehte ich meinen Kopf, in der Erwartung, dass sie mich verfolgte. Welchen Schrank hatte sie gemeint? Ich öffnete alle auf der rechten Seite und fand nichts. Linke Seite? Eilig riss ich am Alugriff und brüllte, weil mir ein Mensch entgegenschwebte.

Es war der deutsche Astronaut Wim. Ich erinnerte mich nicht an seinen Nachnamen. Aber ich musste mich erinnern, ich wusste alles über ihn. Seine Vorliebe für Oldtimer, Berge und gefährliche Sportarten. Er war Vollwaise, seit er vier Jahre alt gewesen war. Er aß fast ausschließlich grüne Lebensmittel und besaß die mentale Unerschütterlichkeit des Mount Everest. Ein Mann, den ich gern zum Freund gehabt hätte. Mein Verstand setzte aus, während er vor mir schwebte, tot und aufgerissen wie Viktor.

Kara spielte mit mir. Sie wollte, dass ich ihn finde, hatte mich unter einem Vorwand hierher dirigiert. Ich konnte Wim nicht ansehen und schob ihn behutsam zurück in den Schrank. Jetzt war ich sicher, sie würde mir auflauern. Warum hatte ich mich darauf eingelassen?

Wollte sie mir dasselbe antun wie Viktor und Wim? Verdammt, meine Hände zitterten. Bevor ich die Tür schloss, bemerkte ich, dass auf der Innenseite Kabelbinder befestigt waren. Lang und breit genug, um einen Lkw damit abzuschleppen. Hatte ich mich geirrt? Überreizt riss ich sie aus der Aufhängung und machte mich auf den Weg zurück zu Kara.

Die Abschnitte, durch die ich mich bewegte, verloren ihre Kontur. Ich konnte nicht atmen. Würde ich sie in der Koje antreffen, wenn ich zurückkäme? Ich sah die zwei toten Astronauten vor mir. Sie waren in guter Form gewesen, wogen sicher über achtzig Kilo. Wie hatte sie das bewerkstelligt? In der Schwerelosigkeit herrschten andere Gesetze. Es war nur durch Muskelkraft möglich, jemanden auf diese Weise zu töten. Wer zur Hölle war sie?

»Richard, ich warte auf dich.«

Las sie meine Gedanken? Wollte sie mir Mut zusprechen, nachdem sie mir die zweite Leiche präsentiert hatte?

Mitten in der Bewegung erstarrte ich. Die Kojentür stand offen.

»Beil dich«, kam es von drinnen.

Mein Herz klopfte immer schneller und gleichzeitig schämte ich mich für meine Angst. Doch ich hatte gesehen, wozu sie fähig war.

Der Blick in die Koje ließ mich zusammenfahren. Sie war nicht mehr in ihrem Schlafsack. Sie wartete mitten in der Kammer auf mich.

»Wirf mir die Kabelbinder rüber. Bitte.«

Sie fing sie aus der Luft, riss einen aus dem Gebinde, schob das Ende in die Öse, steckte beide Hände hinein, packte den Kunststoff mit ihren Zähnen und blickte mich an, als würde sie mein Verständnis suchen. Geschickt zog sie die Fessel zusammen, bis sie ihre Hände nicht mehr bewegen konnte und sah mich erleichtert an. »Binde mir die Füße zusammen.«

Sie streckte die Beine vor, und ich fesselte sie mit zwei Kabelbindern.

»Fester.«

»Das Blut muss noch zirkulieren.«

»Fester, Richard.«

Ich tat es, und sie nickte zufrieden.

»Jetzt befestige meine Hände am Haltegriff über mir.«

Dafür musste ich ihr sehr nah kommen. Zu nah für mein Empfinden. Sie bemerkte mein Zögern.

»Stopf mir irgendwas in den Mund.«

Atemlos wühlte ich in der Seitentasche der Koje, ergriff ein paar ungetragene Socken. Kara riss den Mund auf.

»Richard, du musst es schneller machen. Wir haben keine Zeit.«

Sie wirkte, als sei sie klar bei Verstand, ohne eine Andeutung von Feindseligkeit. Könnte sie sich jederzeit wieder in das aggressive Monster verwandeln?

Eilig stopfte ich ihr die Socken in den geöffneten Mund. Sie nahm sie stumm auf und nickte mir zu. In Rekordzeit fixierte ich ihre gefesselten Hände am Haltegriff. Geschickt schlüpfte sie zurück in den Schlafsack. Vorsichtig zog ich die Socken aus ihrem Mund. Sie schloss die Augen und sagte: »Geh jetzt. Du wirst sie finden.«

10. Fabiola und Maive

Sie landeten am Flughafen Rio de Janeiro-Antônio Carlos Jobim, stiegen in den Bus, der sie an die Costa Verde, nach Angra dos Reis brachte. Direkt nach ihrer Ankunft suchten sie eine Boutique im Ort auf, kauften schwarze Hosen und Blazer für den seriösen Anstrich.

Die 24-Stunden-Bar lag nur sieben Gehminuten vom Kernkraftwerk mit den zwei aktiven Reaktoren Angra II und Angra III entfernt. Ein beliebter Treffpunkt für Angestellte, um zu essen oder den Feierabend zu begießen.

Die zwei Frauen hatten sich an der Bar niedergelassen und scannten jeden Mann, der das Lokal betrat, wechselten einen Blick, schüttelten den Kopf und schalteten zurück in den Beobachtungsmodus.

Sie mussten sich drei Tage gedulden, bis Chefinspektor Marco Almeida endlich die Bar betrat. Anwesende Kollegen hoben die Hand zur Begrüßung und verwickelten ihren beliebten Vorgesetzten in Gespräche, ehe er sich fünf Stühle von den Frauen entfernt an den Tresen setzte und eine Caipirinha bestellte.

Maive zog die Augenbraue hoch und Fabiola nickte.

Wie auf Kommando richteten sie sich auf, zogen ihre Kleidung glatt und lächelten. Drei Tage hatten sie nicht mehr gesprochen, als beim Barmann ihre Bestellungen aufzugeben.

Nun begannen sie ein Fachgespräch über die deutsche Technologie im Angra III-Reaktor, über die aus Deutschland stammenden Lieferungen von zehn Tonnen Uran und Brennstäben sowie die hohen deutschen Sicherheitsstandards, die in diesem Reaktor Anwendung gefunden hatten. Sie diskutierten eine Kleinigkeit zu laut und beobachteten Almeida, wann er anbeißen würde.

Das hätte er garantiert, selbst wenn die Damen nicht über sein Lieblingsthema geplaudert hätten. Er hatte schon viele schöne Frauen gesehen, und Brasilianerinnen gehörten seiner Meinung nach zu den betörendsten Wesen dieser Erde. Aber die Rothaarige mit den grünen Augen und das schwarzhaarige Busenwunder neben ihr spielten in einer anderen Liga. Göttliche Venusfallen.

Almeida winkte dem Barkeeper und wies ihn an, den Damen noch einmal das Gleiche zu bringen. Achselzuckend brachte er ihnen ein neues Wasser und sagte: »Für die Damen von Senhor Almeida.«

Da stand der Gönner auch schon hinter ihnen und sagte: »Entschuldigen Sie den Überfall. Ein paar Worte Ihres Gesprächs sind zu mir gedrungen. Darf ich mich vorstellen, mein Name ist Marco Almeida, ich bin der Chefinspektor der beiden Reaktoren Angra II und III.«

Fabiola lachte verschämt. »Sind die Pferde wieder mit uns durchgegangen?«

Maive erhob sich, ergriff seine Hand und sagte: »Senhor Almeida, das ist meine Kollegin Fabiola Vaz, und mein Name ist Maive Tamm. Vielen Dank für das Wasser.«

Sie streichelte ihm über den Daumen und lächelte.

Almeida wurde schwindelig. Sie rochen so gut, außerordentlich anregend. Er konnte sein Glück nicht fassen. Für gewöhnlich waren seine Flirtversuche nicht so erfolgreich. Und dann noch Frauen vom Fach. Dieser Abend würde grandios werden. Er lachte in sich hinein, strich sein Haar glatt und nahm Haltung an.

Antonio, der Barkeeper, konnte sich keinen Reim auf die zwei Schönheiten machen. Drei Tage lang hatten sie gelangweilt am Tresen gesessen und geschwiegen, als wären ihre Batterien aufgebraucht. Aber kaum hatte Almeida die Bar betreten, waren sie zum Leben erwacht. Weiß Gott hätte er gern mit dem plumpen Mann getauscht. Sie schienen seine Gegenwart zu genießen, lachten über seine dämlichen Witze und hingen voller Bewunderung an seinen Lippen. Und als Almeida, wie ein Gockel tänzelnd, mit der Schwarzhaarigen aus der Bar taumelte, verstand er die Welt nicht mehr.

Fabiola brachte Almeida auf der Fahrt zum Hotel auf Touren. »Du bist so stattlich«, säuselte sie ihm ins Ohr und schmiegte sich an ihn.

Im Hotelzimmer bestellte er eine Flasche Champagner und träumte, wie er ihn von ihren nackten Brüsten schlürfen würde.

»Marco«, sagte Fabiola mit einem samtweichen Timbre in der Stimme, »du wirst heute etwas Unglaubliches erleben!«

»Zuckertäubchen, du machst mich rasend, wenn du so etwas sagst«, raunte er und nestelte an seinem Hemd.

»Wirst du alles geben, mein Held?«, fragte sie und lächelte.

»Du turnst mich so an. Ich werde dich nicht enttäuschen, meine wunderschöne Amazone.«

Fabiola legte ihre Kleidung ab, befreite die üppigen Brüste aus den seidenen Körbchen des BHs, zog den Slip mit einer geschmeidigen Bewegung herunter und schritt zitternd auf Almeida zu.

»Sollte ich nicht auch nackt sein?«, fragte er lüstern.

»Natürlich.« Geschickt riss sie ihm die Kleidungsstücke vom Leib, was er mit einem zufriedenen Grunzen quittierte.

»Komm her mein Täubchen.« Plump griff er ihr an die Brust.

Fabiola verzog das Gesicht. »Was bist du nur für ein Trottel!«

»Ja, beleidige mich. Ich habe eine solche Göttin wie dich nicht verdient.«

»Halt die Klappe!« Sie schubste ihn aufs Bett, kletterte auf seinen Schoß, und er seufzte selig. Sie beugte sich zu ihm herunter, bis sie seine Stirn mit ihrer berührte. Sofort riss er den Mund auf, um seine Zunge zwischen ihre Lippen zu schieben.

»Hör auf damit, du Arschloch!«

»Aber was ist denn?«

Sie verpasste ihm eine Ohrfeige und sagte: »Bleib so, gleich wirst du etwas Wundervolles erleben!«

»Ich kann es nicht erwarten«, hechelte er und legte seine fleischigen Hände auf ihren Hintern.

Sie bewegte sich langsam auf ihm, keuchte, als würde die Leidenschaft sie mitreißen.

Almeida krallte seine Finger grob in ihre Backen und ächzte.

Fabiola warf den Kopf in den Nacken, ballte die Fäuste und bohrte sich die Fingernägel in die Handinnenflächen, bis Blut aus ihnen tropfte.

Almeida blickte die Göttin auf seinem Schoß an, um sich zu vergewissern, dass er nicht träumte. Sie war so unglaublich schön und sexy. Während er sie ansah, füllten sich ihre Augen mit Blut, es floss ihr aus den Ohren und der Nase und tropfte auf ihn herunter. Er fasste nicht, was hier passierte, wand sich unter ihr, um sich zu befreien. Sie umklammerte ihn wie ein Schraubstock mit Armen und Beinen.

»Lass mich los!«, schrie er um sich tretend. Das tat sie nicht. Fabiola sah ihn an und riss den Mund auf. Einen Moment später atomisierte sich ihr hübsches Gesicht, und die blutigen Überreste verteilten sich im Hotelzimmer.

Almeida brüllte und zappelte unter ihrer Leiche, die ihren wunderbaren Kopf verloren hatte. Aus ihrem Hals strömte Blut auf seinen Oberkörper. Er strampelte hysterisch mit Armen und Beinen, um ihren Leichnam von sich herunter zu befördern. Sie fiel polternd auf den Boden, und er sprang schreiend aus dem Bett, hetzte durchs Zimmer und rieb seinen blutverschmierten Körper mit der Tagesdecke ab. Wäre es doch nur ein Traum gewesen.

»Senhor, ist alles in Ordnung bei Ihnen? Können wir etwas für Sie tun?«, fragte jemand hinter der Tür, wahrscheinlich der Zimmerservice.

Er versuchte, sich zu beruhigen, und sagte mit zittriger Stimme: »Entschuldigung, es ist alles in Ordnung. Ich mache den Fernseher leiser.«

Er warf die Bettdecke über Fabiola, setzte sich und schluchzte. Was sollte er tun? Wie sollte er diesen grauenvollen Vorfall erklären? Niemand würde ihm glauben. Er musste sich sauber machen, ja, das würde helfen. Er stolperte ins Bad und duschte.

Als hätte das heiße Wasser ihn geläutert, löste sich die Angst, und ein tiefes Sehnen überkam ihn. Er zog sich an, verließ das Zimmer, ohne sich umzusehen, und machte sich auf den Weg zum Kernkraftwerk Angra.

Maive wartete in der Bar. Ihr Herz schlug mit jedem neuen Gast, der die Lokalität betrat, schneller. Mittlerweile drängten sich hier so viele Leute zusammen, dass es keinen freien Platz mehr gab.

Antonio beobachtete sie vom Tresen aus. Sie wirkte etwas verloren. Vielleicht würde er sie mit einer kleinen Geste aufheitern können. Er mixte ihr eine opulent bemessene Caipirinha und drängte sich mit dem Cocktail in der Hand an den Menschen vorbei zu ihr. Sie hatte sich erhoben, stand mitten im Lokal, scheinbar unschlüssig, was sie machen sollte. Antonio baute sich lächelnd vor Maive auf und sagte: »Kein guter Abend?«

Sie blickte ihn an und gleichzeitig durch ihn hindurch. Ihre blutunterlaufenen Augen bescherten ihm eine Gänsehaut. War sie drauf? »Hier, eine Caipirinha, vielleicht wird der Abend noch besser.« Er hielt ihr das Glas hin.

Sie sah ihn abschätzig an. »Hau ab, Troll!«, und ließ ihn stehen. Sie schritt durch das Lokal, stoppte in der Mitte des Raumes, als wäre ihr plötzlich etwas eingefallen.

Über die Witze des alten Mistkerls hatte sie gelacht, aber einen Cocktail von ihm schlug sie aus? Sie hatte drei Tage in seiner Bar gesessen und Wasser getrunken, was dachte sich diese rothaarige Hexe eigentlich?

Maive drehte sich um, blickte ihn gleichgültig aus ihren blutroten Augen an, dann explodierte ihr der Kopf.

Fünf Minuten später bewegten sich alle Gäste und Angestellte zu den Reaktoren, deren Kühlsysteme Marco Almeida kurz zuvor abgeschaltet hatte. Geduldig warteten sie eine weitere Stunde vor den Toren der Anlage, bis es in den Meilern zu mehreren heftigen Explosionen kam, dann stürmten sie das Gelände.

11. Verloren

Gigi wanderte seit einer Stunde auf der Landstraße Richtung Göteborg. Die vollständige Dunkelheit erschwerte ihr die Sicht, aber sie war erleichtert, aus Karlstad herausgekommen zu sein. Sie hatte nicht damit gerechnet, sich so einsam zu fühlen ohne Rasmus. Es war lange her, dass sie so viel Zeit mit einem Menschen verbracht hatte. Nicht freiwillig, und die Begleitumstände ließen zu wünschen übrig, doch ihre sonst geschätzte Stille fühlte sich unerwartet hohl an. Sie lief schneller, als könnte sie diesem Gefühl davonlaufen. Einen Schritt nach dem anderen, einatmen, ausatmen, loslassen. Es half nichts.

Vielleicht würde sie sterben. Die Vorstellung, dabei allein zu sein, jagte ihr Angst ein. Wenn er wenigstens hier wäre. »Scheiße!«, murmelte sie in die Nacht. Schluss mit diesem Quatsch. Damit schob sie die Anwandlungen in ihren inneren Bunker, der bisher alles in sich aufgenommen hatte, was ihr Angst machte. Doch heute steckte ein Schluchzen in ihrem Hals, das nicht verschwinden wollte.

Bisher waren alle Fahrzeuge ohne Halt zu machen an

ihr vorbeigefahren, und ihr Plan, nach Göteborg zu trampen, drohte zu scheitern. Sie hatte das Zeitgefühl verloren, lief immer weiter, ignorierte die Last auf ihren Schultern, die nur zum Teil vom Rucksack stammte. Schließlich zwang der Hunger sie zu einer Pause. Sie setzte sich auf einen Stein am Straßenrand, packte ein paar Scheiben Toast und Schokolade aus, öffnete ein Bier, aß und trank alles zur gleichen Zeit.

Ihre Zähne klapperten. Sie musste weiter, in Bewegung bleiben. Mit klammen Fingern zog sie die kleine Flasche Schnaps aus der Tasche und trank sie in einem Zug leer. Gleich würde sie aufstehen und weiterlaufen. Nur noch kurz verschnaufen. Sie rutschte vom Stein, bettete ihren Kopf auf der weichen Seite des Rucksacks und blickte in den Himmel. Ihr Magen war besänftigt, der Schnaps wärmte sie von innen, und für einen Moment empfand sie Frieden.

Die Wolkendecke riss auf und enthüllte die Sterne. Einer bewegte sich. Die ISS auf ihrer Flugbahn über den schwarzen Himmel. Wie es wohl für die Astronauten war, die Erde von dort oben zu betrachten? Hatten sie die Atomexplosion über Bollnäs gesehen? Was hätten sie tun können? Sie waren stumme Beobachter ohne Einfluss. Vielleicht war das schlimmer, als mittendrin zu sein. Gigi schlief ein.

Rasmus hetzte durch den Bahnhof, auf den Vorplatz, sah in das einzige geöffnete Café gegenüber und schlich aufs Damenklo. Er sprang wieder in den Camper und fuhr alle Straßen in der näheren Umgebung ab. Er hätte sie sofort gesehen. Hier war kein Mensch mehr unterwegs. Er fühlte sich, als wäre er alleine in der Stadt. Ein Spinner, der mit seinem alten Wohnmobil Schlangenlinien fuhr, immer wieder wendete, als könnte er sich nicht entscheiden, wohin er wollte.

»Gigi, wo steckst du, wo bist du hingelaufen?« Er war nicht in der Lage aufzugeben und verfluchte sich dafür, dass er sie hatte gehen lassen. In seiner Verzweiflung fing er an zu hupen. Öffnete das Seitenfenster und brüllte ihren Namen in die Nacht. Eine halbe Stunde lang. Er bog in Seitenstraßen, hupte und rief, stieg aus und weckte die Stadt mit seinem Radau. Niemand hielt ihn auf, niemand beschwerte sich. Gab es überhaupt Menschen in den Häusern?

Ein schrecklicher Gedanke befiel ihn: Vielleicht wollte sie nicht von ihm gefunden werden? Er hätte sie entdeckt, wenn sie es gewollt hätte. Sie hatte genug von ihm. Sollte er zu Finn zurückfahren? Ohne zu überlegen, verließ er die Stadt und fuhr Richtung Göteborg. Möglicherweise würde er sie dort finden.

Die Landstraße wirkte verlassen. Er vermisste Gigi und hätte alles dafür gegeben, wenn sie wurzelkauend neben ihm gesessen hätte. Was hatte ihn abgehalten? Dummheit? Feigheit? Alles.

Er schaltete das Fernlicht an und raste ins Dunkel. Nicht denken. Aber je mehr er es versuchte, desto heftiger kreisten seine Gedanken um sie. Sie hatte Zuversicht in ihm geweckt, obwohl nichts gewiss war. Gigi war unbeirrbar, obwohl sie in ihren Grundfesten erschüttert worden war.

Nach zwanzig Minuten kamen ihm ein paar abgehalfterte Wanderer entgegen, und er musste das Tempo drosseln. Im hellen Scheinwerferlicht sahen sie wie traurige Geister aus, die durch die Finsternis hasteten.

Etwas am Rande der Fahrbahn zog seinen Blick auf sich. Eine menschliche Silhouette, die zusammengekrümmt auf dem Grasstreifen lag. Er hoffte, dass es kein kopfloser Mensch wäre, und bremste. Von einer Sekunde auf die andere füllten die Verrückten die gesamte Landstraße und flossen wie eine Welle aus Leibern auf das Wohnmobil zu. Aus dem Beifahrerfenster erkannte er die pinke Fleecejacke auf dem Randstreifen.

»Gott, lass sie leben. Bitte!«

Rasmus lenkte den Camper quer über die Landstraße, parkte ihn wie eine Schutzmauer vor Gigi. Er sprang auf der Beifahrerseite hinaus, bückte sich, schob seine Hände unter ihren Körper und trug sie ins Wohnmobil. Ihre Haut war eiskalt. Er legte sie behutsam auf die ausgeklappte Sitzbank und deckte sie mit allem zu, was er finden konnte. Er beugte sich über sie und horchte, ob sie atmete. Als er einen zarten Hauch auf seine Wange spürte, wollte er laut jubeln.

Er sprang erneut hinaus auf den Grünstreifen, griff den Rucksack, eilte zurück ins Fahrzeug und schloss die Tür. Sofort beugte er sich wieder über sie und flüsterte: »Gigi, hörst du mich?« Gern hätte er ihre Hand genommen. Stattdessen rüttelte er zaghaft an ihrer Schulter.

Sie schlug die Augen auf und verstand nicht, warum Rasmus sie so merkwürdig anstarrte.

»Was?« Ihre Zähne klapperten beim Versuch zu sprechen.

»Bist du verletzt?« Seine Stimme klang heiser.

Sie schüttelte den Kopf.

»Was sollte das werden?«

»Ich war müde«, sagte sie matt.

»Müde?« Er stand auf, spürte, wie die Anspannung der letzten Stunden sich löste. »Weißt du, dass die Landstraße voll von diesen Irren ist?«

»Beruhige dich, mir geht es gut.« Sie setzte sich langsam auf. »Warum bist du überhaupt hier, war Finn nicht da?«

Er war ein schlechter Lügner, was sollte er antworten? »Japp.« Mehr sagte er nicht.

Sie blickte ihn forschend an, und er musterte sie auf die gleiche Weise.

»Wieso bist du nicht in den Zug nach Göteborg gestiegen?«

Sie verdrehte die Augen. »Es fuhr keiner.«

»Tatsächlich?« Er konnte sich das Grinsen nicht verkneifen.

»Hör auf mit der Fragerei. Wir haben wohl beide unsere Pläne geändert.«

Rasmus lächelte. Wenn sie wüsste, wie sehr er sich freute, sie gefunden zu haben.

Gigi erwiderte sein Lächeln für einen Augenblick, ehe ihre Miene düster wurde: »Hast du Nachrichten gehört?«

»Ich habe keinen Sender gefunden«, sagte er, ging zum Radio und drehte am Lautstärkeregler. Es rauschte und knisterte.

»Ist da überhaupt noch jemand und produziert Nachrichten?«, fragte sie.

Rasmus drehte weiter, aber es blieb beim geistlosen Rauschen. »Du schläfst dich aus, und ich versuche, einen Weg zwischen den Verrückten da draußen zu finden.«

In seiner Stimme lagen Wärme und Fürsorge. Sie schloss die Augen, fühlte, wie ihr Bunker Risse bekam, und kurz bevor sie einschlief, beschlich sie der Gedanke, er möge zu Bruch gehen.

Bis zum Morgengrauen hatte Rasmus fünf Wanderer erwischt. Die meisten waren dem Wohnmobil ausgewichen, andere schienen ihr Limit erreicht zu haben und schafften es nicht rechtzeitig. Die ersten beiden Kollisionen hatten ihn zu Tode erschreckt. Danach hatte er sich eingeredet, sie wären leere Hüllen und keine menschlichen Wesen. Aber es blieben Zweifel, und er bemühte sich, sie nicht absichtlich zu überfahren.

Sie waren zweihundertsiebzig Kilometer gefahren, der Morgen graute, als sie Göteborg erreichten und Gigi erwachte. »Ich würde morden für einen Kaffee.«

»Versuchen wir unser Glück, wir sind in Göteborg.«

Sie blickte hinaus und versuchte, das Gefühl zu greifen. Hier war sie aufgewachsen, und nun hatte die Katastrophe sie zurückgebracht. Sie fühlte nichts, keine Heimatverbundenheit, obwohl sie als junges Mädchen die Großstadtatmosphäre und das provinziell geprägte Hinterland mit seinen Kanälen und den alten Gebäuden geliebt hatte. Diese Gefühle existierten nicht mehr, und dafür war nicht Göteborg verantwortlich. Nun umgab die Stadt eine neue Atmosphäre, als wären die Fenster der Häuser fester verschlossen, das Grau der Straßen dunkler, als läge Angst über ihr. Nur wenige Menschen waren in ihren Fahrzeugen unterwegs, die meisten Nummernschilder wiesen sie als Touristen aus, die wahrscheinlich nach Hause wollten.

Rasmus entdeckte einen Bäcker, parkte den Camper am Straßenrand und lief in das Geschäft. Ein älterer Mann mit vergilbter Schürze brummte: »Guten Morgen.«

Rasmus bekam nichts davon mit, sein Blick hing an der Tageszeitung fest, auf deren Titelseite ein riesiges Foto von einem Atompilz prangte. Das war der Atompilz, der über Bollnäs hochgegangen war? Es war eine Sache, sich etwas vorzustellen, und etwas anderes, es wirklich zu sehen. Ein Teil von ihm hatte an der illusorischen Hoffnung festgehalten, Lillian könnte überlebt haben.

»Hätten wir uns nicht träumen lassen, dass das einmal in unserer Heimat passiert«, sagte der Bäcker trocken.

Nein, niemand war auf die Geschehnisse vorbereitet gewesen. Rasmus wusste nicht, was er antworten sollte. Sicher wollte er keinen Small Talk über seine tote Ehefrau beginnen. Er kaufte zwei Kaffee, griff das Tageblatt Göteborgs-Posten und beeilte sich, zurück in den Camper zu kommen. Brötchen hatte es keine mehr gegeben.

Er reichte Gigi den Kaffee und breitete die Zeitung auf dem Tisch aus. Sie erstarrte, als sie die Aufnahme der Explosion entdeckte. Die Bildunterschrift fragte:

»Atomarer Terrorismus in Schweden?«

Sie zog die Zeitung heran und begann den Artikel vorzulesen:

Der 06. Mai 2035 wird als schwärzester Tag Schwedens in die Geschichte eingehen. Nachdem am frühen Sonntagnachmittag eine Atombombe über der Stadt Bollnäs explodiert war, begann eine Serie von Anschlägen auf die Atommeiler des Landes.

Ersten Erkenntnissen zufolge handelt es sich um einen Kampfjet des Typs F-16, aus dem zunächst die Bombe abgeworfen und nachfolgend das AKW Forsmark ins Visier genommen wurde. Es muss davon ausgegangen werden, dass der Pilot das Kampfflugzeug mit Vorsatz in die Kernanlage gesteuert hat. Kurz darauf kam es auch im AKW Oskarshamm zum Gau. Der genaue Hergang konnte noch nicht rekonstruiert werden.

Auch zwei Tage nach diesen katastrophalen Geschehnissen können nur Fragen aufgeworfen, aber keine Antworten gegeben werden. Die Zahl der Todesopfer in unserem Heimatland liegt uns bei Redaktionsschluss nicht vor. In Bollnäs sind schätzungsweise Tausende an den direkten Folgen der radioaktiven Explosion und den Verbrennungen verstorben.

Ministerpräsident Leif Mattsson trat am Montagabend vor die Nation und versprach Aufklärung, Soforthilfe für alle betroffenen Bürger.

Die Königsfamilie wurde vorsorglich außer Landes gebracht. Die Regierung verhandelt in diesen Stunden mit den Nachbarländern Dänemark, Finnland, Norwegen und Deutschland, die Grenzen für Flüchtende offenzuhalten.

Bereits Tage vor den Nuklearkatastrophen erreichten uns Meldungen von Bürgern, die große Menschenansammlungen durch das Land ziehen sahen. Bisher kann nur bestätigt werden, dass sie die Atommeiler und Bollnäs zum Ziel zu haben scheinen. Ob es sich dabei um Umweltaktivisten handelt, lässt sich zu diesem Zeitpunkt nicht abschließend klären, die ausgesandten Berichterstatter haben noch keine Meldungen abgegeben.

Um den letzten aktiven Atomreaktor des Landes, das AKW Ringhals, wurde eine Sicherheitszone eingerichtet. Die Anlage steht unter militärischem Schutz.

Über Schweden herrscht bis auf weiteres Flugverbot. In den Apotheken außerhalb der Sperrzonen erhalten Sie kostenlos Jodtabletten. Bitte machen Sie von diesem Angebot Gebrauch. Alle Einwohner innerhalb der Sperrgebiete werden gebeten, diese unverzüglich zu verlassen. Sprechen Sie mit Verwandten in den Regionen außerhalb oder wenden Sie sich an …

Gigi hielt inne. »Ich bekomme das nicht in den Kopf! Warum passiert das?«

»Ich habe keine Vorstellung, aber wir müssen weg, solange die Grenzen offen sind«, sagte Rasmus.

Sie starrte auf das Foto vom Atompilz, bis es vor ihren Augen verschwamm. »Ich weiß wohin!«

Er sah sie fragend an.

»Lass uns die Fähre nach Frederikshavn nehmen. Dänemark betreibt keine Atomkraftwerke, und ich kenne jemanden, der in Süddänemark ein Ferienhaus besitzt.«

»Wer ist das? Und wo in Dänemark?«

»Bei Aabenraa. Das sind ungefähr dreihundertfünfzig Kilometer von Frederikshavn.«

»Werden wir dort jemanden antreffen?« Sein Unterton verriet, wie sehr ihm der Gedanke missfiel.

»Und wenn der Papst dort auf uns warten würde, alles ist besser, als hierzubleiben und verstrahlt zu werden. Aber um deine Frage zu beantworten, ich hoffe nicht, dass jemand im Haus ist.«

Rasmus wollte keinem ihrer Liebhaber in die Arme laufen. Am Liebsten wäre es ihm gewesen, wenn so einer überhaupt nicht existieren würde. Sie mussten Schweden verlassen, weil sich die radioaktive Strahlung in den nächsten Tagen über das gesamte Land ausbreiten würde.

Er setzte sich ans Steuer. »Fahren wir zum Fähranleger.«

Der Parkplatz vor dem Anleger platzte aus den Nähten, und wie um das Offensichtliche zu bestätigen, wurden sie von einer riesigen Tafel begrüßt, die mitteilte, dass alle Fähren nach Dänemark ausgebucht waren.

Rasmus parkte oberhalb des Geländes, zog den Schlüssel ab und atmete geräuschvoll aus. »Das hätten wir uns denken können!«

Die Wartezone fasste keinen Wagen mehr, die Fahrzeuge standen auch kreuz und quer neben den Spurmarkierungen. Das Gedrängel demonstrierte vor allem, dass niemand zurückbleiben wollte. Die Menschen kauerten wie versteinert in ihren Fahrzeugen, über der Szene lag Totenstille.

Gigi schnaufte einmal durch und sagte: »Bin gleich zurück.« Sie sprang aus dem Wagen und machte sich auf den Weg zum Schalter. Ein älterer Herr saß dort und blickte müde auf den Bildschirm vor sich. »Ja«, sagte er, ohne sie anzublicken. Auf dem Namensschild an seinem roten Polohemd stand Noah Hansson.

»Hallo Noah«, sagte sie freundlich.

Er hob den Blick und seine Miene versteinerte. Diese

Reaktion war ihr nicht neu. Ihre Dreadlocks, die Piercings und das dicke Pflaster unter ihrem Auge. Sie straffte die Schultern und lächelte.

»Ich heiße Gottfrida Ingmarsson. Entschuldigen Sie, dass ich frage, ich weiß, eigentlich ist es chancenlos. Sehen Sie den alten Camper dort hinten?« Sie deutete mit dem Zeigefinger drauf, und Noah sah lustlos in die Richtung.

»Gute Frau, ich sehe hier jeden Tag Wohnmobile. Ja, und?«

Sie befürchtete, es würde schiefgehen, aber sie musste es versuchen. »Im Wohnmobil wartet mein guter Freund Rasmus. Wir kommen gerade aus Bollnäs. Sie wissen wahrscheinlich, was dort geschehen ist? Er hat seine Frau und sein Haus verloren.« Gigi sah ihn hilfesuchend an. Mit beiden Händen umschloss Noah seinen Kaffeebecher, den er auf dem Tageblatt abgestellt hatte, genau auf dem gespenstischen Foto, das sie eben selbst angestarrt hatte.

Sein Kinn zuckte. »Tut mir leid für Ihren Freund. Was wollen Sie? Nach Frederikshavn übersetzen? Denken Sie, ich kann die Fahrzeuge einfach zur Seite schieben? Wenn die Fähre gleich anlegt, werden alle Gas geben, als gäbe es kein Morgen.« Er lachte heiser, als ihm die Ironie seiner Worte bewusst wurde.

»Ja, das ahne ich. Aber was ist, wenn es hier wirklich kein Morgen geben wird, Noah? Sie selbst sollten die Fähre nach Dänemark nehmen.«

Er presste die Lippen aufeinander, als würde er mit den Worten ringen. »Selbst wenn ich das tun würde, wo soll ich denn hin? Meine Frau liegt hier begraben, es ist meine Heimat.«

Vorsichtig ergriff Gigi seine Hände und sagte: »Noah, bitte kommen Sie mit uns nach Aabenraa. Dort befindet sich das Feriendomizil meines Vaters. Es ist ein großes

Haus. Es findet sich ein Weg. Irgendwie geht es doch immer weiter.«

Er dachte über ihre Worte nach und malte sich aus, wie es wäre, mit zwei jungen Leuten zusammen zu sein. Sie war offensichtlich eine nette Person, liebenswürdiger, als ihre äußere Erscheinung es vermuten ließ. Aber er konnte sich nicht dafür entscheiden. »Danke für das Angebot, großherzige Gottfrida. Es tut mir leid für diesen Mann und Sie, aber ich kann Ihnen keinen Platz mehr anbieten. Die Fähren sind bis Ende der Woche ausgebucht.«

Gigi verharrte einen Moment am Schalter, bis Noah entschuldigend den Kopf schüttelte. Hinter ihr wartete ein junger Mann, der ungeduldig schnaufte.

»Passen Sie auf sich auf, Noah«, sagte Gigi niedergeschlagen, drehte sich um und eilte zurück zum Camper.

»Wir kommen hier nicht weg«. Sie ließ sich auf den Beifahrersitz fallen.

»Verdammt!« Mehr fiel Rasmus nicht ein.

Sie blieben im Wagen sitzen und hingen düsteren Gedanken nach. Zehn Minuten später sichteten sie die Fähre aus Dänemark, die den Anleger ansteuerte.

»Da stimmt was nicht«, sagte Rasmus irritiert. Von Weitem erweckte es den Eindruck, als würden Stücke der Kommandobrücke abbrechen und ins Wasser fallen.

Gigi griff nach dem Fernglas und blickte hindurch. Die Fähre drehte, um die Anlegestelle rückwärts anzusteuern. Etwa fünfzig Meter vor dem schwedischen Ufer öffnete sich die Heckklappe und offenbarte eine Überraschung. Gigi schnappte nach Luft.

»Was ist los? Was siehst du?«

»Auf der Fähre sind Wanderer«, sagte sie atemlos, »der Kahn ist so überfüllt, sie fallen einfach ins Wasser. Da ist kein einziges Fahrzeug zu sehen, aber Scharen von diesen

Gestalten.« Sie stieß einen gequälten Laut aus. »Rasmus, die kommen vom Kolding-Marathon. Sie tragen Läufertrikots und Startnummern.«

»Lass mich sehen.« Er nahm Gigi das Fernglas aus der Hand. »Die werden hier gleich alles überrennen. Lass uns abhauen und über die Öresundbrücke nach Dänemark fahren!«

»Rasmus, hinter uns hat sich eine Schlange gebildet, die verstopfen die ganze Straße. Wie willst du da durchkommen?«, rief sie.

Er blickte sich um und schlug aufs Lenkrad. »Verdammt!«

Die Wanderer, die vom Schiff fielen, schwammen direkt zum Anleger. Die Ersten krochen schon aus dem Wasser. Verletzt und auf gebrochenen Knochen hasteten sie auf die geparkten Fahrzeuge zu und hinterließen blutige Spuren auf dem Asphalt.

Schlagartig wurde es chaotisch in der Wartezone. Motoren heulten auf und die ersten Wagen verließen den Parkplatz, rammten und schoben andere Fahrzeuge zur Seite, die den Weg versperrten. Rasmus versuchte, eine Lücke zwischen den flüchtenden Wagen zu finden, aber kaum tat sich eine auf, wurde sie von einem kleineren und wendigeren Auto wieder gefüllt. Er hätte sie mit dem Camper alle wegschieben und sich den Weg bahnen können, doch das hier war kein Actionfilm und er kein Rambo.

»Wir kommen hier nicht weg«, sagte er zermürbt.

Je näher die Fähre dem Landeplatz kam und offenbarte, wer die Passagiere waren, desto turbulenter ging es auf dem Parkplatz zu. Ein Wagen nach dem anderen raste davon. Noch bevor das Schiff angelegt hatte, war der Platz wie leer gefegt.

Die Fähre knallte einige Minuten später gegen den

Anleger. Wie eine fleischgewordene Welle floss der Strom von Wanderern aus dem Bauch des Schiffes, ergoss sich auf die Wartezone, auf der eben noch mehr als dreihundert Fahrzeuge gestanden hatten. Rasmus hatte mit dem Fuß auf dem Gaspedal auf den passenden Moment gewartet. Jetzt war er gekommen. Er drückte durch und schoss auf die Wartezone, um den Wagen zu wenden.

Gigi sah, wie Noah sein Kassenhäuschen abschloss und mit behäbigen Schritten so etwas wie eine Flucht versuchte. Von hinten näherte sich ihm bedrohlich der Menschenstrom.

»Der Kassenwart, er wird gleich zermalmt«, brüllte sie. Rasmus kurbelte am Lenkrad, hielt auf den alten Mann zu und bremste scharf. Gigi sprang vom Sitz und riss die Seitentür auf. »Noah, kommen Sie!« Er blickte erschrocken auf, sie packte seine Hand und zog ihn ins Wohnmobil. Er setzte sich nach Luft schnappend auf die Sitzbank: »Sind das diese Läufer, von denen die Nachrichten berichten?«

»Ja, das sind sie.«

»Danke, Gottfrida! Und Ihnen danke ich auch, Rasmus. Mein Beileid.«

Rasmus nickte dem Mann zu. Gottfrida? Was zur Hölle hatte Gigi ihm erzählt? »Bei mir müssen Sie sich nicht bedanken, die Ehre gebührt unserer einmaligen Gottfrida. Diese Gestalten laufen alles platt auf ihrem Weg. Sie hat Ihnen das Leben gerettet. Sie ist tatsächlich so etwas wie ein weiblicher MacGyver«, sagte er und konnte sich das Lachen nicht verkneifen.

»So? Sie ist MacGyver? Dann sollten Sie dankbar sein, eine solche Frau an ihrer Seite zu haben. Besonders in diesen Zeiten«, wies Noah ihn zurecht.

»Das bin ich!«, erwiderte Rasmus kleinlaut.

Gigi und ihr Gast setzten sich nach vorn und alle drei

starrten hinaus auf das Geschehen. Hunderte von Läufern strömten aus der Fähre, rannten über den Parkplatz und die Anhöhe hinauf. Als Letzter verließ der Mann die Brücke, der das Schiff gesteuert hatte. Auch er war ein Wanderer.

Noah schnaufte bei seinem Anblick. »Umweltaktivisten sollen das sein? Sie starren ins Nichts, wie hypnotisiert. Die sehen krank aus, völlig von der Rolle. Ich hätte nicht gedacht, dass mein Leben so enden wird. Verstrahlt, zertrampelt oder Gott bewahre, als einer von denen. Was die haben, muss ansteckend sein, wenn es so viele von ihnen gibt.«

»Das denken wir auch. Kommen Sie mit uns, Noah«, wiederholte Gigi das Angebot. »Wir müssen leider unsere Pläne ändern und über Malmö nach Dänemark fahren, aber wir nehmen Sie gern mit.« Sie warf Rasmus einen beschwörenden Blick zu.

Noah begann zu lachen. »Warum, da vorn ist die Autofähre, und ich sehe kein Fahrzeug, das Ihnen die Einfahrt verhindern könnte.«

»Und was soll das bringen? Falls unsere McGyver-Gottfrida nicht auch noch ein Schiff steuern kann, haben wir wohl keinen Kapitän«, sagte Rasmus kopfschüttelnd.

Noah lächelte. »Doch, hier sitzt er!«

Gigi stieß einen Freudenschrei aus. »Sie können die Fähre übersetzen?«

»So ist es, Herzchen. Erst seit ein paar Jahren hocke ich in dem Kabuff und fertige die Reisenden ab. Früher hatte ich die Kapitänsmütze auf.«

Gigi griff nach seinen Händen. »Dann kommen Sie mit?«

Er umschloss ihre Finger mit seinen. »Ihnen scheint viel daran zu liegen, Gottfrida. Ja, das werde ich.«

Keine Seele war mehr an Bord. Nur makabere Hinterlassenschaften der Menschen, die hier zusammengepfercht die Überfahrt verbracht hatten. Zerfetzte Laufschuhe, abgerissene Haare und Kleidung. Blut an den Wänden, Treppenläufen und den Aussichtsfenstern.

Nachdem Rasmus den Camper auf das Schiff gesteuert hatte, liefen sie hoch auf die Kommandobrücke und beobachteten Noahs routinierte Handgriffe, mit denen er die Motoren startete, die Heckklappe hochfahren ließ, nach Steuerbord drehte und Kurs auf Frederikshavn nahm.

Schweden lag hinter ihnen und die Küste verblasste, bis sie wie eine vage Erinnerung mit dem Firmament verschmolz. Die Fähre glitt durch das Auf und Ab der Wellen. Für ein paar Momente entspannte sich Rasmus und beobachtete Gigi, die Noah Fragen über seine Zeit als Kapitän stellte. Sie löste widersprüchliche Gefühle in ihm aus, war ein Mysterium und brachte seine Ordnung durcheinander.

Sie war eine Zu-Frau. Zu viele Tattoos, zu komische Frisur, zu viel Metall im Gesicht, zu stark, zu wissend, zu wild und zu gut für einen Esel wie ihn.

Was würde sie in Dänemark erwarten? Tausende von Wanderern hatten das Schiff besetzt, um nach Schweden zu gelangen. Es musste einen Grund dafür geben, und er ahnte, er würde nicht erfreulich sein. Was auch immer dahinter steckte, der Irrsinn hatte auch Dänemark erreicht. Gab es überhaupt einen Ort, an dem sie sicher wären? Er blickte wieder auf Gigi. Sie wirkte so stark, als brauche sie niemanden, schon gar keinen wie ihn. Aber was wusste er schon?

Gigi spürte seine Blicke. Wie bitter musste diese Situation für ihn sein? War es Gnade, dass ihm kaum Zeit zum Trauern blieb? Womöglich vergaß er zeitweise sogar, dass seine Frau tot war, bis die Realität mit Wucht zurückkehrte. Sie wendete den Kopf, fing seinen Blick auf und lächelte. Die Verlegenheit in seinen Augen verlieh ihm etwas Sanftes. Doch er sah nicht weg, und Gigi spürte ein verirrtes Gefühl in ihrer Brust flirren. Er wirkte entwurzelt, wie ein Mann, der seine Bestimmung verloren hatte. Sie alle waren zu Heimatlosen geworden. Dieses Empfinden war ihr nicht fremd, nur die Umstände, die dazu geführt hatten.

Sie wollte zu ihm, die Einsamkeit aus seinem Gesicht streichen, ihn umarmen und fühlen lassen, dass es sie gab. Plötzlich wurde ihr die ungewollte Empfindung bewusst, und sie verknotete ihre Finger miteinander, bis es schmerzte. Was war mit ihr los? Sie würde aufpassen müssen, ihn nicht zu dicht an sich heranzulassen. Gigi blickte aufs Wasser und drückte ihre Füße in den Boden der Kommandobrücke, um nicht zu ihm zu rennen.

Zwei Stunden später plünderten sie sämtliche Lebensmittel und die mit Bargeld gefüllte Kasse aus der Cafeteria und verstauten ihre Beute im Camper. Sie brachten Noah Kaffee und ein großes Stück Apfelkuchen.

»Was wird uns in Frederikshavn erwarten?« Gigi beobachtete, wie Noah sich riesige Happen Kuchen in den Mund schob und genüsslich kaute. Die beiden Männer schauten drein, als hätten sie keine große Lust, sich darüber Gedanken zu machen.

»Ich glaube, dass da noch mehr von der Sorte sind und nach Schweden wollen«, setzte sie nach.

Noahs Miene verdunkelte sich. »Wie wollen wir verhindern, dass sie beim Anlegen die Fähre stürmen?«

»Vielleicht sind ja doch schon alle in Schweden?« Rasmus hielt sich einen Moment an der Hoffnung fest.

Gigi schüttelte den Kopf. »Das würde ich gern glauben,

aber wir müssen vorbereitet sein.«

Sie sprang auf und lief wortlos zu den Rettungsbooten. Dort sammelte sie über vierzig Schwimmwesten ein und schleppte sie zum Wohnmobil, das einsam im Bauch der Fähre auf die Weiterfahrt wartete. Lange Zeit hatte es nutzlos herumgestanden, jetzt wo es in die Jahre gekommen war und der Rost sich durch das Blech fraß, wurde es gefordert. Den Kühlergrill und die Front zierten Blutspritzer und abgerissene Haare der Wanderer, denen sie nicht hatten ausweichen können.

Gigi machte sich auf die Suche nach Schnüren und Tauen und fand sie unter dem Treppenaufgang, wo Warnwesten, Pylonen und andere Utensilien aufbewahrt wurden. Nachdem sie eine ganze Sammlung in verschiedenen Längen und Stärken aufgestöbert hatte, knotete sie die Schwimmwesten fest zusammen und bildete mit ihnen die Keilform eines Schneepfluges nach. Sie umwickelte das Konstrukt mit stabilen Seilen und befestigte es mit Leinen und Kabelbindern vor den Kühlergrill des Campers. Gigi drückte und zog testweise am Keil, der die gesamte Front abdeckte, er bewegte sich nicht. Zufrieden machte sie sich auf den Weg zurück zu den Männern.

Sie erreichten Frederikshavn nach knapp vier Stunden Fahrt am frühen Abend. Gigis Befürchtungen erwiesen sich als richtig. Den gesamten Fähranleger säumten Wanderer. In noch größerer Zahl als zuvor, und sie würden das Schiff stürmen, sobald sie angelegt hätten.

Nachdenklich betrachtete Noah die gewaltige Menschenmenge. »Wenn ich es nicht mit eigenen Augen sehen würde, ich könnte es nicht glauben.« Er drehte sich zu Gigi und Rasmus und sagte entschlossen: »Ihr setzt Euch jetzt in den Camper und startet den Motor.

Wenn ich das Wendemanöver vollzogen habe, werde ich die Laderampe halb runterfahren. Sobald das Schiff den Anleger berührt, lasse ich sie ganz herunter. Rasmus, du drückst aufs Gaspedal und hörst damit erst wieder auf, wenn der Hafen hinter Euch liegt, verstanden?«

Die beiden blickten ihn an, als hätte er in einer fremden Sprache gesprochen.

»Was ist mit dir, Noah?« Gigi spürte, wie ihre Wangen nass wurden. Wo war ihre Schutzmauer geblieben?

»Ich werde noch ein bisschen Käpt'n sein.« Er grinste schief.

»Sie werden dir die Fähre einrennen, es sind Tausende.« Rasmus wollte nicht glauben, was Noah vorhatte.

Der alte Mann tätschelte Gigis Hand und sah beide abwechselnd an. »Genau das ist der Plan. Mein Name ist Noah, und das ist meine Arche. Ich gebe zu, vielleicht läuft das ein wenig anders als damals.« Er lachte, dann sagte er feierlich: »Ich will, dass ihr unversehrt in Dänemark ankommt, und diese Verrückten werden meine Heimat nicht betreten, dafür sorge ich.«

Gigi sah ihn an, sein entschlossener Blick verriet, wie ernst es ihm war. Er zog sie an sich und drückte sie.

»Passt auf Euch auf und geht jetzt«, sagte er energisch und wandte sich den Instrumenten zu.

»Komm.« Rasmus zog Gigi mit sich und hob die Hand zum Abschied. »Danke, Noah.«

Sie schluchzte, als könnte sie das erste Mal seit Beginn der Tragödie Gefühle zeigen, aber nicht wieder damit aufhören. Rasmus legte ihr eine Hand auf den Rücken und sagte: »Es tut mir leid.« Er führte sie den Treppenabgang hinunter, drückte ihre kalten Finger sanft. »Es tut mir so leid, Gigi.«

Unten im Schiffsinneren stieß er einen Pfiff aus, als er die Schwimmwestenkonstruktion erblickte. Leise sagte er: »Gegen dich ist MacGyver ein Chorknabe.«

Sie sah ihn stumm an. Noah würde sich für sie opfern. Das hatte er einfach so entschieden. Ihre Beine zitterten, als sie in den Camper stieg und die Tür hinter sich zuzog.

Rasmus startete den Motor, wie Noah es angeordnet hatte. Sie konnten nicht hinaussehen, hockten ängstlich im dunklen Bauch der Fähre und spürten die Drehung des Schiffes. Jetzt durfte nichts schief gehen. Laut quietschend sank die Heckklappe herab und ein breiter Streifen Licht blendete sie. Einen blinden Moment später bekamen sie Sicht auf den Anleger und die wartenden Passagiere.

»Gott, ich hab die Schnauze voll von diesen Gestalten.« Rasmus Hände zitterten auf dem Lenkrad. Sie hatten nur diese eine Chance.

»Es sind zu viele, wie sollen wir da durch kommen?«, fragte sie rau und schloss die Augen.

»Mit deinem Pflug! Sie werden fliegen!« Er lachte kurz auf, dann schwiegen sie beklommen.

Die Wanderer sahen grauenvoll aus. Menschliche Wesen, mit blutigen Gesichtern, gebrochenen Knochen und dem unbändigen Drang, nach Schweden zu kommen.

Wenige Meter trennten sie noch von der lauernden Meute am Anleger. Noah steuerte das Schiff so präzise, als hätte er den Joystick nie aus der Hand gegeben.

Die Gestalten zeigten keinerlei Regung. Sie hätten ebenso auf einer Klippe stehen oder ein Ufo vor ihnen landen können. Nichts.

Rasmus' Fuß vibrierte auf dem Gaspedal, und er befürchtete, den Motor absaufen zu lassen. Jäh gab es einen Ruck und sie knallten mit Wucht gegen den Anleger.

Noah ließ die Rampe ganz herunter, erwischte einige Wanderer, die voreilig auf die Fähre gewollt hatten. Es klatschte im Wasser. Die Ungeduldigen, die nicht das Glück hatten, ins Meer zu fallen, wurden zerquetscht.

Gigi legte Rasmus eine Hand aufs Knie und brüllte: »Los!«

Er trat das Gaspedal durch, der Camper machte einen Satz nach vorn und sie schossen von der Rampe auf den Anleger. Der Wagen ächzte und gab unheilvolle Geräusche von sich. Das Bild vor ihnen würde er nie wieder aus dem Kopf kriegen, als rasten sie mitten in die Startaufstellung eines Marathons.

Rasmus schloss die Finger fest um das Lenkrad und schrie: »Haut doch ab. Scheiße!«

Die Wanderer hielten auf den Camper zu, keiner wich aus, es knallte auf allen Seiten, als sie die ersten erwischten.

»Fahr schneller!« Gigi krallte ihre Finger in sein Knie, das sie nicht wieder losgelassen hatte.

Rasmus beschleunigte den Wagen, und das Gefühl der Unwirklichkeit verstärkte sich von Sekunde zu Sekunde. Wie in einem vollkommen bizarren Traum, bei dem man sich hinterher fragt, wie das Hirn auf so einen Wahnsinn kommen konnte. Aber Gigis Fingernägel in seinem Knie bewiesen, er träumte nicht.

Der selbst gebastelte Pflug erwies sich als Geniestreich. Die Wanderer flogen mit Karacho zur Seite, während er den Camper weiter antrieb.

Die Höllenfahrt dauerte sechs Minuten. Sechs grauenhafte Minuten, in denen sie den Menschen für einen kurzen Moment in die Augen blickten, bevor der Camper sie erfasste und fortschleuderte. Sechs Minuten, in denen sie vor Entsetzen schrien und das brutale Knallen aufschlagender Körper vernahmen. Eine endlose Zeit, in der sie glaubten, sie würde nie aufhören.

Schlagartig war es vorbei und die Straße vor ihnen leer, bis auf ein paar verlorene Schuhe und Blut auf dem Asphalt. Rasmus ging vom Gas und hielt. Sie sprangen aus dem Camper und starrten auf die Fähre, die am Anleger auf Gäste wartete.

Die Wanderer rannten in den Schiffsbauch, nach oben an die Reling, an die Vorderseite der Fähre und stierten in die Richtung, in die sie wollten, in die sie mussten. Wenige Minuten später schloss sich die Heckklappe und sie vernahmen das Schiffshorn, das wie der Mahnruf des nahenden Untergangs durch die Atmosphäre hallte.

Noah legte ab und steuerte die Fähre ins offene Meer. Er blieb so lange wie möglich auf dem Kurs nach Schweden. Die Gestalten beachteten ihn nicht. Sie starrten in die Ferne, ohne wirklich etwas wahrzunehmen. Aus irgendeinem furchterregenden Grund waren sie nur noch der äußeren Erscheinung nach Menschen, doch alles, was menschliche Wesen ausmachte, hatten sie verloren. Er spürte Mitleid mit ihnen. Sie hatten ein Leben gehabt, Familien, Jobs und vielleicht auch Liebe.

Nach einer knappen Stunde änderte Noah sachte den Kurs. Er hielt nicht mehr auf Schweden zu, stattdessen auf das raue Skagerrak, vorbei an der nördlichsten Spitze Dänemarks. Die Wanderer registrierten die Abweichung sofort, sie wendeten die Köpfe, nun stierten sie nicht mehr aufs Wasser, sondern auf die Kommandobrücke, auf ihn. Noahs Finger am Steuerknüppel begannen zu zittern. Aber er hielt den Kurs. Nichts würde ihn davon abbringen. Er würde sie nicht nach Schweden bringen. Niemals.

Unruhe setzte ein. Sie fixierten ihn mit ihren unbelebten Augen und stießen Laute aus. Sie krakeelten unverständliche Worte, oder verstand er sie nur nicht, weil sie wild durcheinander riefen? Sie schrien immer lauter, und fanden zu einem gemeinsamen Rhythmus. Sie brüllten fortwährend: »Dit lede svin!«

Noah verstand es nun doch. Sie kreischten auf Dänisch: »Du gottverdammte Drecksau.«

Er schüttelte den Kopf. Sein Puls jagte. Er überprüfte die Tür zur Brücke. Sie war verriegelt. Doch sie würden kommen, das war unausweichlich. Sein Herz stolperte, als sie sich tatsächlich in Bewegung setzten und versuchten, zu ihm hinaufzusteigen. Hunderte von ihnen, obwohl der Platz kaum für zwanzig Personen reichte. Sie kletterten über die Reling, postierten sich vor den Fenstern, der Eingangstür und starrten ihn an. »Dit lede svin! Dit lede svin!«, skandierten sie und pressten ihre verunstalteten Gesichter an die Scheiben. Wie lange würde die Konstruktion dem massiven Ansturm standhalten? Sie begannen mit den Fäusten gegen die Fenster zu schlagen, alle zur gleichen Zeit, in einem monotonen Rhythmus.

Noah dachte an Gottfrida, an ihren Mut, ihre verrückten Haare, wie sie vor ihm gestanden hatte in ihrer kaputten Hose, mit ihrem Lächeln, und war froh, sie kennengelernt zu haben.

»Hey, Skipper.«

Er sah zur Seite, und ein warmes Licht erstrahlte in seinem Gesicht. Seine Frau lächelte ihn an und streichelte seine Wange. Er flüsterte erstickt: »Smilla, ich habe dich so vermisst.« Noah legte seine Arme um ihre Taille und zog sie an sich. Ewig hätte er so stehenbleiben und ihren vertrauten Geruch einatmen können.

Sie nahm sein Gesicht in beide Hände, küsste ihn und sagte: *»Käpt'n, lass uns Fahrt machen.«*

Er drückte auf den Schalter, der für das Öffnen und Schließen der Heckklappe verantwortlich war. Niemals wäre er auf die Idee gekommen, ihn auf dem offenen Meer zu betätigen. Jetzt hatte er es getan. Quietschend fuhr sie herunter. Noah kehrte den Schub um. Es dauerte einige Minuten, ehe das Vorgehen Wirkung zeigte und die Fähre an Fahrt verlor. Er betete, er könnte es zu Ende bringen, ehe die Scheiben bersten würden, und steuerte rückwärts in die Dünung. Die aufgepeitschte See des Skagerrak unterstützte sein Vorhaben, die Wellen brachen durch die Heckklappe ins Innere des Schiffes. Große Brecher, welche die Fähre in gierigen Schlucken in sich aufnahm, bis sie genug hatte.

Die Wanderer starrten ihn an, hämmerten gegen die Fensterscheiben, rüttelten, bis das Material nachgab. Doch es war zu spät.

Noah betätigte das Schiffshorn, er wollte es ein letztes Mal hören. Er schloss die Augen und verschmolz mit dem tiefen Klang, ehe sie die Brücke stürmten, sich auf ihn warfen und mit ihren blutigen Fäusten totschlugen.

Die Fähre neigte sich zur Seite und versank in den Tiefen der See.

12. Ausgelöscht

Der Geruch stieß mir wie ein Faustschlag in die Nase. Mein Magen rebellierte, während ich die Leiche aus der Schlafkoje neben der von Kara barg. Meine Hände prickelten wie unter Strom, als ich die Klettverschlüsse des Schlafsacks aufriss. Blutverklebte blonde Haare kamen zum Vorschein. Die dritte Leiche. Wie viele würde ich noch finden? Vorsichtig hob ich ihr Gesicht an. Es war die Kosmonautin Jekaterina Kolesnikowa. Eine Frau, deren Humor mich bei unseren Begegnungen für sie eingenommen hatte. Ihr Anblick schmerzte mich, erneut spürte ich die Brutalität und Endgültigkeit des Todes. Würde sie noch leben, wenn ich nicht … ?

Mit einer Hand hielt ich mich am Griff über ihr fest und legte ihr den anderen Arm um die Taille, zog sie unbeholfen aus dem blutgetränkten Schlafsack. Sie schien nichts zu wiegen, was der fehlenden Schwerkraft geschuldet war. Es fühlte sich an, als hätte der Tod sie um ihr Gewicht und ihre einzigartige Persönlichkeit gebracht. Sie ruhte in meinem Arm und war nicht mehr Jekaterina, sie war ein leeres Gefäß. Die Versuchung, ihre Verletzungen nicht anzusehen, war groß, doch ich musste mich vergewissern, ob sie auf die gleiche Weise wie Viktor und Wim ums Leben gekommen war. Ihr Hals wies dieselbe Fleischwunde auf wie die ihrer beiden Kollegen. Ein riesiges Loch mit zerfetzten Wundrändern.

Fahrig zog ich Jekaterina näher an mich heran, betrachtete ihren freigelegten Kehlkopf und die Luftröhre. Wo sich ihre Schilddrüse befinden müsste, klaffte Leere. Ohne Humanmediziner zu sein, konnte ich erkennen, dass das kleine schmetterlingsförmige Organ fehlte.

Das Bild von jagenden Orcas kam mir in den Sinn. Sie fraßen mit Vorliebe die Zungen anderer Wale. Sie töteten, ohne hungrig zu sein. Was hatte Kara zu diesen grausamen Taten getrieben? Warum hatte sie es auf ihre Schilddrüsen abgesehen? Und was hatte sie dazu befähigt? Galle stieg bitter in meinen Mund und ich biss die Zähne fest aufeinander.

Kara schien gehört zu haben, welcher unsäglichen Aufgabe ich mich widmete. Sie schluchzte hemmungslos in ihrer Koje, in mir stieg Wut auf. Sollte ich sie etwa bemitleiden?

Jekaterina war eine von sieben Astronauten, die sich in der Raumstation aufgehalten hatten. Dazu kam der Weltraumtourist Donald Parker. Drei Leichen hatte ich gefunden. Wo waren die anderen? Könnte noch jemand von ihnen leben, oder hatte sie sie alle aufgerissen und in Schränke gestopft?

Jekaterinas Körper im Arm, zog ich uns durch die Module, bis wir am Ende der Passage eintrafen. Ich öffnete die Türen der Lagerräume, wo ich eben Wim zurück in seine traurige Ruhestätte gepresst hatte. Wohin hätte ich ihren Leichnam sonst bringen sollen? Ich ließ Jekaterina los, riss die dort gelagerten Instrumente für Versuche heraus, schob ihre Leiche hinein und verschloss die Tür. Die hinausgeworfenen Gerätschaften schwebten durch die Raumstation. Früher oder später würden sie an den Schutzgittern der Ventilatoren haften bleiben, die alles ansogen, was nicht befestigt war.

Meine Schläfen brannten. Obwohl ich nicht wusste, wie ich Ruhe finden sollte, brauchte ich eine Pause und zog mich in das zweite Wohnmodul, in dem es sechs weitere Schlafkojen gab. Dort löste ich einen der Schlafsäcke aus der Fixierung und machte mich auf den Weg in die Cupola.

In der Aussichtskuppel schaute ich für einen Moment durch die kreisförmig angeordneten Bullaugenfenster und klemmte meinen Körper vor das größte Fenster im Dach. Endlich sah ich die Erde wieder. Den Schlafsack befestigte ich an den Haltegriffen rund um den Ausguck, schlüpfte hinein und betrachtete meinen Heimatplaneten, der scheinbar friedlich im schwarzen All schwebte. Die Schönheit der Erde wühlte mich auf. Sie sah so unwirklich aus, als säße ich im Kino. Mein Hals wurde eng, ich fühlte mich abgeschnitten von der Menschheit, von meiner Existenz, den guten Momenten, die ich erlebt hatte und von denen es vielleicht keine mehr geben würde.

Es dauerte einen Moment, ehe ich die Umrisse erkannte. Wir befanden uns über Schweden. Ich schloss die Augen und öffnete sie wieder, hatten sie mir einen Streich gespielt?

Wo war das netzartig verflochtene Licht der Städte? Das Land lag im Dunklen. Stattdessen bemerkte ich ein zartes blaues Leuchten, das Schweden stellenweise durchzog. Gab es einen Zusammenhang zu den Infizierten oder hatte es mit den Reaktorunfällen zu tun? Aber welche Verbindung konnte es zwischen den erkrankten Menschen und diesem Leuchten geben? Je länger ich die Erde betrachtete, desto verlorener fühlte ich mich.

Irgendwann schlief ich ein. In meinen Träumen sah ich Kara, sie versuchte, mir in den Hals zu beißen, lachte und riss meine Schilddrüse mit den Zähnen heraus. In der nächsten Szene weinte sie, hielt mich umschlungen und presste die Hand auf meinen blutenden Hals.

Jemand schrie – und ich erwachte. Es war meine eigene Stimme, die mich aus dem Traum gerissen hatte. Desorientiert verließ ich die Cupola, um die restliche Mannschaft zu suchen.

Mein Orientierungssinn funktionierte lausig, ständig stieß ich gegen die Einbauten der Module. Wie lange würde ich brauchen, um hier halbwegs hindurchzukommen? In der Küche füllte ich Wasser in zwei dafür vorgesehene Plastikbeutel, an denen der Strohhalm schon montiert war, nahm ein paar wenig appetitlich aussehende Sandwiches mit und machte ich mich auf den Weg zu Kara.

»Richard? Bist du das?« Ihre Stimme klang aggressiv. Auch wenn mein Puls in die Höhe schoss, genau darauf hatte ich gehofft.

»Wen hast du erwartet?« Ich öffnete die Koje und fand sie vor, wie ich sie verlassen hatte.

»Dich.« Sie sah mich angriffslustig an.

»Willst du etwas trinken oder essen?«

Sie schüttelte angewidert den Kopf.

»Schade, habe ich deinen Geschmack nicht getroffen?«

Sie riss an ihren Fesseln, bis die Haut an ihren Handgelenken aufriss, und fauchte: »Ich habe Hunger. Aber nicht auf diesen Dreck.«

»Verstehe. Lieber eine frische Schilddrüse?« Ich deutete auf meinen Hals, und sie warf mir einen so hasserfüllten Blick zu, dass ich zurückwich.

»Fühlst dich wohl ganz schlau?« Ihre Augen flirrten wutdurchtränkt.

»In der Schilddrüse reichert sich Jod an, auch radioaktives Jod, wenn es durch einen Unfall freigesetzt wurde und meines Wissens hatte sich keiner von ihnen in den letzten Tagen in Schweden aufgehalten.« Es war eher ein Aussprechen meiner Gedanken, als die Gewissheit, der Wahrheit näher gekommen zu sein. Es ergab keinen Sinn, alle Astronauten hätten vor ihrem Flug Opfer eines atomaren Störfalls geworden sein müssen.

Ich war erleichtert, dass sie darauf bestanden hatte, fixiert zu werden. Warum hatte sie das gewollt? Woher stammten diese Stimmungswechsel, als existierten zwei grundlegend verschiedene Persönlichkeiten in ihr?

»Wenn du mich bedrohst, lasse ich dich hier verrotten, Kara.« Meine Stimme zitterte wie die eines kleinen Jungen, der mit dem Monster unter seinem Bett zu verhandeln versucht.

»Lächerlich. Der Doktor ist doch so versessen darauf, meine Psyche zu erforschen. Du willst der armen Kara helfen, nicht wahr?«

»Ja.«

Sie hatte von sich selbst in der dritten Person gesprochen. Wen hatte ich jetzt vor mir, das Ungeheuer? Ich beobachtete sie stumm, was sie offensichtlich aufbrachte.

»Denkst du wirklich, du kannst mich retten?« Sie warf mir einen hasserfüllten Blick zu. War sie überhaupt noch ein Mensch?

»Wer bist du?« Meine Frage klang naiv, und sie grinste.

»Ich bin Kara Brooks. Die Frau, die dich töten wird.«

»Tatsächlich?« Ich starrte sie stumm an, was ihr nicht zu behagen schien. Sie zog an ihren Fesseln, und der Kunststoff riss ihre Haut noch weiter auf. Sie zuckte kurz zusammen und heftete ihren eisigen Blick wieder an meinen.

»Du bist nicht Kara, sondern die Attrappe, die zur

zweiten Begutachtung erschienen ist. Was hast du mit ihr gemacht?«

»Das ist albern. Es gibt keine andere als mich.« Speichel haftete an ihrer Unterlippe.

»Du wirkst wie ein getunter Papagei. Von allem zu viel. Hast du dir die Brust vergrößern lassen?« Sie riss erneut an den Kabelbindern, und ich hoffte, sie würden ihr standhalten.

»Ich erinnere mich, dass ich dir gefallen habe, du beschissener Heuchler. Du konntest die Finger nicht von mir lassen.«

»Und ich begreife nicht, wie das möglich war. Da war etwas an dir, dein Geruch, du hast mich manipuliert.«

Versuchte ich gerade, ihr die Verantwortung für mein Handeln zuzuschieben? So leicht wollte ich es mir machen? Ich erinnerte mich an die Szene, sie hatte mich zu nichts gezwungen, ich war es, der die Grenze übertreten hatte. Könnte ich nur die Zeit zurückdrehen.

»Wer bist du, Kara?«

Sie schüttelte den Kopf und versuchte sich mit schmerzverzerrter Miene von der Fixierung zu befreien. Das Blut quoll anklagend aus den Wunden an ihren Handgelenken.

Sie blickte mich an und schrie: »Die Fesseln werden mich nicht dauerhaft aufhalten. War das deine Idee, Richard? Du bist so lachhaft.«

Ihre Worte jagten mir Schauer über den Rücken. »Sag mir, wo die anderen Besatzungsmitglieder sind.«

Sie sah mich an, als würde etwas sie von innen zerreißen, ihre Augen leuchteten, wie ich es nie vorher bei einem Menschen wahrgenommen hatte. Sie öffnete den Mund, versuchte, etwas zu sagen, ihre Stimme brach. Unvermittelt wich die Feindseligkeit aus ihrem Gesicht, als würde Luft aus einem Ballon gelassen. Nun wirkte sie wieder wie die Frau, die ich aus der Zeit davor kannte, die ihre Ausbildung mit Bravour durchlaufen und geweint hatte, weil ihr Vater krank geworden war, die Astronautin, die um ihre Mission gebangt hatte.

»Es waren meine Hände, mein Mund, aber nicht ich«, sagte sie rau.

»Verflucht Kara, hast du eine Ahnung, wie das klingt? Du musst mir das erklären, was bedeutet das?«

Entschlossen, mehr aus ihr herauszukriegen, schob ich mich näher an sie heran und berührte ihre Hand. Sie riss erschrocken die Augen auf, ihr Brustkorb hob und senkte sich hektisch.

»Mach das nicht, Richard.«

Kara wollte zurückweichen, doch sie konnte nur das Gesicht abwenden.

»Warum nicht? Was passiert dann?«

Sie schien mit dem Monster in ihrem Inneren zu kämpfen. Es schmerzte mich, tatenlos zuzusehen, während sie litt. Obwohl sie das Grauen auf die Raumstation gebracht hatte, bewegte mich ihr Schicksal. Falls noch jemand am Leben war, musste ich weiter auf sie eindrängen. »Kara, wo sind sie? Gibt es Überlebende?«

Sie senkte den Kopf und flüsterte: »Sie befinden sich im KIBO-Labor.«

»Alle?«

Kaum merklich schüttelte sie den Kopf.

»Wo noch?«

Ihr Gesicht verzog sich zu einer Grimasse.

»Kara?«

»Flemming de Jonge ist …«

Sie begann heftig zu husten, knallte mit dem Kopf gegen die Wand, immer wieder, dabei schrie sie: »Hör auf, Richard! Du bringst uns um!«

»Was meinst du damit?« Ich umfasste ihr Gesicht und

flehte: »Wo ist Flemming? Kara, lebt er noch? Bitte sag es mir!«

»Flemming ist …«

Sie verdrehte die Augen, warf den Kopf nach hinten, bis er erneut gegen die Kojenwand knallte. Was geschah hier? Ich ließ von ihr ab, entfernte mich ein Stück. Sie wirkte, als würde sie jeden Moment das Bewusstsein verlieren. Sie öffnete den Mund und versuchte, Worte zu formen:

»Du … bringst … uns … um.«

13. Dänemark

Gigi stopfte die Schokolade und den Kuchen aus der Cafeteria in sich hinein und leerte eine kleine Flasche Schnaps, um das Brennen in ihrem Inneren zu dämpfen. Sie kauerte sich auf den Boden, sprang wieder auf und kletterte mit dem Fernglas in der Hand auf das Dach des Campers. Die Fähre entfernte sich immer weiter, bis sie mit dem Horizont verschmolz und Gigi sie nicht mehr ausmachen konnte.

Sie weinte um Noah, um die Menschen, die heute ihr Leben verloren hatten, und weil sie sich hier sicher fühlte, aber nichts richtig schien. Die Tränen brannten in der Wunde unter ihrem Auge, und sie fluchte. Alles war außer Kontrolle, die Welt aus den Fugen, und was sollte jetzt werden? Sie fürchtete sich davor, das Haus in Aabenraa zu betreten, das ihrem Vater gehörte. Sie fühlte sich nicht bereit. Und was war mit Neunfinger-Rasmus? Was stellen sie eigentlich zusammen dar?

»Willst du da auch irgendwann wieder runterkommen?«, fragte er sie vorsichtig von unten.

Sie antwortete nicht, rutschte aber mit dem Hintern zum Rand des Daches und sprang hinunter. »Mir ist schlecht.«

»Tatsächlich? Na, wie konnte das denn passieren?« Er lächelte, aber sie bemerkte es nicht, stieg schweigend ins Wohnmobil und legte sich auf die Sitzbank.

Rasmus wollte sie trösten, etwas Hilfreiches sagen, aber was hätte das sein können? Es gab keine Worte, die nicht lächerlich geklungen hätten. Er dachte an Noah. Er hatte sein Leben für sie gegeben.

Einige Menschen wuchsen angesichts der Katastrophe über sich selbst hinaus, wurden zu Helden. Galt das auch für ihn? Hätte er das Haus nicht vernagelt, wäre Lillian eventuell entkommen, mit Hendrik davongefahren, weg aus Bollnäs, und der Atombombe. Es war unwahrscheinlich, aber er hatte ihnen die Chance genommen. Nein, er war kein Held, er war jemand, um den man einen Bogen machen sollte. Er setzte sich ans Steuer und fuhr los. Bis auf einige wenige Fahrzeuge, die sich verloren durch die Nacht bewegten, waren sie allein.

Gigi schlief und erwachte erst, als Rasmus in Vejle von der Autobahn E45 abfuhr, auf eine hell erleuchtete Tankstelle steuerte und das Wohnmobil tankte. Er bezahlte mit dem Geld von der Fähre, ein dickes Bündel Scheine, das sie in die erfreuliche Lage versetzte, keinen Kraftstoff stehlen zu müssen. Mit zwei Bechern Kaffee in den Händen kam er zurück und reichte Gigi einen.

Sie blickte ihn verschlafen an. »Wo sind wir?«

»In Vejle.«

»Wirklich?« Sie rappelte sich auf und zog ihre Kleidung glatt.

»Gehört das Haus deinem Freund?«

»Meinem Freund?«, wiederholte sie verwundert.

»Ich würde gern wissen, wem es gehört. Es wäre komisch, im Haus deines Liebhabers unterzukommen.«

»Hast du keine anderen Sorgen? Er wird schon nicht da sein.« Die Eifersucht in seiner Stimme fühlte sich gut und gleichermaßen falsch an. Wie kam er dazu? Warum fühlte er sich von der Vorstellung eines anderen Mannes gestört?

Sie fuhren weiter. Rasmus drehte am Radio, und sie hörten dänische Popmusik. Sie sprachen nicht und hingen ihren Gedanken nach, bis die Nachrichten sie herausrissen.

»Wir unterbrechen das laufende Programm für eine Eilmeldung. Im Atomkraftwerk Ringhals in Schweden kam es vor einer halben Stunde zu vier aufeinanderfolgenden Explosionen. Wir haben noch keine näheren Informationen zu diesem schwerwiegenden Vorfall …«

»Finn!« Rasmus keuchte. »Ich muss ihn anrufen.«

»Du kannst ihn aus dem Haus anrufen, es ist nicht mehr weit.« Gigi legte ihre Hand auf seinen Arm.

Ringhals lag keine sechzig Kilometer von Göteborg entfernt. So knapp waren sie dem Gau entkommen. Schweden war in weiten Teilen radioaktiv verseucht.

»Darum wollten sie mit der Fähre nach Schweden. Wenn sie aus Kolding kamen, dürfen wir uns hier auch nicht sicher fühlen.«

Gigi trat gegen das Handschuhfach. »Wir wissen doch gar nichts. Ich habe das alles so satt.«

»Glaubst du, ich nicht?« Rasmus spürte Feindseligkeit von ihr ausgehen, als hätte sie ihn getreten und nicht den Wagen. Hatte sie in Wirklichkeit sagen wollen, dass sie ihn satthatte? Wartete in diesem Haus jemand auf sie?

Die Vorstellung fraß sich in sein Hirn, bis er davon überzeugt war, sie ließ sich von ihm dorthin fahren, um in die Arme ihres Liebhabers zu springen.

Sie erreichten Aabenraa. Gigi wäre am liebsten in ein fremdes Ferienhaus eingebrochen, um den Erinnerungen zu entgehen, die im Haus ihres Vaters auf sie warteten. »Hier links.«

Rasmus lenkte den Wagen nach ihren Beschreibungen durch die kleine Stadt und über Feldwege, bis sie eine Auffahrt erreichten, die zu einer Anhöhe führte. Dort befand sich kein Ferienhaus, sondern ein Herrenhaus, mit vier Säulen und einer geschwungenen Treppe vor der Eingangstür.

»Hier?«, fragte Rasmus ungläubig.

Sie nickte und öffnete die Wagentür. In ihrer Kindheit hatte das Haus größer gewirkt. Wie sich die Perspektiven im Laufe der Zeit veränderten. Sie sprang aus dem Camper und schlich zittrig zur Eingangstür, wie früher, wenn sie zu spät dran gewesen war. Sofort strahlten rund um das Haus und der parkähnlichen Gartenanlage Lichter auf. Sie tippte ein paar Zahlen in das Display des elektronischen Türschlosses. Es piepte, und die kleinen Lämpchen leuchteten grün.

Sie lachte auf. Es war noch immer das Geburtsdatum ihres Vaters, dieses selbstverliebte Arschloch. Die Tür öffnete sich und gleichzeitig erstrahlten in der Halle alle Lichter.

»Komm herein«, sagte sie zu Rasmus, der unschlüssig im Eingang stand.

»Ist jemand hier?«, fragte er zugeknöpft.

»Wie schade, mein Hausfreund scheint ausgeflogen zu sein.«

Gigi eilte voraus, zog die Vorhänge zu und Rasmus folgte ihr ins Wohnzimmer. Es war genau genommen kein Zimmer, sondern eine Halle mit einem gigantischen Kamin. Riesige Wohnlandschaften dominierten den Raum, und ein monströs großer Fernseher hing an der Wand gegenüber. Alles ziemlich bombastisch hier, als hätte jemand das Mobiliar aufgeblasen und erst kurz vorm Platzen damit aufgehört. Er bekam Lust, sich auf die Couch zu werfen und durchs Programm zu zappen.

Kein heldenhafter Wunsch, aber er sehnte sich danach, für einen Moment alles Denken abzuschalten.

Gigi riss in der Küche die Schränke auf und checkte die Lage. Die Vorräte hätten eine zehnköpfige Familie für einige Monate ernähren können. »Willst du dich frisch machen? Hinter jeder zweiten Tür im Obergeschoss befindet sich ein Bad.«

»Danke«, murmelte Rasmus und setzte sich in Bewegung. Er fühlte sich deplatziert in der Höhle des unsichtbaren Löwen. Tatsächlich gab es hier mehr Bäder, als gesund war. Er schlüpfte aus den verschwitzten Klamotten und ließ das heiße Wasser über seinen Körper laufen. Er rasierte sich mit einem nagelneuen Nassrasierer, putzte sich die Zähne, besprühte sich mit Deo und stellte zufrieden fest, dass er jetzt wie ihr Liebhaber roch. Er wickelte sich ein Handtuch um und schlich hinunter in die Küche. Es duftete nach gebratenem Steak, und er hätte vor Freude in die Luft springen können.

Gigi hatte ihm den Rücken zugedreht und hob eine Baguettestange aus dem Ofen.

Er räusperte sich, und sie sah ihn an. Etwas passierte in ihrem Gesicht, als sie ihn musterte. War das ein Lächeln?

»Oben, dritte Tür links, ist ein begehbarer Kleiderschrank. Nimm dir, was du willst.« Sie drehte sich wieder um und schepperte mit den Kochutensilien herum.

Rasmus nahm sich ein hellblaues Polohemd. Es gab nur hellblaue Polohemden, bestimmt hingen dort fünfunddreißig Stück, aufgereiht wie Forellen am Räucherhaken. Er schüttelte den Kopf und griff sich eine dunkelblaue Jeans, Socken, aber keinen Slip. Soweit musste es ja nun nicht gehen.

Gigi befüllte die Teller mit T-Bone-Steak und einem

Berg Gemüse. Sie hob den Blick und knurrte: »Steht dir mordsmäßig!«

Etwas an seiner Aufmachung schien sie zu stören, sie wirkte, als hätte sie ihm am liebsten den Teller an den Kopf geworfen.

»Was ist los? Willst du, dass ich abhaue?«

»Du siehst aus wie er. Dieses blaue Polohemd.« Ihr Kichern klang wie ein Bellen.

»Es gab nichts anderes. Muss ein raffinierter Typ sein, dein Freund.«

»Du hast es erfasst.« Sie verzog das Gesicht, als hätte sie Schmerzen. »Möchtest du Wein?«

Er schüttelte den Kopf. »Ein Bier wäre mir lieber.«

Sie presste die Lippen aufeinander. Rasmus zog den Kopf ein, in Erwartung, was als Nächstes kommen würde.

»Nein, verdammt. Wir trinken Wein!«

Sie setzte sich in Bewegung und raste in den Keller. Es dauerte ein paar Minuten, bis sie mit einer staubigen Flasche zurückkam. Sie lachte schrill und fuchtelte unkontrolliert mit dem Wein vor seinem Gesicht herum.

Das war eine neue Seite an ihr, eine ziemlich beängstigende. Rasmus lehnte sich so weit zurück, wie es möglich war. »Du solltest dich setzen, Gottfrida.«

»Du hast mir nicht zu sagen, wann ich was zu tun habe, du verklemmter Waldschrat.«

Sie lachte ohne Pause und wirkte, als würde sie jeden Moment vollkommen durchdrehen. Sie gluckste und bekam kaum mehr Luft. Hätte sie ihn nicht beleidigt, hätte er mitgelacht, weil sie so eine komische Show abzog. Ihr Lachen war das Schönste, das er seit Langem gehört hatte, auch wenn es ihn ebenso verstörte.

»Das ist ein Château Lafite von 1869«, sagte sie prustend und hielt sie Rasmus vors Gesicht, »die beschissene Pulle hat 195.000 Dollar gekostet.«

»Bist du verrückt? Bring sie zurück, Gigi!«

»Warum, du Spielverderber? Ich will sie trinken, heute ist sie reif!«

Sie hob die Flasche über den Küchentresen und knallte sie schwungvoll gegen die Ecke. Sie zerbrach und der Wein floss über ihren Arm auf den Marmorboden, als hätte es ein Blutbad gegeben. Sie kicherte übergeschnappt, leckte über ihren Arm und sagte: »Schmeckt Scheiße. Der verfluchte Wein schmeckt beschissen. Hörst du mich, Daddy, deine verkackte Protzerei mundet wie Schweißfüße.«

Gigi stand hilflos vor ihrem Werk, machte einige schwankende Schritte, als hätte sie den Wein getrunken und nicht auf dem Boden verteilt. Sie produzierte ein eigenartiges Geräusch, als müsste sie den verschütteten Rebensaft aufstoßen, und setzte sich zu Rasmus, der sie seit fünf Minuten sprachlos anstarrte.

Sie schob das Gemüse auf ihrem Teller hin und her, schnitt ein Stück vom Steak ab und kaute mechanisch. »Das ist doch alles scheiße!« Tränen quollen aus ihren Augen, sie schluchzte.

Rasmus legte ihr eine Hand auf den Arm. »Hey, es schmeckt wirklich gut.«

»Du hast keine anderen Sorgen, was? Die Welt geht unter, und wir sitzen hier und essen Steak, als wäre nichts gewesen? Gut, dass es dir schmeckt, Rasmus aus Bollnäs, aus dem verstrahlten Schweden.«

Ihre Verzweiflung verstand er, aber woher kam diese Scheißwut, die sich an ihm entlud? Er wusste nicht, was er sagen sollte. Für ihn war das Essen der erste gute Moment, seit dieser Horrortrip begonnen hatte, dieses Empfinden schien sie nicht zu teilen.

Es war also nicht das Haus ihres Liebhabers, wie er erleichtert feststellte, sondern das ihres Vaters, und da schien einiges im Argen zu liegen. Er legte sein Besteck zur Seite, stand auf und brachte Gigi eine Flasche Bier aus dem Kühlschrank. »Hier, das schmeckt nicht verkackt und schweißfüßig, versprochen.«

Gigi sprang auf, funkelte ihn an und sagte: »Was willst du hier eigentlich? Warum haust du nicht einfach mit deinem Pornomobil ab?«

Sie stand noch eine Weile schwer atmend vor ihm, dann rannte sie die Treppe nach oben und warf eine der vielen Türen hinter sich zu. Rums!

War das ein Rauswurf? Er konnte ihr den Ausbruch nicht verübeln, nach all den unerträglichen Geschehnissen. Er wollte nicht fort. Aber unerwünscht hierzubleiben, lag ihm fern. Wohin sollte er? Er schob sich ihr Steak auf den Teller, griff das Bier und marschierte ins Wohnzimmer. Bis er den Fernseher, der im Regelfall nur mit der Stimme des Hausherren zu bedienen war, endlich anbekommen hatte, war das Fleisch eiskalt und sein Appetit dahin. Er hockte sich aufs Sofa, das ihn förmlich einsog, zappte durchs Programm, bis er bei CNN in die Nachrichten platzte. Unten lief ein Ticker:

»Weltweite Anschläge auf Atomkraftwerke, Brasilien, Reaktoren Angra II und III, Schweden, nach Forsmark, Oskarshamm auch Ringhals, Explosionen in weiteren acht Meilern in den USA und China. Sichtung von massiven Wandererströmen in Fukushima, Tschernobyl und Belgien. Pandemie befürchtet.«

Rasmus starrte auf die durchlaufenden Meldungen. Die Informationen knallten in sein Bewusstsein, aber sein Verstand wollte sie nicht verarbeiten.

Ein adretter Nachrichtensprecher erschien auf dem Bildschirm, stellte sich als Nigel Adams vor und verlas den Weltuntergang, zumindest klang es für Rasmus danach.

»Nachdem die atomaren Anschläge auf Schweden beschränkt zu sein schienen, hat sich die Lage in den vergangenen Tagen dramatisch verschärft. Aus mehreren Nationen mit aktiven Atomreaktoren wurden schwerwiegende Vorfälle gemeldet. In China kam es in acht Atomkraftwerken zum GAU, in den USA sind sechs, in Brasilien und Japan jeweils zwei betroffen. Während der versuchten Evakuierungen aus den radioaktiv verseuchten Gebieten sollen sich weltweit entsetzliche Szenen abgespielt haben. Augenzeugen berichteten, dass ein Großteil der Flüchtenden und die Rettungskräfte vermutlich mit dem unbekannten Virus infiziert wurden, das sich rasend schnell über den gesamten Erdball ausbreitet und die Infizierten offenbar in die radioaktiv verseuchten Gebiete leitet.« Adams räusperte sich, sein linkes Auge begann wahrnehmbar zu zucken. Er sprach weiter: *»Um alle betroffenen Kernkraftwerke wurden Sperrzonen errichtet, die Militärs sind angewiesen, jeden der die Zonen betritt, mit Waffengewalt abzuwehren.«*

Er kniff das zuckende Auge zusammen und fragte mit gepresster Stimme: *»Wie geht es in diesen beunruhigenden Zeiten weiter, meine Damen und Herren?*

In diesen Stunden beratschlagt der Verteidigungsausschuss der NATO zusammen mit der WHO über internationale Ausgangssperren in den betroffenen Regionen. Nach jetzigem Wissensstand führt die Ansteckung sicher zum Tod und die Zeit, ein Behandlungsverfahren zu entwickeln, scheint kurz im Hinblick auf die Geschwindigkeit der Ausbreitung.« Der Moderator griff nach dem Glas Wasser vor ihm, stürzte es mit wenigen Schlucken hinunter und setzte die unlustige Litanei fort.

»Die Ermittlung des Virus-Ursprungs ist unter den verschärften Umständen äußerst schwierig, da bisher alle Versuche einer Isolation des Erregers zur Übertragung geführt haben. Bernadette Hovalle, Generaldirektorin der

Weltgesundheitsorganisation (WHO) warnte in ihrer heutigen Ansprache vor der aggressiven und rapiden Ausbreitung des Virus. Eine weltweite Verbreitung sei wahrscheinlich nicht mehr abwendbar, so Hovalle. Die Organisation rät flächendeckend über alle Kontinente, Schutz in den eigenen Häusern zu suchen und sie nicht zu verlassen. Des Weiteren wurde die Empfehlung ausgesprochen, mindestens zweihundert Kilometer Abstand zu allen aktiven Atomkraftwerken zu halten.« Adams hielt inne, als irritierte ihn der Widerspruch, wie die Menschen gleichzeitig in ihren Wohnungen bleiben und zweihundert Kilometer Distanz zu den Reaktoren halten sollten. Der Kragen seines dunkelblauen Hemdes war schweißgetränkt. Er hielt sich mit beiden Händen am Stehpult fest, blinzelte und las weiter vom Teleprompter ab. »*Die Auswirkung auf die Weltwirtschaft ist heute noch nicht in Zahlen zu beziffern …«*

Plötzlich verstummte er und verließ wortlos das Studio. Ein Hinweis auf eine technische Störung erschien auf dem riesigen Fernseher.

Rasmus traute seinen Augen nicht. Er wollte aufspringen und Gigi davon erzählen, aber er tat es nicht. Sie hatte heute genug durchgemacht. Egal, wohin sie flüchteten, die Katastrophe breitete sich in rasender Geschwindigkeit aus, besaß eine gravierendere Dimension, als sie geglaubt hatten. Eben noch in Schweden, bald auf der ganzen Welt? Hatten sie überhaupt eine Chance, zu entkommen? Ihre Optionen bestanden darin, verstrahlt oder von diesem mörderischen Virus infiziert zu werden. Womöglich beides, es schien eine bizarre Verbindung zwischen den Wanderern und der Radioaktivität zu bestehen.

Noch während er über dieses Fiasko nachdachte und sich fragte, wie er jemals wieder schlafen können sollte, fielen ihm die Augen zu und er schnarchte mit der

Fernbedienung in der Hand, eingesogen vom menschenfressenden Sofa.

Gigi erwachte vom Gezwitscher der Vögel und war für einen Moment desorientiert. Sie öffnete die Augen und erkannte die Einrichtung ihres alten Mädchenzimmers. Wie für eine Prinzessin gemacht, mit Betthimmel und plüschigem Schnickschnack, um den sie nie gebeten hatte. Sie setzte sich auf und die Erinnerungen an gestern Abend kehrten zurück.

Rasmus! Was hatte sie alles zu ihm gesagt? Ihr fiel die Weinflasche ein, das blaue Polohemd, sein ratloses Gesicht und der Geruch nach Old Spice, das ihr Vater benutzte. Ihre Wut hatte den Falschen getroffen. Sie sprang aus dem Bett, eilte die Treppe hinunter und hoffte, er möge geblieben sein.

Der Fernseher lief, er hielt die Fernbedienung umklammert und schnarchte. Erleichtert atmete sie aus. Zwischen ihre Sorge, er könnte ihr zu nah kommen, hatte sich ein beunruhigendes Gefühl geschlichen. Sanft und kaum merklich hatte er begonnen, ihren Bunker in Trümmer zu legen. Sie hatte ihn loswerden wollen und zur gleichen Zeit gefürchtet, er könnte fort sein. Dieser Irrsinn hatte sie empfänglich für menschliche Nähe gemacht. Er war nicht Gabriel, er hatte eine andere Wirkung auf sie. Er milderte den Schmerz auf eine unerklärliche Art.

Sie kochte Kaffee, schlich in den Salon und schaltete den Fernseher aus. Sie betrachtete Rasmus wie ein Kunstwerk, bei dem man sich fragt, was der Künstler sich dabei gedacht haben mochte. Schnörkellos und maskulin zu gleichen Teilen. Sein Körperbau strahlte die Vitalität eines hart arbeitenden Mannes aus, kräftige Schultern und große zupackende Hände, denen idiotischerweise ein Finger fehlte. Was hatte ihn zu diesem barbarischen

Akt bewegt? Würde er ihr die Wahrheit erzählen? Er zuckte im Schlaf und murmelte etwas Unverständliches. Rasiert und schlafend wirkte er jung, wie ein Mann, der sein ganzes Leben vor sich hatte. Gott, verdammt. Sie wünschte sich, an eine höhere Macht glauben zu können, womöglich hätte sie sich dann weniger ausgeliefert gefühlt. Sie musste damit aufhören. Jetzt sofort.

»Guten Morgen.«

Rasmus blinzelte. Gigi stand schief grinsend mit einem Becher Kaffee vor ihm. Er rappelte sich umständlich auf und murmelte: »Ich muss eingeschlafen sein.«

Sie setzte sich auf den Sessel ihm gegenüber und blickte ihn zerknirscht an. »Es tut mir leid, was ich dir gestern an den Kopf geworfen habe, Rasmus. Ich weiß nicht, was mit mir los war.«

Er grinste verschlafen. »Immerhin hast du mir nicht die Flasche an den Kopf geworfen.«

Gigi lachte erleichtert. »Das war nicht okay und nichts davon habe ich so gemeint.«

»Ich fand deine Show ganz unterhaltsam.« Er nahm einen Schluck Kaffee. »Das Haus gehört deinem Weinverrückten Vater?«

»Japp.«

»Und warum hast du mir das nicht gleich gesagt? Du magst ihn nicht besonders?« Rasmus zupfte am Polohemd, als ihm bewusst wurde, wem es gehörte.

»Ich schätze, er kann mich nicht leiden.« Sie rutschte ein Stück tiefer in den Sessel und überkreuzte die Beine.

»Willst du drüber reden?«

Sie tat es, weil er sie mit seinen verschlafenen Augen so verständnisvoll ansah.

»Meine Mutter starb, als ich sechs Jahre alt war. Mein Vater vergrub sich in seine Arbeit und ließ mich von Kindermädchen großziehen. Später schickte er mich auf Eliteinternate. Er verfolgte den Plan, mir die Leitung seiner Forschungseinrichtung zu übertragen.« Sie schnaufte, als die Erinnerungen erwachten. »Es hat ihn nicht gekümmert, ob das auch mein Wunsch war. Aber ich habe gehofft, er würde mich auf diese Weise wahrnehmen, vielleicht gernhaben. Mit dieser absurden Hoffnung habe ich begonnen, Medizin zu studieren.« Sie hielt inne und lachte dumpf. »Manchmal nahm er mich auf seine elitären Veranstaltungen mit und präsentierte mich wie ein Paradepferd. Ich sei die Zukunft, sein ganzer Stolz. Wir standen uns nicht nah.« Gigi verstummte.

Rasmus beugte sich vor und drückte ihre Hand. »Tut mir leid wegen deiner Mutter.«

Sie nickte und verspürte den Drang, aus dem Haus zu rennen, sprang auf, lief durch das Wohnzimmer und öffnete die großen Schiebetüren, die hinaus in den Park führten.

Rasmus folgte ihr. Hinter dem Haus präsentierte sich eine gepflegte Gartenanlage, an deren Ende die Ostsee glitzerte.

Gigi sah in den wolkenlosen Himmel. Das Fenster zu ihrer Vergangenheit schien sich geschlossen zu haben, und Rasmus versuchte, es wieder zu öffnen.

»Du bist seinem Plan nicht gefolgt?«

»Ich habe das Studium hingeschmissen und bin abgehauen. Ein paar Jahre bin ich mit dem Rucksack unterwegs gewesen und später, zurück in Schweden, habe ich mich durchgeschlagen, in einer Werkstatt geschraubt, war Hotdog-Verkäuferin und Schweißerin.«

Er stieß einen Pfiff aus. »Ich habe es geahnt, du bist MacGyver!«

»Ja? Wann hat der Hotdogs verkauft?«, fragte sie kopfschüttelnd.

Rasmus hatte keinen Zweifel daran, sie war jemand,

der zurechtkam. Eine Frau, die nicht in seine Schubladen passen wollte. Er hätte gern mehr erfahren. Es war nicht, was sie tat, sondern mit welcher Selbstverständlichkeit sie in herausfordernden Situationen handelte. Offenbar enthielt sie ihm die interessanten Wahrheiten vor.

Sie schwiegen, bis er sie in die Gegenwart katapultierte: »Tut mir leid, ich muss dir etwas erzählen.«

Sie sah ihn fragend an.

»Es kam gestern Abend in den Nachrichten.« Er berichtete, was er gesehen hatte, bevor er eingeschlafen war.

Gigi zwirbelte gedankenverloren an ihren Dreadlocks. »Vielleicht schaffen wir es nicht, ist dir das schon mal durch den Kopf gegangen?«

»Ich denke an nichts anderes.«

Er wollte Zuversicht ausstrahlen, wusste aber nicht, woher er sie nehmen sollte. Er hätte lügen können, um sie zu beruhigen, aber sie würde ihn durchschauen, daran hatte er keinen Zweifel.

»Wir könnten einige Tage hierbleiben. Geld und Lebensmittel haben wir genug. Oder hast du andere Pläne?«

Selbst wenn es so wäre, er wollte nicht weg! MacGyver bereitete großartige Steaks zu und schmiss unbezahlbare Flaschen Wein herum, sie besaß Unterhaltungswert.

»Hab direkt nach deiner Weinverkostung gestern alle Termine fürs Erste abgesagt.« Er lächelte, ihre Blicke trafen sich, und für einen Moment glomm etwas in ihren Augen auf, bis sie es löschte.

»Gut, such dir dein WG-Zimmer aus, ich verschaffe mir einen Überblick, was in den Vorratsschränken los ist.« Kaum hatte sie die Worte ausgesprochen, rannte sie hinein, als müsste sie flüchten.

Er stand wie kalt geduscht auf der Terrasse. Eine Wohngemeinschaft. Was hatte er sich gedacht? Er stapfte ins Obergeschoss, öffnete alle Türen und entschied sich für ein Zimmer mit Meerblick. Es war für seinen Geschmack mit zu viel Tamtam eingerichtet. Notfalls würde er einfach wieder auf dem Sofa schlafen. Das ganze Haus wirkte wie ein Hotel. Keine Familienfotos an den Wänden, nichts, das den Bewohner widerspiegelte, nur kostspieliges Equipment. Vermutlich spiegelte genau das ihren Vater wider.

Gigi kniete gerade im Vorratsraum und zählte Konserven, da vernahm sie ein Geräusch an der Haustür. Die Alarmanlage piepte, quittierte den richtigen Code und schwieg wieder. »Was zur Hölle?« Sie verließ die Kammer, schlich durch die Küche und zog das Tranchiermesser aus dem Messerblock. Sie duckte sich und spähte in die Vorhalle. Dort befand sich eine ältere Version ihres Vaters, der sich verwundert umblickte.

»Was machst du hier?«, fragte Gigi erschrocken und wütend zugleich.

»Das Gleiche könnte ich dich fragen, Gottfrida.« Wie immer war ihr Vater beherrscht und kontrollierte die Situation.

»Herrgott, ich dachte, du bist in Göteborg«, sagte sie feindselig.

Rasmus kam aus dem Schlafzimmer und schritt gedankenverloren die Treppe herunter. Er fuhr zusammen, als er den Mann vor Gigi stehen sah. Doch mehr noch erschreckte ihn das riesige Messer, das sie in der Hand hielt und fest umklammerte, bereit, es dem Eindringling in den Bauch zu stoßen.

»Was ist hier los, wer sind Sie?«, fragte Rasmus schroff.

»Interessant, dass ausgerechnet Sie mich das fragen. Sie tragen meine Bekleidung, wenn ich bemerken darf. Ich bin der Hausherr, Ragnar Ingmarsson. Mit wem habe ich das Vergnügen?« Er sprach besonnen, fast freundlich.

»Gigi, ist das wahr? Ist das dein Vater?«

»Verdammt, das ist er«, sagte sie und zeigte mit der Messerspitze auf ihn.

Rasmus zuckte zusammen. Ihre Stimme war zu einem scharfkantigen Brocken Eis gefroren, mit dem sie, statt des Messers, auf ihren Vater einstach. Er hoffte, sie würde nie mit ihm auf diese Weise sprechen.

»Kann ich mein eigenes Haus erst mal betreten, Liebes? Dann kannst du dein Verhör fortsetzen.«

Gigi machte unwillig einen Schritt zur Seite und ließ ihn passieren. Sie hatte gesagt, ihr Vater könnte sie nicht leiden, aber es schien doch umgekehrt zu sein.

»Ist das dein Freund?« Ragnar warf einen missbilligenden Blick auf Rasmus.

Bevor er etwas erwidern konnte, kam Gigi ihm zuvor. »Das ist er!« Sie beugte sich zu ihm und küsste ihn auf die Wange. Obwohl das Ganze für ihren Vater inszeniert war, bekam er einen glasigen Blick. Wie absurd. Nachdem sie sich von ihm gelöst hatte, fühlte er ihre Lippen noch immer auf seiner Haut.

»Na, wie erfreulich. Glückwunsch! Willst du ihn mir nicht vorstellen?« Ihr Vater sprach wohlwollend, aber Freude schien die Darbietung seiner Tochter nicht in ihm auszulösen.

Gigi machte eine ausladende Handbewegung. Sah gefährlich aus, wenn man bedachte, was sie darin hielt. »Darf ich vorstellen, Rasmus Berggren und Professor Dr. Arschloch Ingmarsson.«

Ragnar überhörte ihre Beleidigung und streckte die Hand aus. »Willkommen in der Familie, Rasmus.«

»Danke, die Freude ist ganz meinerseits«, antwortete er hölzern.

Ragnar wandte sich wieder seiner Tochter zu und sah sie beschwörend an. »Kannst du deinen Groll kurz ignorieren, Gottfrida. Bitte, es geht um so viel! Können wir reden, ich habe Euch etwas Wichtiges zu erzählen.« Er durchschritt die Halle ins Wohnzimmer und eilte auf die Terrasse. Dort ließ er sich auf einem der Hochlehner nieder und streckte die Füße aus.

Die beiden folgten ihm zögernd.

Rasmus sah auf die lange Klinge in ihrer Hand. »Kannst du das bitte weglegen?«

Sie steckte das Messer schnaufend in die ägyptische Amphore, die neben der Tür stand und vermutlich mehr wert war als alles, was sie besaß. Was zugegebenermaßen nicht viel war.

»Verdammt, warum ist er hier?« Sie versuchte gar nicht erst, leise zu sprechen.

»Das wird er uns wahrscheinlich genau jetzt erzählen. Komm, hör es dir wenigstens an.«

Rasmus ging nach draußen, und Gigi stapfte hinter ihm her.

»Bitte hört mir genau zu«, begann Ragnar das Gespräch. »Warum ich hier bin, hast du gefragt, Gottfrida? Ich war in Kolding auf einem Krisentreffen bezüglich der Katastrophe. Ihr seid in großer Gefahr, aber dazu sage ich gleich etwas.« Er hielt inne, sammelte sich und sprach weiter: »Ich habe mich mit Epidemiologen, Infektiologen und Virologen aus Europa getroffen.« Er blickte beide abwechselnd an, um zu prüfen, ob sie zuhörten. »Vor zwei Jahren hatten wir den ersten Patienten. Er wurde aufgegriffen, als er versuchte, in das AKW Olkiluoto in Finnland zu gelangen. Er wurde in Haft genommen und dabei stellte sich heraus, er besaß kein echtes Bewusstsein. Er kommunizierte nicht, aber versuchte, auf jede Weise zu entkommen, und er war einfallsreich.«

Gigi hatte sich ihrem Vater zugewandt. Das erste Mal schien er ihre Aufmerksamkeit gewonnen zu haben.

»Kurz darauf wurde ich damit beauftragt, ihn zu untersuchen. Wir waren ein Team von verschiedenen Ärzten aus allen Fachrichtungen. Wir hielten diesen Vorfall unter Verschluss, solange wir keine Erklärung für seine Erkrankung fanden. Ich will euch nicht mit Einzelheiten langweilen, es gelang mir, das Virus zu isolieren, und seit dieser Zeit betrieb ich Forschungen an dem Erreger. Ich erspare euch die einzelnen Schritte und die Rückschläge, die wir einstecken mussten. Vor zwei Monaten gelang mir der Durchbruch, ich habe ein Gegenmittel entwickelt und der Patient wurde vollständig geheilt. Ich habe fünf weitere Virusträger damit behandelt, alle sind wiederhergestellt worden.« Er schwieg einen Moment, wartete auf eine Reaktion.

»Du hast ein Gegenmittel?« Gigi wollte nicht glauben, dass ausgerechnet ihr Vater für die Rettung unzähliger Menschenleben verantwortlich sein könnte. Aber war das wichtig? Es zählte nur, dass Hilfe existierte.

»Ja, Gottfrida, und deshalb muss ich sofort nach Hamburg, mein Flug in die Schweiz geht in vier Stunden. Ich übergebe meine Forschungsergebnisse und die Zusammensetzung des Gegenmittels an den europäischen Krisenstab für Pandemien innerhalb der EU.« Er öffnete seine Aktentasche und zog einen dicken Stapel Schriftstücke heraus. »Hier sind meine Ausarbeitungen, die nicht mehr und nicht weniger als die Rettung der Menschheit bedeuten.«

»Was machst du noch hier?« Gigi sah auf die Unterlagen und wünschte, sie mögen sofort ihr Ziel finden.

Ragnar verdrehte die Augen. »Ich war auf dem Weg dorthin, aber der Leihwagen gab einige Kilometer vor Aabenraa den Geist auf. Mein Handy hat kein Netz gefunden, also habe ich den Wagen stehengelassen und bin hierher gelaufen, um mich umzuziehen und hier ein Taxi zu bestellen.« Er gestikulierte aufgeregt mit den Händen. »Verstehst du, Gottfrida, ich bin in Eile, wirklich. Es tut mir leid, ich weiß du hast allen Grund, mich zu hassen. Ich habe Mist gebaut damals und bereue das jeden Tag. Aber lass deinen Hass auf mich nicht an der Menschheit aus.«

Rasmus legte ihr eine Hand auf die Schulter. »Wir könnten ihn fahren.«

Gigi starrte ihren Vater an, nicht bereit, ihn so einfach durchkommen zu lassen, nur weil er auf einmal so etwas wie der Messias zu sein schien.

»Kind, ihr seid in Gefahr, Vertrau mir bitte einmal.«

»Warum sollte ich? Wir sind nirgendwo sicher, da erzählst du uns nichts Neues. Du willst die Welt retten? Dass ich nicht lache. Es geht dir doch nur um dein Renommee, wir sollen dir alle den Arsch küssen, nicht wahr?« Gigi verstand selbst nicht, warum sie ausgerechnet jetzt die Kontrolle verlor, da ihr Vater zum ersten Mal etwas Selbstloses tat. Ob er dabei Allmachtsfantasien hatte, konnte ihr völlig egal sein.

Ragnar schien ihr nicht zuzuhören, blickte starr in den Himmel und schürte damit das Feuer ihrer Wut.

»Es ist wie immer, wenn ich dir etwas zu sagen habe, stellst du dich tot! Ich habe dich so satt.«

Kaum hatte sie ihre Wut herausgeschrien, blitzte es so grell am Himmel, als wäre die Sonne explodiert. Einen Moment später vernahmen sie eine gewaltige Detonation und am Horizont stieg ein Atompilz auf.

»Wir müssen hier weg, sofort«, brüllte Ragnar und griff seine Aktentasche.

Sie klaubten schnell einige Dinge zusammen. Gigi rannte kopflos durchs Haus, warf ein paar Klamotten aufs Bett, eilte einem Impuls folgend in das Arbeitszimmer ihres Vaters, riss das Jagdgewehr samt Munition aus dem Schrank und warf sie in eine Tasche.

Sie sprangen in den Camper, Rasmus startete den Motor und drückte aufs Gas, als wäre der Teufel hinter ihnen her. Im Rückspiegel sah er den verdunkelten Himmel. Vielleicht würden sie es diesmal nicht schaffen.

Immer mehr Fahrzeuge bewegten sich nach Süden. Flüchtende, die ihr Leben retten wollten.

Lange sagte keiner ein Wort. Gigi starrte blind auf die übervolle Autobahn. Schließlich passierten sie die Grenze nach Deutschland und fuhren über die A7 Richtung Hamburg.

»Sind die Wanderer für die Atomkatastrophen verantwortlich?«, fragte Rasmus unvermittelt.

»Wir vermuten es. Aber wir wissen nicht, warum. Wo der Zusammenhang liegt. Radioaktivität scheint von Interesse für sie zu sein.«

Gigi erwachte aus ihrer Starre und sah ihren Vater an. »Wie verbreitet sich das Virus?«

»Das haben wir noch nicht genau herausgefunden, tut mir leid. Es ist sehr wahrscheinlich der übliche Übertragungsweg, über Tröpfchen und Körperflüssigkeiten. Haltet Abstand zu ihnen und vermeidet jeden Kontakt.«

»Glaubst du, dein Mittel kann die Ausbreitung noch verhindern?«, fragte Gigi.

»Wir leben von der Hoffnung, Liebes. Immer. Ich bringe den Menschen etwas Gutes, ich würde mein Leben dahingeben dafür. Wenn es dich und Rasmus davor bewahrt, angesteckt zu werden, hat es sich gelohnt.«

Gigi schwieg. Sie saß nicht mehr auf der letzten Kante, um möglichst weit weg von ihrem Vater zu sein. »Ich hoffe, du erreichst, was du dir davon versprichst.«

»Das hoffe ich auch, du weißt nicht wie sehr. Es ist nett von euch, dass Ihr mich zum Flughafen bringt. Ihr habt damit einen wichtigen Anteil an der Aktion.«

»Und der erste Wanderer ist schon vor zwei Jahren aufgetaucht?«, hakte sie nach.

»Du hast mir zugehört, Gottfrida. Ja, so ist es.«

Sie ignorierte die Ironie in seinen Worten. »Konntest du dich mit ihm unterhalten?«

»Mit ihm nicht. Aber mit den zwei infizierten Frauen, bei ihnen war das anders, sie schienen nicht vollkommen abzutauchen wie die Männer.«

»Wirklich?«, fragte Rasmus.

»Ja, die verrückten Frauenzimmer. Müssen immer ihr eigenes Ding machen«, sagte Ragnar.

»Hast du weitere Arschlochkommentare auf Lager?« Gigi blickte ihren Vater wütend an.

»Sicher, weil ich weiß, du hast ein Faible dafür, meine kleine Kämpferin.« Er tätschelte ihren Arm und sie wich nicht zurück. Sie wollte diesmal nicht im Streit auseinandergehen.

»Ich würde mich freuen, wenn ihr am Flughafen noch einen Kaffee mit mir trinken würdet.«

Gigi schüttelte den Kopf. »Das machen wir, wenn das hier alles vorbei ist. Das wird es doch?« Sie blickte ihn an und spürte, wie die Hoffnung in ihr wuchs.

»Schade, Gottfrida, es wäre schön gewesen«, sagte Ragnar leise. »Wir holen das bald nach«, setzte er lächelnd hinterher und sah hinaus auf die vorbeifliegende Landschaft.

Rasmus steuerte den Flughafen der Großstadt an. Das Leben lief hier offenbar weiter, als befände sich Skandinavien auf einem anderen Planeten. Doch der Eindruck trog, die Zufahrtswege waren gedrängt voll und demonstrierten, dass das Leben eine neue Facette bekommen hatte. Blanke Angst. Die Menschen wollten weg. Irgendwohin, vermutlich in den Süden von Europa, der bisher offenbar verschont geblieben war.

Wie bunte Ameisenkolonnen manövrierten die flüchtenden Fahrzeuge aller Art über die Straßen, wechselten Spuren und ordneten sich auf die Zubringer zu den Abflug-Terminals ein, ließen ihre Gefährte einfach stehen und rannten in die überfüllte Airport-Plaza.

Rasmus hielt am Fahrbahnrand, Ragnar sprang aus dem Camper, drehte sich um und sagte: »Willst du nicht doch auf einen Sprung mitkommen?«

Was sollte sie im überfüllten Flughafen? Einen Kaffee würden sie kaum bekommen. Die Menschen kamen nur mit Mühe durch die Drehtüren ins Terminal. Sie schüttelte den Kopf. »Übertreiben wir es nicht.« Doch nach all den Jahren stand er unerwartet vor ihr, und die Vorstellung, ihn womöglich für immer zu verlieren, schmerzte. Sie umarmte ihn impulsiv, versuchte, sich diesen Moment einzuprägen, etwas anderes zu fühlen als Widerstand und Angst. Er war das letzte Stück Familie, auch wenn ihr dieses Wort nie im Zusammenhang mit ihm in den Sinn gekommen war.

Ragnar schien nicht mit ihrer Umarmung gerechnet zu haben und legte ungelenk die Arme um seine Tochter.

Sie löste sich von ihm und sagte mit erstickter Stimme: »Wiedersehen, Ragnar.«

»Leb wohl, Gottfrida.« Er drehte ihr den Rücken zu und verschaffte sich, unbeirrt von den Menschen, einen Weg durch die Drehtüren ins Terminal. Sofort ging er in der Menge unter.

Gigi schloss die Augen, atmete in das Brennen in ihrem Inneren. Hatten sie noch eine Chance? War doch nicht alles verloren, wie sie all die Jahre gedacht hatte? Sie wollte ihn wiedersehen und hoffte, er würde Erfolg haben, diesen Wahnsinn zum Stillstand bringen. Sie wandte sich ab, drängte an den vielen rastlosen Seelen vorbei und stieg in den Camper.

Rasmus nickte ihr zu, stellte keine Fragen und startete den Motor.

Gigi verkroch sich hinten auf die Sitzbank, um einen Moment allein zu sein. Ihr Herz setzte einen Schlag aus, als sie mitten auf dem Tisch die Mappe mit den Forschungspapieren ihres Vaters entdeckte. Wie hatte er sie vergessen können, sie waren doch lebenswichtig.

»Halt an!«, brüllte sie.

Rasmus trat auf die Bremse und blickte sie verwundert an.

»Er hat sie liegenlassen.« Gigi griff die Unterlagen, riss die Tür auf und rannte los. Was, wenn er das Fehlen nicht bemerkt hatte und bereits durch die Kontrolle gegangen war?

Sie stolperte, kam ins Straucheln. Die Aktenmappe fiel aus ihrer Hand, die Seiten glitten auf den Boden. Gigi verlor das Gleichgewicht, knallte auf ihre Knie, robbte fluchend über den Gehweg und suchte sie wieder zusammen. Ihr Blick fiel auf die oberste Seite, sie überflog die Informationen und runzelte die Stirn. *Kolding Marathon*? Ihr Vater wurde als Sponsor genannt. Sie rappelte sich auf, blätterte durch den Stapel, Tausende Namen sprangen ihr entgegen. Offenbar handelte es sich um die Teilnehmerliste des Laufes. Das waren keine Forschungsunterlagen.

»Du verdammtes Arschloch.« Gigi ballte die Fäuste, Tränen strömten ihr über die Wangen. »Warum?« Sie lief ein paar Schritte und presste ihr Gesicht gegen die getönte Glasfront des Terminals. Dort irgendwo war er verschwunden, untergetaucht in der Flut von Menschen. Ihre Gedanken überschlugen sich. Warum hatte er ihnen diese Geschichte erzählt? Alles Lügen? Gut, dass er fort war, sie hätte nicht garantieren können, sich vernünftig zu verhalten, wenn sie ihm jetzt gegenüberstehen würde.

Sie wollte sich abwenden und gehen, in diesem Moment entdeckte sie seinen kahlen Kopf, der aus dem Gedränge herausragte, weil er schon immer alle anderen Menschen zu überragen schien. Er stand mit dem Rücken zu ihr, umzingelt von Personen, die zu ihm aufsahen. Wie ein Straßenprediger, der den verlorenen Seelen das Paradies verhieß. Er gestikulierte, verwickelte die Leute in ein Gespräch.

Immer mehr Menschen drängten sich vor ihm zusammen, als hätte er ihnen sofortige Rettung versprochen und beteuert, sie alle auf seinen Rücken zu heben, mit ihnen in die Lüfte zu steigen und sie wie Superman dem Unglück zu entreißen.

Unvermittelt drehte er sich um, langsam und hoheitsvoll. Er hob den Blick und sah Gigi in die Augen, als hätte er gewusst, dass sie dort draußen stand. Er reckte die Arme in die Luft, als wäre er der Messias. Seine Mundwinkel hoben sich, aber es war kein freundliches Lächeln. Sein Gesicht verzog sich zu einer Grimasse und wirkte, als machte er sich über sie lustig.

Gigi wurde kalt. Die Angst erschien als eisige Hand, die ihr Herz umschloss und zerquetschte. Sie knallte ihre Fäuste gegen die Scheibe und schrie.

Ragnar schien die Reaktion seiner Tochter nicht sehen zu wollen, schloss die Augen und verharrte einen Moment, bis sein Kopf von einer Sekunde auf die andere explodierte, als hätte Gott ihn mit seinem riesigen Finger weggeschnipst. Sein Körper stand noch einen Augenblick auf den Füßen, ehe er in die Menge stürzte und die Menschen schreiend auseinanderstoben.

Gigi erinnerte sich nicht, wie sie zum Camper gekommen war, aber sie saß drin. Sie schrie und konnte nicht damit aufhören. Sie zitterte, ihre Zähne klapperten aufeinander und sie schien keine Luft mehr zu bekommen.

»Was ist passiert?«, fragte Rasmus. Sie schlang die Arme um sich und schluchzte.

»Gigi, bitte sag mir, was geschehen ist.« Er legte die Hände auf ihre Schultern, damit sie ihn ansah. Sie hielt die Augen geschlossen, war vollkommen außer sich und er kurz davor die Nerven zu verlieren. Was sollte er tun? Sie befand sich in einem Zustand, aus dem sie nicht erwachen konnte. Er lehnte sich zu ihr und sagte: »Es tut mir leid«, und verpasste ihr eine kräftige Ohrfeige.

Sie verstummte sofort.

»Es tut mir leid, Gigi.«

Sie blickte ihn an und wisperte: »Fahr!«

14. Das KIBO-Labor

Du bringst uns um …

Ihre Worte hallten durch meinen Kopf, während ich zum KIBO-Labor flog, wo sich zumindest zwei der vermissten Astronauten und der Weltraumtourist befinden sollten. Was mit Flemming de Jonge geschehen war, hatte sie nicht offenbart. Sie hatte es versucht, aber die Worte waren in ihr geblieben.

Wie könnte ich uns umbringen? Weil ich sie berührt und Fragen gestellt hatte? Sie blieb ein Mysterium. Ihre Reaktionen waren undurchschaubar, ihr Gemütszustand schwankte in einer Weise, die ich nicht vorhersehen konnte. Mal schien sie Kara zu sein, dann verwandelte sie sich in ein Ungeheuer, das darauf lauerte, mich umzubringen.

In meiner Laufbahn als Psychologe hatte ich viele Menschen gesehen, aber nie war ich Symptomen wie Karas begegnet. Was war ihr innerhalb der wenigen Tage zwischen unseren beiden letzten Begegnungen zugestoßen? Es gab keine plausible Erklärung dafür.

Plötzlich traf es mich wie ein Hammerschlag. Ich war zu fixiert auf eine psychische Störung gewesen, um diese Möglichkeit in Betracht zu ziehen. Oder hatte ich es tief in meinem Inneren geahnt? Hatte Kara sich zwischen den Begutachtungen mit dem ominösen Virus angesteckt, das auf der Erde grassierte? Mir wurde heiß und kalt.

Ich wusste nichts über den Ansteckungsweg, nichts über die Funktionsweise des Virus. Ich hatte nur gehört, dass es das Wesen der Menschen veränderte. War es das, was mit Kara geschehen war? Aber sie war keine willenlose Marionette wie die, die zu Tausenden zu den Atomkraftwerken strömten und Kernschmelzen hervorriefen. Im Gegenteil, sie hatte eher mich willenlos gemacht. Von wahnsinnigem Verlangen getrieben, hatte ich sie besitzen müssen. So eine Anziehung hatte ich nie vorher empfunden. Aber warum war ich dann nicht auch erkrankt?

Die Mitteilung, auf der Raumstation sei etwas Furchtbares passiert, hatte mir im wahrsten Sinn des Wortes den Boden unter den Füßen weggezogen. Panisch hatte ich versucht, die Spuren zu verwischen. Doch in den Unterlagen hatte ich Karas bizarre Veränderung dokumentiert. Natürlich nur, bis sie auf meinem Schoß gesessen hatte.

Was hätte ich gegen den Befehl der NASA-Administratorin einwenden sollen? Sie war eindeutig im Bilde, was ich mit der Kandidatin getan hatte, also flog ich mit 5 g unterm Hintern zu meiner monströsen Gespielin auf die ISS.

Der nächste Gedanke trug ebenso wenig zu meiner Aufheiterung bei. Sie hatte die Schilddrüsen der Besatzung verzehrt. Die Erinnerung, wie sie mit Viktor gesprochen hatte, drängte sich erneut in mein Bewusstsein. Ich hatte die Situation fehlinterpretiert und gedacht, sie spräche mit ihm, dabei hatte sie ihn ausgeweidet und auf seiner Schilddrüse gekaut.

Die Schilddrüsen. Radioaktives Jod. Mein Kopf wollte explodieren. Ich versuchte, weitere Puzzleteile zu finden. Die infizierten Menschen, die enorme Strecken zurücklegten, hatten ein gemeinsames Ziel. Radioaktivität. War Kara also doch eine von ihnen? Und was wollte sie im All?

Ich musste mehr herausfinden, das WLAN aktivieren und Kontakt zur Erde herstellen.

Mittlerweile befand ich mich im japanischen Forschungslabor KIBO, dem größten Modul der ISS. KIBO bedeutet Hoffnung, der Widerspruch hätte nicht größer sein können. Gäbe es doch welche für die Besatzung.

Ich wollte keine Türen öffnen und Leichen entdecken, wollte meiner Schuld nicht erneut ins Gesicht blicken und mir ein weiteres Mal vor Augen führen, was Kara getan hatte. Ihr Zustand schmerzte mich. Konnte ich sie überhaupt für ihre Taten verantwortlich machen?

Abschnittweise sah ich mich im Modul um. Mehrere Laptops waren an die Versuchsstationen angeschlossen. Hier konnten an dreiundzwanzig Racks Untersuchungen vorgenommen werden, hauptsächlich im medizinisch-biologischen Gebiet. Überall hingen Kabel heraus und Gerätschaften, von denen ich nicht wusste, welchem Zweck sie dienten. Hier gab es keine Lagerräume, nichts, wo sich ein ganzer Mensch unterbringen lassen würde. Und doch mussten sie hier sein, wenn Kara die Wahrheit gesagt hatte. Aber wo? Noch einmal zog ich mich durch das elf Meter lange Modul.

Plötzlich entdeckte ich einen Blutstropfen, der direkt vor mir schwebte. Leichter Verwesungsgeruch stieg mir in die Nase. Mein Blick wanderte nach oben. An das KIBO-Modul angesetzt, befand sich über mir an der Oberseite das Experiment-Logistik-Modul. Ich hätte es übersehen, denn es wurde hauptsächlich als Lager verwendet.

Sie ruhten verdreht übereinander und ineinander verschlungen, als hätten sie versucht, eine kunstvolle Hebefigur darzustellen, ehe sie vom Tod überrascht wurden. Kara hatte die Leichen dort oben mit elastischen Schnüren befestigt wie den Inhalt eines Koffers.

Der kanadische Astronaut Benjamin Martin schien auf mich herunterzublicken. Die Augen waren weit aufgerissen, das dunkle Loch in seinem Hals klaffte schwarz auf. Langsam atmete ich ein, versuchte die Panik, die sich in mir breitmachte, zu unterdrücken. Atemlos zog ich mich nach oben in die Leichenkammer und wollte sie wie ein Arzt betrachten, meine Emotionen abstellen. Ich riss an den Schnüren, die sich sofort lösten, was dafür sorgte, dass die drei Toten haltlos im Modul schwebten.

Erschrocken flüchtete ich ein Stück hinunter. Mir war nicht nach innigem Körperkontakt mit ihnen. Ihr Geruch legte sich auf meine Zunge und löste Brechreiz aus. Ein paar Augenblicke kämpfte ich damit, meinen Mageninhalt bei mir zu behalten, atmete durch den Mund.

Ich bewegte mich zurück ins KIBO-Modul, während die drei ohne Ziel aus dem Lager schwebten. Die japanische Astronautin Saki Nakamura war mir am nächsten. Sie trug die gleichen Verletzungen wie Viktor. Benjamin Martin folgte ihr und schließlich der Weltraumtourist und Schiffsmogul Donald Parker. Von allen Leichen war seine am abscheulichsten zugerichtet, als wäre Kara außer sich geraten, während sie ihn tötete. Sein kalkweißer Körper hatte überall Bissspuren davongetragen. Sein Mund stand offen und verlieh seinem Gesicht einen Ausdruck des Entsetzens.

Ich wandte den Blick ab und presste die Hand vor den Mund, um nicht zu schreien. Wohin sollte ich die Leichen bringen? Der Gestank war nicht auszuhalten, und mir war nicht wohl bei dem Gedanken, sie hier in den Modulen zu belassen.

Die Idee war nicht perfekt und womöglich würde ich sie bereuen. Aber die Rettungskapsel war ein abgedichteter Raum und bot sich als Aufbewahrungsort an. Zwar war die Kapsel meine einzige Möglichkeit, von hier wegzukommen, aber für den Moment würde ich sie dort unterbringen müssen. Auch die Leichen von Viktor, Wim und Jekaterina.

Niemals hätte ich mir träumen lassen, etwas dermaßen Entsetzliches einstecken zu können, aber ich trug bereits so viel von der Katastrophe in mir, dass ich ein Teil von ihr geworden war.

Die nächsten Stunden funktionierte ich wie ein Roboter, versuchte, nichts an mich heranzulassen. Ich begann mit Saki, klemmte ihren schmächtigen Körper unter meinen Arm und zog uns zum russischen Zarja-Modul, an dem die Rettungskapsel stationiert war. Nachdem ich mir Zugang dorthin verschafft hatte, schob ich die Japanerin hinein. Es würde eng werden für sechs Personen, aber nach Bequemlichkeit verlangte hier niemand mehr. Nacheinander transportierte ich die beiden Männer hinein. Danach begab ich mich zum Swesda-Modul, es war das Nächstgelegene, und barg dort die Leichen von Wim und Jekaterina. Zuletzt zog ich Viktor aus der Node 1 Unity.

Anschließend schloss ich die Rettungskapsel und übergab mich in mein Sweatshirt, das ich rechtzeitig zu einer Mulde geformt hatte. Das T-Shirt darunter bekam zum Glück kaum etwas ab. Ich hatte mich kultiviert und erbrach nicht mehr unkontrolliert in die Raumstation. Das war ein Fortschritt, wenn auch der Einzige.

Erneut begab ich mich an den Hauptrechner im Destiny-Modul und schrieb endlich eine E-Mail an Geena Snyder, in der ich ihr die Lage schilderte. Ich teilte ihr meine Vermutung bezüglich Kara mit und meine Hoffnung, Flemming de Jonge könnte noch am Leben sein. Ich würde mit ihm die Heimreise antreten, falls ich ihn lebend fand. Zum Schluss bat ich sie um ein Update über die Ereignisse auf der Erde und drückte auf Senden. Nichts passierte. In der Hoffnung, es würde später funktionieren, machte ich mich auf den Weg zu Kara.

Was bedeutete es für mich, wenn sie das Virus in sich trug? Wollte ich das wirklich wissen? Sicher war ich dagegen in einem Punkt: Sie würde nicht zögern, mich auf die gleiche Weise zu töten wie die Besatzung.

15. Schattennacht

Menschen strömten aus dem Terminal. Eben hatten sie panisch hineingewollt, um vor der Katastrophe zu fliehen, jetzt hatten sie es eilig, das Gelände zu verlassen. Rasmus beobachtete das Geschehen im Rückspiegel, während er den Camper vom Flughafengelände steuerte. Mit Grauen bemerkte er, dass sie sich wie die irren Läufer verhielten, diesen starren Blick bekommen hatten und wie sie marschierten. Eben noch war Gigi unter ihnen gewesen, ebenso ihr Vater. Was war dort geschehen?

Wiederholt blickte er zu ihr. Sie sprach nicht und war in eine Starre verfallen, als schliefe sie mit offenen Augen.

Die Straßen waren brechend voll, als wäre ganz Hamburg im selben Augenblick aufgesprungen und losgefahren. Nach zwei Stunden und einigen Wendemanövern auf den verstopften Zubringern zu den Autobahnen erreichten sie die Landstraße Richtung Süden.

Er musste sie irgendwo hinbefördern, wo es ruhig war, und sie zum Reden bringen. Nach weiteren drei Stunden fuhren sie durch eine grün bewachsene, hügelige Landschaft.

»Ich muss mal. Du auch?«

Gigi schüttelte den Kopf.

Er verließ die Hauptstraße und parkte auf einem schmalen Feldweg an einem Rapsfeld, das mit seinem leuchtenden Gelb etwas Fröhliches ausstrahlte. Er bezweifelte, dass Gigi das Blühen überhaupt wahrnahm. Rasmus griff zwei Flaschen Bier aus dem Kühlschrank, öffnete die Beifahrertür, reichte ihr die Hand und führte sie zu einem querliegenden Baumstamm ein paar Schritte weiter, wo er ihr eine Flasche in die Hand drückte und seine neben ihr abstellte. »Setz dich, ich bin sofort zurück.« Er verschwand im angrenzenden Wald, erleichterte sich, lief zurück und setzte sich neben sie. »Erzähl es mir.«

Sie hob den Kopf und blickte ihn an, als wäre sie aus einem Albtraum erwacht. Sie sah in den Himmel, umschloss die Flasche mit ihren Händen, als wollte sie sie zerbrechen. »Er hat gelogen«, sagte sie leise.

»Wobei?«

»Bei allem.« Sie erhob sich und begann auf dem Feldweg hin und her zu laufen.

»Er hat kein Gegenmittel?«

»Seine angeblichen Forschungsunterlagen waren die Teilnehmerlisten für den Marathon in Kolding. Tausende Namen. Er war der Sponsor des Laufes.« Ihre Stimme klang, als müsste sie sich für ihren Vater rechtfertigen.

»Sponsor des Laufes? Das ergibt keinen Sinn, Gigi. Er ist Virologe, oder nicht?«

»Das ist wahr, aber der Rest ist erfunden. Er wusste, wir würden ihm glauben. Wir haben nach Rettung gelechzt, also konnte er uns manipulieren.« Sie rannte schneller auf und ab.

Rasmus versuchte, ihre Worte zu begreifen, und spürte die Enttäuschung wie eine eisige Welle über ihn schwappen. »Wofür das alles? Was wollte er im Flughafen?«

Gigi blieb stehen und sah ihn an. »Ich weiß nicht, wie ich es sagen soll. Sein Kopf ist im Terminal explodiert.« Sie schlug die Hände vors Gesicht, als könnte sie die Bilder in ihrem Inneren zudecken.

»Was ist passiert? Wurde auf ihn geschossen?«

»Nein, ich glaube nicht. Ich weiß nicht, wie das möglich war, aber ich habe es gesehen. Erinnerst du dich an den kopflosen Mann auf der Landstraße nach Karlstad?«

»Wie könnte ich diesen Anblick vergessen?« Rasmus pulte an seinem Verband.

»Ich glaube, dass er auf die gleiche Weise umgekommen ist.«

»Gigi, verdammt, du machst mir Angst.« Rasmus stand auf und lief nun ebenfalls auf und ab. Er war nicht bereit, die Hoffnung aufzugeben. »Ist er Virologe und hat ein Gegenmittel?«

»Er war Virologe, ein Professor mit eigener Klinik. Aber jetzt ist er tot, Rasmus. Vielleicht hat er wirklich daran geforscht, vielleicht ist auch alles beschissener Bullshit. Die Forschungsunterlagen haben jedenfalls nie existiert.«

Rasmus setzte sich wieder und schabte auf der Baumrinde herum. »Die Wanderer am Fähranleger kamen vom Kolding Marathon und Ragnar war Sponsor des Laufes. Hängt das zusammen?«

»Weißt du, was er sich gewünscht hat? Er wollte mit uns im Terminal einen Kaffee trinken. Wir sollten dabei sein.«

Rasmus saß unbewegt da, seine Gedanken rasten. »Als du in den Camper gesprungen bist, sind die Menschen wieder aus dem Terminal gelaufen. Sie sahen wie die Wanderer in Schweden aus. Sie liefen wie sie und hatten diesen leeren Blick.«

»Mein Vater wollte mich unbedingt mit ins Terminal nehmen. Er hat mich angelächelt, ehe sein Kopf zersprang.«

Rasmus stand auf und nahm ihre Hand. »Es tut mir leid, Gigi.«

»Für einen Moment hatte ich angefangen, ihm zu vertrauen, ich dachte, er hätte etwas Wertvolles erschaffen.«

Rasmus umschloss ihre Finger, die er nicht wieder losgelassen hatte. »Das hat er.«

Die Gedanken beschäftigten sie lange. Sie saßen draußen und gingen alle möglichen Theorien durch, aber eine überzeugende Antwort fanden sie nicht. Es wurde Nacht, und sie zogen sich in den Camper zurück. Gigi lag auf der ausziehbaren Sitzbank, Rasmus legte sich auf eine alte Decke. Schlaf fanden sie nicht.

»Fehlt dir deine Frau?« Er antwortete nicht und sie dachte, er wäre eingeschlafen.

Unvermittelt sagte er: »Ich habe sie umgebracht.«

Gigi setzte sich auf. »Was hast du gesagt?«

Rasmus erzählte in einfachen Worten, was an diesem Tag geschehen war. Sie unterbrach ihn nicht und hörte seiner Schilderung zu. In ihrer Vorstellung formte sich ein neues Bild von ihm. Bisher hatte er besonnen und harmlos gewirkt, doch er hatte offenbar eine andere Seite, eine ungezügelte und wenns übel lief, auch eine dunkle. Sie schienen sich ähnlicher zu sein, als sie gedacht hatte.

Er beendete seine Geschichte mit den Worten: »Seitdem frage ich mich, ob sie überlebt hätten, wenn ich sie nicht im Haus eingesperrt hätte.«

»Rasmus, es gab keine Vorwarnung. Sie wären der Atombombe in jedem Fall zum Opfer gefallen, auch ohne deine abgedrehte Aktion.«

»Ich bereue es jeden Tag. Sie hat mich betrogen, aber was ich getan habe, ist wahnsinnig. Auf eine Art vermisse ich sie, oder die Vorstellung von etwas, das nie existiert hat.« Er schwieg und wunderte sich über seine Offenheit ihr gegenüber. Da war etwas, eine Ahnung, dass sie ihn verstehen und nicht verurteilen würde.

»Irgendwann werde ich dir etwas über mich erzählen, Rasmus. Etwas Unerträgliches. Ich hoffe, eines Tages bin ich dazu in der Lage.«

»Einverstanden, ich hoffe, wir erleben das noch.«

»Das hoffe ich auch.«

Einige Zeit lagen sie einfach da und hingen ihren Gedanken nach, bis Gigi sich wieder aufsetzte. »Ich kann nicht schlafen.«

»Willst du raus, in den Himmel starren?«

»Du kannst Gedanken lesen?«

Es war eine kühle Nacht. Sternenklar. Der Raps leuchtete, als würde er von innen angestrahlt. Sie setzten sich wieder auf den Baumstamm. Der Abstand zwischen ihnen war ein Stückchen kleiner als vorher. Sie sahen in den Himmel und schwiegen. Als Gigi fröstelte, brachte Rasmus ihr eine Decke und legte sie ihr vorsichtig um die Schultern. Die Stille war nicht unangenehm. Sie fühlten die Nähe des anderen, und für diesen Moment reichte das.

Mit einem Mal vernahmen sie Geräusche. Sie drangen vom Rapsfeld auf der linken Seite des Wohnmobils zu ihnen herüber. Lautes Schnaufen und ein tiefes Grollen, das ihnen in den Magen fuhr. Etwas Enormes musste in Bewegung sein.

»Hörst du das?« Gigi spürte, wie sich ihre Nackenhaare aufrichteten.

»Klingt nicht gut. Komm!« Rasmus packte ihre Hand und zog sie mit sich in den Camper. Er riss die Tür hinter ihnen zu.

»Was war das?«, fragte sie atemlos.

Beide starrten durch die Seitenscheibe auf das Feld.

Rasmus kurbelte das Fenster ein Stück herunter, um mehr hören zu können. »Irgendwas fegt durch das Rapsfeld.«

Die Geräusche wurden lauter, es knisterte und raschelte, dazwischen wieder Schnaufen und Knurren. Da, eine Bewegung! Durch den Raps verlief eine breite Schneise und bewegte sich auf das Wohnmobil zu.

Gigi beugte sich vor, versuchte, mehr zu erkennen. »Es kommt direkt auf uns zu.«

Rasmus kurbelte das Fenster wieder hoch. Was da auf sie zurollte, schien massiv zu sein und alles umzunieten, was sich im Weg befand.

Gigi schlich nach hinten, öffnete die Tasche, die sie im Haus mit sinnvollen und ebenso unnützen Utensilien vollgeworfen hatte. Sie zog das Jagdgewehr heraus, bestückte es mit Munition und setzte sich wieder neben Rasmus.

»Wo hast du die her?«

»Sie gehörte meinem Vater.«

»Kannst du damit umgehen?«

In diesem Moment teilten sich die Rapspflanzen am Ende des Feldes und ein Schatten schoss heraus. Sie vernahmen Grollen und etwas Wuchtiges rammte den Schneepflug aus Schwimmwesten. Der Camper wackelte.

Gigi schnellte hoch. »Ein Wildschwein.«

Dem ersten Tier folgten weitere, sie schienen in Aufruhr zu sein, quiekten und schnaubten, hetzten kreuz und quer über den Feldweg, auf den Camper zu.

Rasmus schätzte die Rotte auf fünfzig bis sechzig Tiere, was ungewöhnlich viel war. Etwas schien ihre Ruhe gestört zu haben. Er griff nach dem Fernglas. »Wo wollen die hin?«

Gigi rief: »Die laufen vor etwas davon.«

Die Rotte überquerte den Forstweg und hastete rechts von ihnen ins nächste Feld. Kurz darauf wurde der Grund für den Aufruhr sichtbar. Hunderte von Wanderern schleppten sich vom Rapsfeld kommend, den Wildschweinen hinterher.

»Wie sehen die denn aus?« Gigi sah durch das Zielfernrohr und hielt den Atem an. Die Menschen waren schlimmer zugerichtet als alle, die ihnen vorher begegnet waren. Viele von ihnen krochen auf Knien und Händen. So erschöpft und verletzt, wie sie wirkten, empfand Gigi das erste Mal Mitleid mit ihnen. »Was wollen die hier? Hier ist doch gar nichts!«

»Ich weiß es nicht.« Rasmus sah in den Rückspiegel und entdeckte sie auch hinter dem Camper.

»Sie kommen von überall her. Wir sitzen fest.«

Das Gefühl der Gefahr wuchs von Minute zu Minute. Gigi wisperte: »Ist hier irgendwas? Wurde eine Bombe abgeworfen, oder ist hier ein Atomkraftwerk?«

»Verdammt, ich habe keine Ahnung.« Rasmus hatte nur einen ruhigen Platz gesucht, damit sie Luft holen konnten. Er schaltete das Radio an, durchsuchte die Sender, ob Nachrichten liefen oder eine Eilmeldung. Nichts. Nur Musik.

Jäh wurde das Feld rechts vom Camper in gleißendes Flutlicht getaucht. Was sie in der Dunkelheit nur flüchtig hatten erkennen können, schlug ihnen nun grell entgegen. Tausende der gebrochenen Seelen krochen und schleppten sich dicht gedrängt über das Feld. Verwundet und dem Tode nah.

16. Karl und Louis

Vierzehn Stunden zuvor

»Glück auf«, prangte auf dem Schild des Förderturmes über dem Eingang des Atomzwischenlagers Asse 2, keine zehn Kilometer von der niedersächsischen Stadt Wolfenbüttel entfernt.

Nachdem Karl Ostenfeld in seiner Funktion als Direktor des Lagers Asse 2 der Belegschaft aufgrund der weltweiten Katastrophen in Reaktoren »Schicht im Schacht« verkündet hatte, waren die Bergleute und Wissenschaftler erleichtert gewesen, ihren Arbeitsplatz verlassen zu können.

Sobald die Anlage geräumt war, widmeten sich Karl und Louis der Mammutaufgabe, die maroden Atommüllfässer aus den Schächten zu bergen und mit der Seilfahrtanlage an die Oberfläche zu verfrachten. Sie schafften es nicht, alle 126.000 Fässer mit radioaktivem Müll, der aus Metallschrott, Papier, Bauschutt und Laborabfällen bestand, zu bergen. Aber sie kamen am Ende des Tages auf 14.675 Fässer.

Die deutsche Regierung hatte ihr Versprechen aus dem Jahr 2013 gebrochen, die zwischen 1967 bis 1978 stattgefundene Einlagerung von Atommüll im ehemaligen Salzbergwerk zurückzubauen. Das stillgelegte Lager hatte sich über die Jahre zum Problem entwickelt. Wasser war in die Kammern eingedrungen, die stark beschädigten Fässer rotteten vor sich hin. Die Verantwortlichkeiten wurden hin- und hergeschoben, der geplante Rückbau hatte nur auf dem Papier stattgefunden.

Obwohl die Luft im Stollen heiß und stickig war und ihr Schaffen aufreibend, fühlten Karl und Louis sich von Stunde zu Stunde kraftvoller. Sie arbeiteten ohne Pause, bis die neun Kipplaster auf dem Gelände mit Fässern beladen waren. Mitten in der Nacht setzte Louis die Flutlichtanlage in Betrieb und der gesamte Umkreis wurde in helles Licht getaucht. Er nahm Platz in einem der Schaufelbagger, durchbrach den Sicherheitszaun der Ostflanke und schuf einen ungefähr achtzig Meter breiten Abschnitt, der das abgeriegelte Gelände begehbar machte. Ohne sie gesehen zu haben, wusste er, sie waren zugegen, die Vielen.

Karl sprang in den Kipplaster, den sie am Morgen als Erstes bestückt hatten, und steuerte auf das unbewirtschaftete Feld vor der Anlage, wo er die Fässer nach und nach von der Ladefläche kippte und auf dem Erdboden verteilte.

Louis folgte ihm mit dem Bagger, stieß mit der Schaufel in die verstreuten Fässer und legte den Inhalt frei. Sobald er ein paar von ihnen auf diese Weise bearbeitet hatte, strömten Wanderer darauf zu, packten mit bloßen Händen in den radioaktiven Müll und rannten los. Sie verteilten den Inhalt der Fässer auf dem gesamten Areal, wandten sich einem neuen zu und wiederholten das Prozedere. Immer mehr Wanderer strömten zu den aufgerissenen Fässern. Es wirkte, als würden sie sich von den Strapazen ihrer langen Fußreise erholen, je intensiver sie mit dem radioaktiven Material in Berührung kamen. Sie eilten hin und her, verteilten, rasten zurück und begannen aufs Neue damit. Sie arbeiteten unermüdlich, und bald befand sich der Inhalt von über viertausend Fässern auf dem umliegenden Gelände.

Während Karl weitere Behälter auf dem Erdboden ablud und Louis sie mit der Baggerschaufel auseinanderriss, stand ein junger Wanderer in der Mitte des ersten Feldes und wartete auf seinen Moment. Er riss den Mund auf, als wollte er schreien, aber kein Laut war zu hören. Einen Wimpernschlag später zerplatzte sein Schädel. Nach und nach folgten weitere Wanderer seinem Beispiel, bis das Feld von Rümpfen übersät war.

Es war so weit. Karl stellte den Motor des Kipplasters aus und rannte los. Die Polizei war mit zwei Hundertschaften angerückt, die sich in voller Montur mit Körperschutzausstattung und Schlagstöcken vor dem Gelände aufgebaut hatten.

Karl näherte sich ihnen mit erhobenen Händen. »Nicht schießen. Mein Name ist Karl Ostenfeld, ich bin der Leiter des Zwischenlagers. Bitte helfen Sie uns, diese Wahnsinnigen haben das Lager angegriffen, sie verteilen die Fässer auf den Feldern.«

Alle Augen richteten sich auf Ostenfeld, der in diesem Moment zu lachen begann. Der Einsatzleiter hob seine Taschenlampe, leuchtete Karl ins Gesicht und bemerkte das Blut, das ihm aus den Augen lief. Er brüllte: »Scheiße, sofort abziehen!«

Es war zu spät, Ostenfelds Kopf explodierte, ehe jemand auch nur einen Schritt tun konnte. Chaos brach unter den Polizisten aus. Sie hatten schon viel gesehen während der Ausübung ihrer Arbeit, doch dieser Vorfall schockierte sie. Die Beamten irrten über das Gelände, ein Kollege zog schreiend seine Dienstwaffe und schoss auf Ostenfeld, der sich nicht mehr rührte.

Angsterfüllte Minuten vergingen, bis der Aufruhr unvermittelt abebbte. Wie auf Kommando liefen die Polizisten im Gleichschritt zu den Feldern, mischten sich unter die Vielen, griffen in den kontaminierten Müll und breiteten ihn auf dem Areal aus, bis das Grün großflächig bedeckt war. Von allen Seiten war dumpfes Knallen zu hören, als immer mehr Wanderer sich auf dem verstrahlten Gelände platzierten und kopflos niederfielen.

Tausende verloren ihr Leben in dieser Nacht. Sie hatten das Ziel erreicht und ihrer Bestimmung entsprochen. Karl Ostenfelds Leiche ruhte auf der Zufahrtsstraße zum Zwischenlager. Er hatte immer befürchtet, eines Tages an diesem Ort zu sterben. Sei es von den Bewohnern der Region aufgeknüpft zu werden, weil er ein Glied der Führungsriege war, oder in der maroden Schachtanlage verstrahlt zu werden.

17. Flemming de Jonge

Kara schien zu schlafen, ihre Augen waren geschlossen, ihre Gesichtszüge weich. Leise schob ich mich in die Koje und betrachtete sie. Trotz ihrer verklebten Haare und der vereinzelten Blutflecken auf ihrem Gesicht sah sie erschreckend attraktiv aus. Ein Hauch ihres einladenden Duftes drang in meine Nase und weckte Sehnsucht in mir. Wie war das möglich? Wie konnte ich Anziehung fühlen, obwohl ich wusste, wie zerstörerisch sie war? Eben hatte ich sechs Leichen in die Rettungskapsel gebracht, Karas entsetzlich zugerichtete Opfer, und jetzt spürte ich ihre magnetische Wirkung. Das war Irrsinn.

Ich fühlte mich gefährdet, ihr erneut zu erliegen, und wusste, dieses Mal würde ich mit meinem Leben dafür bezahlen. Irgendwo in ihr lebte noch eine liebenswerte Frau, doch beide Existenzen schienen gegeneinander Krieg zu führen. Würde ich verhindern können, dass die Mörderin in ihr die Oberhand gewann? Oder war es zu spät?

Sie öffnete die Augen und sah mich an. Ich fühlte mich ertappt, als wären meine Gedanken hörbar durch den engen Raum geglitten. Wer war sie in diesem Moment?

»Ich habe Durst.«

Vorsichtig zog ich den Trinkbeutel, den ich in ihrer Koje deponiert hatte, hervor und führte ihr den Strohhalm an die Lippen. Sie trank, bis kein Tropfen mehr drin war.

»Wie fühlst du dich?«, fragte ich.

»Müde. Ich habe schreckliche Kopfschmerzen.«

»Kann ich etwas für dich tun?« Die Frage klang grotesk. Eben hatte ich die Toten in die Kapsel verfrachtet, jetzt fragte ich ihre Mörderin nach ihrem Wohlergehen. Aber wie furchtbar ihre Taten auch sein mochten, sie war ein Mensch, krank, gefesselt und außerstande, etwas für sich selbst zu tun.

»Hol Flemming.« Sie sah mich flehend an.

Nicht die Worte schockierten mich, es war die Art, wie sie sie ausgesprochen hatte. Bittend und fordernd zugleich.

»Wie meinst du das, Kara? Wo ist er? Lebt er?«

Ihr hilfloser Gesichtsausdruck wechselte, bis Eis in ihren Augen lag.

»Wie meinst du das, Kara? Warum, Kara? Wer bist du, Kara? Ich habe deine Fragerei satt, Richard. Ich muss essen, sonst sterbe ich. Und glaub mir, das willst du nicht.«

Sie verzog das Gesicht, bis jegliche Anmut daraus verschwunden war. Was wollte sie mir sagen? Ich sollte ihr Flemming bringen, damit sie ihren kranken Hunger an ihm stillen könnte? Niemals. Wenn er wirklich am Leben wäre, würde ich ihn bis zum Äußersten verteidigen. Ihre überwältigende Erscheinung war nichts als eine meisterhafte Manipulation, um mich zu verleiten. Ich atmete ihre widernatürlichen Pheromone ein und sah zugleich die Härte in ihren Augen. Meine Hände wollten ihren Hals umschließen, ich wollte in die Rettungskapsel und zurück zur Erde.

Sie schrie und beendete so meine Vision: »Wenn du

auf die Idee kommst, mich anzufassen, wirst du mich töten, aber wie ich werden.«

»Zum Teufel mit dir, Kara. Wo ist Flemming? Wenn du mir nicht sagst, wohin du ihn gebracht hast, werde ich gar nichts tun.«

Sie lächelte. »Er ist im Quest-Modul, vor der Luftschleuse. Du kannst ihn nicht verfehlen!«

Meine Stimme überschlug sich, als wäre ich zurück in den Stimmbruch katapultiert worden. »Verdammt, wenn er nicht mehr lebt, werfe ich dich ins All. Das ist mein Ernst!« Ich riss die Koje hinter mir zu und zog mich hastig ins Quest-Modul. Kara lachte, als hätte ich einen wahnsinnig guten Witz erzählt. Ich hörte sie johlen, bis ich endlich außer Hörweite war.

Das Quest-Modul war vergleichsweise klein und bestand aus zwei Sektionen. Die größere, das Equipment Lock, war zur Vorbereitung und zum Anlegen der Raumanzüge konstruiert worden. Es dürfte nicht schwer sein, einen erwachsenen Mann in diesem Modul zu finden. Hier lagerten die Anzüge für die Außeneinsätze. Sechs von ihnen waren locker übereinander montiert. In der zweiten Sektion befand sich die Ausstiegsschleuse, durch die es hinaus ins All ging.

Hier hatte ich bei meiner Ankunft schon alles abgesucht, also wo sollte er sein? Hektisch ließ ich die Augen in alle Richtungen wandern. Nur technische Geräte, Arbeitsequipment und Kabel. Ungestüm zog ich mich an die Anzüge heran – oder hatten sie sich zu mir bewegt und ihre hohlen Arme ausgestreckt? Ich griff zwischen die jeweils zwölf Millionen Dollar teuren Schutzanzüge und dachte, ich würde halluzinieren, als ich in einem der kugelförmigen Helme ein Gesicht entdeckte.

Flemming!

Mein Herz trommelte. »Hörst du mich, Flemming?«

Keine Reaktion. Ich packte den Anzug mit einer Hand und zog ihn zwischen den anderen hervor. Seine Hände und Füße waren mit Kabelbindern gefesselt. Er trug die mobile Sauerstoffversorgung auf den Schultern, die für die Außenarbeiten benötigt wurde. Die Sauerstofftanks waren für maximal acht Stunden im All ausgelegt. Wie lange steckte er schon da drin? Eilig öffnete ich den Schließmechanismus des Helmes und zog ihn vorsichtig von seinem Kopf. »Flemming, ich bin es, Richard. Kannst du mich hören?«

Seine Lider bewegten sich. Er lebte! Ich riss das Taschenmesser aus der Hose und zerschnitt seine Fesseln. Hastig öffnete ich die in der Taille befindliche Verriegelung, die Ober- und Unterteil des Raumanzuges verband. Jede Komponente des Anzuges musste einzeln abgelegt werden. Arme, Handschuhe, Schuhe. Schweiß brach mir aus. Erst Schuhe, dann die Hose. Mit beiden Händen zog ich an ihr.

Wir schwebten haltlos umher, während ich versuchte, ihn zu befreien. Endlich löste sich die Hose und sein Unterkörper war frei. Die Handschuhe waren einfacher zu entfernen. Zum Schluss schob ich seinen Kopf durch das Oberteil, zog seine Arme heraus und zerrte das ganze Ding nach oben weg. Er war frei.

Er japste, schlug um sich, als fürchtete er sich vor mir. Ich öffnete das Überlebenskit, drückte ihm vorsichtig eine Sauerstoffmaske aufs Gesicht und verhakte den Verschluss hinter seinem Kopf. Rasch zog ich mich in die Küche und füllte zwei Beutel mit Wasser. Zurück bei Flemming, stellte ich erleichtert fest, dass seine Hautfarbe schon etwas lebendiger wirkte.

Er öffnete die Augen, riss sich die Maske vom Gesicht, versuchte zu sprechen. Außer einem heiseren Keuchen bekam er nichts heraus. Ich führte ihm das Wasser an den Mund. »Trink, Flemming.«

Er trank beide Beutel leer und krächzte: »Wo ist sie? Kara Brooks.« Er spuckte die einzelnen Buchstaben aus, als würden sie seinen Mund verätzen.

»Ich habe sie festgesetzt.«

Das schien ihn nicht zu beruhigen, seine Augen flogen hin und her, als erwartete er, sie würde jeden Moment auftauchen.

Wie war er in den Raumanzug gekommen? War das ihr Werk? Ich hatte nur die Leichen gesehen, aber nicht, wie grausam Karas Vorgehensweise gewesen sein musste.

»Du musst dich ausruhen, Flemming. Ich bringe dich ins Swesda-Modul, damit du schlafen kannst. Dann erzählst du mir alles.«

Er nickte matt, ich ergriff seine Hand und zog uns zur Schlafkoje, die am weitesten von Karas entfernt war. Dort half ich ihm in den Schlafsack, brachte ihm neues Wasser und Traubenzuckerlösung. »Versuch zu schlafen.«

Kaum hatte ich die Worte ausgesprochen, wollte ich mich davonmachen. Warum war ich nicht erleichtert, weil wenigstens Flemming überlebt hatte? Stattdessen fühlte ich eine dumpfe Beklemmung in mir wachsen.

»Richard?« Seine Stimme war kaum mehr als ein Flüstern. »Warum bist du hier?«

Obwohl er mitgenommen klang, gefiel mir der Unterton nicht, und ich ahnte, wie seine nächste Frage lauten würde. *Warum zum Teufel hast du diese Frau für tauglich erklärt?* Was sollte ich darauf antworten?

Es war Flemming gewesen, den ich vor vier Jahren für eine Mission abgelehnt hatte, weil er während des Trainings einen Ausraster gehabt hatte. Diese verdammte Geschichte hatte das Potenzial, mir jetzt um die Ohren zu fliegen.

»Darüber reden wir, wenn du dich etwas erholt hast.«

Er blickte mich skeptisch an, in seinen Augen lagen haufenweise Anschuldigungen, und mit jeder einzelnen hatte er recht.

»Schlaf jetzt.«

Wie ein geprügelter Hund stahl ich mich davon. Einerseits war ich froh, dass er Kara nicht zum Opfer gefallen war, aber er würde mich für die Katastrophe, die sich hier ereignet hatte, verantwortlich machen. Wie sollte ich der Schuld jemals entkommen? Sollte ich die Karten offen auf den Tisch legen? Vielleicht hatte er ähnliche Erfahrungen mit Kara gemacht wie ich? Wahrscheinlich nicht. Nachdem sie alle anderen Besatzungsmitglieder getötet hatte, besaß Flemming wohl nur einen Nutzen für sie, seine Schilddrüse. Im Gegensatz zu mir. Ich hatte sie hierher katapultiert, weil sie ein rotes Kleid getragen hatte und ich ein verdammter Idiot war. Welchen Nutzen hatte ich jetzt noch für sie?

Der Drang zu schlafen, Abstand zu den Ereignissen zu gewinnen, wurde übermächtig, und ich glitt durch die Passagen. Ich wollte die Erde sehen. Mein Zuhause, mein Leben, das vor einigen Tagen noch existiert hatte.

»Richard!«

Ihre Stimme zerschnitt meine Gedanken. Sie bat nicht, sie verlangte nicht, sie befahl.

»Richard!« Ihr Brüllen hallte durch die Module wie die Ankündigung des jüngsten Gerichtes. Im Geiste sah ich diese wunderschöne Frau vor mir und ahnte, sie würde meinen Untergang bedeuten. Doch war der nicht längst besiegelt gewesen, als sie im roten Kleid im Untersuchungszimmer der NASA erschienen war?

Ich ließ sie brüllen, schrieb eine weitere Mail an Geena, in der ich von Flemming berichtete und unsere Heimreise für morgen ankündigte.

18. Blau

Das Flutlicht war auf die Felder und die darauf sterbenden Wanderer gerichtet. Das Geschehen erschien unwirklich, als befänden sie sich nicht im Wohnmobil, sondern im Saal eines Theaters, auf dessen Bühne ein haarsträubendes Schauspiel aufgeführt wurde. Die Menschen griffen in die aufgerissenen Atommüllfässer und verteilten den Inhalt auf dem Land, dann explodierte ihnen der Kopf.

Rasmus und Gigi konnten nicht wegsehen, bis die Geräusche der berstenden Schädel verstummt waren und der Acker mit kopflosen Leichen übersät war.

Wie von allein hatten sich ihre zitternden Körper aneinandergedrängt. Sie konnten kaum atmen, sich nicht rühren. Im Wagen war es kalt und die Scheiben beschlugen von innen. Rasmus strich sachte über Gigis Rücken. »War es so bei deinem Vater?«

Sie nickte stumm.

»Wir hauen jetzt ab von hier«, sagte er, nachdem er keinen Wanderer mehr herumkriechen sah. Sie waren alle tot.

Im gleichen Moment, als Rasmus den Motor startete, erlosch das Flutlicht. Dunkelheit legte sich auf das

Leichenfeld. Sie mussten weg, ohne Aufsehen zu erregen. Er hatte keine Wahl, als den Camper in völliger Finsternis zurück zur Straße zu manövrieren. Er erinnerte sich, dass der Weg vor ihnen ein Stück breiter wurde, und wendete den Wagen mit winzigen Rangierbewegungen. Etwas touchierte sie auf der rechten Seite. Rasmus nahm den Fuß vom Gas und wartete einen Moment.

»Was war das?«, fragte Gigi und rückte ein Stück vom Seitenfenster weg.

Es war zu dunkel, um etwas zu erkennen. Er setzte das Wendemanöver fort. Das Geräusch wiederholte sich.

»Nur ein Ast«, sagte er und atmete aus.

Es dauerte unendliche zehn Minuten, bis das Wohnmobil in der richtigen Fahrtrichtung stand. Rasmus fuhr langsam durch die Dunkelheit, konzentrierte sich auf das Knirschen der kleinen Steine unter den Reifen, die bekundeten, dass sie sich weiterhin auf dem schmalen Schotterweg befanden. Nur noch wenige Kilometer und er könnte das Gaspedal durchtreten, sie aus dem verstrahlten Areal bringen.

Aus dem Nichts erschien direkt vor dem Wagen eine Gestalt. Rasmus trat auf die Bremse, doch es war zu spät, und wieder einmal rumpelte es unter dem Camper. Ohne es zu wissen, hatte er Louis Zamcoeur, den weltbekannten Atomphysiker überfahren und daran gehindert seine letzte Aufgabe zu erfüllen. Den Kopf in luftigen 632 Metern auf dem Shanghai Tower zu verlieren.

Sie verloren kein Wort über ihn. Zu viel war geschehen, um einen einzelnen Toten zu bedauern. In dieser Nacht waren Tausende gestorben.

Mit einem lauten Klacken schaltete Rasmus die Scheinwerfer an, fuhr zügig bis zum Ende des Feldweges und bog auf die Landstraße ab. Sie folgten ihrem Verlauf, bis sie das Ortsschild Wolfenbüttel passierten.

Gigi stöhnte auf, als ihr die Verbindung zwischen dem Ortsnamen und den gelben Fässern klar wurde. »Es war ein Atommüllzwischenlager. Es sollte vor etlichen Jahren zurückgebaut werden, weil Wasser eindrang und die Fässer verrotteten. Die Bewohner der Region hatten es mit ihren Protesten in die internationale Presse geschafft. Mehr ist wohl leider nicht geschehen.«

»Ausgerechnet da bin ich hineingefahren? Das darf nicht noch einmal passieren. Wir brauchen eine Karte, in der Atomkraftwerke, Lager und was weiß ich eingezeichnet sind.«

Sie nickte, wollte weg, die Bilder und unerträglichen Geräusche vergessen, die durch die Nacht gehallt waren. Nun wussten sie, was die Wanderer taten, wenn sie ihr Ziel erreicht hatten.

Gigi sprang auf, wühlte hinten zwischen ihren Sachen, riss ein blaues T-Shirt auseinander und kam damit zurück. Sie legte Rasmus den Stoff um den Hals, verknotete ihn in seinem Nacken und band die andere Hälfte um ihren. »Wenn du aus dem Wagen steigst, zieh das vor Mund und Nase.«

Er sah sie an und nickte. Ab jetzt trugen sie ein himmelblaues Stück Stoff, das bezeugte, wie nah sie dem Abgrund waren. Es verband sie zu einer Einheit und konnte doch nicht mehr als ein Placebo sein. Der Stoff roch nach ihr. Er drückte seine Nase hinein.

Die Straße machte eine leichte Rechtskurve. Wie von unsichtbarer Hand dirigiert, drehten sie die Köpfe nach rechts. Über den Feldern um das Lager Asse 2 schimmerte es blau. Sie sahen dem Leuchten hinterher, bis die Nacht wieder schwarz wurde. Sie schwiegen, weil sie ahnten, die Antworten auf ihre Fragen würden unerträglich sein.

Nach einigen Kilometern lenkte Rasmus den Camper

auf die Autobahn Richtung Süden. Er fuhr so schnell, wie das alte Wohnmobil es zuließ. Die Ereignisse der letzten Tage lagen wie ein Schatten über ihnen. Früher oder später würden sie nicht mehr davonkommen.

»Wohin wolltest du schon immer? Sag bitte nicht Timbuktu, dafür reicht unser Proviant nicht.« Er versuchte zu lächeln.

Sie bemerkte sein Bemühen nicht und starrte matt auf die unbelebte Autobahn. Es war fast zwei Uhr morgens. Warum sah sie nicht mehr Fahrzeuge? Wo waren all die Menschen? Waren die wenigen Leute, die vereinzelt durch die Nacht fuhren, die einzigen?

»Gigi, wohin möchtest du?«, fragte er erneut.

»Nach Frankreich, an die Küste von Deauville. Aber bis dahin werden wir nicht kommen.« Ihre Mundwinkel zuckten. »Ich will eine Welt, in der den Menschen die Köpfe nicht platzen. Ich will nicht verstrahlt werden. Ich will in meinem Zelt aufwachen und diesen Albtraum an einen irren Filmemacher schicken.«

Rasmus umschloss ihre Hand, legte sein Herz in die Berührung, als könnte er ihr durch die Wärme seiner Haut neuen Mut verleihen. »Der muss aber ziemlich verrückt sein, wenn er das verfilmen möchte.«

Gigi reagierte nicht und sah wieder reglos nach vorn.

Er versuchte es erneut. »Du willst nach Deauville? Wo immer das ist und warum du genau dorthin möchtest, Bonjour Deauville, wir kommen.«

»Ich bin müde.« Sie lehnte sich an das Seitenfenster. Tränen liefen über ihre Wangen, und sammelten sich in der kleinen Mulde unter ihrer Kehle. Es dauerte lange, bis sie die Augen schloss und einschlief. Sie zuckte, schrak auf und fiel erneut in einen unruhigen Schlaf.

Er sah fortwährend zu ihr herüber und wünschte, er

hätte die Bilder, die sie quälten, für immer aus ihrer Erinnerung reißen können.

Rasmus fuhr bis Kassel, auch wenn er es gern hinausgeschoben hätte, um sie schlafen zu lassen, musste er haltmachen und tanken.

Gigi erwachte, als er den Motor wieder anließ. Sein Gesichtsausdruck verhieß nichts Gutes. »Was ist los?«

Er wollte ihr etwas Aufschub geben, aber sie blickte ihn auf eine Art an, die keine Schonfrist akzeptierte. »Drei Atomkraftwerke sind explodiert. Ich habe es gerade in den Nachrichten drinnen gesehen. Alle in Deutschland. Emsland, Neckar-Westheim und Gundremmingen.«

Sie sah ihn an, ihre Augen flackerten. »Geht das immer so weiter?«

Ihre Angst kroch ihm unter die Haut und verdeutlichte, wie übel die Lage war, in der sie sich befanden. »Wir müssen eine Karte auftreiben, in der die beschissenen Reaktoren eingezeichnet sind!«

Sie nickte. »Fahr die nächste Abfahrt runter, wir suchen nach einer Schule. Ich glaube, in einem Atlas müssten die eingetragen sein.«

Er fuhr weiter auf der A7, bis das Schild Kirchheim vor ihnen sichtbar wurde. Sie verließen die Autobahn und folgten den Hinweisen, um ins Zentrum der Stadt zu kommen. Die hügeligen Landstraßen waren erfüllt von Wanderern, die sich westwärts bewegten. Rasmus wich ihnen vorsichtig aus. Nachdem sie erlebt hatten, wie das Virus übertragen wurde, wollte er kein Risiko eingehen.

Sie fuhren kreuz und quer über die Hauptstraßen, suchten die Umgebung nach einer Schule ab. Nicht zu wissen, wo sich die nächsten AKWs befanden, fühlte sich an, als ob sie jeden Moment in ihren Untergang steuern könnten.

Endlich entdeckten sie ein Schild mit dem Namen *Grundschule Elgersbach* und Rasmus trat auf die Bremse. Gigi hatte schon die Tür aufgerissen und war hinausgesprungen.

»Warte, wir gehen zusammen.« Er zog einen Schraubenzieher aus der Werkzeugtasche und folgte ihr.

Sie kletterten über das Schultor, Gigi rüttelte an der Tür, die ins Hauptgebäude führte und in dem sie die Schulbibliothek vermuteten. Die Tür war mit einem Sicherheitsschloss versehen. Um sie zu öffnen, hätten sie mehr als einfaches Werkzeug gebraucht. In der Hoffnung, auf anderem Weg hineinzugelangen, schlichen sie außen am Gebäude entlang. Die Stille war so vollkommen, dass ihre Atemgeräusche unnatürlich laut wirkten.

Gigi hob die Hand und deutete auf drei Pavillons hinter dem Schulgebäude. Rasmus nickte, sie huschten zum ersten Unterrichtsraum und spähten durch die Fensterscheiben hinein. Einige Stühle lagen umgekippt auf dem Boden, als wären die Schüler fluchtartig hinausgelaufen. Rasmus öffnete das einfache Schloss mit dem Schraubenzieher. Sie glitten in das dunkle Zimmer und suchten nach einem Atlas. Rasmus wühlte zwischen den Schulbüchern, Gigi sah in die Schreibtischfächer. Nichts. Sie öffnete eine Tür, die offenbar zu einem Werkraum führte. Unvermittelt vernahmen sie ein Poltern.

»Was war das?«, wisperte sie.

Rasmus deutete mit seiner verbundenen Hand nach links. Gigi nickte und sie schlichen aus dem Klassenzimmer, zum dritten Pavillon, an dessen Fenster die neuesten Bastelarbeiten der Schüler hingen. Lachende Blumen. Sie blieben vor dem Eingang stehen und lauschten. Drinnen erklang Getrappel, wie von Kinderfüßen.

Plötzlich wurde es laut, als würde ein schweres Möbelstück von innen vor die Tür geschoben.

»Da sind Leute drin und verbarrikadieren sich«, stellte Rasmus fest.

Gigi legte ihren Kopf an die Tür, versuchte, mehr zu hören. »Hallo? Ist da jemand?«, fragte sie in akzentfreiem Deutsch.

Es rumpelte, und eine Männerstimme rief: »Verlassen Sie das Schulgelände!«

Aus dem Hintergrund vernahmen sie Kinderweinen.

»Entschuldigen Sie, wir wollten Sie nicht erschrecken. Wir gehören nicht zu den Läufern, wir suchen nur nach einem Schulatlas«, setzte Gigi nach.

Drinnen wurde gesprochen. Mindestens drei unterschiedliche Stimmen schienen zu diskutieren, ob sie ihr glauben sollten. Stille. Dann vernahmen sie das gleiche Geräusch wie eben, und das Möbelstück wurde wieder weggerückt.

Langsam ging die Tür auf, und die beiden sahen in den Klassenraum. Ungefähr dreißig Kinder und vier Erwachsene, starrten sie ängstlich an. Eine Lichterkette, die über die Tafel hinten im Raum drapiert war, erleuchtete das Zimmer ein wenig. Drei Frauen und ein älterer Mann hatten sich schützend vor die Kinder gestellt. Ein paar von den Jüngeren weinten.

»Bitte keine Angst«, sagte Rasmus in gebrochenem Deutsch.

Eine grauhaarige Frau trat einen Schritt hervor. »Lassen Sie die Kinder in Ruhe, bitte. Sie haben genug durchgemacht.« Ihre Stimme zitterte, sie war kurz davor, in Tränen auszubrechen.

»Es tut uns leid, wir wussten nicht, dass jemand hier ist. Mein Name ist Gigi und das ist mein Freund Rasmus.« Sie warf ihm einen herzerwärmenden Blick zu. »Wir kommen aus Schweden und versuchen, nach Frankreich zu fahren.«

»Dann sind Sie ja schon weit gereist«, sagte der ältere Mann gütig. Auf seine Wangen waren zwei weiße Herzchen gemalt und er trug eine rote Plastiknase, die er sich auf die Stirn schob, als er sich seiner Verkleidung wieder bewusst wurde.

»Wir hatten sehr viel Glück.« Gigi senkte den Blick und fragte: »Warum sind die Kinder hier?«

»Sie wurden nicht abgeholt oder kamen zurück zur Schule, weil niemand zu Hause war«, sagte die Grauhaarige, jetzt etwas vertrauensvoller. »Wir konnten sie nicht allein hierlassen. Es gibt noch mehr von ihnen. Im Kindergarten und im Kreiskrankenhaus haben wir sie erst mal untergebracht, bis wir weiterwissen.«

»Sind ihre Eltern …?«, Gigi brach ab, sie ahnte die Antwort.

Die jüngere Frau trat zögernd zu ihnen und fragte: »Haben Sie vielleicht etwas zu essen? Die Kids haben seit gestern nichts mehr gehabt.«

Gigi und Rasmus sahen sich an. »Ja, wir haben Essen. Und Schokolade«, sagte er lächelnd.

Die beiden rannten zum Camper und trugen die Vorräte, die sie im verlassenen Wohnmobil in Schweden gefunden hatten, ins Klassenzimmer.

Sie packten die letzten Dosen zusammen, als Gigi innehielt. »Es gab nie Kinder unter den Wanderern, warum ist mir das nicht aufgefallen?«

»Du hast recht. Was geschieht mit ihnen?«

Sie blickte ihn hilflos an. »Ich weiß es nicht.« Diese Katastrophe hatte keine Grenzen, keine Gnade, besaß keine Gefühle, nur Gleichgültigkeit. Und sie begriff, es würde nie wieder aufhören oder gut werden.

Sie brachten den Rest ihres Proviantes zu den Kindern.

Gigi teilte die Schokolade unter ihnen auf, und ein paar Tränen versiegten für den Moment.

»Sie waren sehr großzügig. Wir danken Ihnen von Herzen dafür«, sagte die ältere Lehrerin und übergab Rasmus einen Schulatlas, auf den sie vorn eine der Bastelarbeiten der Kinder aufgeklebt hatte.

Gigi blickte die lachende Blume an und wischte sich eine Träne weg.

»Gehen Sie jetzt und retten sich«, sagte der angemalte Lehrer sanft und legte seine Hand auf ihre. Sein Mitgefühl brach ihr das Herz. Weil sie keine Worte fand, drückte sie stumm seine Hand.

Rasmus verabschiedete sich von den Kindern und den Lehrern, nahm Gigi an die Hand und brachte sie in den Camper. Dort blieben sie still sitzen. Er wusste nicht, ob sie ihn gewähren lassen würde, aber er rückte ein Stück näher, legte den Arm um sie und zog sie an sich. Sie drückte sich an ihn, und sie weinten.

Als die Tränen versiegt waren, richtete Gigi sich auf. »Wir müssen es schaffen, Rasmus!«

»Nach Frankreich?«

»Nach Frankreich!« Sie griff nach dem Schulatlas und strich über die Blume.

Rasmus startete den Motor und sie verließen Kirchheim, während Gigi eine Route fern der Atomkraftwerke suchte. Sie sagte ihm nicht, dass sich in der direkten Umgebung von Deauville zwei aktive Meiler befanden. Sie versuchte, es selbst auszublenden. Weil es dieser Ort sein musste.

19. Touché

Auf dem Weg zur Cupola überschlugen sich meine Gedanken. Wollte ich wirklich morgen zurück zur Erde fliegen? Flemming hielt hier nichts, ich musste kein Hellseher sein, um das zu wissen. Wir würden Kara unmöglich mitnehmen können – aber sie zurücklassen?

Je länger ich darüber nachdachte, desto grausamer erschien mir die Idee, uns fortzustehlen und sie dem sicheren Tod zu überlassen. Nein. Erst musste ich alle Möglichkeiten überdenken und Flemming so lange hinhalten, bis ich eine Idee entwickelt hatte. Es gab nur eine Rettungskapsel, die uns zurückbringen konnte.

Wie ferngelenkt hatte ich mich auf den Weg zum Hauptrechner begeben, öffnete das Nachrichtenprogramm und stellte erleichtert fest, dass meine E-Mails an Geena noch immer nicht versendet waren. Ich löschte beide und formulierte eine neue Nachricht, in der ich das Auffinden von Flemming nicht erwähnte, nur von Kara berichtete und angab, weiter nach Überlebenden suchen zu wollen. Erneut bat ich um ein Update über die Geschehnisse auf der Erde.

In der Aussichtskuppel gurtete ich mich in den Schlafsack und betrachtete die Erde. Wir befanden uns über Brasilien. In der Dunkelheit erkannte ich auch dort das blaue Leuchten.

Endlich fiel ich in einen traumlosen Schlaf. Ich erwachte, weil jemand meinen Namen gesagt hatte. Flemming. Er schwebte neben mir und blickte aus der Kuppel. Ohne Umschweife kam er zur Sache.

»Wir müssen zurück, Richard. Noch heute.«

Müde befreite ich mich aus dem Schlafsack und suchte nach einem plausiblen Grund, der mir einen Aufschub verschaffen würde.

»Du bist nicht reisefähig, Flemming.«

»Das werde ich schon wegstecken.« Er sah mich nicht an, während er weitersprach. »Wir müssen sie töten.«

Mein Herz pumpte wie ein Motor kurz vorm Durchbrennen. »Habe ich mich verhört, oder hast du gesagt, wir müssten Kara töten?« Obwohl ich selbst seit meiner Ankunft einige Male mit dem Gedanken gespielt hatte, schmerzte mich die Vorstellung, ihr etwas anzutun.

»Geena Snyder hat angeordnet, Kara kein Haar zu krümmen.« Meine Kehle war wie zugeschnürt, die Worte klangen gepresst, als müsste ich meine große Schwester vorschieben, weil ich selbst keinen Mumm besaß.

»Scheiß auf Geena!« Er sah mich mit einem irren Blick an. »Von Anfang an hat Kara eine Sonderbehandlung bekommen. Weißt du, was sie im Gepäck hatte? Eine Unmenge handgemachter Schokolade, und anscheinend war das sogar genehmigt worden. Absolut regelwidrig. Als wir Wind davon bekommen hatten, begann Kara sich seltsam zu verhalten. Sie hat die Tafeln in ihrer Koje deponiert und ständig daran herumgekaut, niemandem etwas abgegeben. Sie hat nicht gearbeitet oder sich an den Versuchen beteiligt, und damit gleich am ersten

Tag den Unmut der Crew auf sich gezogen. Donald Parker hielt es für eine amüsante Idee, die Schokolade aus ihrer Koje zu klauen und sie an alle zu verteilen. Und weil wir wütend waren, haben wir sie tafelweise gegessen. Als sie unseren Streich bemerkt hat, ist sie ausgetickt.«

Er brach ab und schluckte mehrmals. Ich konnte mir keinen Reim auf seinen Bericht machen, das Gerangel um die Schokolade erschien mir seltsam.

»Guck nicht so skeptisch, Richard. Ich bin noch nicht am Ende angekommen. Nachdem sie sich wieder eingekriegt hatte, fing sie plötzlich an zu lachen und uns wie eine lauernde Hyäne zu beobachten. Ziemlich bald danach ging es uns allen schlecht und niemand wusste warum. Während wir uns die Seele aus dem Leib gekotzt haben, hat sie die Verbindung zur Erde gekappt, alle Kommunikationssysteme abgeschaltet. Und dann hat sie die Bombe platzen lassen!«

Er griff sich an den Hals, hustete und räusperte sich, bevor er weitersprechen konnte.

»Während wir uns elend gefühlt haben, hat sie herausposaunt, dass die Schokolade mit radioaktivem Jod 131 angereichert war.«

In seinen Augen standen Tränen und er kämpfte damit, dass sie blieben, wo sie waren.

»Erst dachten wir, sie hätte einen Witz gemacht. Aber ziemlich bald nicht mehr. Sie sagte, sie hätte nicht vorgehabt uns zu kontaminieren. Das hätten wir uns selbst eingebrockt, weil wir gierige Arschlöcher seien. Nun hätte sie keine Schokolade mehr und das würde uns noch leidtun.«

Flemming schüttelte den Kopf. »Wusstest du, dass sich Jod 131 in den Schilddrüsenzellen einlagert? Deshalb werden nach Atomunfällen so großzügig Jodtabletten ans Volk verteilt.«

Verdammt, das wusste ich. Doch Radioaktivität als Antrieb für das Schilddrüsen-Massaker hatte ich verworfen, weil es keinen Sinn ergeben hatte. Nun bestätigte Flemming meine Vermutung auf eine Weise, die mir nie in den Sinn gekommen wäre. Ich ahnte, wie sein Bericht weitergehen würde, und wollte schreien.

»Sie hat ihre Drohung wahr gemacht, kurze Zeit später haben wir Donald vermisst. Am nächsten Tag verschwanden Wim und Jekaterina. Sie hat kein Geheimnis daraus gemacht, dass sie dafür verantwortlich war.«

Er fuhr sich mit der Hand durch die wirren Haare. »Sie hat ihnen die Schilddrüsen herausgerissen und heruntergeschluckt. Ihr Gesicht und ihre Hände, alles war blutverschmiert, und sie hat über uns gelacht. Sie spielte Katz und Maus mit uns und lauerte Saki in der Toilette auf. Dann hatte sie es auf mich abgesehen, aber ich habe mich wie ein kleiner Junge versteckt. Stattdessen hat sie Benjamin erwischt. Sie hat ihm das Genick gebrochen, während Viktor und ich versucht haben, uns in die Rettungskapsel zu flüchten. Ihre Kräfte sind abnormal. Als sie mit Benjamin fertig war, verfrachtete sie mich ins Quest-Modul und steckte mich in den Raumanzug.« Er hielt inne, seine Augen flimmerten. »Ich habe mich nicht gewehrt, Richard. Sie ist eine Bestie, die Strahlen frisst. Wir sind alle kontaminiert.« Er stockte. »Was ist mit Viktor geschehen? Bitte sag mir, dass er überlebt hat?«

Ich konnte ihm kaum zuhören, die Tragweite seiner Worte erkannte ich erst mit Verzögerung. Kara ernährte sich von radioaktiver Strahlung? Welche Erklärung sollte es dafür geben?

Flemming schwitzte und hechelte wie ein Hund in der Mittagshitze. Was er erlebt hatte, musste die Hölle gewesen sein. Kara hatte sich einen nach dem anderen geschnappt und getötet. Ihn hatte sie sich als Nachschlag aufgespart.

Vielleicht hatte er recht und wir mussten sie töten? Doch der Gedanke war auch nach seinem Bericht kein bisschen besser zu ertragen. Lag es daran, dass ich auf eine einfältige Art nicht an ihre Schuld glauben wollte? Oder weil sie ihre anziehende Wirkung auf mich nie verloren hatte?

Ich legte ihm eine Hand auf die Schulter. »Tut mir leid, Viktor ist tot. Du brauchst Sauerstoff, Flemming.«

Er erstarrte, und seine Augen wurden glasig. »Sie hat alle abgeschlachtet?« Er warf mir einen Blick voller Abscheu zu, und ich war mir nicht sicher, ob er Kara oder mich damit zur Rechenschaft zog.

»Weißt du, was ich mich frage?«, sagte er feindselig.

»Verrate es mir, Flemming.«

»Wieso hast du sie hierher geschickt?«

Ich wich seinem bohrenden Blick aus, mein Mund war trocken, ich suchte nach Worten, die nicht offenbarten, wie sehr mich diese Frage selbst quälte. »Weil sie perfekt war.«

»So ein Schwachsinn, Richard!«

Er packte mein T-Shirt und riss mich dicht an sich heran. »Weil du sie gefickt hast.«

»Nein. Bist du verrückt geworden? Du stehst unter Schock und suchst jemanden, dem du die Schuld in die Schuhe schieben kannst, ich habe sie nicht angefasst.«

Er lachte aufbrausend. »Doch hast du, Richard.«

Flemming stierte mich an, wartete auf eine Reaktion. Mein Mund zuckte unkontrolliert, während ich nicht wusste, was ich antworten sollte.

»Kara war eine mustergültige Kandidatin. Ich kann dir die Aufzeichnungen zeigen, wenn du willst.« Meine Stimme wankte, und ich wusste, er würde mir die Lüge nicht abkaufen.

»Du bist ein Schwein, Richard. Hätte ich dich auch

ficken müssen, vor vier Jahren, als du mir den Flug gestrichen hast?«

»Was soll das Flemming? Verletzter Stolz? Nagt es immer noch an dir? Genau dieses Benehmen hat zu deinem Ausschluss geführt. Du kennst Kara. Du hast mit ihr für den Flug trainiert. Sie ist ein Ass und noch dazu einer der nettesten Menschen, denen ich je begegnet bin.« Langsam gewann ich die Kontrolle über mich zurück. »Du kannst dich glücklich schätzen, dass du diesmal dabei bist, ein paar Leute hatten Einwände. War es ein Fehler, dich für tauglich zu erklären?«

Noch während die Worte aus meinem Mund flossen, bedauerte ich sie. Er sollte sich glücklich schätzen, bei dieser albtraumhaften Mission dabei zu sein?

»Du hast einen Gottkomplex, du scheiß Psycho-Arschloch. Wie lange willst du die Lüge noch aufrechterhalten?«

Das war zu viel. Meine Sicherungen brannten durch. Ich packte ihn an den Schultern und stieß ihn von mir fort. Damit hatte er nicht gerechnet und knallte mit dem Kopf gegen die Kuppel. Mit schmerzverzerrter Miene fasste er sich an die Stirn.

Warum hatte ich das getan? Die Situation durfte nicht eskalieren, ich musste mich zusammenreißen.

»Tut mir leid, das wollte ich nicht, Flemming. Wir haben im Moment so viele Probleme, und dann kommst du mit diesen Anschuldigungen.«

»Sechs Menschen sind tot, Richard, und dafür trägst du die Verantwortung.«

»Beruhige dich bitte, du bist traumatisiert und weißt nicht, was du redest.«

Er wandte sich ab und sah wieder auf die Erde. Das Schweigen zog sich in die Länge, und ich glaubte schon, er hätte sich beruhigt. Einen Moment später stieß er sich von der Kuppel ab und schwebte über mir.

»Weißt du, woher ich weiß, dass du sie gefickt hast?«

Konnte er nicht endlich Ruhe geben?

»Weil sie es uns erzählt hat.«

20. Der Ast

Am Morgen verließen sie die Autobahn 7 und fuhren auf die Skyline der Bankenmetropole Frankfurt zu. Nachdem sie das Frankfurter Kreuz hinter sich gelassen hatten, näherten sie sich der leer gefegten Stadt am Main. Hunger und Übermüdung legten sich über alle anderen Empfindungen. Sie hofften, hier Lebensmittel kaufen zu können, um außerhalb Halt zu machen und ein paar Stunden zu schlafen.

Wo sie hinsahen, entdeckten sie verwaiste Fahrzeuge mit aufgerissenen Türen. Rasmus hatte Mühe, einen Weg zu finden, steuerte den Camper im Zickzackkurs, manchmal blieb nur der Gehweg. Die zahllosen Ampeln, die hier gewöhnlich die enormen Verkehrsströme regelten, waren tot. Niemand lenkte sein Auto über die Straßen.

Östlich der Innenstadt stiegen Rauchsäulen auf, aber es waren keine Sirenen von Löschfahrzeugen zu hören. Die gespenstische Atmosphäre legte sich wie ein schwarzer Schatten auf sie.

Rasmus schnaufte wiederholt, als fände er keine Worte für das Gesehene, doch regungslos hinnehmen konnte er es auch nicht.

Inmitten der Szenerie entdeckten sie einzelne kopflose Leichen. Sie lagen zwischen den verlassenen Pkws und tränkten den grauen Asphalt mit Blut.

Gigi verknotete ihre Finger fest ineinander, bis der wachsende Schmerz sie aus der Starre katapultierte. »Lass uns von hier verschwinden.«

Rasmus nickte, als hätte er nur auf ein Wort von ihr gewartet, wendete, fuhr zurück auf die Autobahn und steuerte ohne konkretes Ziel über die Landstraßen Richtung Westen. In der Hoffnung, etwas zu erfahren, drehte Gigi am Radio, doch es rauschte nur. Irgendwann schloss sie die Augen und schlief ein.

Rasmus fuhr knapp zwei Stunden, an allen Ortsschildern vorbei, bis er eines mit dem Namen Nürburg las und sich an die ehemalige Formel-Eins-Rennstrecke erinnerte, die es hier bis vor einigen Jahren gegeben hatte. Oben auf einem Hügel thronte eine alte Burg, das musste sie sein, die Nürburg. Der waldreiche Landstrich wirkte einladend. Hier irgendwo würden sie später halten und hoffentlich etwas essen und schlafen können.

Er fuhr in die Stadt hinein. Menschen eilten geduckt durch die Straßen. Jedes vorbeifahrende Auto wurde misstrauisch beäugt. Einige schoben übervolle Einkaufswagen vor sich her, verstauten die Lebensmittel hektisch in ihren Fahrzeugen und brausten davon.

Rasmus parkte den Camper direkt vor einem kleinen Supermarkt, und Gigi erwachte, als der Motor ausging.

»Wo sind wir?« Sie rieb sich die Augen und gähnte.

»In Nürburg. Da drüben ist ein kleiner Supermarkt. Wir müssen uns beeilen, falls wir noch etwas bekommen wollen. Die Leute hier schieben wagenweise Nahrungsmittel raus.« Im Laden stellten sie enttäuscht fest, dass die Regale geplündert waren. Eine ältere Dame stand an der Kasse und keifte: »Hier wird bezahlt, haben Sie verstanden!«

»Natürlich bezahlen wir!«, sagte Gigi freundlich.

»Ja, das sagen sie alle und rennen dann mit den Armen voller Lebensmittel fort. Ich muss doch meine Miete bezahlen.«

Gigi ging zu ihr, und die Frau begutachtete sie abschätzig.

»Wenn Sie uns sagen, was noch da ist, hier sind fünfzig Euro.«

Die Verkäuferin schnalzte mit der Zunge, riss Gigi den Schein aus der Hand und setzte sich in Bewegung. Sie öffnete eine Tür, die in ein kleines Lager führte. »Das letzte frische Brot von unserem Bäcker. Heute Morgen hat er die Stube abgeschlossen und ist auf und davon. Nehmen Sie sich zwei Laibe.«

»Danke! Haben Sie Wasser?« Gigi griff zwei Brote aus dem Korb.

»Wasser habe ich seit gestern nicht mehr. Aber Wein, Schnaps und Waldmeisterbrause. Tut mir leid, Sie kommen zu spät.«

Gigi folgte ihr zur Kasse. Rasmus sammelte einige Flaschen Wein, Schnaps und zwei mit giftgrünem Inhalt ein. Erfreut entdeckte er eine Dose Corned Beef, die in der Hektik wohl unter das Regal gefallen war.

»Woher kommen Sie?«

»Aus Schweden.« Gigi lächelte.

»Gott. Die armen Leute. Da liegt ja alles in Schutt und Asche. Wie sind Sie überhaupt bis Nürburg gekommen? Muss schrecklich gewesen sein. In Dänemark ist ja auch eine Atombombe explodiert und dann die ganzen Atomkraftwerke. Seit der Strom weg ist, bekommt man nichts mehr mit. Es geht dem Ende zu.« Die alte Dame schluchzte.

Gigi tätschelte ihre Hand. »Es war keine leichte Reise,

da haben Sie recht. Wie kommen Sie zurecht? Haben Sie Familie?«

»Meine Tochter wohnt in Frankfurt. Von ihr habe ich seit Tagen nichts mehr gehört, das Telefon geht ja auch nicht mehr.«

»Frankfurt?«, wiederholte Rasmus. Gigi sah ihn an und schüttelte den Kopf.

»Jetzt wo der Laden leer ist, kann ich ihn auch zusperren. Dass so etwas Schreckliches passiert, damit hat doch niemand gerechnet, oder? Ich arbeite hier schon seit vierzig Jahren, wissen Sie.«

Sie weinte, und Gigi sah sie mitfühlend an.

»Wir können Sie nach Hause fahren. Vorher packen wir Ihnen noch die restlichen Lebensmittel ein, wenn Sie wollen?«

Rasmus beobachtete die beiden. Warum war es ihm nicht vorher aufgefallen? Gigi umgab etwas Helles, ihre Gesten und Worte vermittelten Herzenswärme. Während die Verkäuferin in ihrem Unglück gefangen war, schien MacGyver von einer Kraft getragen zu werden, die sie befähigte, ihre eigene Verzweiflung zu vergessen und Mitgefühl zu zeigen. Er schluckte.

»Mich nach Hause bringen wollen Sie?« Die alte Dame blickte Gigi misstrauisch an, als würde ihr erst jetzt ihr flippiges Aussehen auffallen. »Nein, gehen Sie jetzt!« Sie zog einen Schlüsselbund aus ihrer Kitteltasche und hatte es mit einem Mal eilig, ihre Kunden loszuwerden.

Gigi hob abwehrend die Hände. »In Ordnung, wir gehen. Alles Gute für Sie.«

Sie blickte Rasmus mit heruntergezogenen Mundwinkeln an, klemmte die Brote unter den Arm. Er schüttelte den Kopf, griff die Flaschen, und sie verließen den Laden. Die Dame schloss hinter ihnen ab und zog das Rollo an der Tür herunter.

Im Camper tranken sie in Ermangelung von Wasser Waldmeisterbrause und schüttelten sich. Unterhalb der Nürburg fanden sie einen versteckten Platz im Grünen inmitten von Wäldern und Hügeln. Gigi riss einen Laib Brot in zwei Hälften, öffnete das Corned Beef und reichte Rasmus sein riesiges Sandwich. Sie stopften sich alles hungrig in den Mund, tranken Wein und von dem grünen Zeug.

Nach ihrem Prachtmahl riss Gigi die Tür auf und sprang hinaus. Die hügelige Landschaft war in das Licht der Mittagssonne getaucht. Hier erinnerte nichts an die Katastrophe, die sich um sie herum ausbreitete. Vögel zwitscherten, es roch nach Frühling.

»Willst du hier wirklich spazieren gehen? Die Gegend könnte verstrahlt sein.«

»Sind wir nicht schon immer irgendwie verstrahlt gewesen?« Gigi fing an zu lachen.

»Du findest das witzig?« Vielleicht wirkte hier alles zu normal, zu intakt, und der Zucker in der Brause tat ein Übriges. Es war so schön, sie lachen zu hören. Der Widerspruch zu all ihren Erlebnissen hätte nicht größer sein können, und doch weckte ihr Lachen Hoffnung. Eine vielleicht dumme und naive Hoffnung. Ein Lichtstrahl, der für einen Moment gegen die Dunkelheit aufbegehrte.

Sie erreichten ein Waldstück, das übersät von Buschwindröschen war, die weiß aus dem Moos leuchteten.

»Ein Zauberwald«, sagte sie entrückt, und dann: »Ich muss mal.«

Rasmus lachte über ihren abrupten Themenwechsel. »Dann mach.«

»Es wäre nett, wenn du mir etwas Privatsphäre zugestehen würdest.«

»Bin schon weg.« Rasmus marschierte ein Stück in den Wald. Ein paar Meter vor ihm jagte ein Eichhörnchen eine hochgewachsene Tanne empor und stieß ärgerliche Laute aus, als könnte es damit den Störenfried vertreiben. Rasmus blieb stehen und beobachtete es. Einen überwältigenden Moment lang packte ihn die Illusion, er wäre in Schweden und die vergangenen Tage hätten nie stattgefunden, als hätte er im Halbschlaf einen bescheuerten Katastrophenfilm geguckt und jetzt weitergezappt zu seiner Lieblingsserie.

Das Tier verschwand im dichten Grün der Bäume, Rasmus ließ den Blick sinken und erschrak. Etwa fünfzehn Meter vor ihm stand ein Mann, der ihn ohne Scheu anstarrte. Er sah wie ein Landstreicher aus, seine Kleidung war zerrissen, er trug einen ungepflegten Bart und war barfuß. Rasmus blickte sich um, von Gigi keine Spur. Der Mann bewegte sich langsam auf ihn zu. Rasmus rief: »Hallo?«

Er antwortete nicht. Der Herumtreiber sah ihn auf eine sonderbare Art an, als würden seine Augen jeweils in eine andere Richtung blicken. Er näherte sich weiter, sein Körper wankte, als würde er jeden Moment umfallen. Rasmus sah sich erneut nach Gigi um. Wo steckte sie nur? »Alles okay?«, rief er dem Sonderling mit zittriger Stimme zu.

Nur noch geschätzte zehn Meter. Der Mann hob den Kopf, Rasmus betrachtete seine Erscheinung genauer. Das linke Auge hing halb aus der Höhle, seine Schulter schien ausgekugelt, sein rechter Arm baumelte haltlos hin und her. Der Blick nach unten erklärte, warum er wankte. Sein linker Fuß war komplett nach hinten verdreht, ein spitzes Metallstück hatte sich von unten hineingebohrt. Er blutete und belastete den Fuß trotzdem bei jedem Schritt, verzog nicht einmal das Gesicht dabei.

Niemand konnte sich mit solchen Verwundungen auf

den Beinen halten, außer er war ein Wanderer! Aber der Kerl war allein. Das passte nicht ins Bild. Was wollte er hier? Konnte er mit den anderen nicht mithalten, weil seine Verletzungen zu heftig waren? Zum nächsten AKW zu kommen, war wohl außerhalb seiner Möglichkeiten.

Rasmus machte ein paar Schritte rückwärts, sah sich nach Gigi um, aber von ihr war noch immer nichts zu sehen. »Hau ab!«

Der Typ reagierte nicht, setzte seinen wankenden Gang fort, rückte ihm immer dichter auf die Pelle. Es war keine gute Idee hier herumzulaufen. Keine gute Idee! Zum Teufel, wenn ihm jetzt der Kopf platzte!

»Verpiss dich, Arschloch!« Rasmus konnte sich nicht entscheiden, ob er zum Camper rennen oder auf Gigi warten sollte. »Deine kranke Scheiße werde ich nicht verteilen, ich habe keinen Bock auf Strahlung, ich mag grüne Brause. Also behalte deinen verdammten Kopf, verstanden?«

Was redete er da? Er schwitzte, sein Herz jagte. Er machte wieder einige Schritte rückwärts. Der Wanderer beäugte ihn aus der aufgerissenen Augenhöhle wie eine Beute.

Rasmus konnte nicht atmen. Er presste seinen Rücken gegen den Baum hinter ihm, fühlte die zerklüftete Rinde und versuchte sich zu beruhigen. Er wollte rennen, aber seine Beine wirkten wie Fremdkörper, die nicht zu ihm gehörten.

»Ich warne dich, hau ab.« Seine Worte klangen wie das Murmeln eines Bächleins, das am anderen Ende der Welt durch eine unterirdische Höhle rinnt.

Der Wanderer war keine fünf Meter mehr von ihm entfernt und riss den Mund eigenartig auf, als wolle er ihn anbrüllen. Rasmus drückte sich gegen den Baum oder der Baum sich an ihn? Ja, das war es, er musste den

Baum stützen, den Wald und die ganze Welt. Alles drehte sich. Er versuchte, nicht mehr zu atmen. Gleich würde es geschehen. Er griff sich an den Hals, zog das blaue Tuch vors Gesicht. Auch wenn es nichts helfen würde, es fühlte sich gut an, es roch nach MacGyver.

Blitzartig sah er etwas von rechts in die Szene fliegen. Es ging so schnell, dass er nur blonde Dreadlocks an sich vorbeiwirbeln sah. Gigi preschte auf den Wanderer zu und brüllte etwas Unverständliches. Sie hob den rechten Arm, in dem sie irgendwas hielt, und stieß es ihm in der nächsten Sekunde direkt über der Schulter in den Hals. Ohne Zeitverzug drehte sie sich, rannte zu Rasmus, packte seine Vierfingerhand und riss ihn mit sich.

Als er ihre Hand fühlte, bewegten sich seine Beine wieder, und sie stürmten zusammen zum Camper.

»Gib mir den Schlüssel.«

Er zog ihn aus seiner Hosentasche und drückte ihn ihr in die Hand. Sie sprangen hinein und Gigi lenkte das Wohnmobil über den holprigen Weg auf die Hauptstraße.

Rasmus jaulte: »Du hast die Wunde aufgerissen!«

»Tut mir leid! Aber warum rennst du diesem Verrückten in die Arme und unterhältst dich mit ihm? Bitte, lieber Wanderer, geh weg. Bitte, bitte! Hast du eigentlich gar keinen Lebenswillen?«

»Hör auf, mich anzuschreien! Was hast du mit ihm gemacht?«

»Ich habe ihm einen verdammten Ast in den Hals gerammt!« Sie machte ein Geräusch zwischen Lachen und Weinen.

»Lieber Gott.« Rasmus sprang auf und übergab sich in die Spüle.

Er legte sich einen neuen Verband an, taumelte zur Sitzbank und murmelte: »Bitte sag mir, dass du so etwas noch nie gemacht hast!«

»Hätte ich warten sollen, bis ihm der Kopf explodiert?«

»Scheiße«, kam es von hinten.

Er hörte Gigi schluchzen und dieser Laut stand für alles, dieses Desaster von Leben. Waldspaziergänge waren gestrichen. Vielleicht und wahrscheinlich ihre gesamte Existenz. Die Frage war nur, wann es so weit war.

21. Kollaps

Flemming rauschte ohne ein weiteres Wort ab und ließ mich mit der Gewissheit zurück, dass Lügen ein armseliger Ersatz für die Wahrheit sind. Einmal angefangen, konnte ich nicht mehr damit aufhören. Ich hatte mich selbst kompromittiert.

Wann hatte Kara die beschämende Enthüllung hinausposaunt? Als sie hier angekommen waren? Damit hätte sie Unmut provoziert. Wahrscheinlicher war, dass sie sie während ihrer Jagd auf die Besatzung wie einen schmutzigen Trumpf aus dem Ärmel gezogen hatte.

Ich wand mich hin und her, versuchte zu schlafen, aber fand keine Ruhe. Flemming musste die Wahrheit erfahren. Die war ich ihm schuldig. Wir hatten Unaussprechliches durchgemacht, nur war er viel dichter dran gewesen. Er hätte tot sein können. Ich verstand seine Wut und sein dringendes Verlangen, die Raumstation zu verlassen. Noch heute würde ich mich bei ihm entschuldigen und versuchen, zu retten, was nicht verloren war.

Ich musste eingeschlafen sein, schreckte mit Herzklopfen auf. Hatte Kara mich gerufen? Ich lauschte.

Auch wenn sie mich in den Wahnsinn trieb, plagte mich mein Gewissen. Ich hatte sie stundenlang allein gelassen. Sie brauchte Nahrung und hatte mich angefleht, ihr Flemming zu bringen. Die Vorstellung raubte mir den Verstand.

Sie hungerte. Wie wirkte sich das auf sie aus? Würde sie ohne radioaktive Nahrung sterben? Oder das Virus? Mir blieb keine Wahl, als es darauf ankommen zu lassen. Im günstigsten Fall würde das Virus den Kürzeren ziehen und verkümmern. Wir brauchten mehr Zeit, um das herauszufinden, und die würde Flemming uns vermutlich nicht geben. Zuerst musste ich zu ihm und mich seinen Vorwürfen stellen, vielleicht fänden wir doch einen gemeinsamen Weg.

Müde befreite ich mich aus dem Schlafsack. Mein Zeitgefühl verschwamm. Die Sonne ging sechzehn Mal in vierundzwanzig Stunden auf. Wie lange war ich bereits hier? Alles wirkte so fern, der Tag, an dem Geena in mein Büro gestürmt war, der Flug hierher. Wenn ich schlief, vergaß ich, wo ich mich aufhielt. Das Leben, das ich einmal geführt hatte, schien einem anderen Mann zu gehören. Wer war ich geworden? Die Zeit lief mir davon und ich wusste nicht, was ich tun sollte.

Ein gellender Schrei zerriss meine Gedanken. Kara. Furchtbare Bilder rasten mir durch den Kopf, während ich durch die Module flog. Ich sah sie im Geiste über Flemming gebeugt, ihren Mund auf seinem Hals. Überall Blut. Sah sie kauen. Ihn, aufgerissen und tot.

Verdammt, nein. Ich hätte das verhindern müssen. Wie hatte ich mich in den Schlafsack begeben und die beiden alleinlassen können? Sie hatte Flemming gewollt und jetzt hatte sie ihn.

Kurz bevor ich ihre Schlafkoje erreicht hatte, hörte ich Flemming zischeln: »Du musst eine tolle Nummer gewesen sein, dass er dich hier hinaufließ und noch immer nicht von dir ablassen kann, erbärmliche Fotze.«

Seine Stimme klang gepresst, als würde er sich körperlich anstrengen. Atemlos riss ich die Kojentür auf und erstarrte. Flemming hing über Kara, seine Hände lagen wie Schraubstöcke um ihren Hals. Ihre Augen quollen aus den Höhlen. Blut sammelte sich an ihren Handgelenken, wo die Fesseln aus Kunststoff ihre Haut aufrissen. Warum hatte ich nicht daran gedacht, wie sehr er sie verabscheute und ihren Tod wollte? Ich hatte sie schutzlos zurückgelassen, gefesselt und ihm ausgeliefert.

»Flemming, nein! Hör auf!« Ich versuchte, ihn von Kara wegzureißen, fand keinen Halt.

Er ließ nicht von ihr ab und brüllte: »Verpiss dich, du Scharlatan. Du hast uns alle gefickt, jeden Einzelnen hier.«

»Komm zu dir, Flemming. Lass sie los. Du willst das nicht.« Ich zog an seinem Arm, aber in Flemming wirkte der absolute Hass. Ich verursachte nichts außer ein paar Kratzern auf seiner Haut.

»Und ob ich das will. Nichts wollte ich so sehr, wie diese Bestie zu vernichten«, presste er hervor.

»Bitte, ich flehe dich an, lass sie los.«

Er lachte.

Plötzlich lagen meine Finger auf seiner Kehle, ich drückte, so fest ich konnte. Flemming keuchte, aber seine Hände lagen noch immer blutleer und unter höchster Spannung um ihren Hals.

»Bist du verrückt geworden«, keuchte er, ließ aber nicht von Kara ab.

»Lass sie los, Flemming! Sofort!«

Er reagierte nicht. Blut rauschte in meinen Ohren, und ich spürte Hitze von unseren sich miteinander windenden Körpern ausgehen, als würden wir brennen.

Ich brüllte seinen Namen, immer wieder. Er hörte nicht auf. Ohne zu überlegen, legte ich meinen Arm um seinen Hals, bis sein Kopf in meiner Armbeuge lag, zementierte den Griff mit meinem anderen Arm und drückte immer fester zu. Sein Schädel steckte im Schwitzkasten, nur nicht so spielerisch wie damals, als ich ein Junge gewesen war und meine Kräfte mit Gleichaltrigen gemessen hatte.

Die Wut verlieh mir eine Energie, die ich nie vorher gespürt hatte. Meine Arme zitterten vor Anstrengung. Ich starrte auf Kara, die vor meinen Augen starb. Nein! Ich stand unter so starker Spannung, dass ich kaum atmen konnte, trotzdem erhöhte ich den Druck.

Er röchelte, zappelte mit den Beinen, ließ endlich von ihr ab, um meine Umklammerung aufzureißen, rammte mir die Fingernägel ins Fleisch, bis Blut hervortrat. Sein Körper vibrierte unter mir, alle Muskeln spannten sich an. Das war der Moment, an dem ich ihn freigeben sollte! Jetzt.

Ich konnte nicht aufhören, meine gesamte Wut, Hilflosigkeit und Angst entluden sich gnadenlos an Flemming. Er sollte Ruhe geben, still sein. Einfach schweigen.

Ich vernahm ein seltsames Knacken, als hätte jemand einen Ast zerbrochen. Er strampelte noch einmal, dann zuckte sein Leib in meinen Armen und schließlich erschlaffte seine Gegenwehr.

Augenblicklich ließ ich von ihm ab, versetzte seinem Körper einen Schubs, der ihn aus der Koje katapultierte. Sein Gesicht sah merkwürdig beschädigt aus. Ich hatte ihm offenbar den Kiefer gebrochen. Meine Augen tränten, ich betrachtete Flemming wie durch einen Nebel. Meine Ohren verschlossen sich, als wären sie mit Watte zugestopft. Stille. Alles hielt an, ich spürte meinen Herzschlag nicht mehr und schloss die Augen. Ich verlor das Zeitgefühl, war gefangen in einem Strudel, der mich wegreißen wollte. Unvermittelt konnte ich wieder hören und vernahm einen grellen, nicht nachlassenden Ton, der immer lauter wurde. Ich presste mir die Hände auf die Ohren, riss die Augen auf und blickte Kara an. Sofort erstarb mein Gewinsel.

Ihre Haut hatte sich blau verfärbt, sie atmete nicht. Mein Herz raste. War sie tot? Ich zog mich zu ihr, schnitt ihre Fesseln mit dem Messer durch, riss sie aus dem Schlafsack und legte meine Lippen auf ihre, beatmete sie, fühlte ihren Puls, da war keiner. Nein! Um Halt zu finden, klemmte ich die Beine zwischen die Wände der Schlafkoje und drückte rhythmisch auf ihren Brustkorb, beatmete sie, presste auf ihr Herz. Immer wieder.

Sie hustete. Blutstropfen flogen aus ihrem Mund. Sie öffnete die Augen einen Spalt und machte ein schreckliches Geräusch, als würde sie ihr Leben aushauchen.

»Kara, verdammt.« Meine Augen brannten, ich schluchzte auf, mein Hals war so eng, als lägen Hände darauf und drückten zu.

Jäh packte sie mein Shirt, zog mich näher und flüsterte: »Geh, Richard! Wenn du hierbleibst, kann ich es nicht zurückhalten. Steig in die Kapsel und bring dich in Sicherheit!«

»Was zurückhalten?« Meine Stimme zitterte.

»Dass mir der Kopf explodiert und du meine Stelle einnimmst.«

»Ich kann dich nicht alleinlassen.« Ich schlotterte vor Anspannung.

»Bitte, Richard. Du musst! Sofort!« Sie weinte, griff sich an den Kopf und begann zu schreien.

Ich schoss aus der Koje, prallte gegen Flemmings leblosen Körper und machte mich wie von Sinnen auf den Weg zur Rettungskapsel.

Da fiel mir ein, sie war vollgestopft mit Leichen. In diesem Moment schlug alles über mir zusammen. Was hatte ich getan?

22. Bohey

Gigi fuhr hundertdreißig Kilometer bis nach Bohey in Luxemburg. Rasmus schlief auf der Rückbank, und das war ihr recht, sie brauchte eine Pause. Die Szene im Wald wiederholte sich erneut in ihrer Erinnerung. Der Boden unter ihren Füßen würde wegreißen, wenn ihm etwas zustieße. Was war das mit ihm? Jahrelang hatte sie sich von Männern ferngehalten. Wie schaffte er es, ihren Widerstand zu brechen? Sie atmete tief ein und versuchte, die Bilder zu verbannen.

Die Waldmeisterbrause war leer, ein pelziges Gefühl breitete sich in ihrem Mund aus. Sie brauchten Wasser. Sie wusste, sie sollte weiterfahren, das Kernkraftwerk bei Metz war zu nah. Aber ihr Blut schien aus grünem Zucker zu bestehen, und sie lenkte den Camper über die Landstraßen in die Stadt, bis sie eine Tankstelle fand, die nicht leer geräumt war.

Gigi war im Begriff auszusteigen, als sie hinter der Tanksäule eine menschliche Silhouette auf dem Boden liegen sah. Eine kopflose Leiche. Sie ließ den Motor wieder an und fuhr weiter, bis sie ein kleines Einkaufszentrum entdeckte. Sie hielt und stellte den Motor aus.

Auf einmal stand Rasmus hinter ihr. »Wo sind wir?«

»In Luxemburg. Wir brauchen Wasser und irgendwas zu essen. Wir haben nur noch ein trockenes Brot.«

Er blickte hinaus auf die Geschäfte. »Ich erledige das. Es wird nicht lange dauern. Versprich mir, du bleibst hier!« Nach dem Vorfall im Wald hatte er etwas gutzumachen, und wenn es nur darum ging, seinen Stolz zusammenzuraffen.

Sie sah ihn besorgt an. »Pass auf. Bitte.«

»Wenn du mich so nett bittest, werde ich dir den Gefallen tun.« Rasmus lächelte, schlug die Beifahrertür hinter sich zu und betrat die Einkaufspassage.

Ihr Herz klopfte. Sie wusste nicht, was da drinnen vorging. In der Stadt hatte sie vereinzelte Menschen gesehen. Sogar zwei Frauen, die ihre Kinderwagen vor sich hergeschoben hatten. War die Katastrophe hier nicht angekommen? Die Schilder der Läden waren beleuchtet. Hier schien noch irgendeine Art von Normalität zu herrschen, oder täuschte sie sich?

Sie heftete die Augen auf die Eingangstür des Centers, zählte die Sekunden, addierte sie zu Minuten, und je länger Rasmus hinter der Fassade verschollen blieb, desto übermächtiger wurde der Gedanke, dass es ein Fehler gewesen war, ihn allein gehen zu lassen.

Unvermittelt nahm sie rechts von sich eine Bewegung wahr und erstarrte. Ein Strom Wanderer lief auf den Camper zu. Ihr Zustand war nicht so dramatisch wie bei denen im Zwischenlager in Deutschland, aber sie bluteten, humpelten und sahen abgerissen aus. Warum hatte sie hier gehalten? Sie hatte doch gewusst, wie nah sie dem nächsten Meiler waren. Die Wanderer liefen offenbar genau darauf zu. Nach allem, was sie wusste, war das Kraftwerk bei Metz noch intakt, aber wie lange würde das so bleiben, bei der riesigen Flut von Menschen, die dorthin hasteten? Und noch eine andere Gefahr ging von ihnen aus, wahrscheinlich würden sie weitere Wanderer erschaffen, wie in Frankfurt, bis ganz Bohey mit ihnen ziehen würde.

Sie wollte aufspringen und in die Passage rennen. Was, wenn ein Wanderer dorthinein gelangte? Wo blieb Rasmus? Sie hoffte, er hatte sich in Sicherheit gebracht und würde hinter den Mauern der Shoppingmall bleiben.

War der Camper sicher? Könnten die Viren hier eindringen? Sie checkte, ob alle Fenster und Türen geschlossen waren. Dann konnte sie nur warten und hoffen.

Es waren unermesslich viele Wanderer. Sie liefen direkt am Einkaufszentrum vorbei, streiften den Camper, krochen unter ihm durch. Gigi zog das Jagdgewehr hinter dem Fahrersitz hervor und kontrollierte, ob es geladen war. Sie wusste, das war es, aber irgendwas musste sie tun.

Zeit verging. Sie wusste nicht mehr, wie oft sie die Sekunden zu Minuten addiert hatte. Zu oft. Plötzlich öffnete sich die Tür des Einkaufszentrums und ein Mann stolperte heraus. Er humpelte, er blutete im Gesicht, sein blaues Polohemd war rot getränkt.

Es war Rasmus.

23. Die Kapsel

Wie ferngesteuert öffnete ich die Rettungskapsel. Verwesungsgeruch schlug mir entgegen, ich versuchte, die aufsteigende Panik zu ignorieren.

Kara hatte gesagt, ich müsse mich in Sicherheit bringen. Was meinte sie damit? Sollte ich abreisen oder kurzfristig Deckung suchen, weil sie sonst für nichts garantieren konnte? Ich wollte sie nicht allein lassen. Noch hatte ich die Hoffnung nicht aufgegeben, dass wir beide lebend von hier verschwinden könnten. Wenn es mir nur gelänge, das Virus auszuhungern ...

Vorsichtig zog ich mich hinein und packte, was ich zu fassen bekam. Hände, Füße, Haare. Riss einen nach dem anderen wieder hinaus, beförderte sie wie namenlose Objekte ins Modul, wo sie schwebten wie in einem Schreckenskabinett. Ich wandte mich von ihnen ab, glitt in die Kapsel, verschloss die Luke und brüllte.

Mein Blick fiel auf meine Hände. Sie hatten gegriffen, gestreichelt, waren produktiv gewesen. Und sie hatten getötet. Ich sah sie an, als gehörten sie nicht zu mir. Nicht mehr lange, und ich würde den Verstand verlieren. Welche Entschuldigung konnte ich vorbringen? Es gab keine.

Jäh befiel mich ein Gedanke. Karas Fesseln waren gelöst und bei Gott, sie würde dem Virus Nahrung geben wollen. Praktischerweise schwebte Flemming direkt vor ihrer Koje. Das durfte nicht passieren, sonst wären alle meine Bemühungen vergeblich gewesen.

Eilig öffnete ich das Verschlusssystem der Kapsel, zog mich heraus und glitt durch die Passagen. Es graute mir vor einer weiteren Konfrontation mit dem Monster in ihr, aber falls es eine Chance gab, das Virus auszuschalten, musste ich das Risiko einer erneuten Begegnung eingehen.

Wachsam zog ich mich durch die Module, bis ich Flemming entdeckte. Hatte ich ihre Koje verschlossen? Verzweifelt versuchte ich, mich zu erinnern, aber dieses Detail blieb verloren. Meine Bewegungen waren ungelenk, ich schnaufte wie eine Dampflok. Sie würde mich hören. Aber ich wollte es riskieren, auch wenn ich Gefahr lief, dass sie mein Vorhaben bemerkte. Das Virus musste ausgehungert werden, ich hatte verdammt noch mal keine bessere Idee.

Flemming. Noch zwei Meter, und ich würde seinen Fuß erreichen. Verkrampft bewegte ich mich vorwärts, packte ihn am großen Zeh und zog ihn zu mir heran. Sein Körper drehte sich, als würde er sich mir von Angesicht zu Angesicht präsentieren wollen. Einen Moment sah ich in seine Augen und wollte schreien. Seine Gesichtszüge spiegelten Schmerz und Wut wider. Obwohl kein Leben mehr in ihm steckte, spürte ich den Zorn, den er in seinen letzten Minuten gefühlt haben musste. Ich wollte ihn hassen, aber ich hasste mich selbst.

Eilig zog ich ihn hinter mir her, zurück durch die Module, sah mich wiederholt um, ob sie uns verfolgte. Endlich angekommen, schlüpfte ich in die Kapsel, zerrte Flemming hinein und verschloss sie. Drinnen stank es nach Verwesung und war so eng, dass ich Mühe hatte, ihn nicht zu berühren. Seine Rache aus dem Abgrund, in den ich ihn befördert hatte.

Gern hätte ich mich von der Schuld freigesprochen. Doch ich hatte einen gesunden Astronauten getötet, um die Frau zu retten, deren Körper vermutlich das Virus beherbergte, das für den Tod von zahllosen Menschen verantwortlich war, das vielleicht die Weltbevölkerung ausrotten würde.

»Es tut mir leid, Flemming.« Meine Worte verklangen ungehört.

Wie lange würde ich hier ausharren müssen? Sie hatte gesagt, ihr Kopf würde explodieren, wenn ich nicht gehen würde? Beim besten Willen, ich wollte mir nicht vorstellen, dass das Virus sich auf diese Weise verbreitete.

»Richard, hörst du mich?«

Wie paralysiert starrte ich Flemming an und glaubte einen Moment, er hätte mit mir gesprochen.

»Wo bist du?«

Es war die verdammte Funkanlage gewesen. Allmählich schien ich die Kontrolle über mich zu verlieren.

»Richard, sag doch was.« Ihre Stimme klang wie das Krächzen einer uralten Frau.

»Ja, ich bin hier, Kara.«

»Ist Flemming bei dir?«

»Kann ich bestätigen.« Das Gespräch würde aufreibend werden, aber damit hatte ich gerechnet.

»Lass ihn raus!« Sie schnaufte angriffslustig.

»Nein.«

»Ich brauche ihn.«

»Du wirst ihn nicht bekommen.«

»Verarschst du mich, Richard?« Es knallte im Hintergrund. Hatte sie wieder den Kopf gegen die Wand geschlagen?

»Es ist mein voller Ernst.«

»Er ist wertlos für dich.« Ihr Tonfall wechselte zwischen Aggression und Verzweiflung und ich wusste, die treibende Kraft war hier wohl das Virus, aber damit hatte ich kein Mitleid.

»Vergiss es, Kara.«

Sie begann zu schluchzen. »Gib ihn raus, sonst werde ich sterben.«

»Ich hoffe, es geht schnell.«

»Du verdammtes Arschloch, hast du gehört, ich werde sterben.« In ihrer Stimme lag Hass. »Tu es endlich!«

Sie brüllte einige haarsträubende Verwünschungen.

»Kara, mach nicht den Fehler, hierher zu kommen. Falls du es tust, koppel ich mich ab und trete die Heimreise an.«

Sie kreischte etwas Unverständliches und brach den Funkkontakt ab.

Der Gedanke, einfach abzuhauen und all das hinter mir zu lassen, kam mir auf einmal gar nicht mehr so abwegig vor. Ich war kein Unmensch, ich wollte Kara nicht hier zurücklassen, aber was, wenn mein Vorhaben, das Virus auszuhungern scheiterte? Was, wenn sie tatsächlich starb? Oder das Unvorstellbare mit ihrem Kopf passierte? In den letzten Tagen hatte ich zu viel gesehen. Menschen, denen die Schilddrüsen herausgerissen worden waren, immer wieder Leichen und Blut. Die Erde in ihrer dramatischen Veränderung. Ein platzender Schädel gehörte nicht zu den Erfahrungen, die ich unbedingt machen wollte. Und dann war da noch Flemmings Tod. Ein Gefühl zwischen Frage- und Ausrufezeichen. Ich bedauerte zutiefst, dass es dazu gekommen war, wusste aber, ich würde es wieder tun. Es war falsch und richtig gewesen. Doch konnte ich das überhaupt noch unterscheiden?

Die Funkanlage knackte.

»Richard?«

»Ja, Kara.«

»Lass mich nicht allein sterben.« Ihre Worte waren so verhalten, dass ich mich anstrengen musste, um sie zu verstehen. Hatte ich die Situation falsch eingeschätzt? Natürlich wollte ich sie nicht sterben lassen. Irgendwas war in ihrer Stimme gewesen. Echter Schmerz? Oder manipulierte sie mich?

»Okay.«

Ich konnte nicht anders. Sie war ein Mensch und sie litt. Auf dem Weg zu ihr füllte ich mehrere Trinkbeutel mit Wasser. Kurz stoppte ich beim Hauptrechner und stellte erleichtert fest, dass meine Nachricht versendet worden war. Im Posteingang befand sich eine E-Mail, aber erst einmal musste ich zu Kara.

Vor ihrer Koje verharrte ich eine Sekunde und sammelte mich, bevor ich die Tür öffnete. Sie steckte im Schlafsack, schwitzte und stöhnte, nahm kaum Notiz von mir. Aber was mich völlig aus der Fassung brachte, sie sah wieder wie die Frau aus ihrer Ausbildungszeit aus. Nicht mehr Jessica Rabbit, sondern Kara mit den weichen Gesichtszügen, mit einer Oberweite, die nicht alle Blicke auf sich zog, mit einer Haut, die nicht mehr synthetisch wirkte.

Konnte es wirklich sein, dass mein Plan funktionierte? Hatte das, was in ihr tobte, die Macht über sie verloren?

»Kara?«

Sie schlug kurz die Augen auf, das zuvor tiefleuchtende Blau wirkte wie ausgewaschen, und ich erinnerte mich, dass dies ihre natürliche Augenfarbe gewesen war.

»Richard, du bist gekommen?«, fragte sie mit einem kurzen Aufflackern von Freude. Ich wollte ihre Hand nehmen, ließ sie wieder sinken, denn meine letzte Berührung war nicht gut angekommen. Sie nahm ein paar Schlucke Wasser.

»Wo ist Flemming?«, fragte sie ohne Aggression.

»Ist das noch wichtig?«

»Ich weiß es nicht.«

»Du kannst das Virus besiegen Kara. Du hast dich verändert, es stirbt.«

Sie öffnete die Augen und sah mich verwirrt an. »Virus?«

24. Rasmus

Gigi tobte und schrie, ihr schlimmster Albtraum hatte sich bewahrheitet. Rasmus sah schrecklich aus. Wie die anderen. Er wankte auf den Camper zu, lief mitten unter ihnen. Er blickte sie nicht an, es war dieses blinde Starren ins Nichts.

Sie brüllte immer wieder »Nein!«, ihre Stimme überschlug sich, bis sie heiser weinte. Das war das Ende der Welt. Rasmus war ein Wanderer, eine gebrochene Seele. Etwas Grauenvolleres hätte nicht passieren können.

Gigi wollte den Motor starten und abhauen, oder sollte sie ihn erschießen? Was hätte er gewollt? Warum hatten sie nicht über dieses mögliche Dilemma gesprochen? Sie hätte gewollt, vom ihm erschossen zu werden, wenn ihr das zugestoßen wäre. Sie startete den Wagen. Die Wanderer waren überall. Sie hasteten zusammengedrängt vor das Wohnmobil, wie sollte sie da hindurchfahren? Gigi zog den Zündschlüssel und ergriff das Gewehr.

Rasmus torkelte weiter auf sie zu. Nur noch wenige Meter, und er hätte den Camper erreicht. Er wurde von den anderen Wanderern angerempelt, weil er nicht mit der Masse lief, sondern mitten durch den Strom auf sie zusteuerte. Was wollte er von ihr? Sie anstecken, so wie ihr Vater?

»Hau ab!« Sie schluchzte und schlug mit dem Gewehrkolben gegen die Tür. »Verdammt, geh weg!«

Rasmus stolperte auf sie zu. Je näher er kam, desto unheimlicher sah er aus. Er blutete aus einer Wunde auf der Stirn. Der Anblick war grausamer als alles, was sie je gesehen hatte. Blut floss ihm übers Gesicht, in die Augen und den aufgerissenen Mund. Er war einer von ihnen. Sie hatten verloren.

Schließlich stand er vor dem Camper und blickte sie an. Mit zitternden Händen richtete Gigi das Gewehr auf seinen Kopf. Doch sie konnte nicht abdrücken, stattdessen brüllte sie ihn weiter an, genau wie Rasmus den Wanderer im Wald angeschrien hatte. So hilflos und ausgeliefert fühlte sie sich jetzt auch. Nur mit dem Unterschied, dass Rasmus vor ihr stand, nicht irgendein Fremder.

Sie brüllte immer wieder: »Warum?« Und der Schmerz in ihrem Inneren übertraf alles, was sie je an Angst und Elend durchlebt hatte.

Er murmelte etwas, sie verstand ihn nicht, weil sie selbst ohrenbetäubend schrie. Die Wanderer schnauften und drängten sich am Camper vorbei. Rasmus hob die Hand und klammerte sich an den Türgriff auf der Fahrerseite.

Gigi kreischte und zielte mit dem Gewehr auf ihn. »Hau ab, du Monster oder ich schieße dir den kranken Schädel weg!«

Aber er dachte nicht daran, abzuhauen. Er riss die Tür auf, gab ihr einen kräftigen Schubs, der sie aus dem Gleichgewicht brachte und vom Sitz katapultierte. Blitzschnell sprang er auf den Fahrersitz und zog die Tür rasch wieder zu.

Ein ohrenbetäubender Knall krachte durch den Camper und Gigi nahm nur noch ein schrilles Pfeifen wahr. Sie hielt sich die Ohren zu und kauerte sich keuchend in den Fußraum der Beifahrerseite.

Hatte sie ihn erschossen oder war sein Kopf explodiert? Sie wusste es nicht. Sie schloss die Augen und weinte.

25. Die Nachricht

Kara zitterte, ich wollte die Arme um sie legen, aber ich tat es nicht. Sie schlief, ihre Lider flatterten, als träumte sie. Der Kampf war noch nicht vorbei. Sie könnte sterben.

»Kara«, flüsterte ich. Sie reagierte nicht, Schweiß stand auf ihrer Stirn, ihr Körper bebte, wie von Krämpfen geschüttelt. Hatte ich mich geirrt, kämpfte sie bereits mit dem Tod? Die Vorstellung riss einen finsteren Graben in mir auf. Ich wollte sie um jeden Preis retten, dann hätte der ganze Horror wenigstens einen Sinn gehabt. Aber außer hier zu sein und ihr Wasser einzuflößen, konnte ich nichts Hilfreiches für sie tun.

Leise schlich sich ein Gedanke ein, gegen den ich mich sträubte, den ich vertreiben musste, aber er war hartnäckig. Sie würde nicht sterben müssen. Es gab einen Weg, das zu verhindern, ihr zumindest einen Aufschub zu verschaffen. Obwohl die Idee grausam war und im Widerspruch zu allem stand, woran ich glaubte, fand ich kein Argument, welches mich vom Gegenteil überzeugte.

Zu groß war meine Angst, allein zu bleiben. Allein im Nirgendwo, ohne Hoffnung auf ein Zurück. Ich war bereit, alle Grenzen zu überschreiten. Was war noch von mir übrig geblieben?

Geräuschlos schob ich mich aus der Koje, verschloss die Tür nicht, falls sie nach mir rufen würde. Kurz stoppte ich am Hauptrechner und überflog die Nachricht von Geena Snyder in der Hoffnung, dass sie mir etwas mitgeteilt hätte, das mein elendes Vorhaben verzichtbar machen könnte. Vielleicht eine positive Mitteilung?

Richard,

ich bin froh, die Datenverbindung steht wieder. Wir haben uns tagelang größte Sorgen gemacht, weil wir nichts von Ihnen gehört haben. Ihr Lagebericht hat uns zutiefst erschüttert. Haben Sie Flemming de Jonge gefunden und lebt er noch? Es verwundert mich, dass er so lange nicht aufzufinden ist.

Bezüglich der Astronautin Kara Brooks teilen wir Ihre Befürchtung, sie könnte eine Virusträgerin sein. Auch Ihren Verdacht, das Virus ernähre sich von radioaktiver Strahlung.

Die Übertragung des Erregers erfolgt, indem den Wirten von innen heraus die Köpfe explodieren. Das ist schwer vorstellbar, wenn man so weit weg ist wie Sie, Richard.

Offenbar existieren zwei Typen von Infizierten. Der Großteil der Menschen scheint hauptsächlich zu den strahlenbelasteten Gebieten zu ziehen und dafür zu sorgen, dass die Radioaktivität weitläufig verteilt wird. Diese Träger sterben anschließend in diesen Arealen.

Die anderen Infizierten, wie Kara Brooks, scheinen ihre außergewöhnliche Intelligenz und ihren Zugriff auf bestimmte neuralgische Punkte in Verbindung mit Radioaktivität zur Verbreitung des Virus zu nutzen. Diese Personen besitzen entweder Zugang zu Atomreaktoren oder zu exponierten Einrichtungen, an denen viele Menschen anzutreffen sind. Deshalb bitte ich Sie, äußerste Vorsicht walten zu lassen.

Zugleich bitte ich Sie, auf der Station zu verbleiben. Beobachten Sie das Virus in der Schwerelosigkeit. Wir hoffen, Sie finden einen Ansatz, von dem die Menschheit profitieren kann.

Bis auf Weiteres arbeiten wir im Space Center in Houston in Notbesetzung, um die Raumstation zu überwachen und auf Kurs zu halten. Zeitgleich beschäftigen sich Wissenschaftler aus allen Nationen mit der Erforschung des Virus. In einigen Tagen treffe ich mich mit der Präsidentin zu einem Krisengespräch. Sobald ich neue Informationen habe, werde ich Sie unverzüglich in Kenntnis setzen.

Richard, möglicherweise halten Sie sich an einem Ort auf, der mehr Perspektiven bietet, als wir hier unten hoffen dürfen.

In aufmerksamer Erwartung Ihrer weiteren Berichte.
Geena Snyder
NASA-Administratorin

Das waren keine guten Nachrichten. Was hatte ich erwartet? Dass sie ein Gegenmittel gefunden hätten? Geenas Ton hatte sich gemildert, ich hätte ihre Worte tatsächlich als freundliche Ansprache verstehen können. Sie klang hoffnungsvoll und zugleich beklommen. Vielleicht verband uns mehr als erwartet.

Manche der Infizierten nutzten ihren Einfluss, um weitere Menschen anzustecken und Atomkraftwerke zur Kernschmelze zu bringen, während die anderen für die Verteilung der Radioaktivität sorgten. Das klang wie eine Science-Fiction-Fantasie.

Entschlossen glitt ich durch die Module zu Kara, fand sie schlafend vor und fesselte sie erneut mit Kabelbindern. Ihre geschundenen Handgelenke hätte ich gern versorgt, aber mir blieb keine Wahl, als schnell zu handeln. Sie atmete flach, und ihre Gesichtsfarbe glich der weißen Kojenverkleidung. Wie lange würde sie noch durchhalten? Sie schien vor meinen Augen zu sterben. Verflucht, ich musste ihr helfen.

Sanft drückte ich meine Finger auf ihren Hals, ihr Puls war schwach. Ich kam mir wie ein Idiot vor, dass ich sie gefesselt hatte, aber es war nicht auszuschließen, dass der Hunger sie hinaustreiben würde, zu Flemming oder zu mir.

»Kara?« Ich ging auf Abstand und hoffte, sie würde erwachen. Sie stöhnte, und ich schob ihr den Trinkhalm in den Mund. Sie trank ein paar Schlucke und öffnete die Augen. »Du hast eine Nachricht von Geena bekommen.«

»Woher weißt du das?« Beobachtete sie mich von irgendeinem mir unbekannten System? »Kara? Woher weißt du das?«, wiederholte ich gepresst.

Sie hatte die Augen wieder geschlossen und schien mich nicht zu hören.

26. Bohei in Bohey

»Verdammt, Gigi!«, war das Erste, was sie hörte, nachdem das Pfeifen in ihren Ohren nachgelassen hatte. Rasmus packte sie am Arm, um sie aus dem Fußraum zu ziehen.

»Verschwinde!« Sie trat mit ihren Springerstiefeln nach ihm. Er bekam einen Tritt zwischen die Beine und brach über dem Lenkrad zusammen. Er jaulte vor Schmerzen, sein Arm drückte auf die Hupe und unter Gigis Schreie und seine Schmerzenslaute mischte sich ein nervenzerfetzendes Fanfarendröhnen.

»Ich knall dich ab, du Schwein.« Sie sprang auf und versuchte, die Fahrertür zu öffnen, um ihn hinaus zu befördern.

»Gigi, was machst du denn?«

»Du Scheißkerl. Ich kenne euch, ihr Wichser. Du bist wie mein Vater, du willst mich mit dir in die Hölle ziehen!« Sie trommelte mit den Fäusten auf seinen Rücken und auf jede Stelle seines Körpers, die sie erreichen konnte.

»Hör auf, Gigi! Bitte, beruhige dich.« Er packte sie an den Handgelenken, stieß sie auf den Beifahrersitz und hielt sie mit eisernem Griff fest.

Sie wehrte sich wie eine Verrückte, die in eine Zwangsjacke gesteckt werden sollte. »Du denkst, ich falle auf deine Show rein? Da kennst du mich aber schlecht, Rasmus. Wenn dein kranker Schädel platzt, jage ich mir eine Kugel in den Kopf. Ich werde kein Wanderer, hörst du!«

»Das weiß ich doch«, sagte er mitfühlend. »Schau mich doch mal an, Gigi. Das Blut auf dem Polohemd stammt aus meiner Hand. Ich habe meinen Kopf mit Absicht an eine Wand geschlagen, damit ich blute, und die Wunde an meinem Finger habe ich aufgerissen und das Blut überall auf mir verteilt. Ich wollte wie sie aussehen. Daher die ganze Sauerei. Ich bin kein Wanderer, das ist meine Tarnung. Gigi, ich bin nicht infiziert, verdammt, hörst du?«

Sie riss die Augen auf. »Das ist ein Trick, du bist ein elender Lügner.« Sie zappelte heftig, aber er ließ nicht locker.

»Hau ab, du Scheißkerl!« Gigi sah sich panisch nach dem Gewehr um, es lag zu weit weg.

Rasmus ahnte, was ihr suchender Blick zu bedeuten hatte. »Suchst du das hier?«

Er ließ ihre Hände los, hob die Waffe auf und zielte auf ihren Kopf. »Hör mir jetzt zu, du verrückte Frau. Ich habe schon viel mit dir durchgemacht, aber jetzt reicht es, Gottfrida! Ich habe eine halbe Stunde in dem beschissenen Center nach Wasser gesucht, und als ich in einem Lagerraum endlich welches aufgetrieben hatte, habe ich den Wandererstrom draußen entdeckt und mir vor Angst in die Hose gemacht, weil du allein im Wagen warst. Ich hatte Panik, dir könnte etwas zustoßen. Ich habe mir den Kopf zermartert, was ich tun kann, und dann hatte ich eine Idee. Ich hätte dich ja gern vorher angerufen und dir erzählt, gleich kommt ein Wanderer auf dich zu, lass ihn bitte herein, aber ich habe kein Telefon, und du als hingebungsvolle Ökotante auch nicht. Ich habe mir die Hand aufgerissen und mich mit Blut beschmiert, damit ich wie sie aussehe, ich habe gehumpelt und einen dämlichen Blick aufgesetzt, damit sie mich nicht erkennen. Ich hätte nie gedacht, dass du darauf reinfällst. Ich wollte diesen Scheiß nur überleben, ich wollte zu dir, Gigi. Ich bin kein Wanderer. Ich bin nicht wie dein Vater. Es tut mir leid, dir so einen Schrecken eingejagt zu haben.«

Er hielt inne, so viele Worte hatte er noch nie gesagt, zumindest nicht in so kurzer Zeit. »Bitte, kannst du mir jetzt helfen? Meine Hand blutet, mir ist schlecht vor Angst, und deine Tritte spüre ich jetzt noch zwischen den Beinen. Du bist die rabiateste, verwegenste und überwältigendste Frau, der ich jemals begegnet bin.« Rasmus griff mit der gesunden Hand hinten in seinen Hosenbund und zog eine große Flasche Wasser heraus. »Hier, trink.«

Gigi starrte ihn an, betrachtete den endlosen Strom von Wanderern, blickte wieder zu ihm und warf sich in seine Arme.

»Hey«, sagte Rasmus leise und streichelte über ihren bebenden Rücken. »Es ist vorbei, Gigi. Ich bin noch immer der Mordskerl, der ich schon immer war.«

Sie hob den Blick und sah in sein blutiges Gesicht, die braunen Augen, die hofften, sie würde endlich runterkommen.

Ihre Mundwinkel zuckten, als würde sie gleich in Tränen ausbrechen, doch sie lächelte. Ohne Vorwarnung schlang sie die Arme um seinen Nacken und küsste ihn.

Rasmus wusste nicht, wie ihm geschah. Eben hatte sie ihn getreten und geschlagen, wollte ihn sogar erschießen, jetzt fühlte er ihre Lippen, die sie heftig gegen seine presste. Er spürte ihr Lippenpiercing, ihren Atem und ihre Arme um seinen Hals. Und er fühlte ihre Verzweiflung, nicht ihr Verlangen. Er hätte mindestens einen weiteren Finger geopfert, damit es anders wäre. Es war die Angst, die ihn umarmte, nicht die Sehnsucht.

Er schob sie sanft von sich. »Könntest du mich vielleicht verarzten?«

Gigi ließ die Arme sinken und räusperte sich. »Entschuldige, ich weiß nicht, was in mich gefahren ist. Es tut mir leid, ich habe die Kontrolle verloren.« Sie brachte es nicht fertig, ihm in die Augen zu blicken.

Ihre Wangen hatten sich gerötet. Wegen des Kusses? Er konnte sich ein zufriedenes Lächeln nicht verkneifen und sagte: »Was meinst du? Deine Tritte oder dass du mich aus dem Camper werfen wolltest?«

»Es war furchtbar, dich so zu sehen, du hast einen Oscar für diese Vorstellung verdient!«

Rasmus lachte. »Ich schätze, meine Chancen, in einem Zombiefilm mitzuspielen, stehen gut!«

»Du würdest die Hauptrolle bekommen.«

Nach einer Stunde auf dem Parkplatz des Einkaufszentrums ebbte der gewaltige Strom von Läufern ab und sie konnten weiterfahren. Ein paar Kilometer außerhalb von Bohey entdeckten sie eine verlassene Pension. Die Eigentümer hatten sie nicht abgesperrt. Vielleicht war ihnen dafür keine Zeit geblieben, oder sie hatten geahnt, dass Flüchtende hier Unterschlupf suchen würden.

Sie duschten und zogen sich frische Sachen an. Gigi versorgte die Verletzungen an seiner Hand und Stirn. Zum Glück musste nichts genäht werden, aber Rasmus jaulte, wie es nur ein echter Kerl konnte. Sie besah die Wunde unter ihrem Auge. Eine Misswahl würde sie jetzt nicht mehr gewinnen, aber sie verheilte gut und sie konnte auf ein neues Pflaster verzichten.

In der Küche entdeckten sie ein paar Flaschen Wasser, einen Laib Käse, Baisergebäck und Milchreiskuchen.

»Du kannst mir einen weiteren Finger dafür abschneiden, aber ich möchte heute Nacht in einem richtigen Bett schlafen. Mehr als zwei Stunden am Stück.«

»Gott ja. Dafür würde ich auch einen Finger opfern.« Sie setzte den Kaffeeautomaten in Gang und sie beendeten die Mahlzeit mit einem Espresso.

Gigi wählte ein himmelblaues Zimmer für die Nacht aus und warf sich voll bekleidet auf die weiche Matratze. Kaum hatte ihr Kopf das Kissen berührt, war sie eingeschlafen.

Rasmus lag im lilafarbenen Zimmer nebenan und starrte schlaflos an die Decke. Er dachte an Lillian und wollte trauern, aber er wusste nicht wie. Er hatte sich jahrelang betäubt, um die Situation zwischen ihnen nicht zu fühlen. Warum musste erst etwas Furchtbares passieren, damit er sich seiner Gefühle bewusst wurde? Die vergangenen Tage hatten alles aufgesprengt und ans Licht gebracht, was er über Jahre nicht hatte sehen wollen.

Er stellte sich vor, wie Gigi nebenan im Bett lag und schlief. Sie fehlte ihm. Eine gefühlte Ewigkeit waren sie ununterbrochen zusammen gewesen. Er wälzte sich schlaflos hin und her, dachte an ihre Lippen auf seinem Mund und ihre Arme um seinen Nacken. Nach zwei Stunden hielt er es nicht mehr aus. Er schnappte sich Decke und Kissen, öffnete die Verbindungstür, die ihre Zimmer verband und schlich hinüber.

Die Nachttischlampe brannte, sie lag ausgestreckt im riesigen Bett. Er öffnete die Schnürsenkel ihrer Stiefel und zog sie ihr vorsichtig von den Füßen, blieb einen Moment stehen und betrachtete sie. Die Anspannung war aus ihrem Gesicht radiert, sie sah jung und verwundbar aus. Er wünschte, ihnen blieben noch ein paar gemeinsame Tage. Er wollte sie um sich haben, diese Frau mit dem Metall im Gesicht und der zupackenden Art. Sie hatte etwas mit ihm angestellt, das ihn lächeln ließ. Trotz allem. Rasmus deckte sie zu und legte sich neben das Bett auf den Boden. Endlich schlossen sich seine Augen und er schlief ein.

Gigi erwachte durch ein lautes Schnaufen, das sie nicht einordnen konnte. Sie öffnete die Augen und sah sich im plüschig eingerichteten Pensionszimmer um. Die Sonne schien durch die halbgeöffneten Vorhänge. Neben ihr auf dem Boden entdeckte sie den Verursacher der Geräuschkulisse. Sie schaute zu ihm herunter und musste lächeln. In diesem Moment realisierte sie, er war der erste Mensch seit Langem und vielleicht auch der letzte, der sie zum Lächeln brachte.

27. Ein Schnitt

Du hast eine Nachricht von Geena bekommen.

Wie konnte sie das wissen? Existierte ein weiteres Kommunikationssystem, von dem ich nichts ahnte?

Was ich im Begriff zu tun war, durfte Geena nicht erfahren. Ich wünschte, ich hätte es selbst ausblenden können. Es war die pure Verzweiflung, die mich dorthin dirigiert hatte, wo ich nun angekommen war. Ich war bereit, meine Theorie über Bord zu werfen, das Virus aushungern zu können und damit den Funken Hoffnung für die Infizierten auf der Erde.

Erneut schob ich mich in die Rettungskapsel. Versuchte ihn nicht anzusehen, aber das war unmöglich. Flemming schwebte von mir abgewandt im engen Raum, als hätte er geahnt, dass dieser albtraumhafte Moment kommen würde.

»Ich weiß, du hörst mich nicht«, begann ich meine lächerliche Rechtfertigung. »Es tut mir leid, ich dachte, tiefer könnte ich nicht sinken, aber niemand hält mich auf. Vergib mir, Flemming.« Meine Worte klangen absurd. Er war tot.

Das Messer in meiner Hosentasche schien sich zu

erwärmen. Umständlich zerrte ich es hervor, klappte die Klinge aus, zog seinen Leichnam heran und stockte. Wollte ich das wirklich? Wie sollte ich damit leben? Ich wusste es nicht, aber war das wichtig? Was bedeutete Leben? Nichts, was diese Bezeichnung verdiente, existierte mehr, und ich hatte die Grenze bereits überschritten.

Mein Leben war ein gefühlsamputiertes Dasein, ich hatte nichts zugelassen, was es wertvoll gemacht hätte. Hier oben erschien mir unerwartet alles so klar, was ich früher nie begriffen hatte. Hier fühlte ich etwas. Zu spät.

Kara war eine hoffnungsvolle junge Frau gewesen, ein Leben voller Möglichkeiten hatte auf sie gewartet. Die Zeit ließ sich nicht zurückdrehen, und das war die bitterste Erkenntnis von allen. Vielleicht konnte ich ihr wenigstens etwas Zeit verschaffen.

Wie surreal sich das Messer in meiner nassgeschwitzten Hand anfühlte. Diesmal würde ich keine Kabelbinder damit zerschneiden. Auf Flemmings Hals entdeckte ich Abdrücke, rote Würgemale, die ich ihm zugefügt hatte. Er hätte Kara fast umgebracht. Welche Wahl hatte ich gehabt? Diese Gedanken halfen. Ja, ich war immer gut darin gewesen, meine Fehler zu rechtfertigen, bis ich eine Version entwickelt hatte, mit der es sich leben ließ.

Er schien mich zu beobachten und zu verurteilen. Tot und stumpf blickten mich seine Augen unverwandt an. *Gott, mach es mir nicht so schwer.*

Für einen Atemzug betrachtete ich die Szene von oben, wollte dem Mann, der das Messer hielt, »Nein!« zubrüllen. Es war falsch, und ich wusste es. Nicht nur Kara würde am Leben bleiben, auch das Monster würde ich füttern. Mein Herz klopfte. Adrenalin spannte jeden Muskel in mir. Langsam öffnete ich meine zitternde Hand und betrachtete das Messer, das darin zu tanzen schien. Behutsam legte ich die Finger auf Flemmings Lider, schloss sie, setzte an seinem Hals an und schnitt. Es war zu stumpf für diesen Zweck, aber jetzt gab es kein Zurück mehr.

Meine Hände waren in Blut gebadet, ich schwitzte, das T-Shirt klebte an mir und zugleich fror ich. Zum zweiten Mal hatte ich die Grenze überschritten.

Als handelte es sich um ein harmloses Souvenir, verpackte ich das kleine Organ in einem Plastikbeutel und schob es in meine Hosentasche. Die Schilddrüse würde Kara das Leben retten.

Ich hörte mich selbst lachen. Nicht einmal ich glaubte mir das.

28. Frankreich

Sie brachen am frühen Morgen auf und fuhren auf die Autobahn E25 Richtung Reims in Frankreich. Im Umkreis von zweihundert Kilometern befanden sich zwei aktive Hochrisiko-Atomreaktoren, die längst hätten abgeschaltet werden sollen. Und ein weiterer Reaktor war bei Chooz.

Gigis Finger strafften sich um das Lenkrad und sie drückte aufs Gas. Das Wetter verschlechterte sich, je näher sie der französischen Grenze kamen. Bis Bertrix trafen sie weder auf Wanderer noch auf ein anderes Fahrzeug, doch zwanzig Kilometer vor dem Grenzübergang änderte sich das Bild schlagartig. Von allen Seiten strömten die Läufer wie von unsichtbaren Kräften angetrieben auf die N 89, bis sie nur noch im Schritttempo weiterfahren konnten.

»Und jetzt?«, fragte Gigi.

»Ich suche eine Alternativstrecke.« Rasmus blätterte hektisch durch die alte Europakarte. »Wir können in La Chapelle abfahren und über Landstraßen ausweichen.«

Doch als sie nach wenigen Kilometern die Ausfahrt erreichten, war sie wegen Baustellenarbeiten gesperrt, und sie mussten auf der Autobahn bleiben. Der Strom von humpelnden und blutenden Menschen umschloss sie von allen Seiten. Sie waren in erbärmlichem Zustand und schienen einen weiten Weg zurückgelegt zu haben. Gigi versuchte, keinen zu überfahren, zu groß war die Angst, damit etwas Verhängnisvolles auszulösen. Bisher hatten sie offenbar nur Glück gehabt, nicht infiziert worden zu sein. Jetzt, inmitten von diesen traurigen Gestalten, stieg Angst in ihr auf.

Gigi trommelte ihre Anspannung ins Lenkrad. »Wann kommt die nächste Abfahrt?«

»In Givonne. Das sind ungefähr zwanzig Kilometer.« So kurz vor dem Ziel hing sein Herz an der Hoffnung. Sie mussten es schaffen. »Hast du schon bemerkt, wir sind in Frankreich, Gigi? Jetzt hält uns niemand mehr auf!«

Sie schnaufte. »Hör auf, etwas zu versprechen, das du nicht halten kannst.«

»Möchtest du lieber hören, wir hatten jetzt schon viel Glück, damit wird bald Schluss sein?«

»Nein, aber wir müssen verdammt aufpassen, Rasmus. Wir sind bisher zu gut weggekommen.«

»Zu gut? Ich dachte ein paarmal, wir überleben das nicht.«

Sie lächelte ihn an, ehe sie den Blick wieder auf die Straße richtete. »Ich auch.«

»Warum willst du unbedingt nach Deauville?«

Während sie sprach, suchte sie einen Weg zwischen den Menschen hindurch, als könnte sie nicht umhin, schneller zu fahren, um das Ziel zu erreichen. »Wir werden uns ein Schiff schnappen, was sonst?«

Rasmus lachte erstaunt auf, mit dieser Begründung hatte er nicht gerechnet. »Hast du bei Noah dein Kapitänsabzeichen gemacht?«

»Kein Schiff, ein seetüchtiges Segelboot«, setzte sie nach.

Er warf ihr einen erwartungsvollen Blick zu, ehe er wieder auf die Verrückten vor dem Camper sah. »Darf ich davon ausgehen, Gottfrida Superwoman ist in der Lage, so ein Boot zu steuern?«

Sie sah ihn fragend an. »Wäre es dir lieber, wenn nicht?«

»Tatsächlich kann ich es nicht erwarten, Madame Kapitän«, sagte er von Staunen erfüllt. Während er kopflos herumgeirrt war, hatte sie von Beginn an einen Plan gehabt. Eins zu null für MacGyver. Er schaute sie verstohlen an, registrierte, wie fest sie das Lenkrad umklammerte, die Augen auf die Route richtete, die sie verfolgte. Ihr Überlebenswille war so ansteckend. Er stellte sich vor, wie sie über den Ozean glitten, und lächelte entrückt. Der Wachtraum endete, und er sah wieder auf die Straße vor ihnen.

Es regnete in Strömen, der tiefgraue Himmel und die endlose Autobahn verschmolzen zu einem trüben Meer, in das sie blind hineinsteuerten. Überall liefen Wanderer. Die Wolken schütteten sich über ihnen aus, als hätte der Allmächtige eine weitere Sintflut geschickt, um das Elend auf der Erde endgültig zu beenden.

Gigi starrte angespannt nach vorn, ungefähr zwei Kilometer vor ihnen tauchte etwas Massives auf, das wie eine stehende Welle aussah.

»Siehst du das?« Sie stellte die Scheibenwischer auf die höchste Stufe.

Rasmus griff nach dem Fernglas und sog scharf Luft ein. »Das sind Panzer. Ich kann nicht sagen wie viele, aber einige.«

»Was? Stehen oder fahren sie?«

»Das kann ich nicht erkennen.«

Sie nahm den Fuß vom Gaspedal und ließ den Camper sachte an den Wanderern vorbeirollen, ehe sie die Standspur ansteuerte und hielt. Sie griff nach dem Fernglas und starrte auf die Panzerwagenkolonne, die wie monströse Riesengebilde vor ihnen aufgereiht waren. »Es sind acht, sie füllen alle Spuren.«

Atemlose Stille erfüllte den Camper, einen Moment später setzten sich die Kolosse dröhnend in Bewegung. Sie steuerten direkt auf sie zu, walzten unzählige Wanderer nieder, die wie Lemminge weiterliefen. Es wirkte, als hätten sie nicht vor, für das Wohnmobil haltzumachen.

»Was machen die?« Gigi lehnte sich vor, sie mochte nicht glauben, was vor ihren Augen geschah.

Rasmus rief: »Wir müssen hier weg! Fahr!«

Sie startete den Motor, ratlos was sie tun sollte. Den Panzern entgegenfahren? Wenden? Wie wollte sie das in der kurzen Zeit bewerkstelligen?

Rasmus griff nach dem Fernglas und brüllte: »Ungefähr fünfhundert Meter weiter vorn befindet sich ein kleiner Wirtschaftsweg, der von der Autobahn wegführt. Gib Gas, Gigi. Wir müssen dahinkommen!«

Sie beschleunigte das Wohnmobil. Sie musste Vollgas geben, konnte den Wanderern nicht ausweichen. Es knallte ununterbrochen, der Camper erzitterte unzählige Male, als die Gestalten, die sie mit dem Wagen erfassten, rechts und links über die Autobahn flogen.

Die Kampfwagen rollten ungebremst weiter auf sie zu. Gigi packte das Lenkrad und trieb das alte Gefährt voran. Nur noch geschätzte achtzig Meter und das Wohnmobil würde zerdrückt werden wie eine Konservenbüchse.

Gigis rief: »Halt dich fest!«

Es fühlte sich an, als würde sie mit Vollspeed auf einen Brückenpfeiler zusteuern. Die Panzer kamen immer näher, die Autobahn vibrierte, als würde die Erde unter ihnen beben. Nur noch vierzig Meter.

Kurz vor dem Wirtschaftsweg stieg Gigi auf die Bremse. Der Camper brach aus, schlingerte auf die linke Spur, und rutschte über die nasse Fahrbahn. Sie schrien, während die schwarze Wand aus Panzerwagen immer näher rückte.

Das Wohnmobil prallte in einen Stau aus menschlichen Geschöpfen, die von zwei Seiten attackiert wurden. Vorn zermalmten die Panzer ihre Leiber und von hinten schleuderte der rutschende Camper den schwarzen Bestien weitere Körper entgegen. Gigi und Rasmus verstummten vor Entsetzen. Alles geschah innerhalb von wenigen Sekunden. So grausam der Anblick war, die Wanderer hatten den Camper mit ihren Körpern gebremst und ihnen so das nächste Manöver möglich gemacht.

Gigi riss das Lenkrad nach rechts und brüllte: »Scheiße!«

Einen Atemzug, bevor die Panzer sie erreichten, steuerte sie den Camper in die schmale Einfahrt zwischen den Leitplanken.

Es knirschte auf der linken Seite, das Wohnmobil hatte eine der Leitschienen getroffen. Im gleichen Moment donnerten die Kampffahrzeuge an ihnen vorbei.

Sie saßen da und sagten kein Wort. Das Grollen der Gefährte entfernte sich, bis sie nur noch den Regen auf das Dach prasseln hörten.

Rasmus drehte sich zu Gigi. »Verdammt, das war knapp!«

Ihre Hände lagen zitternd auf dem Lenkrad, ihr Brustkorb hob und senkte sich hektisch. »Wir hatten schon zu viel Glück, das wird nicht ewig so weitergehen!«

»Das war unglaublich! Gibt es etwas, das du nicht schaffst?«

Ihre Wangen waren gerötet, in ihren Augen lag ein wilder Glanz. Sie sah wie eine Amazone aus, die eine Schlacht gewonnen hatte.

Sie schüttelte den Kopf. »Du stehst unter Schock, bitte halt einfach den Mund.« Sie schwieg und fügte dann versöhnlicher hinzu: »Was ist mit dem Wagen? Wir müssen nachsehen, wie groß der Schaden ist.«

»Auf keinen Fall. Wir können hier nicht aussteigen!«

»Ich fahre nicht wieder auf die Autobahn. Der Asphalt ist mit Leichen gepflastert.«

»Okay, lass uns herausfinden, wohin dieser Weg führt.« Er deutete auf den Wirtschaftsweg.

»Kannst du fahren? Ich habe zu viel Adrenalin im Blut.« Gigi erhob sich, ehe er geantwortet hatte.

Rasmus tauschte den Platz mit ihr und ließ den Motor an.

Der Weg verlief einige hundert Meter parallel zur Autobahn, es blieb ihnen nicht erspart, zu beobachten, was sich dort abspielte. Geschätzt zwei Dutzend Wanderern war es gelungen, an den Panzern vorbeizukommen, und damit hatte das französische Militär gerechnet. Sie brannten die gebrochenen Seelen mit Flammenwerfern nieder. Die Soldaten trugen Gasmasken, und obwohl einigen Menschen der Kopf platzte, fuhren sie unbeeindruckt fort, sie zu verbrennen.

Zum ersten Mal vernahmen Gigi und Rasmus Schmerzensschreie aus den Mündern der Wanderer. Sie hatten nie Schmerz gezeigt, als seien sie keine fühlenden Lebewesen mehr. Doch ihre Todesschreie klangen erschreckend menschlich.

Sie erreichten Reims nach zwei Stunden. Es war später Nachmittag, Gigi schlug eine Rast vor, weil sie sich die Beine vertreten wollte. Ein Stück östlich der Stadt steuerte Rasmus das Zweihundertseelen-Dorf Vrigny an und parkte den Camper auf einer Anhöhe.

Kein einziger Wanderer war ihnen begegnet, seit sie die Autobahn verlassen hatten, auch kein Fahrzeug oder Mensch.

Sie begutachteten den Wagen. Über die linke Seite

des Campers zog sich eine tiefe Furche, aber das alte Gefährt hatte ihr standgehalten.

Sie blickten über das Land Richtung Südwesten. Irgendwo dort hinten lag Paris.

»Es sind nur noch knapp hundertvierzig Kilometer. Warst du schon einmal dort?«

Sie schwieg. Rasmus fiel auf, wie wenig sie voneinander wussten. Er drehte sich zu ihr und sah sie fragend an.

Sie presste die Lippen aufeinander. »Ich habe in Paris gelebt. Nachdem ich fort war, wollte ich nie wieder zurück.«

Wie sie Paris ausgesprochen hatte. Darin hatte ein Unterton geklungen, den er nicht einordnen konnte.

Sie sah in die Ferne, und nicht zum ersten Mal überkam ihn der Eindruck, dass sie etwas zurückhielt.

Unvermittelt nahm sie seine Hand und lächelte. »Rasmus.«

Es fühlte sich an, als hätte sie ihn zum ersten Mal bewusst berührt. Nicht weil er verletzt war, nicht um zweckmäßige Dinge zu erledigen, wie ihm den Ringfinger abzusägen oder ihn unter das Wohnmobil zu schubsen. Er umschloss ihre Hand mit seiner und sah sie verlegen an.

»Ich bin froh, dass du hier bist«, sagte sie schlicht.

Statt ihr zu antworten, wie froh er war, sie bei sich zu wissen, sprach er seine tiefsten Befürchtungen aus. Und hoffte, sie würde Nein rufen. »Vielleicht sterben wir.«

Doch sie sagte nur: »Ich weiß.«

So sanft wie unerwartet, verschränkte sie ihre Finger in seine. Aus der leichten Berührung ihrer Hände wurde eine innige. Er spürte die weiche Handinnenfläche, die sie gegen seine presste. Gigi blickte ihn an, und in ihren Augen leuchtete das Grün der schwedischen Wälder, schimmerte die Erinnerung an eine Heimat, die nicht mehr existierte.

29. Das Virus

Keine Sekunde länger konnte ich hier ausharren, allein mit meinen Gedanken und Flemming, der nun die gleiche Wunde wie die anderen Astronauten aufwies. Eilig zog ich mich zurück durch die Passagen, bis ich vor Karas Koje angekommen war. Bevor ich die Tür öffnete, verließ mich der Mut.

Sie hatte mich nicht bemerkt, schluchzte leise vor sich hin. Der Drang, bei ihr zu sein, wurde übermächtig und ich wusste, es lag nicht an Pheromonen, nicht an ihrer Erscheinung, die mich fasziniert hatte. Ich sehnte mich nach Menschlichkeit.

»Richard, bist du hier?«

Ihre Stimme klang wie das Knistern welker Herbstblätter, die vom Wind umhergewirbelt werden.

»Ja, bin ich.«

»Bitte, komm nicht rein.«

Mein Herz machte einen Satz. Wie schlimm war ihr Zustand? »Okay, verstanden.«

»Kannst du trotzdem hierbleiben?«

»Ich geh nirgendwohin.«

»Danke.« Ihre Stimme klang wie aus weiter Entfernung.

Ich klemmte meinen Körper von außen an die Koje und flüsterte: »Wie fühlst du dich?«

Sie schwieg, und ich dachte, sie hätte mich nicht gehört.

»Es ist kein Virus.«

Kurz wollte ich auflachen, ihre Worte verwirrten mich. »Ich verstehe nicht. Was um Gottes willen ist es dann?«

Ihr Atem klang angestrengt. Ich musste mich beherrschen, die Tür nicht aufzureißen, ich wollte bei ihr sein. »Ist das zu viel für dich, Kara? Soll ich aufhören?«

Sie schluchzte, und ich vernahm wieder die dumpfen Schläge aus der Koje.

»Ich will dir alles erzählen, aber ich weiß nicht, ob ich es schaffe.«

»Dann tu es nicht.«

Sie weinte leise, schlug ihren Kopf immer wieder gegen die Rückwand. Obwohl keine zwei Meter zwischen uns lagen, fühlte ich mich meilenweit entfernt.

Unvermittelt begann sie mit brüchiger Stimme zu sprechen:

»Ein Tag im Mai, es ist nicht lange her, da trafen sich zwölf Wissenschaftler im brasilianischen Dschungel. Ziel ihrer Forschungen war, die Genetik von Pflanzen zu verändern, damit sie resistent gegen Schädlinge werden, größer wachsen und mit wenig Wasser auskommen. Die Manipulation sollte mit einer Anlage ausgeführt werden, die hoch konzentrierte radioaktive Strahlen ins Innere der Genome leitet. Aber dazu kam es nicht. Es gab einen dreizehnten Mann, der etwas Ungeplantes …« Sie unterbrach sich und stöhnte.

»Kara?«

»Richard, es tut so weh. O Gott.«

»Sag nichts mehr. Soll ich in die Kapsel?«

Sie atmete schnell, stieß ihren Kopf in kurzer Abfolge gegen die Wand, trieb meinen Herzschlag in die Höhe.

Ich wollte die Koje aufreißen, sie von ihren Fesseln befreien, aber das durfte ich nicht, also blieb ich still, wartete, lauschte.

Immer wieder das Knallen an der Kojenwand, ein Rhythmus des Schmerzes. Wie nah war sie dran? Was geschah mit ihr? Mit uns?

»Ich habe seine Schilddrüse bei mir«, flüsterte ich, »hörst du mich, Kara?«

»Was hast du?« Lachte oder weinte sie? »Reagiere auf ihre Nachricht. Du hast ihr nicht zurückgeschrieben.« Ihre Worte klangen verwaschen, vielleicht hatte sie sich die Faust in den Mund gesteckt.

»Schreib ihr, dass ich mir Flemming geholt habe und du heute zurück auf die Erde reisen wirst. Sie wird es nicht akzeptieren, Richard. Aber sie kann dich nicht aufhalten.«

»Ich soll dich hier zum Sterben zurücklassen?«

»Tu es, Richard, bitte. Und dann setz dich in die Kapsel und rette dein Leben. Ich habe keine Chance. Es wird nicht mehr lange dauern.«

Ihre Verzweiflung durchdrang mein Herz. »Kara. Bitte verlang das nicht von mir.«

»Schreib die Nachricht. Jetzt.«

Betäubt machte ich mich auf den Weg zum Hauptrechner, öffnete das Nachrichtenfenster und schrieb:

Geena,
Kara Brooks hat Flemming de Jonge getötet. Wenn ich hierbleibe, werde ich der Nächste sein. Ich werde heute die Rückreise antreten. Bitte treffen Sie die Vorkehrungen zu meiner Rettung.

Richard

Ich starrte auf meine Worte. Lügen. Ohne Überzeugung drückte ich auf Senden und flog durch die Module, bis ich die Cupola erreicht hatte. Das blaue Leuchten hatte die Lichter der Großstädte Deutschlands, der Schweiz und Österreichs verschlungen.

30. Gefährten

Je näher sie der Stadt kamen, desto nervöser wurde Gigi. Sie zog die Beine auf den Sitz und umklammerte sie mit ihren Armen. Ihre Finger hatte sie schmerzvoll ineinander verknotet.

Der bloße Anblick tat ihm weh. Er legte seine bandagierte Hand auf ihren Nacken und bildete sich ein, ihre Anspannung würde ein wenig nachlassen.

Schon aus einigen Kilometer Entfernung bemerkten sie, dass Paris nicht verschont geblieben war. Die Stadt verschmolz mit der Dunkelheit, als wäre sie eine Theaterkulisse, über die der letzte Vorhang endgültig gefallen war. Der Eiffelturm, der nachts im Herzen der Stadt seine glanzvolle Magie ausstrahlte, war unbeleuchtet. Kein Leben, keine Menschen. Niemand. Nur die Erinnerung an etwas Glorreiches.

Wie Mahnmale des Untergangs bedeckten kopflose Leichen die ausgestorbenen Straßen.

Während Rasmus durch die finsteren Prachtalleen steuerte, sie die beinahe wiederhergerichtete Notre-Dame Kathedrale passierten, schluckte Gigi die Tränen hinunter. »Bitte fahr weiter. Ich dachte, ich könnte es ertragen, aber ich will das nicht sehen.«

»Mach die Augen zu, ich bringe uns hier raus.«

Doch sie starrte auf die menschenleeren Straßen und nahm die Dunkelheit in sich auf. Sie hätte eine andere Route wählen sollen. Warum hatten sie Paris nicht umfahren? Sie hatte wissen wollen, ob dieser Ort noch immer Macht über sie besaß. Sie hielt sich verkrampft am Sitz fest, drückte sich in das Polster und hatte den Geruch wieder in der Nase. Zum ersten Mal seit Jahren. Übelkeit erfasste sie, und sie kämpfte damit, ruhig zu atmen, bis sie die Stadt verlassen hatten. Gigi war auf eine verzweifelte Weise dankbar, mit Rasmus hier zu sein. Seine Anwesenheit legte sich wie ein Pflaster auf die Wunde, die nie verheilt war und schmerzte wie lange nicht mehr.

Er blickte sie an und spürte, es musste mehr sein als der Anblick der Kopflosen, mehr als eine weitere gefallene Stadt, die ihr zu schaffen machten. Was hatte sie hier erlebt? Er fühlte sich hilflos, konnte nichts tun, als Gas zu geben und sie fortzubringen. Rasmus wollte alles erfahren, und eines Tages würde sie es ihm erzählen. Zumindest hoffte er es, und dass sie diese Zukunft erleben würden.

Sie atmete aus. »Wenn hier alle Lichter ausgegangen sind, brennt überhaupt noch irgendwo eins?«

»Wir sind hier. Solange wir atmen, werden wir das Licht verteidigen.«

Sie schluchzte auf. »Nein, wir sind die Dunkelheit. Die Menschheit ist reif für die Antwort. Woher sie auch immer kommt, sie wird endgültig sein.«

Rasmus erschauerte bei ihren Worten. Sie hatte recht, aber er konnte das nicht stehen lassen. »Gigi, vielleicht stimmt das. Aber du und ich, wir leben und sicher sind wir nicht allein. Wir wissen nicht, ob es überall geschieht. Ich gebe die Hoffnung erst auf, wenn wir tot sind.«

Er hielt mitten auf der Landstraße und zog sie in die Arme. »Lass uns nach Deauville fahren und nach La Réunion segeln!«

Gigi löste sich aus seiner Umarmung und sagte: »La Réunion? Weißt du, wie weit das weg liegt? Wir würden Monate brauchen, falls wir Kap Horn überleben.«

»Wenn wir diesem Mist hier standhalten, werden wir doch nicht plötzlich auf die Idee kommen zu ertrinken, oder?«

»Stürme, Piraten, Seeungeheuer. Such dir was aus.«

»Das werden wir mit links schaffen, schließlich ist Superwoman an Bord!«

»Seit wann bist du so optimistisch?«

Er nahm ihre Hände in seine. »Seit du es nicht mehr bist.«

»Warum La Réunion?«, fragte sie verwundert.

»Weil die Insel abgelegen mitten im Indischen Ozean liegt. Es gibt keine Atomkraft, du sprichst französisch und wir haben sogar noch ein paar Euro.«

»Woher weißt du das alles?«

»Ich bin nie aus Schweden rausgekommen, aber ich habe davon geträumt. Reicht das als Antwort?«

Sie nickte ein paar Mal und verstummte.

Er steuerte das Wohnmobil auf die Autobahn. Nichts und niemand blockierte die Weiterfahrt. Es waren nur noch zwei Stunden bis Deauville. Mit dem Ziel vor Augen beschleunigte er den Wagen, und sie glitten durch die Nacht. Ein einsames Gefährt, angetrieben von Hoffnung und Verzweiflung.

Das letzte Wasser war ausgetrunken. Im Kühlschrank lag nur noch ein Stück Käse aus der Pensionsküche. Gigi spürte Durst und Erschöpfung, aber zur Auswahl standen nur Bier, Wein und Schnaps. Bald würden sie hoffentlich

Wasser und Lebensmittel aufstöbern. Nur noch ein bisschen durchhalten. »Erzähl mir irgendwas.«

»Wir haben es fast geschafft.« Er deutete auf das Schild mit der Aufschrift *Criquebeauf-sur-Seine 14 km* und darunter die magischen Buchstaben *Deauville 112 km.*

»So nah schon?«

Er nickte und legte ihr wieder die Hand in den Nacken. »Geht es dir gut? Du fühlst dich warm an.«

»Wahrscheinlich bin ich dehydriert. Wir treiben Wasser auf, wenn wir da sind!«

»Eine Stunde noch, kriegst du das hin?«

»Gib Gas.«

Freude vermischte sich mit der Angst, es auf die letzten Meter doch nicht zu schaffen. Aber sie hatten keine andere Option. Sie mussten diesen Weg bis zum Ende gehen.

Er wünschte, sie würde ihm erzählen, was sie in Paris erlebt hatte, was sie so quälte. Er wollte alles über sie erfahren. Rasmus hoffte, Gigis Fieber war nicht das Symptom einer beginnenden Strahlenkrankheit. Sie zitterte und wirkte angeschlagen. Warum hatte sie ihm nicht mitgeteilt, dass nur fünfzig Kilometer von Deauville das Kernkraftwerk Paluel lag und hundertfünfzig Kilometer weiter das AKW Penly? Aus welchem Grund wollte sie trotz der Gefahr an diesen Ort? So nah waren sie bisher keinem AKW gekommen. Er vertraute ihr, es musste wichtig sein. Also versuchte er, jede Etappe, die sie bewältigten, als positives Zeichen zu sehen.

Rasmus wurde bewusst, wie sehr er leben wollte. Seine frühere Existenz wirkte fern, er wusste nicht, wer er gewesen war, ob er jemals gefühlt hatte. Die Begegnung mit Gigi hatte ihn verändert. Er schämte sich, angesichts der Tragödie etwas Positives zu verspüren. Doch dieses Empfinden befähigte ihn weiterzukämpfen. Er betrachtete die hinreißende Frau an seiner Seite und wünschte sich nichts weiter, als Zeit mit ihr zu bekommen. Noch ein wenig mehr. Die Vorstellung, ihr könnte etwas zustoßen, brachte ihn um den Verstand.

Er berührte ihre Wange. »Mach die Augen zu, schlaf etwas.«

»Ich versuche es.«

Er drückte das Gaspedal durch. Es würde gut werden. Vielleicht waren sie unverwüstlich?

Plötzlich erschütterte ein Schlag von rechts das Wohnmobil.

Gigi schreckte hoch. »Was war das?«

Bevor Rasmus antworten konnte, knallte es erneut, der Camper geriet ins Schleudern, krachte gegen die Mittelleitplanke, schoss über alle drei Spuren nach rechts. Gigi nahm wahr, dass sie sich auf einer Brücke befanden, die über die Seine führte, und krallte sich an ihren Sitz. Alles passierte so schnell und zugleich in Zeitlupe. Rasmus riss verzweifelt am Lenkrad und trat mit beiden Füßen auf die Bremse, als wollte er das Pedal in die Karosserie hineintreiben. Für eine Sekunde sah er sie an, den Mund weit aufgerissen, doch sie hörte nicht, was er brüllte. Der Camper prallte mit der Wucht von dreieinhalb Tonnen gegen die Brückenbrüstung, die dem gewaltigen Druck nachgab. Sie stürzten in die nachtschwarze Seine.

31. Geena Snyder

Meine Beobachtungen aus der Aussichtskuppel nahmen mir zunehmend die Hoffnung. Seit dem letzten Überflug leuchteten Teile von China blau.

Länger konnte ich nicht bleiben, ich musste zu Kara zurück. Was sie zu offenbaren hatte, schien sie in Not zu bringen, mit Schmerzen zu bestrafen, als wollte das, was in ihr war, die Wahrheit zurückhalten.

Ich musste erfahren, was auf der Erde geschah. Auf dem Rechner suchte ich Programme und Anwendungen durch, öffnete den Browser, der nicht lud. Fehlermeldungen. Wir waren abgeschnitten.

Eine neue Nachricht ging ein. Sie war von Geena Snyder. Merkwürdig, das interne Mailprogramm funktionierte offensichtlich.

Richard,

es war keine Bitte, dass Sie auf der Station bleiben sollen, es war eine Anweisung.

Sie wollen den Schwanz einziehen? Zu spät, dann hätten sie ihn in der Hose lassen müssen.

Sie bleiben auf der Station. Wir brauchen Sie dort.

Ich weiß, dass Kara Brooks nicht für den Tod von Flemming de Jonge verantwortlich ist. Haben Sie geglaubt, mit dieser Lüge durchzukommen?

Geena Snyder
NASA-Administratorin

Mir wurde kalt. Auf nichts konnte ich mir einen Reim machen, als existierte ein Paralleluniversum, von dem ich nichts ahnte.

Es gab nur eine, die es wissen konnte. Ich hoffte, sie war in der Verfassung, mir Antworten zu geben.

Lautlos zog ich mich zu ihrer Koje. Es war still. Schlief sie? Obwohl sie es nicht gewollt hatte, öffnete ich die Tür, und zuckte zusammen. Was war mir ihr geschehen?

Sie wirkte zerbrechlich, wie ein kleiner Vogel. Ihre Augen waren geschlossen, feine Adern schimmerten wie blaue Gewächse durch ihre fahle Haut. Sie schien sich zu verlieren, immer weniger Substanz zu besitzen, als würde sie sich vor meinen Augen auflösen. Das, was von ihr Besitz ergriffen hatte, schien zu kapitulieren, aber es nahm sie mit. Kara starb, und ich konnte es nicht verhindern.

Vorsichtig glitt ich zu ihr, zog das Messer aus der Hosentasche und schnitt die Kabelbinder durch. Sie zuckte zusammen und war frei. Was auch immer das jetzt noch bedeuten mochte.

Aus der anderen Hosentasche zog ich heraus, was ich Flemming gestohlen hatte, und deponierte es sichtbar in einem Fach neben ihrem Schlafsack. Bevor ich sie verließ, blickte ich sie an, wahrscheinlich zum letzten Mal. Mein Herz war ein Klumpen Eis.

Der Weg in die Kapsel fühlte sich endlos an. So schnell

wie möglich wollte ich fort und zugleich alles, nur nicht weg von ihr. Ich öffnete die Luke, beförderte Flemmings Leiche hinaus, schlüpfte hinein und verschloss sie. Drinnen rollte ich mich zusammen wie ein kleiner Junge. Sie würde sterben. Der Tod umgab mich überall, er war auch in mir.

»Richard? Bist du in der Kapsel?« Kara sprach mich über Funk an. Ihre Stimme klang so brüchig wie das letzte bisschen Leben in ihr.

Ich räusperte mich. »Ja, bin ich.«

»Verlier nicht den Mut.« In ihren Worten lag Mitgefühl.

Ein Schluchzen entwich mir, machte sich über die Funkfrequenzen auf den Weg zu ihr. Ich legte meine Stirn gegen die kalten Instrumente.

Wir schwiegen, und ich vernahm das Ratschen eines Klettverschlusses. Löste sie sich aus dem Schlafsack?

»Kara, du kannst es überwinden.« Meine Worte waren voll von abwegigen Hoffnungen. So sehr wollte ich uns beide davon überzeugen.

Einen Moment gab ich mich der Vision ihrer Heilung hin. Das Glücksgefühl, das diese Vorstellung auslöste, war kaum auszuhalten. Ich sah auf das Funkgerät, als steckte sie selbst darin. Sie antwortete nicht.

»Du kannst die Erste sein, die das durchsteht. Vielleicht ist es im All möglich?«

»Hör auf Richard, du klammerst dich an eine Illusion. Niemand hat es besiegt. Es macht keinen Unterschied, ob ich im Weltall bin. Es war ein Experiment, hierherzukommen. Ein Fehler, wie die Atombomben.«

»Wie die Atombomben? Was meinst du damit? Aber du siehst wie vorher aus, bevor du infiziert wurdest. Was auch immer in dir ist, es verliert an Stärke.«

Ich belog uns beide, weil ich die Wahrheit nicht ertragen konnte. Sie sah aus, als würde sie von innen verschlungen.

»Hast du die Luke der Rettungskapsel verschlossen?«

»Ja, ich könnte mich jederzeit abkoppeln.«

»Gut, das ist gut.« Ihre Stimme zitterte und strafte ihre Worte Lügen. »Ich hatte Angst zu sterben, ohne die Erde noch einmal zu sehen.«

»Lass mich bei dir bleiben. Sobald du gesund bist, kehren wir zusammen zurück.«

»Nein, Richard. Ich werde dir aus der Cupola hinterherwinken.«

»Verdammt, ich kann das nicht.«

»Erinnerst du dich daran, was ich dir über die zwölf Menschen im Dschungel erzählt hatte?«

»Natürlich.«

»Es war einer mehr. Der Dreizehnte war Mi Phan Tok. Ein junger Mann, der seinen Platz im Leben nie gefunden hatte. Er war ein Handlanger bei den Forschungen, nicht eingeweiht in die Pläne. Er wusste nicht, worum es bei den Versuchen gehen sollte, nur, dass sie mit der Anlage zu tun haben würden. Aber er wollte selbst etwas gelten, das war sein Antrieb. Tok war absolut ahnungslos und hat in seiner Naivität etwas ausgelöst.«

Sie machte eine Pause. Es klang, als würde sie sich durch die Module bewegen.

»Ich bin in der Cupola, Richard.« Sie rang nach Luft, als hätte ihr der kurze Weg zugesetzt. »Sie ist noch immer wunderschön«, flüsterte sie und begann zu weinen.

Ich malte mir aus, wie sie aus den Fenstern ins All hinausblickte, sah in meiner Vision, was sie sah.

32. Es war einmal

Sie fiel in die Tiefe.

»Gottfrida, du musst die Arme und Beine wie ein Frosch bewegen.« Er lachte, und sie ging unter.

Wie machte ein Frosch? Sie strampelte. Schnappte nach Luft. Er lachte noch immer, während sie die Arme blind durchs Wasser drosch und tiefer in den See sank.

Mit einem Ruck riss er ihren Kopf an den Haaren hoch. *»Stell dich nicht so an, Fräulein. Du machst weiter, bis du kapiert hast, wie es geht!«*

So kalt. Hatte sie die Augen geöffnet? Schwärze. Da, der Camper. Er sank und sank. Seine Scheinwerfer flackerten, als würde er sie um Hilfe anflehen. *Lass mich nicht untergehen, MacGyver.* Sie konnte nicht alle retten. Nicht alle.

Die Schwimmwestenkonstruktion am Fahrerhaus hatte sich gelöst und schwamm ihr wie ein rettender Teppich entgegen. Sie hob die Hand. Die Strömung riss sie fort, sie griff ins Leere.

Rasmus, bist du hier? Wo war er? Was wollte sie ihm sagen? Er hätte den Wein probieren sollen. Sie musste ihm etwas Wichtiges erzählen. Sie war so erschöpft. *Ich vermisse dich, Rasmus.* Ihre Muskeln ermüdeten. *Nein, weiterschwimmen.*

Gabriel tauchte aus der Tiefe auf, als hätte er hier auf sie gewartet. »Komm mit mir, Gigi. Ich liebe dich.«

Kraftlos schlug sie nach ihm. Das eisige Wasser strömte durch ihre Hände. Leere. Er war verschwunden.

»Schwimm, MacGyver!«

Rasmus? Sie malte sein Gesicht ins Wasser. So müde.

»Papa, sieh doch, wie ich schwimme!«

Aber Papa war ein Lügner. Sie öffnete den Mund und atmete ein.

Der Aufprall. Überall Wasser. Gluckern. Er umarmte sie, würde sie nicht loslassen. Er wartete, bis sie ganz umgeben waren. Herzrasen.

»Wach auf, Gigi!«

Er drückte die Beifahrertür auf. Schob sie hinaus. Wollte ihr folgen. Er hing fest. Seine Hose, etwas hatte sie gepackt. Gigi glitt hinaus in die Schwärze, einen Moment später war sie fort. Rasmus strampelte. Ein Ruck. Frei.

Gigi!

Keine Luft mehr. Er riss die Augen auf. Nichts. Er schwamm mit kräftigen Zügen an die Oberfläche. Luft. Tauchte wieder hinab. Dunkelheit. Kraulte Richtung Brücke. Nichts.

Gigi!

Die Strömung riss ihn mit sich. Er versuchte, zurück zum Camper zu tauchen. Unsichtbare Gewalten trieben ihn fort von ihr.

Noch einmal alle Kraft sammeln.

Ich komme, Gigi! Wo bist du? Komm schon, Superwoman!

Ein Fluss aus Tränen. Abtauchen. Suchen. Auftauchen.

Gleich bin ich bei dir. Abtauchen. Suchen. Auftauchen. Husten. Zittern. Wieder hinein. Augen aufgerissen.

Wo bist du?

Schwarz. Abtauchen. Immer wieder. Finsternis. Erschöpfte Arme. Brüllen. Das Ufer. Steine unter den Füßen. Morast. Schilf.

»Gigi, wo bist du? Ich bin hier!«

Wasser und Himmel wurden eins. Schweigen. Wasserglucksen. Murmeln. Flüstern. »Gigi.«

Die Nacht forderte das Licht für alle Zeit.

Wir waren nicht unverwüstlich.

Eine Amsel sang. Die Sonne stieg hinauf in den gedankenlos blauen Himmel. Schritte auf dem Asphalt. Er hob den Kopf und betrachtete die gebrochenen Seelen, die dumpf über die Brücke fluteten. Er war einer von ihnen. Nicht seine Knochen waren aufgerissen, die Hoffnung hatte ihn mit ihr verlassen. Sein Herz klopfte so schnell, als versuchte es, für ihres mitzuschlagen. Er legte den Kopf zurück auf die Steine, starrte in die Sonne, bis er nichts mehr sehen konnte. Tränen liefen in seine Ohren, bildeten salzige Seen in den Muscheln.

Er sprang auf. Rief ihren Namen. In diesem Moment war es ihm egal, sollte die Weltbevölkerung doch sterben. Kannte er ein einziges Schicksal? Hatte er ein Herz schlagen gehört?

Ihren Herzschlag hatte er gespürt, den Klang ihrer Stimme vernommen, die Kraft ihrer Hände gefühlt und ihre Tränen gesehen. Sie war die ganze Menschheit für ihn gewesen. Ausgelöscht.

Rasmus hob Steine von der Uferböschung auf und warf sie auf die Wanderer. Sie rannten unbeirrt weiter. Sie waren nichts mehr als geistlose Marionetten. Er stürmte zu ihnen. Hastete mitten unter den Vielen. Schrie sie an, schlug und schubste die Namenlosen. Niemand nahm Notiz von ihm. Niemand wehrte sich. Sie waren tot. Er war tot.

Auf der anderen Uferseite löste er sich aus der Gruppe und rannte mit der Strömung des Flusses. Er wollte hineinspringen, ihre Luft atmen, nachschauen, ob sie ihre Hände verknotet hatte. Er musste sie wärmen. Rasmus hetzte weiter, unfähig anzuhalten.

Die Seine machte eine Biegung. Er sprintete und entdeckte etwas.

Dahinten!

Neonrot und blütenweiß.

Wie Blut und Unschuld.

Ein Haufen Rot und Weiß, zusammengebunden zu einem Pflug. Sie hatten ihn nicht wieder abgenommen, und nun hatte er sich am Ufer verfangen. Er rannte, als könnte er Gigi retten, wenn er nur schnell genug dort wäre.

Außer Atem. Zu spät. Er warf sich auf die feuchte Böschung, berührte die Schwimmwesten, als seien sie heilig. Ihre Hände hatten den Pflug zusammengeschnürt und ihnen damit den Weg geebnet. Der Fluss hatte die blutigen Flecken fortgewaschen. Weinend bettete er seinen Kopf darauf. Er hätte es ihr sagen müssen. Was er fühlte, wer sie für ihn war. Vorbei.

Er dachte an den Moment, als er sie zum ersten Mal gesehen hatte, als lägen Jahre dazwischen, ein ganzes Leben. Wie abgedreht er sie gefunden hatte, einschüchternd und taff. Sie war der Sonnenstrahl in dieser Finsternis. Er erinnerte sich, wie sie auf der Landstraße gelegen hatte, fühlte erneut die Erleichterung, weil sie nicht tot gewesen war. Die vielen guten wie schmerzhaften Momente mit ihr. Ihre warme Hand an seiner, seine Lebensretterin, Madame Kapitän, MacGyver.

Sie war die Tapfere, die Planerin, deren Lachen sein Herz auferweckt hatte. Wie sein Name aus ihrem Mund geklungen hatte. Er wollte es noch einmal hören, ein letztes Mal. Er sah ihre ineinander verknoteten Finger, wenn sie angespannt war. Ihr Leuchten, die wilden Haare und Tattoos. Wie sie aus der Tankstelle gelaufen war, bepackt mit Lebensmitteln und Schnaps. Wie sie nackt im verlassenen Camper gestanden hatte. Ihre leuchtend grünen Augen. Der teure Wein in ihrer Hand und der Ast, mit dem sie ihn gerettet hatte. Er fühlte ihren weichen Nacken unter seinen Fingern. Sie hatte ihn erschießen wollen, sie hatte geweint, und sie hatte ihn geküsst.

Wie konnte sie sterben? Sie, die Heldin? Und er, der Waldschrat, überleben? Sie hatte sein Herz mit sich genommen und in den eisigen Tiefen des Flusses bestattet.

33. Gott möge mich verdammen

»Warum weinst du, Rasmus?« Ein Wispern.

Wie elektrisiert sprang er auf die Füße, blickte sich um und flüsterte: »Gigi?«, unsicher, ob die Worte seiner Einbildung entsprungen waren.

»Hier oben.«

Sein Herz machte einen Satz. Er suchte die Uferböschung ab, da war sie nicht.

»Komm zu mir, Rasmus.« Sie weinte.

Er folgte dem Klang und entdeckte sie unter einer Weide, deren Äste bis auf den Boden hingen und ihren Körper wie einen Schutzwall umrahmten. Er rief ihren Namen, jagte los, warf sich auf die Erde und bettete seinen Kopf auf ihre Brust. »Du lebst!«

Sie legte die Arme um ihn und zog ihn an sich. In ihren Schluchzern lag der gleiche Schmerz, den er selbst fühlte.

Sie küsste seinen Hals. »Ich dachte, du wärst ertrunken.«

»Warum sollte ich so etwas Dummes tun?« Er wischte sich über das Gesicht, und alles, was er sagen musste, sprudelte aus ihm heraus. Keine Sekunde länger wollte er es aufschieben. Es kam MacGyver darin vor und viele

Worte später, nachdem er sich um Kopf und Kragen geredet hatte, sagte er etwas von Liebe.

Gigi nickte immer wieder, Tränen liefen ihr über die Wangen. Auch sie sagte einiges, zum Beispiel, wie höllisch wütend sie auf ihn gewesen war, als er während ihrer Pinkelpause abgehauen war. Und es kam darin etwas vor, das ihn zum Lächeln brachte. Sie sagte ziemlich nette Sachen und dieses eine Wort, bei dem alle feuchte Augen bekommen. Sie pressten ihre Lippen aufeinander und hörten für eine lange Weile nicht mehr damit auf.

Rasmus konnte das Grinsen in seinem Gesicht nicht abstellen. »Gott möge mich verdammen, Gigi. Die Welt geht unter, aber ich bin überglücklich.«

Sie strich müde über seine Wange.

»Hey, was ist los?« Rasmus setzte sich besorgt auf.

»Mir ist furchtbar warm.«

Er legte ihr eine Hand auf die Stirn. »Fühlt sich an, als hättest du Fieber. Bitte bleib hier liegen. Ich gehe Wasser auftreiben. Versprich mir, du bewegst dich keinen Millimeter.«

»Sind keine Wanderer unterwegs?« Ihre Stimme zitterte.

»Seit dem frühen Morgen habe ich keine mehr gesehen. Ich beeile mich.«

Sie sah ihn unglücklich an. »Pass auf dich auf.«

»Bin gleich zurück.« Kaum hatte er die Worte ausgesprochen, rannte er los.

Sie befanden sich in einem ländlichen Gebiet der Normandie. Die Seine wand sich in Schleifen durch die hügelige Landschaft, doch die Schönheit der Umgebung nahm er nicht wahr. Er suchte das Gebiet nach Hinweisen von Infrastruktur ab, aber hier war nicht mal eine Tankstelle, zu der er hätte laufen können. Rasmus sprintete, so schnell ihn seine Füße trugen. Durch einen Wald, vorbei an einem kleinen See, auf dem sich das Licht der Sonne spiegelte.

Zu seiner Freude entdeckte er ungefähr zweihundert Meter dahinter ein einzelnes Haus. Er würde einbrechen müssen, aber das würde wohl niemanden mehr stören. Schnell rein, Wasser finden und wieder zurück.

Er sprang über das angelehnte Holztor, eilte die lange Auffahrt hoch, klingelte ein paar Mal. Nichts regte sich. Die massive Haustür konnte er ohne Werkzeug nicht aufbrechen, also lief er ums Haus herum in den Garten und rüttelte an der Terrassentür. Sie war verschlossen, die Vorhänge zugezogen.

Er sah sich hilfesuchend um. In den Beeten standen schwere Terrakottafiguren. Er entschied sich für einen betenden Engel, wuchtete ihn hoch und warf ihn gegen die Glastür. Es krachte und regnete Scherben. Er steckte die Hand durch das Loch in der Scheibe und öffnete die Tür von innen.

»Bonjour! Hallo, ist jemand zuhause?«, rief er außer Atem und horchte. Alles blieb still. Er stieg über die Glassplitter in das gemütlich eingerichtete Haus, hielt kurz inne und rannte durch das Erdgeschoss. Die Küche war geräumig und gut ausgestattet. Er riss die Schränke auf und fand Konserven, aber kein Wasser. Der Kühlschrank enthielt wieder mal Käse, abgepackten Aufschnitt, eine angeknabberte Sahnetorte und Babygläschen.

Rasmus drehte sich um und entdeckte einen Hochstuhl für Kleinkinder oder Babys, er wusste es nicht so genau. Er wollte sich nicht ausmalen, was ihnen passiert sein mochte. Er musste Wasser finden und zurück zu Gigi, er konnte sich keine Emotionen erlauben. Er riss eine Tür auf, hinter der eine steile Kellertreppe zum Vorschein kam. Unten fand er Wasser und jubelte. Vier Sixpacks. Er griff sich drei Flaschen.

Oben in der Küche riss er die Schränke erneut auf und zog eine Jutetasche hervor, auf die ein Pony gemalt war. Er legte die Flaschen hinein und eine Packung Salzstangen, die er entdeckt hatte, sprang über die Scherben zurück ins Freie und sprintete zu Gigi.

Er wusste nicht, wie lange er weg gewesen war, aber sie saß aufrecht unter dem Baum und schien angespannt auf ihn zu warten. Ihre Augen leuchteten auf, als sie ihn herbeirennen sah.

Rasmus setzte sich neben sie, öffnete eine Flasche und ließ Gigi trinken. Sie trank sie in kurzer Zeit leer und streckte sich erschöpft auf der Erde aus. »Danke.«

»Mach die Augen zu, ich bin hier.« Er beugte sich vor und küsste sie sanft.

Alle paar Minuten legte er ihr eine Hand auf die Stirn und prüfte, ob ihr Körper noch immer glühte. Er tränkte sein T-Shirt im Fluss und rieb ihre erhitzte Haut damit ab. Er betrachtete ihre langen Beine, als nähme er sie zum ersten Mal wahr. Die Haut war an einigen Stellen aufgeschürft, goldene Haare schimmerten zart auf ihren gebräunten Armen. Sie wirkte angespannt, wie eine Jägerin, die jeden Moment aufspringen könnte, um ihrer Beute nachzustellen.

Rasmus bewachte ihren Schlaf bis zum späten Nachmittag. Obwohl er nicht religiös war, murmelte er Worte, die wie ein Gebet klangen. Das war das Einzige, was er tun konnte in einer Zeit, in der nur tollkühne Menschen Hoffnung empfanden, und zu denen gehörte er.

34. Offenbarungen

»Richard, was möchtest du tun, wenn du zurück bist?«

Die Sehnsucht in ihrer Stimme brachte mich um den Verstand. Was sollte ich antworten? »Ein letztes Mal das Meer sehen, Salz schmecken.«

»Das ist wundervoll, ich kann es schmecken.« Sie klang euphorisch, als könnte sie es wirklich. Einen Moment später schluchzte sie, und ich presste mir die Hand vor den Mund, um nicht zu brüllen. Ich wollte zu ihr.

»Hast du den Rettungsanzug an?«

»Nein.«

Er klemmte im Schalensitz neben mir. Aber ich konnte ihn nicht anziehen, ich wollte nicht fort.

»Ohne den Anzug kannst du den Flug nicht antreten. Bitte Richard.«

Mechanisch zwängte ich mich hinein. Meine Augen waren blind, meine Hände zitterten. Es dauerte eine Viertelstunde, ehe ich endlich drinsteckte. Schweißbedeckt schnallte ich mich in den mittleren Sitz. Es fühlte sich an, als wäre es besiegelt, als säße ich erneut in der Achterbahn.

»Fertig?«

»Ja.«

»Möchtest du hören, wie es weiterging?«

Ich nickte, obwohl sie mich nicht sehen konnte.

»Tok stahl sich zur Anlage, warf Pflanzgut auf den Objektträger und bestrahlte es. Nichts geschah. Er wusste nicht einmal, was genau passieren sollte, bekam Panik und weinte.« Sie sagte das so mitfühlend, als hätte er ihr nahegestanden.

»Er wiederholte die Prozedur mit anderen Pflanzen. Mittlerweile hatten die Forscher ihn entdeckt und versuchten, ihn aufzuhalten. Aber es war schon zu spät.«

Sie stockte. Hatte sie Angst, weiterzuerzählen? Oder wurden die Schmerzen stärker? Sie schluchzte, und ich wusste nicht, wie ich diese Situation aushalten sollte. Alles in mir sträubte sich, weiter hier zu verharren, sie allein zu lassen.

»Kara, weißt du, was ich in deiner Koje deponiert habe? Ich kann sie dir bringen.«

Sie schwieg, als würde sie abwägen, ob das eine Option für sie wäre. »Ich will sie nicht.«

»Du stirbst.« Die Vorstellung nahm mir die Luft.

»Verleite mich nicht, Richard. Ich möchte ihm keine Nahrung mehr geben, bitte lass mich sterben.«

Ihre Worte rissen mir ein Loch ins Herz. Ich war bereit, mich an einen mörderischen Strohhalm zu klammern, es so lange wie möglich hinauszuzögern. »Es geht zu schnell, Kara.«

Sie lachte rau. »Ich bin zäh. Die Erde zu sehen, deine Stimme zu hören, gibt mir Kraft. Dieser Körper gehört mir nicht mehr, auch wenn du es nicht wahrhaben willst. Richard, er will dich. Du bist gesund und stark, du bietest mehr Optionen als ich.«

Er will mich? Er? Ich wollte etwas kaputt schlagen.

Wir schwiegen.

»Der Kopf des jungen Mannes explodierte«, sagte sie unvermittelt, und ich versuchte vergeblich, mir die Szene vorzustellen. Vielleicht konnte ich kein Bild heraufbeschwören, weil dieser Akt unerträglich war?

»Wie ist das geschehen, ich meine wodurch?«

Sie keuchte, und ich vernahm ein Knallen, als schlüge sie ihren Kopf gegen das Glas der Cupola. Nein, ich konnte nicht hierbleiben und mir das anhören.

»Kara? Ich komme jetzt zu dir!« Schon zog ich mich nach oben und wollte die Luke aufreißen.

»Bitte nicht. Du machst es nur schlimmer«, keuchte sie.

Meine Stimme überschlug sich: »Wie viel schlimmer kann es denn noch werden?«

»Viel.«

35. Sternstunde

Rasmus ließ sie keine Sekunde aus den Augen. Sie lag ausgestreckt vor ihm und rührte sich nicht. Ihr Gesicht glänzte fiebrig, ihr Atem flatterte. Er beugte sich über sie und flüsterte: »Gigi.«

Sie öffnete die Augen, streckte die Hand nach ihm aus und fiel wieder in unruhigen Schlaf. Das Fieber war noch immer nicht gesunken. Er schob seine Hände unter ihren Körper, hob sie auf und rannte los. Ihr Gewicht in seinen Armen, ihre Verletzlichkeit weckten den Wunsch, sie zu beschützen. Nie wieder sollte ihr ein Leid geschehen.

Rasmus eilte voran, über die Anhöhe, durch den Wald, bis er den kleinen See zwischen den Bäumen glitzern sah. Er watete langsam hinein.

Sie erschauderte, als das Wasser ihren Körper umschloss, dann entspannten sich ihre Gesichtszüge, und er verharrte dort mit ihr, bis die Dunkelheit heraufzog.

Ihr Atem hatte sich beruhigt, die Anspannung war aus ihrem Körper gewichen. Sie schmiegte sich in seine Arme, ihr Brustkorb hob und senkte sich ruhig. Er hätte ewig hier mit ihr bleiben können und sie ansehen, sie spüren.

Rasmus flüsterte vor sich hin, der festen Überzeugung, sie würde schlafen. »Ich hätte mir nicht träumen lassen, dass die Elchkillerin mal so zutraulich sein würde.« Er war so erleichtert, weil es ihr besser ging, und redete weiter: »Du wilde Amazone, jetzt liegst du weich wie eine Feder in meinen Armen, aber du wolltest mich erschießen. Hättest du abgedrückt?« Er überlegte, dann beantwortete er sich die Frage selbst. »Nein, das Loch im Dach des Campers war ein Versehen.« Er senkte den Kopf zu ihr. »Würdest du es mir übel nehmen, wenn ich sage, wie gern ich dich jetzt küssen würde?«

Gigi öffnete die Augen und sagte: »Das war eine knappe Angelegenheit mit dem Erschießen. Und ich nehme es dir nicht übel, wenn du mich jetzt küsst, tu es!«

Rasmus erstarrte. »Seit wann bist du wach?«

»Schon eine ganze Weile.« Sie lächelte.

Er lachte. »Ups.«

»Das war sehr unterhaltsam.« Sie zog seinen Kopf zu sich, klammerte sich an seine Schultern und küsste ihn ungestüm, was einen Großbrand in seinem Inneren auslöste. Er flüsterte: »Ich will unter deine Haut kriechen.«

Sie sah ihn einen Moment stumm an, ihre Mundwinkel zuckten, dann umschlang sie seinen Körper mit ihren Beinen.

Für diesen Moment gab es nur sie, keine Katastrophe, sondern zwei Menschen, die sich nah waren und liebten.

Später lagen sie am Ufer des Sees, stopften sich mit Salzstangen voll und sagten wie aus einem Mund: »Warum haben wir das nicht schon viel früher gemacht?«

36. Der Gegner

Eine halbe Ewigkeit saß ich angeschnallt in der Kapsel und hörte ihrem gequälten Atem zu, der unseren nahenden Abschied ankündigte. Kämpfte sie schon mit dem Tod? Obwohl ich im Rettungsanzug schwitzte, zitterte ich wie unter Strom.

Endlich entspannten sich ihre Atemzüge, als wäre sie eingeschlafen. Ich lauschte ihnen, bis mir die Augen zufielen.

Ihr Kopf explodierte. Immer wieder. Sie schrie, obwohl nichts mehr da war, womit sie einen Laut hätte geben können.

»Richard, hörst du mich?«

Ich schrak auf, mein Herz raste. Panisch riss ich das Visier des Helms nach oben und hörte mich sagen: »Ja, Kara.«

»Sagt dir der Name Ophiocordyceps unilateralis etwas?«

In meinem Kopf herrschte Unordnung. »Klingt pflanzlich?«, sagte ich matt, schnallte mich ab, und versuchte, eine wache Position zu finden.

»Das ist der Name einer parasitären Pilzart, die Ameisen befällt und die Kontrolle über sie übernimmt.

Der Pilz dringt über Sporen ins Hirn des Insekts und manipuliert sein Verhalten, sodass es ihn in ein für seine Ausbreitung perfektes Gebiet transportiert. Dort platzt die Keule des Pilzes und die Sporen verteilen sich in dem Areal. Auf diese Weise sterben ganze Ameisenkolonien im Dschungel.«

Ich zog mich in eine aufrechte Lage. Was sie gesagt hatte, musste von großer Bedeutung sein, aber ich begriff gar nichts.

»Warum erzählst du mir das?«

»Ihnen platzt der Kopf, Richard. Kommt dir das bekannt vor?«

Mein Verstand weigerte sich, die Informationen zusammenzusetzen. Ich erinnerte mich, eine Dokumentation über diese verpilzten Ameisen gesehen zu haben, und hoffte, ihre Erklärung widerlegen zu können. »Er kann aber keine Menschen befallen.«

»Richtig, das galt für den ursprünglichen Pilz. Was Tok nicht wusste, als er das Pflanzgut auf den Objektträger von BlueJohnny geworfen hatte: Zwischen den Blättern befand sich eine infizierte Ameise.«

Mir wurde schwindelig. Alles, was wir, die gesamte Menschheit, über das tödliche Virus zu wissen geglaubt hatten, sollte ein Irrtum sein? »Dann ist dieser Pilz die Ursache für all das?«

»Ja. Durch die hoch radioaktive Bestrahlung wurde er menschengängig und entwickelte zugleich die Radiosynthese, er begann sich von Radioaktivität zu ernähren.«

»Radiosynthese? Was redest du da? Ein Pilz, der sich von Strahlung ernährt, hat allen Ernstes das atomare Chaos auf unserem Planeten hervorgerufen und verteilt seine Sporen durch alle Völker?«

Sie seufzte resigniert.

»Seit Anbeginn der Zivilisation war es der Mensch

selbst, der das Fundament für Katastrophen gelegt hat. Nicht der Pilz ist für das Chaos verantwortlich, sondern die Menschen, Richard. Die Natur ist anpassungsfähig, Radiosynthese existiert schon länger. Die ersten radiothrophen Pilzarten wurden nur wenige Jahre nach dem Tschernobyl-GAU gefunden. Sie wuchsen an den Reaktorwänden. Damals wurde entdeckt, dass spezielle Pilzarten existieren, die aus radioaktiver Strahlung Energie erzeugen, analog zur Fotosynthese bei Pflanzen.«

Sie hielt inne und japste nach Luft. Ich wünschte, sie würde nicht weitersprechen, doch das tat sie.

»Durch den Vorfall im Dschungel wurde ein neuer radiothroper Pilz erschaffen und zugleich einen weiterer Wirt gefunden, der Mensch. Voilà, der blaue Pilz wurde geboren. Er wird die Weltbevölkerung vernichten, Richard.«

37. Das Haus

Tief in der Nacht machten sie sich auf den Weg in das Haus, in das Rasmus eingebrochen war.

»Wann hast du das letzte Mal Sahnetorte gegessen?« Er küsste ihre Handfläche.

»Das muss Jahre her sein. Warum fragst du?«

»Im Haus steht eine im Kühlschrank.«

»Bist du sicher, dass niemand da ist?«

»Ich habe ein Mordskrach gemacht, es ist verlassen.«

»Gott, Sahnetorte.« Sie lief schneller und lachte.

Sie huschten durch den Garten und stiegen über die Glasscherben ins Wohnzimmer. Rasmus führte Gigi in die Küche und schaltete das Licht an.

»Setz dich, ich hole uns etwas zu trinken.« Er lief in den Keller, wo sich der Wasservorrat befand.

Gigi sah sich in der Küche um. Ein Haus, in dem eine Familie gelebt hatte. Sie berührte den blauen Kinderhochstuhl. Wo waren sie? Alles wirkte, als seien sie eben noch hier gewesen. Sie kam sich wie eine Diebin vor, an ihrem Tisch zu sitzen und über ihre Vorräte herzufallen.

Rasmus erschien mit einer Flasche Cola und Wasser.

»Sie hatten Kinder.«

»Ich weiß, und es ist unerträglich, was ihnen zugestoßen ist. Sie werden nicht zurückkommen, Gigi. Wenn wir uns deshalb hungernd in den Wald legen, werden sie auch nicht wieder lebendig.«

Sie nickte.

»Wir bleiben nur ein paar Stunden, bei Tagesanbruch sind wir weg. Iss etwas und ruh dich aus.«

»Wo ist die Sahnetorte?«, fragte sie erwartungsvoll.

Er sprang auf und öffnete den Kühlschrank. »Verdammt, sie ist weg. Vielleicht sind wir doch nicht allein.«

Rasmus schlich durch die Küche und zog ein Messer aus der Besteckschublade.

Sie glitten durch das Erdgeschoss, öffneten nacheinander alle Türen. Da war niemand.

»Ich gehe vor«, sagte er, als sie sich dem Treppenaufgang näherten.

Gigi nickte und folgte ihm nach oben. Das Holz knarrte bei jedem ihrer Schritte. Falls sich jemand versteckte, war er jetzt auf Besuch vorbereitet.

Fünf Türen führten vom gelbangestrichenen Flur ab.

Gigi erstarrte in der Bewegung und hielt Rasmus am Arm fest.

»Was ist?«, fragte er gedämpft.

»Da ist etwas, ich glaube hinter der rechten Tür.«

Beide horchten angespannt. Stille.

Er nickte ihr zu, hob das Messer und drückte leise die Türklinke herunter.

Ein Mädchen, vielleicht sechs Jahre alt, saß auf einem Schaukelstuhl, auf ihrem Schoß hielt sie ein Kleinkind, dem sie gerade einen Löffel mit Sahnetorte in den Mund schob. Ohne die geöffnete Tür zu bemerken, leckte sie sich Sahne vom Finger.

Gigi warf Rasmus einen fassungslosen Blick zu, schlich an ihm vorbei, bis sie im Türrahmen stand.

»Hallo, mein Name ist Gigi«, sagte sie auf Französisch. Das Mädchen riss erschrocken die Augen auf, ließ den Teller herunterfallen und umklammerte das Kleinkind, als hätte sie Sorge, die Fremde könnte es ihr entreißen.

»Hab keine Angst, wir tun euch nichts.« Gigi kniete sich auf den Boden.

Dem Mädchen kullerten Tränen über die Wangen, aber sie war zu verantwortungsvoll, um zu schreien. Sie drückte ihren kleinen Bruder an sich.

»Es tut uns leid, wir wollten dich nicht erschrecken. Wir waren auf der Suche nach einer Übernachtungsmöglichkeit. Stell dir vor, unser Wohnmobil ist in die Seine gefallen.«

Das Mädchen sah sie erstaunt an. »Wirklich?«

»Ja. Alles was wir hatten, ist mit ihm untergegangen.« Sie näherte sich den Kindern vorsichtig.

»Wie heißt du?«

»Manon«, sagte die Kleine scheu.

»Das ist ein sehr schöner Name.« Gigi lächelte. »Ist das dein Bruder?«

»Ja, das ist Émile.«

»Manon, wo sind deine Eltern?«

»Sie sind einkaufen«, sagte sie zaghaft.

Gigi sah Rasmus an und schüttelte den Kopf.

»Seit wann bist du mit Émile allein?«

»Ich weiß nicht, sie sind schon so lange weg.« Manon begann zu weinen.

»Weißt du, wohin sie einkaufen gegangen sind?«

»In den Supermarkt beim Spielzeugladen. Papa sollte mir eine Taucherbrille mitbringen.« Ihr kleines Gesicht drückte so viel Kummer aus, dass Gigi sie am liebsten in den Arm genommen hätte.

»Émile und ich haben drei Mal geschlafen, ohne dass Mama uns ins Bett gebracht hat.« Die Kleine legte ihren schlafenden Bruder in sein Kinderbett und setzte sich zurück in den Schaukelstuhl.

»Du bist so ein tapferes Mädchen. Das war bestimmt nicht leicht. Hast du Hunger, Manon?«

»Mama wollte Crêpes machen, wenn sie wieder da ist. Kannst du das?«, fragte sie hoffnungsvoll.

»Ich kann das richtig gut.«

Sie gingen runter in die Küche, und Gigi übersetzte Rasmus, was Manon erzählt hatte. Er schüttelte traurig den Kopf.

»Und wie heißt du?«, fragte Manon Rasmus schüchtern. Er lächelte sie an und sah hilfesuchend zu Gigi.

»Er kommt aus Schweden und versteht kein Französisch.« An Rasmus gerichtet sagte sie: »Sie fragt nach deinem Namen.«

Er verbeugte sich mit großer Geste, hockte sich zu Manon herunter, tippte mit dem Finger auf seine Brust und sagte: »Bonjour, Rasmus.«

Sie kicherte. »Bonjour, Manon.« Dann zeigte sie auf seine verbundene Hand. »Hast du deinen Finger in der Seine verloren, wie das Wohnmobil?«

Gigi lachte und sagte: »Nein, sein Finger ist in Schweden geblieben.«

Er schüttelte den Kopf und fragte: »Was erzählst du ihr über mich?«

»Sie wollte wissen, ob dein Finger in der Seine ertrunken ist.«

Nach dem Essen brachte Gigi Manon zu Bett, wickelte das Baby und sang ihnen ein schwedisches Volkslied von sich raufenden Trunkenbolden vor. Zum Glück verstand Manon den Text nicht, und ihr fielen sofort die Augen zu.

Gigi saß am Küchentisch und stützte ihren Kopf

nachdenklich auf ihre Hände. »Wir müssen die Kinder mitnehmen.«

Rasmus setzte sich zu ihr. »Ich weiß.«

»Und wenn ihre Eltern einen Unfall hatten und im Krankenhaus liegen?«

Er schüttelte den Kopf. »Du weißt, was mit ihnen geschehen ist.« Er schwieg einen Moment und sagte: »Es könnte mehr von ihnen geben.«

Als hätte sie darauf gewartet, schoss es wie es aus der Pistole: »Wir haben Platz auf dem Schiff.«

»Woher weißt du das?«

»Vertrau mir.«

Sie umarmte ihn und lehnte ihre Stirn gegen seine. Er konnte nicht fassen, dass sie seine Gefühle erwiderte. Die Situation zwischen ihnen war neu und überwältigend, auch wenn das Unglück nur auf den geeigneten Moment lauerte, sie endlich zu Fall zu bringen. Rasmus drückte sie fest an sich und seufzte.

»Hey du.« Sie presste ihre Lippen auf seine und küsste ihn, als hätte sie seine Gedanken gelesen.

Er wollte ihr so viel sagen, stattdessen nahm er ihr Gesicht zwischen seine Hände und küsste sie mit einer Inbrunst, die wehtat.

Ohne alle denkbaren Komplikationen aufgezählt zu haben, stand der Plan fest, nach weiteren Kindern zu suchen. Es war unmöglich, es nicht zu tun.

»Du legst dich jetzt hin und ich besorge uns einen fahrbaren Untersatz.« Rasmus erhob sich. Der Morgen graute bereits.

Gigi sprang auf und zog ihn an sich. »Sei vorsichtig.«

Sie legte sich nicht hin, sondern suchte brauchbare Utensilien aus dem Haus zusammen. Bekleidung für die Kinder, Windeln, die Hausapotheke, Wasser, Konserven und Spielsachen. Sie wusste nicht, wie sie Manon erklären sollte, dass sie miteinander weggehen würden.

Sie ging hoch, um nach den Kindern zu sehen.

»Guten Morgen, Manon!«

»Sind meine Eltern wiedergekommen?«

Die Hoffnung in ihren Augen tat weh. Gigi kniete sich auf den Boden und konnte die Tränen nicht zurückhalten. Sie suchte nach Worten, die Manon nicht wie ein Messer ins Herz stechen würden. »Ich glaube, deine Eltern sind zu Engeln geworden, Manon. Und weil Engel überall sein können, sind sie hier bei dir und Émile.«

Sie legte ihre Arme um das Mädchen.

»Zu Engeln? Du meinst, sie sind gestorben?«, fragte sie mit zittriger Stimme.

Gigi schluchzte auf und nickte. »Aber sie haben Rasmus und mich zu Euch geschickt, damit ihr nicht allein seid.«

Manon weinte herzzerreißend, und ihr kleiner Körper bebte. Gigi hielt sie in den Armen und die Tränen liefen, bis ihre Augen dick und verquollen waren.

»Magst du das Meer? Wir wollen eine Reise machen, mit einem Schiff, einem mit großen Segeln. Wir werden angeln und viele Wochen unterwegs sein. Wir segeln zu einer Insel, mit Palmen und bunten Fischen. Manon, wir brauchen unbedingt ein Piratenmädchen und einen Glücksbringer wie Émile.«

Manon sah sie nachdenklich an und nickte.

»Abgemacht.« Gigi drückte sie fest an sich. »Wir müssen uns beeilen. Bitte leg alles, was du mitnehmen möchtest, auf dein Bett. Ich mache uns Frühstück.«

Gigi fühlte sich wie eine Kidnapperin. Sie schloss die Küchentür hinter sich und schluchzte. Diese Katastrophe kannte keine Rücksicht. Sie verschlang Menschen und scherte sich nicht darum.

Sie wischte sich das Gesicht ab und stellte den Backofen

an. Dass sie noch Strom hatten, war ein gutes Zeichen. So sehr sie es auch zu verdrängen versuchte, die nächsten Meiler waren nah – und sie würden ihnen noch näher kommen. Sie brauchten noch ein einziges Mal Glück. Jetzt waren sie nicht mehr allein.

Die Kleine kam in die Küche und beschmierte die Brötchen mit Butter, Gigi legte Käse drauf. Sie frühstückten gemeinsam mit Émile, dem Manon weiche Brotstücke in den kleinen Mund schob.

»Wann kommt Rasmus zurück?« Das Mädchen kaute appetitlos auf einem Brötchen herum.

»Ganz bald.« Gigi hatte ständig auf die Uhr gesehen. Er war schon viel zu lange weg.

Ein lautes Motorengeräusch riss sie aus ihren Gedanken. Manon sprang auf, um aus dem Fenster zu schauen. Gigi seufzte, als sie entdeckte, woher der Krach kam. Vor dem Haus stand ein roter Reisebus, der sicher fünfzig Menschen Platz geboten hätte. Manon öffnete die Haustür, um Rasmus hereinzulassen.

»Ein Bus?« Gigi zog ihn erleichtert in die Arme.

»Ich hatte die Wahl zwischen einem Sportwagen und diesem Gefährt.«

Er sah erschöpft aus. Eigentlich hätten sie sich ausruhen und schlafen müssen. Aber das würden sie bald, wenn der Katamaran tatsächlich im Hafen von Deauville lag, wie sie hoffte.

»Wie sieht es draußen aus?«

»Ich glaube, ich war in dem Einkaufszentrum, von dem Manon gesprochen hatte. Da gibt es einen Supermarkt und einen Spielzeugladen. Der Parkplatz war übersät von offenstehenden Fahrzeugen, und ein paar Kopflose lagen auch herum.«

Gigi stöhnte unglücklich.

»Aber dafür ist der halbe Supermarkt im Bus. Wir haben Windeln im Überfluss, ungefähr eine Million andere Dinge.«

»Wirklich?« Sie fiel ihm dankbar um den Hals.

Während Rasmus mit den Kindern in der Küche Brötchen aß, war Gigi oben und wollte Manons Sachen einpacken. Auf dem Bett lag nur ein Bilderrahmen. Ein Familienfoto. Émile in den Armen einer brünetten Frau, neben ihr ein lächelnder Mann, und vor ihnen, zart wie eine knospende Blume, stand Manon und hatte eine Hand auf ihren kleinen Bruder gelegt.

Gigi schluchzte, während sie Arme voller Anziehsachen, Malzeug, Puppen und Spielzeug aus Manons Schränken holte und in die Taschen stopfte. Sie würden das gemeinsam hinbekommen. Das mussten sie.

Sie wusch sich das Gesicht und kam mit dem Gepäck die Treppe herunter.

Rasmus umarmte sie und verstaute alles, was Gigi in den Flur gestellt hatte, im Bus.

Liebe Michelle, lieber Robert,

wir segeln mit Manon und Émile nach La Réunion. Wir nehmen an, Sie beide sind der Katastrophe zum Opfer gefallen. Sollten wir uns geirrt haben, möchte ich mich aufrichtig dafür entschuldigen. Mein Name ist Gottfrida Ingmarsson und mein Partner heißt Rasmus Berggren. Sie werden uns ungefähr ab Ende August auf der Insel finden. In diesem Fall hinterlassen Sie bitte eine Nachricht im Polizeihauptrevier in Saint-Denis, der Inselhauptstadt. Wir werden gut auf ihre Kinder achtgeben. Sie sind entzückend.

Mit herzlichen Grüßen
Gottfrida Ingmarsson

Sie würden diese Zeilen wohl niemals lesen. Gigi legte den Brief auf den Küchentisch, hob Émile aus dem Kinderstuhl, nahm Manon an die Hand und verließ mit ihnen das Haus.

Rasmus startete den Motor, öffnete mit einem Knopfdruck die hydraulische Tür und ließ seine Fahrgäste einsteigen. Manon setzte sich auf den Einzelplatz hinter ihn und Gigi, mit Émile im Arm, auf die gegenüberliegende Seite.

Sie sah Rasmus an und nickte. »Schnallen Sie sich bitte an, liebe Abenteurer und Piraten, die Reise beginnt!«

Sie lächelte, aber nie hatte sie mehr Angst empfunden.

38. Zurück

Ihre Worte sprengten meinen Verstand. Ein von Menschenhand manipulierter Pilz verbreitete sich auf der Erde, und er hatte Kara befallen? Ich versuchte, das zu begreifen. Gleichzeitig tobte die Angst in mir, ohne sie abkoppeln zu müssen. Sie hier alleine sterben zu lassen und zurück auf die Erde zu reisen, auf der sie nicht sein konnte.

Im Geiste ging ich den Ablauf der Rückreise durch. Zu meiner Erleichterung würde alles automatisiert verlaufen. Nur fünf Schalter musste ich betätigen und würde dreieinhalb Stunden später in der kasachischen Steppe landen.

Bilder meines früheren Lebens zogen an mir vorbei. Die Wohnung im Williams Tower in Houston. Der Job im Bürokomplex der NASA, Untersuchungen, Kollegen, Meetings, Essen. Frauen. Manchmal namenlose. Vielleicht war es mein Fluch als Psychologe, Misstrauen zu entwickeln, Menschen zu bewerten und zu analysieren, weswegen ich nicht in der Lage war, mich zu binden. Jetzt sehnte ich mich danach wie nie zuvor.

»Kara?«

»Ja?« Sie klang entkräftet.

»Was siehst du gerade?«

»Das Amazonasbecken.«

»Leuchtet es blau?«

»Nein, es brennt großflächig.«

Nicht einmal jetzt hatten sie mit den Brandrodungen aufgehört. Ich schämte mich, ein Mensch zu sein, das tödlichste Lebewesen der Erde.

Karas Enthüllungen rasten weiter durch mein Hirn. An Zufälle glaubte ich nicht, doch an Ursache und Wirkung. Ohne es zu wissen, hatte dieser Mann im Dschungel einen Dominostein angestoßen und eine Kettenreaktion ausgelöst. Millionen Menschen wurden in den Tod gerissen, und die Auswirkungen hatten sogar die Raumstation erreicht. »Woher weißt du das alles? Von den Forschungen an den Pflanzen? Die Details von Tok, dem der Kopf explodiert ist, und wie konntest du von Geenas Mail wissen?«

»Weil wir miteinander verbunden sind. Alle Informationen sind im Pilz gespeichert, wie in einer Zelle. Eine Form von Schwarmintelligenz.«

Das überstieg mein Vorstellungsvermögen. Ich brauchte einen Moment, um ihre Worte zu begreifen.

»Geena Snyder ist infiziert?« Fassungslos rekapitulierte ich alle Gespräche und Nachrichten, die zwischen uns stattgefunden hatten. Verdammt! »Seit wann?«

»Noch vor mir. Geena hatte eine besondere Aufgabe.«

»Hatte?«

»Sie hat die Präsidentin der USA infiziert.«

»Kara? Ist dir klar, was du da gesagt hast?« Ich klammerte mich an den Sitz, bekam keine Luft mehr. Geena war tot und die Regierungschefin infiziert?

Der nächste Gedanke ließ mich erschauern. »Fallen jetzt überall Atombomben?«

Sie räusperte sich angestrengt, der Wortwechsel kostete sie Energie, aber ich musste noch einige Antworten bekommen.

»Die Atombomben waren ein Versuch. Zu viele Menschen sind direkt durch die Explosionen und die unmittelbaren Folgen umgekommen. Tote Menschen sind Verluste, sie können den Pilz nicht transportieren. Nach den beiden Abwürfen in Skandinavien wurde das nicht wiederholt.«

»Beruhigend. Wie breitet sich der Pilz aus?«, fragte ich und ahnte die Antwort, bevor sie weitererzählte.

»Es gibt unzählige Atomkraftwerke, fast auf der ganzen Welt. Auch die bereits abgeschalteten, aber nicht zurückgebauten bieten Nahrung. Die alten Testgebiete in Nevada, in denen in den Fünfzigerjahren wöchentlich Atomraketen gezündet wurden, und an vielen anderen Orten auf der Welt. Verseuchte Gebiete wie Fukushima und Tschernobyl, das Gebiet um die Mayak-Fabrik in Russland und natürlich die Atomzwischenlager und Endlager weltweit.«

Sie hielt inne, schnappte nach Luft und sagte: »Die Infizierten in Schlüsselpositionen übertragen den Pilz auf größere Menschengruppen, die dann die Wanderungen auf sich nehmen, Reaktoren ausräumen und den Pilz in die verseuchten Areale tragen. Dort explodieren ihnen die Köpfe, sie fallen um und sterben wie die Ameisen im Dschungel.«

Die Informationen legten sich wie eine Tonnenlast auf meine Brust und schnürten mir die Luft ab. Ich wünschte, gleich aus diesem Albtraum zu erwachen. »Das ist unerträglich, Kara. Wann bist du infiziert worden?«

»Auf einer Preisverleihung in Atlanta, am Tag vor unserem zweiten Begutachtungstermin. Der Moderator war einer der zwölf Forscher aus dem Dschungel. Ihm explodierte der Kopf vor vierhundert Wissenschaftlern aus allen Fachrichtungen. Auf diese Weise verteilte sich der Pilz um den Globus.«

»Und er war es, der dich so verändert hat? Ich habe dich kaum wiedererkannt bei unserer letzten Begegnung.«

»Ich habe eine Optimierungsphase durchlaufen, damit ich die Mission sicher antreten konnte.«

»Optimierungsphase? Gott, das klingt dermaßen verrückt. Was hat der Pilz mit dir gemacht?«

»Er hat dafür gesorgt, dass du mich auf die ISS fliegen lässt.«

»Und ich habe mitgespielt.« Ich war ein sicheres Ziel gewesen und deshalb waren sechs Menschen auf der Station ums Leben gekommen. Ich wollte mich übergeben.

»Du hättest dich nicht dagegen wehren können. Das war eine Manipulation aller Sinne.«

Wie konnte ich so ein leichtes Opfer gewesen sein? »Gott, warum?«

Sie lachte traurig. »Du warst perfekt, du liebst Frauen auf eine primitive Weise.«

Das tat weh. Nicht, weil sie mich auf diese Art beurteilt hatte. Es schmerzte, da es die Wahrheit war. »Das alles hast du gewusst?«

Sie flüsterte: »Es tut mir leid, Richard. So unglaublich leid. Du weißt nicht, wie sehr ich es mir gewünscht hatte, dir ohne den Pilz aufzufallen. Seit unserer ersten Begegnung im Space Center.«

Sie schwieg, und in mir breitete sich Wärme aus.

»Was?«, stotterte ich, »ist das wahr?«

Sie weinte, und mein Herz zog sich zusammen. Wir hätten eine Chance gehabt und hatten sie nicht ergriffen? Und jetzt waren wir hier gelandet und auf eine hoffnungslose Weise miteinander verflochten? Kurz davor die Fassung zu verlieren, strich ich mit den Fingern über das Funkgerät, als könnte ich Kara berühren. Jetzt ereignete sich unsere selbst verursachte Tragödie.

»Ich will bei dir sein, Kara. Hörst du mich?«

»Du bist bei mir, Richard«, sagte sie schlicht und meine Augen liefen über.

Ich wollte mehr Zeit, ihren Tod aufhalten, ich wollte, wollte, wollte und hatte nur ihre Worte.

Wir schwiegen. Was hätte ich sagen können? Nichts schien angemessen und konnte die Gefühle ausdrücken, die mich bewegten.

Ich wischte die Tränen fort und fragte: »Kara, du hattest immer wieder klare Momente. Wie war das möglich?«

»Der Pilz kann Frauen nicht restlos unter Kontrolle bringen.«

Ich versuchte, ihre Worte zu verarbeiten, wusste aber, die Geschehnisse würden immer unwirklich bleiben.

»Lebt die Präsidentin noch?«

»Sie befindet sich in diesem Moment auf einer Sicherheitskonferenz der NATO.«

Ich wollte die nächste Frage nicht aussprechen, weil mir vor der Antwort graute. Doch die Worte ließen sich nicht zurückhalten: »Sie wird alle anwesenden Staatsoberhäupter infizieren?«

»Du hast das Prinzip verstanden.«

Jede ihrer Erwiderungen erschütterte mich und erzeugte eine neue Frage, doch was sollte ich mit diesen Informationen tun? Nichts war fassbar und genauso wenig zu verleugnen. Kara war infiziert. Der Pilz hatte sie zur Mörderin gemacht, weil er hier keine Nahrung finden konnte, weil die Crew ihre radioaktive Schokolade geklaut hatte.

Ein Gedanke schob sich zwischen all die anderen. Sie hatte Flemmings Schilddrüse ausgeschlagen. Sie war stärker als der Pilz.

Kara hustete heftig, und der schmerzvolle Laut fuhr mir in den Magen. Ich durfte sie nicht weiter bedrängen. Nur noch eine Frage, die schwerer als alle wog. »Gibt es noch Hoffnung?«

Sie antwortete nicht.

39. Deauville

Rasmus drückte aufs Gas, nur noch wenige Kilometer bis Deauville.

»Lass uns einen kleinen Umweg machen«, sagte Gigi plötzlich. »Im Stadtkern von Deauville gibt es eine Grundschule, die ich als Kind für einige Wochen besucht habe. Lass mich nachsehen, ob …« Sie brach ab und blickte ihn eindringlich an.

Rasmus nickte und steuerte den Bus nach ihren Angaben in die Rue Albert Fracasse in Deauville.

Gigi legte das Baby in Manons Arme und stieg aus. Das T-förmige Gebäude sah verlassen aus. Im ersten Stock waren die Vorhänge in einem Klassenzimmer zugezogen und sie erinnerte sich daran, dass dort der Projektor gestanden hatte, mit dem die Schulklassen Filme geschaut hatten. Das schien sich nicht geändert zu haben. Sie sah hinauf und dachte an diesen einen Frühling zurück. Zu ihrer Überraschung bewegte sich der Vorhang im besagten Zimmer, als hätte jemand aus dem Fenster geschaut. Hatten ihre Augen ihr einen Streich gespielt, weil sie es sich so sehr wünschte? Flink lief sie die Stufen zum Schulgebäude hinauf. Die Türen waren nicht verschlossen, und zielstrebig eilte sie in den ersten Stock, nach links, zur letzten Tür. Atemlos presste sie das Ohr gegen das Holz und lauschte. Nichts. Sie klopfte zaghaft und wartete. Stille. Langsam drückte sie die Klinke hinunter. Die Tür war abgeschlossen.

Gigis Herz begann zu klopfen, so stark war die Intuition, hier könnte jemand sein. Vielleicht ein Kind. »Hallo. Hörst du mich? Mein Name ist Gigi und ich bin hier, um dich zu retten.« Sie klopfte lauter. Stille. Nein!

»Ich habe ein großes Schiff im Hafen, einen netten Mann und zwei Kinder bei mir. Ich möchte dich mitnehmen, hab keine Angst!«, sagte sie weich.

Stille. Ihre Stimme zitterte: »Hast du eben aus dem Fenster geschaut und den roten Bus gesehen? Wenn du möchtest, nehmen wir dich mit.«

Klack, der Schlüssel wurde im Schloss herumgedreht. Gigi hielt die Luft an. Die Tür öffnete sich einen schmalen Spalt, und eine sommersprossige Nase wurde sichtbar. Blaue Augen sahen sie ängstlich an. Daneben tauchte noch ein kleiner Kopf auf, der dem ersten zum Verwechseln ähnlich sah.

»Hallo, wer seid Ihr denn?«

»Yanis«, sagte der Mutigere von beiden.

»Und du?«

»Nicolas«, antwortete er leise.

»Ist noch jemand bei Euch?«

Yanis nickte.

»Darf ich hereinkommen?« Gigi warf einen Blick in das Klassenzimmer.

»Sie ist krank.« Yanis deutete auf eine zarte Gestalt auf dem Boden. »Sie atmet so komisch. Ihr Spray ist leer.«

Gigi eilte ins dunkle Zimmer. Auf dem Linoleumboden lag ein vielleicht zehn Jahre altes Mädchen. Ihr Atem rasselte. Gigi kniete sich zu ihr und sagte: »Mein Name ist Gigi. Ich möchte dich, Yanis und Nicolas mitnehmen. Wir werden dir helfen. Darf ich dich hochnehmen?«

»Ich glaube, sie kann nicht sprechen«, sagte Yanis, »du musst sie tragen.«

»Danke, du bist ein kluger Junge. Wie lange seid ihr schon hier?« Sie schob ihre Arme unter das Mädchen und hob sie auf.

»Seit drei Tagen. Die Lehrer haben die Kinder nach und nach weggefahren. Als wir dran waren, gab es keinen Platz mehr im Wagen. Sie wollten noch einmal wiederkommen, aber das taten sie nicht«, sagte er mit zittriger Stimme.

Sein Bruder Nicolas kam angelaufen, klammerte sich an Gigis Bein und weinte.

»Yanis, such bitte so schnell wie du kannst alles zusammen, was euch gehört, und komm mit, ja?«

Er blickte sich kurz im Zimmer um, sammelte die drei Schulranzen der Kinder auf und sah sie erwartungsvoll an.

»Komm, Yanis.« Sie hob den weinenden Nicolas auf ihren anderen Arm und sie eilten aus dem Klassenzimmer.

Rasmus sprang aus dem Bus, als er Gigi mit den Kindern aus dem Gebäude kommen sah.

»Sie hat einen Asthmaanfall.«

Rasmus nahm ihr das Mädchen ab und trug es in den Bus.

Manon nahm die Brüder freundlich in Empfang, redete mit ihnen und erklärte, was sie selbst nicht verstand.

Im Bus wiegte Gigi das Mädchen in ihren Armen, bis es etwas ruhiger atmete. »Fahr los«, sagte sie an Rasmus gewandt, »die Karte liegt auf dem Sitz. Es sind nur noch wenige Minuten bis zum Jachthafen.« Ihre Stimme zitterte, als könnte sie nicht glauben, dem Ziel so nah zu sein.

»Yanis, wie heißt sie?«, fragte Gigi den Jungen, der sich gerade mit Manon anfreundete.

»Camille.«

Gigi rief die Kinder zu sich und erfuhr, Yanis, Nicolas und Manon waren sieben Jahre alt. Camille war mit ihren zehn Jahren die Älteste und Émile war elf Monate alt.

Sie erklärte ihnen, was sie planten, und offenbarte auch, dass ihre Eltern nicht zurückkommen würden. Die Kinder waren zu überfordert mit der Situation, nur Nicolas weinte, die anderen blieben still. Sie würde noch oft mit ihnen sprechen und sie trösten.

Doch zuerst mussten sie den Katamaran finden.

40. Versuch

Seit dieser Wahnsinn begonnen hatte, wollte ich Informationen, nun hatte ich sie bekommen und fühlte mich außerstande, sie zu verdauen. Alles, was Kara gesagt hatte, erschien surreal und auf eine brutale Weise möglich.

Ihr schüchternes Geständnis mir gegenüber vermischte sich mit der grausamen Realität und erfüllte mich mit einem nie empfundenen Schmerz.

Eine Überlegung ließ mich nicht los. Es existierten Gebiete, in denen es keine Atommeiler gab, Dritte-Welt-Länder zum Beispiel und Inseln mitten in den Ozeanen. Ich hatte gesehen, dass es nicht überall blau leuchtete. Es musste Hoffnung geben, oder verrannte ich mich in eine naive Idee? Obwohl ich die Erde täglich betrachtete, wusste ich nicht, was sich dort im weiteren Verlauf ereignet hatte, weil wir von jeder Kommunikation abgeschnitten waren.

»Kara, kannst du das WLAN wieder aktivieren?«

Stille.

»Kara?«

Ich lauschte angestrengt. Nichts. Mein Herz klopfte beunruhigt.

»Kara, sag etwas. Kannst du irgendein Geräusch machen. Bitte.«

Nichts. Keine Regung. Kein Lebenszeichen. Schweiß klebte an mir. Hatte ich sie zu sehr mit meinen Fragen bedrängt und übersehen, wie schlecht es ihr ging? War sie gestorben? Eben gerade, ganz allein? Bitte nicht. Das konnte nicht möglich sein, sie hätte sich verabschiedet, irgendwas gesagt, ein Zeichen gegeben. Nach all dem, was wir hier zusammen erlebt hatten, wäre sie nicht einfach gegangen. Obwohl sie hier schreckliche Dinge getan hatte, fühlte ich etwas Unbegreifliches für sie, das ich nie vorher empfunden hatte.

Ich riss den Mund auf und brüllte nach ihr, immer wieder, bis ich meine Umgebung nicht mehr wahrnahm. Sie war tot. Kara war eben gestorben. Ich weinte wie ein kleiner Junge, der sich unbeobachtet fühlt, bis mein Inneres leer und stumpf war. Warum hatte ich es nie fertiggebracht, mich auf einen Menschen einzulassen, zu vertrauen und eine Verbindung zu ihm aufzubauen? Wieso jetzt, wo es zu spät war? Weshalb hatte ich mich auf Kara einlassen können, obwohl ich ihr nicht im Ansatz trauen konnte? Sie hatte mich gewollt und ich war nicht in der Lage gewesen, es zu spüren.

Ein trauriges Lachen brach aus mir hervor, als mir die Ironie bewusst wurde. Es war einfach geschehen, inmitten dieser Katastrophe hatte ich keine Kontrolle gehabt, meine Gefühle nicht abgeschirmt wie sonst üblich. Wir hatten keine Chance bekommen.

Der Moment war gekommen. Nichts hielt mich mehr hier. Alle waren tot und meine Mission gescheitert. Schwärzer als das All erfüllte mich Hoffnungslosigkeit. Sie trug keine funkelnden Sterne in sich, sie war leer.

Mit zitternden Händen überprüfte ich die Verriegelung

der Luke, rief noch einmal nach Kara und lauschte. Es blieb still. Ich schnallte mich an und drückte die Schalter.

41. Vergiss das nie

Sie erreichten den Jachthafen. Niemand hatte ihnen den Weg versperrt, Deauville wirkte friedlich, als wäre es ein gewöhnlicher Tag im Mai, der jeden Moment erwachen und die Bootsanlegestelle mit Leben erfüllen würde.

Gigi erhob sich verkrampft vom Sitz, ihre Angst, etwas könnte sie im letzten Moment stoppen, schnürte ihre Kehle zu. Sie hoffte, das Schiff wäre auch wirklich hier. Meist lag es im Frühling in Deauville, weil ihr Vater von hier seine alljährlichen Segeltörns gestartet hatte. Es musste einfach so sein, und dass die Schlüssel noch immer in der Backskiste lägen. Ihr Vater war ein Ordnungsfanatiker und berechenbar gewesen. Nur bei ihrer letzten Begegnung nicht.

Sie wankte auf zittrigen Beinen nach vorn und umarmte Rasmus.

»Da sind wir.« In seinen Worten lag Freude und Unglaube.

Sie verharrten still in der Umarmung.

Rasmus spürte ihr Zittern, er wollte ihr so viel sagen, doch er schwieg. Es gab keine Worte, die beschreiben konnten, was er fühlte. Er müsste neue erfinden und sie mit einem Teil seiner Seele bekleiden. Er legte die Arme fester um sie und zog sie auf seinen Schoß.

Die Kinder hatten ihnen still zugeschaut, als hätten sie den besonderen Moment gespürt. Doch nun war ihre Geduld erschöpft, und sie sprangen aus den Sitzen. Mit welchem Schiff würden sie die große Reise antreten?

»Wo ist es?« Manon presste ihre Nase gegen die Seitenscheibe.

»Gebt mir eine Minute.« Gigi öffnete die Tür und lief hinaus auf den Pier, vorbei an riesigen Jachten, eine imposanter als die andere, und verschwand zwischen den Segelschiffen.

Alle hielten den Atem an und ließen die Stelle, an der sie zuletzt zu sehen gewesen war, nicht aus den Augen. Minuten vergingen. Die Kinder zappelten aufgeregt, bis ein helles Schiffshorn ertönte. Vier mal kurz nacheinander.

Gigi! Nichts hielt sie mehr im Bus. Rasmus schnappte sich Émile und rannte mit den Kindern über den Pier. Sie eilten von Jacht zu Jacht und suchten nach einem Zeichen.

Rasmus murmelte: »Wo bist du, Gigi?«, und drehte seinen Kopf in alle Richtungen. Seine Augen blieben an einem Namen hängen, *Gottfrida*, und er lachte laut auf. Ihr Name zierte einen majestätischen Katamaran. Gigi thronte wie eine Königin an Deck und lächelte zu ihnen herunter.

»Ist das dein Ernst?«

»Absolut.« Sie lachte. »Wein war nicht sein einziges Faible.«

»Kommt an Bord.« Sie half den Kindern die Stufen hinauf und sie sprangen über die Sun Lounge, als würden sie eine Urlaubsreise unternehmen, nicht vor einer

Katastrophe flüchten. Und das war gut so!

Gigi sorgte sich um Camille, ihr Zustand hatte sich leicht gebessert, aber der Stress könnte wieder zu einer Verschlechterung führen. So waren sie nicht imstande abzulegen. Gigi schloss die Tür zum Salon auf und führte das Mädchen hinein, setzte es auf die Sitzgruppe und deckte es zu. Manon leistete ihr mit Émile Gesellschaft, der Kleine schien eine beruhigende Wirkung auf Camille zu haben.

Rasmus war ihnen in den hell eingerichteten Salon gefolgt. »Sie braucht Asthmaspray, am besten eine ganze Wagenladung, und die werde ich auftreiben.«

Gigi antwortete nicht und zog ihn mit sich hinaus auf das Sonnendeck. »Das AKW in Penly ist knapp fünfzig Kilometer von Deauville entfernt. Wir haben keine Zeit, Rasmus. Ich weiß nicht, was wir machen sollen.«

Er zog sie an sich. »Ich weiß. Aber wir müssen es riskieren. Diese Anfälle sind gefährlich, mein Bruder hatte als Kind Asthma, und wir haben einmal vergessen sein Spray mitzunehmen, als wir im Wald unterwegs waren. Das war eine unvergessliche Erfahrung.« Er sah sie eindringlich an. »Ich werde die Umgebung nach einer Apotheke absuchen. Wenn ich nicht in zwei Stunden zurück bin, leg ohne mich ab. Versprich es mir.«

»Nein, was redest du da? Das werde ich nicht tun.« Gigi löste die Umarmung und sah ihn ungläubig an.

»Wenn ich bis dahin nicht zurück bin, werde ich nicht wiederkommen.« Er umarmte sie erneut, fester als zuvor. »Denk an die Kinder. Bitte, Gigi. Ich werde alles dafür tun, rechtzeitig wieder hier zu sein.«

Sie wollte ihn nicht loslassen. »Bitte geh nicht.«

Rasmus griff nach ihren Händen und sah ihr fest in die Augen. »Verzeih mir, was ich jetzt sagen werde, und bitte sei nachsichtig.« Er küsste sie, bis sie keine Luft mehr bekam, und sagte: »Du bist die wundervollste und zugleich wahnsinnigste Frau der Welt und der beste Mensch, der mir jemals begegnet ist. Wenn ich dich ansehe, möchte ich nie mehr die Augen schließen. Ich will dich so sehr, dass es wehtut, Gottfrida.«

Er wandte sich ab, sprang vom Boot und rannte den Pier hinunter. In einiger Entfernung drehte er sich um und rief: »Gottfrida, ich liebe dich, vergiss das nie!«

Als er schon lange aus ihrem Sichtfeld verschwunden war, hörte sie das Echo seiner Worte in ihrem Inneren nachklingen: *Vergiss das nie.*

Niemals!

Sie musste sich ablenken, etwas Sinnvolles tun. Zuerst räumte sie mit den Kindern den Bus leer und verstaute alles auf dem Schiff, bis die Schränke voll waren. Rasmus hatte eine gefrorene Sahnetorte mitgebracht. Sie war aufgetaut, aber essbar. Die Kinder stürzten sich darauf, und Gigi aß ein kleines Stück, das nach Tränen schmeckte.

Sie setzte sich zu Camille, der es ein wenig besser zu gehen schien, und sprach mit ihr. Sie wickelte Émile, spielte mit den Kindern ein Würfelspiel. Sie überprüfte die solarbetriebene Meerwasserentsalzungsanlage. Sie war intakt, und somit brauchte sie sich keine Sorgen um die Trinkwasserversorgung zu machen. Ihr Vater hatte den Katamaran mit allem Komfort ausstatten lassen. Früher hatte sie sich für seine Protzerei geschämt. Heute war sie ihm dankbar, zumindest für dieses Schiff.

Die Sonne wanderte langsam Richtung Süden. Zwei Stunden waren vorüber, und ihre mühsam aufrechterhaltene Fassade bekam Risse.

Gott, warum?

Er wird kommen. Sie wiederholte diese Worte, bis sie

zu einem Mantra geworden waren. Er wird kommen. Sie begann hin und her zu laufen. Die Kinder spielten Memory und drängten sie mitzuspielen. Sie war nicht in der Lage, sich zu konzentrieren.

Sie lief unter Deck und riss nacheinander Schränke auf, räumte Kram von links nach rechts und entdeckte ganz hinten einen kleinen Farbeimer mit rotem Lack. Einen Pinsel fand sie nicht, aber das war ihr egal. Sie rannte hinaus auf den Anleger, öffnete den Farbtopf, tunkte den Zeigefinger hinein und strich *Gottfrida* durch. Sie tauchte ihren Finger immer wieder in die Farbe, bis über dem durchgestrichenen Namen ein großes rotes *Noah* zu lesen war.

42. Entscheidung

Nein!

Ich konnte es nicht. Alles in mir sträubte sich einfach zu verschwinden. Ich musste Kara sehen, mich wenigstens von ihr verabschieden, sie noch einmal berühren, auch wenn sie nicht mehr lebte.

Ich stoppte den Entkopplungsvorgang der Rettungskapsel, löste den Gurt, riss den Anzug von mir, öffnete die Luke, zog mich hinaus und flog durch die Module. Ich schlug mir den Kopf an, blieb an den Kabeln hängen, die aus den technischen Geräten ragten, und jagte weiter.

Kurz bevor ich die Aussichtskuppel erreichte, schnürte Panik meinen Hals zu. Zaghaft zog ich mich die letzten Meter voran und sah Kara. Ihr Körper, zart wie der eines jungen Mädchens, steckte im Schlafsack. Ihre Augen waren geschlossen.

Sie war allein gestorben, von allen Menschen verlassen. Ihr letzter Blick hatte ihrem Heimatplaneten gegolten. Wie einsam musste sie sich gefühlt haben? Ich umfasste ihr schmales Gesicht und schmiegte mich an sie. Da spürte ich den zarten Hauch ihres Atems an meiner Wange. Sie lebte!

»Kara. Ich bin hier«, flüsterte ich und weinte vor Erleichterung.

Ihre Lider öffneten sich und sie begann kraftlos zu schluchzen. »Ich dachte, du bist fort. Bitte, du musst gehen, Richard.« Ihre Stimme klang wie ein Echo, das von weit her zu mir hallte.

»Ich werde nicht gehen, hörst du.« Mein Platz war hier, bei ihr, bis zum Ende.

Sie öffnete die Augen und sah mich an, die Farbe war fast vollständig aus der Iris gewichen. Ihr Gesicht war eingefallen, das Weiche fort, ihre Knochen zeichneten sich unter ihrer Haut ab, sie zitterte. »Es tut mir so leid, Richard. Alles. Ich wünschte, es wäre anders gewesen. Aber du hast mich nicht aufgegeben. Tu es jetzt. Bitte. Sonst wirst du sterben.«

»Ich weiß.«

Es gab noch eine Aufgabe zu erfüllen. Das Letzte, was ich tun konnte, bevor … Ich zog mich nah an sie heran, legte meine Hand auf ihren schmalen Rücken und flüsterte: »Kara, kannst du mir bitte sagen, wie ich das WLAN aktivieren kann?«

Sie sprach so leise, dass ich mein Ohr an ihren Mund legen musste.

»Es ist nur die Zuleitung. Am Hauptrechner, du musst sie wieder einstecken und den Rechner neu starten.«

Ich küsste ihre Stirn: »Ich bin gleich zurück.«

Schnell zog ich mich durch die Passagen, steckte den Stecker ein, fuhr das System neu hoch und hatte Zugriff auf das Internet. Eben war ich von dem Impuls durchdrungen gewesen, jetzt wusste ich nicht mehr, an wen ich die Botschaft richten sollte. Meine Hände lagen flatternd auf der Tastatur, bis ich endlich eine Idee hatte. Nacheinander rief ich die sozialen Medien wie Instagram und Facebook auf, loggte mich ein und schrieb:

»Mein Name ist Doktor Richard Marks, ich bin auf der Internationalen Raumstation – bitte teilen Sie diese Nachricht!

Es ist EIN PILZ, wie er in den Ameisen im Amazonas vorkommt, kein Virus.

Er wurde radioaktiv manipuliert und ist menschengängig geworden. Die infizierten Menschen verbreiten ihn in radioaktiv verseuchte Gebiete.

Halten Sie sich von diesen Zonen fern, von allen AKWs, Endlagern, etc.

Der Pilz verbreitet sich über Sporen in der Luft. Schützen Sie ihre Atemwege, halten Sie Abstand, besuchen Sie keine Massenveranstaltungen, falls es so etwas noch gibt.

Ich danke Ihnen für Ihre Unterstützung.

Möge Gott Ihnen allen beistehen.

Richard Marks«

43. Gebrochen

Rasmus hatte die Situation unterschätzt. War losgelaufen, ohne Werkzeug und Orientierung, wo sich hier irgendwas befand. Vielleicht wäre es klüger gewesen, MacGyver zu schicken. Sie hätte eine Million Ideen gehabt, was zu tun wäre. Sie fehlte ihm.

Wie lange war er schon unterwegs? Die erste Apotheke war abgeschlossen und mit Brettern vernagelt gewesen. In die Zweite kam er ohne Probleme. Doch zu seiner Enttäuschung war sie komplett ausgeräumt.

Er hastete weiter. Sein Herz klopfte, er schwitzte unter der Last, erfolgreich sein zu müssen. Mit leeren Händen konnte er nicht zurück. Und wenn er nichts auftrieb? Die Zeit drängte. Was waren schon zwei Stunden? Die Kernkraftwerke könnten jeden Augenblick explodieren.

Niemand bewegte sich durch die Straßen. Das Vakuum fraß sich durch die Städte, gleichgültig, wo sie Halt gemacht hatten. Es fiel ihm schwer, die hoffnungslose Atmosphäre ohne Gigi auszuhalten. Er lief schneller, vorbei am Spielcasino, an der Pferderennbahn und den Boutiquen mit ihren glitzernden Klamotten.

Warum waren nicht mehr Menschen auf die Idee

gekommen, über den Seeweg zu flüchten? Weil ihnen die Möglichkeit dazu gefehlt hatte, war die Antwort, die er sich selbst gab. Sie schienen unendlich viel Glück gehabt zu haben, den meisten anderen war das nicht vergönnt gewesen.

Gab es hier überhaupt noch eine Apotheke? Wie viel Zeit blieb ihm? Gigi würde sich sorgen und Ängste ausstehen. Und Camille? Gott hilf uns!

Nach einer weiteren halben Stunde des Herumirrens entdeckte er zum dritten Mal das grüne Kreuz mit der Inschrift: *Pharmacie*. Etwa fünfzig Meter, bis er sie erreicht hätte. Zur Not würde er ein Auto kurzschließen und in den Eingang brettern. Er pumpte Luft in seine Lunge, raste weiter, bis er an etwas hängen blieb, stolperte und auf die Knie fiel. Sein Schnürsenkel hatte sich gelöst. Er rappelte sich fluchend auf, um die Schleife neu zu binden.

Sie waren totenstill an ihn rangeschlichen, er hatte nichts bemerkt. Von einer Sekunde zur nächsten, füllten sie die Straße. Blutend, humpelnd und gebrochen. Noch während Rasmus an seinem Schuh nestelte, aufsprang und losrannte, hatten sie ihn erreicht. Sie schluckten seinen Körper wie eine gefräßige Wolke und rissen ihn mit sich. Hände krallten sich in seine Arme und zwangen ihn, mit ihnen zu laufen.

Er sah sich hektisch um, irgendwo musste sich doch eine Lücke auftun, aus der er entwischen könnte. Er drängte ein Stück zum äußeren Ende der Gruppe, blutbefleckte Hände griffen nach ihm und stießen ihn zurück in die Mitte ihrer kranken Formation. Es waren Tausende. Dem Tod geweiht, liefen sie wie Lemminge auf den Abgrund zu. Das AKW war weniger als fünfzig Kilometer entfernt. Und grausamer, als mitten unter ihnen gefangen zu sein, fühlte er, wie die Verzweiflung ihn verschlang. Rasmus begann zu schreien. Niemand reagierte. Sie rannten weiter.

Er blickte die Menschen um ihn herum an. Aus der Nähe wirkten sie beängstigender. Ihnen konnte man nichts mehr wegnehmen. Aber Rasmus hatte alles zu verlieren, man hätte ihm genauso an Ort und Stelle das Herz herausreißen können.

Er riss den Mund auf und schrie: »Ich liebe eine Frau. Kann sich jemand von euch daran erinnern, wie es war zu lieben?«

Unverhofft sah ihn eine Frau an. Sie war vielleicht dreißig Jahre alt, alles an ihr wirkte zermalmt. Das Blut in ihrem Gesicht war getrocknet und überzog ihre helle Haut mit schwarzen Flecken. Ihre blonden Haare hingen ihr blutverklebt auf die Schultern. Sie lief barfuß und ihre Füße waren aufgerissen, wie konnte sie einen einzigen Schritt gehen? Aber sie blickte ihn an, und er glaubte, Tränen in ihren Augen zu sehen.

»Du erinnerst dich? Du kennst es? Du hast es nicht verloren?« Er sah sie flehend an, aber sie verschloss sich wieder und lief schneller als zuvor.

»Gott, seid Ihr alle schon tot? Ihr müsst das nicht tun. Ihr werdet radioaktives Zeug anfassen, euch darin aalen, und euch werden die Köpfe platzen. Wollt ihr das wirklich?«

Seine Worte schienen ungehört zu verhallen, als wüssten sie genau, was ihnen bevorstand, und könnten es nicht erwarten, diesen Moment zu erleben.

Wie um die Vergeblichkeit seines Appells zu unterstreichen, trat ihm der beleibte Mann hinter ihm in die Ferse, und Rasmus verlor seinen Schuh, während sie auf den Tod zurasten.

Er kämpfte dagegen an, nicht den Verstand zu verlieren.

Immer weiter entfernte er sich von Gigi und den Kindern. Die versprochenen zwei Stunden waren lange verstrichen und er fand keine Möglichkeit, diesem Wahnsinn zu entkommen. Er wollte nicht wie sie werden. Niemals.

Sie drängten ihn immer weiter. Eine halbe Ewigkeit. Bald humpelte er wie sie, lief über Scherben und spürte keinen Schmerz. War er schon wie sie? Er musste etwas tun, egal was. Und wenn er hier sterben würde, weil sie ihn niederstampften, wäre das besser, als auf ihre Weise zu zerbrechen.

Welche Optionen blieben ihm? Er war entschlossen, für Gigi und die Kinder zu kämpfen. Für sein Leben. Er musste stärker sein als der Tod. Rasmus empfand übermächtige Wut auf diesen ganzen Wahnsinn. Er hatte das Gefühl, aus seinem Körper herauszutreten. Diese Wichser wollten ihn davon abhalten zu leben, Kinder zu retten und zu der Frau zurückzukehren, die er liebte.

Nein!

Er holte aus und verpasste dem Wanderer rechts neben sich einen kräftigen Kinnhaken. Damit hatte der nicht gerechnet, verlor das Gleichgewicht und stürzte zu Boden. Die nachfolgenden Läufer stolperten und fielen der Reihe nach auf den Asphalt. Hinter ihnen entstanden Stau und Gerangel.

Rasmus sprang über die Menschen, die am Boden lagen, und gelangte damit ein ganzes Stück weiter auf die rechte Seite des Stroms.

Jetzt lief eine ältere Frau neben ihm. Sie ächzte und schnaufte. Die Wanderung verlangte ihr alles ab. Auch sie hatte schreckliche Verletzungen am ganzen Körper. Er war nicht in der Lage, sie zu schlagen.

»Hallo, mein Name ist Rasmus«, sagte er auf Schwedisch. »In Deauville liegt ein Schiff, auf dem fünf kleine Kinder warten, ich muss zu ihnen, sonst werden sie sterben. Hast du einen Sohn oder eine Tochter?«

Sie blickte ihn an und ihre Pupillen weiteten sich. Hatte sie ihn verstanden? Rasmus beugte sich näher zu ihr und sagte: »Es tut mir unendlich leid, was dir zugestoßen ist, aber bitte lass mich vorbei.«

Nichts geschah, als hätte er sich ihre Reaktion nur eingebildet. Doch plötzlich verpasste sie dem Läufer neben sich einen kräftigen Schubs, er stürzte unkontrolliert in die Gruppe vor ihnen. Sie machte ihm Platz, zog an seinem Arm und schob ihn an sich vorbei.

Rasmus sprang überrascht zur Seite und rief: »Danke, du bist umwerfend.«

Nur noch drei Wanderer, die den äußeren Rand bildeten. Zwei Männer und eine junge Frau. Der erste war schmächtig, und Rasmus schlug ihm mit aller Kraft in den Nacken. Er stürzte ohne Widerstand, und Rasmus rückte der Freiheit wieder ein Stück näher.

Die Frau, neben der er nun angekommen war, wirkte jünger als alle, denen er bisher begegnet war. Ihre dunklen Haare waren zu einem Zopf geflochten, der bei jedem Schritt über eine tiefe Wunde auf ihrer Schulter hin und her tanzte. Sie war einmal bildschön gewesen, hatte mitten in der Blüte ihrer Jugend gestanden, bevor sie aus dem Leben gerissen wurde.

Was sollte er tun? Unvermittelt sah sie ihn an, in ihren Augen lag etwas, das wie Wut wirkte. Blitzschnell schlug sie dem Mann rechts neben ihr mit der Faust zwischen die Beine. Der Wanderer sackte zusammen und fiel auf die Knie.

Einen Augenblick später packte sie Rasmus am Bund seiner Jeans und katapultierte ihn brachial aus der Gruppe heraus. Er hob ab und prallte gegen ein geparktes Auto.

Rasmus rollte sich sofort unter den Wagen und rieb sich die Stirn. Wie war das möglich? Die Frauen hatten ihm geholfen, nur sie. Warum? Sie hatten auf ihn reagiert und Gefühle gezeigt. Er begriff es nicht. Sie besaßen menschliche Regungen. Er atmete durch und kroch auf der anderen Seite des Wagens wieder hinaus.

Wie vom Teufel gejagt rannte er die Querstraße hoch, auf der sich niemand bewegte. Sein Herz klopfte so schmerzhaft, dass er glaubte, keinen Schritt mehr laufen zu können. Er musste sich beeilen. War Gigi fort? Dunkelheit schluckte die Straßen.

Er brauchte sofort ein Fahrzeug. Etwas Großes. Aber in der Gasse stand nur ein alter Citroën, eine grüne Ente, die über fünfundvierzig Jahre auf dem Buckel hatte. Der Wagen war nicht, was er sich gewünscht hatte, doch er hatte die Tür schon aufgerissen.

Seine Hände zitterten, als er die Kabel freilegte, um den Wagen kurzzuschließen. Es war zu dunkel, um zu erkennen, ob er die Richtigen gefunden hatte, doch unverhofft sprang der Motor an. Er wusste nicht, wo er sich genau befand, wie weit ihn die Meute mitgerissen hatte. Es fühlte sich an, als hätte es Stunden gedauert. Er raste zurück nach Deauville.

Bitte, Gigi. Ich hoffe, du hast ignoriert, was ich gesagt habe.

Während er Bittgesuche an sie richtete, die sie nicht hören konnte, sah er ein grünes Kreuz am Ende der Straße. Die Pharmacie, die er zuletzt entdeckt hatte. Er bremste den klapprigen Wagen, ließ den Motor laufen, sprang hinaus und rüttelte an der Tür. Sie war verschlossen, wirkte aber nicht stabil.

Er rannte zurück zum Fahrzeug, riss den Sitz vor, hechtete auf die schmale Rückbank, und suchte im Kofferraum nach Werkzeug. Nichts. Er wühlte weiter, bis er etwas Schweres unter einer speckigen Decke hervorzog. Einen Faltanker für ein kleines Boot. Er hob ihn heraus, lief zurück zur Apotheke, klappte den Anker auseinander, steckte einen der Greifarme in den Türspalt und zog kraftvoll daran. Es knackte und die Tür sprang knarrend auf.

Rasmus eilte in den Verkaufsraum, der so muffig roch, als wäre die Einrichtung mindestens so alt wie das Haus selbst. Die dunklen Mahagonischubladen beherbergten hoffentlich das Gesuchte. Er riss alle Schubfächer auf, oben, unten, rechts und links. Kurz bevor er schreien wollte, sprang ihn ein ganzes Gebinde von über fünfzig Einheiten an:

Inhalateur d'asthme – Asthmaspray.

Er jubelte, schnappte den Karton und sprang zurück zu seinem Gefährt, warf die Sprays auf den Beifahrersitz und trat aufs Gas.

Die Vorstellung, den Anleger in Deauville leer vorzufinden, brachte ihn um den Verstand. Wie eine kaputte Schallplatte wiederholte er: »Bitte nicht, bitte nicht …«

Und weil das alles noch nicht gereicht hatte, vernahm er ein lautes Scheppern. Es klang, als hätte der Wagen den Auspuff verloren.

44. Verschlungen

Endlich hielt ich sie in den Armen. Wir waren zusammen in der Cupola, die Sonne war gerade wieder untergegangen. Die Erde schien so greifbar nah. Kara hatte die Augen geschlossen, und ich dachte, sie würde lächeln, ihre Lippen hatten ihre Anspannung verloren.

»Als ich dich zum ersten Mal gesehen habe, Kara, weißt du, was ich gedacht habe?«

Sie drückte meine Hand, also sprach ich weiter: »Ich fragte mich, wie ich an deine Telefonnummer kommen soll? Natürlich hatte ich sie in den Unterlagen, aber wie ich dich darum bitten sollte, wusste ich nicht.« Kurz lachte ich auf. »Ich wollte dich nicht untersuchen, keine Fragen stellen, ich wollte dich kennenlernen, ohne professionellen Hintergrund. Und ich wollte nicht mit dir schlafen. Wirklich nicht. Na gut, vielleicht ein wenig.«

Sie versuchte zu lachen, doch es klang, als bekäme sie keine Luft. Ich legte meine Wange an ihre und wir blieben beieinander. Ich weiß nicht, wie viel Zeit vergangen war. Zu wenig, um uns mit Hoffnung zu erfüllen und zu viel, um bedeutungslos zu sein. Ich verlor mich in diesem Moment. In all den vertanen Chancen, den ungelebten

Wunschvorstellungen, und beneidete jeden Menschen, der eine erfüllte Existenz gehabt hatte. Geliebt hatte. Für mich war es zu spät. Das Leben ist kein unendlicher Abreißkalender, es kommt der Tag, da hältst du das letzte Blatt in der Hand.

»Richard«, flüsterte sie, »ich hätte dir meine Telefonnummer gegeben.«

In ihren Augen standen Tränen. Sie schlang mir die kraftlosen Arme um den Nacken, zog mich an sich und küsste mich. Ich nahm ihre Hände und legte sie auf mein Gesicht, küsste ihre Finger, jeden einzelnen. Einen Moment schloss ich die Augen und malte mir aus, wir wären an einem anderen Ort, ein verliebtes Paar, unbekümmert und ausgelassen, hätten unsere gemeinsame Geschichte noch vor uns. Ich hätte alles dafür gegeben.

Ich wollte ihr sagen, worüber ich nachgedacht hatte, doch bei dem Versuch, Worte zu finden, brach mir die Stimme und ich kämpfte um meine Fassung. »Kara, kannst du dir vorstellen, für die Menschen auf der Erde ein riesiges Feuerwerk zu geben?«

Sie blickte mich an, und Tränen sammelten sich auf ihren Wimpern. Jede Bewegung schien ihr Qualen zu verursachen. Sie zitterte, ich hatte keine Vorstellung, wie groß ihre Schmerzen waren. Ich wollte bei ihr sein, genau jetzt und bis zu dem Moment, an dem alles enden würde.

»Was auch immer der Pilz mit seinem Erscheinen auf der Raumstation bezweckt hat, lass uns sein Vorhaben beenden und ihn vernichten.«

Ich hielt sie fest umschlungen und spürte ihr Nicken. Wir weinten stumm.

Wie dieser Plan technisch zu bewerkstelligen war, wusste ich nicht, aber Kara hatte Kenntnis davon. Sie erklärte mir, wie wir die Raumstation abstürzen lassen könnten, ohne Schaden auf der Erde anzurichten. Es war nicht vorgesehen, dieses folgenschwere Manöver von der ISS selbst auszulösen. Aber unmöglich war dieser Vorgang auch nicht. Die dafür nötigen Bremsmanöver würden computergesteuert vonstattengehen. Der Rechner in der Cupola fragte den geplanten Zeitpunkt ab. Mit zitternden Fingern wählte ich das heutige Datum, den 25.05.2035 und bestimmte, dass der Absturz in zwei Stunden beginnen sollte. Zum Schluss bestätigte ich alle Hinweise und Warnungen.

Kara schien so weit weg, als wäre sie schon fort. Ihr Körper krampfte immer wieder in meinen Armen, und ich drückte sie fester, küsste ihre Hände, streichelte ihre Wange. Das Leben hat einen seltsamen Humor, hier und jetzt empfand ich das erste Mal Liebe. Vielleicht hatte ich sie von Anfang an geliebt und es nicht begriffen.

Immer wieder sah ich hinaus auf den Planeten, der so blau leuchtete wie nie zuvor und dennoch einzigartig schön war. Ich hoffte aus ganzem Herzen, es bestand noch eine Perspektive für die Menschen auf der Erde.

Die erste Phase des Absturzmanövers begann mit dem Zünden der Triebwerke der an die Station angedockten Rettungskapsel. Sie bremsten die ISS in ihrer Umlaufbahn ab. Dieses Bremsmanöver bewirkte starke Erschütterungen, die über zehn Minuten anhielten und uns heftig durchrüttelten.

Mit dem Tod hatte ich gerechnet, als ich hierher geflogen war, aber ihm so unmittelbar und bewusst entgegenzusehen, brachte allerhand Gefühle an die Oberfläche. Über allem schwebte die Angst vor dem Tod, dem Übergang. Wohin würde er uns führen? Gäbe es noch einen Ort? Ich wollte es so sehr.

Kara schmiegte ihre Wange an meine, ich spürte ihr Herz klopfen und legte eine Hand unter ihren Nacken. Vorsichtig küsste ich sie und drückte sie an mich.

Das zweite Bremsmanöver setzte eine halbe Stunde später ein, dauerte fünfzehn Minuten und kurz dachte ich, die Station würde den Gewalten nicht standhalten und auseinanderbrechen. Aber dann wurde es wieder ruhig.

Noch zehn Minuten und das dritte Bremsmanöver würde uns endgültig abstürzen lassen.

Ich beobachtete die Erde und entdeckte gelbes Licht in einigen Gebieten. Über welchem Land befanden wir uns? Ich wusste es nicht. Aber es war Licht.

»Kara, gleich ist es soweit«, flüsterte ich, küsste sie und umschlang sie, als könnte ich sie vor dem Unvermeidlichen beschützen. Gleich würde sie erlöst sein und den Schmerz hinter sich lassen.

Weil die Vorstellung überwältigend war, träumte ich davon, wie wir zusammen aufwachen würden, irgendwo an einem neuen Ort, in einer anderen Dimension.

Ich schloss die Augen und gab mich dem Unausweichlichen hin. Sie schlang ihre Hand fester um meine, und ich lächelte.

45. Der Rasmus-Effekt

Gigi sah in den Himmel. Die Sonne lief über das Firmament und bewegte sich allmählich gen Westen. Die ausgemachten zwei Stunden waren vergangen. Sie durfte den Kindern nicht zeigen, dass sie dabei war, den Verstand zu verlieren.

Sie wickelte Émile, bereitete Essen zu, lief über das Deck, den Blick immer auf den Pier gerichtet. »Komm schon, Rasmus.«

Er kam nicht.
Nicht nach zwei Stunden.
Nicht nach vier.
Nicht nach acht.

Sie brachte die Kinder in das riesige Bett der Masterkabine, und erzählte ihnen eine zusammenhangslose Geschichte. Sie wartete, bis sie schliefen, schloss die Tür und weinte, wie sie noch nie geweint hatte. Was sollte sie tun? Was, verdammt?

Sie wollte ihn suchen, jeden Winkel, egal wo er wäre, sie würde ihn finden und hierherbringen. Aber sie konnte nicht fort. Sie weinte. Was sollte ohne ihn werden?

Er war nicht zurückgekommen. Gigi versuchte, die Realität zu verleugnen, bis sie erneut über sie hereinbrach. Ein Wort beherrschte ihr gesamtes Fühlen und die Hoffnung, die sich nicht ausschalten ließ. Nein! Sie sollte ablegen. Nein!

Je länger sie auf ihn wartete, desto mehr brachte sie die Kinder in Gefahr. Gigi hatte Camille zu sich aufs Deck geholt. Dem Mädchen ging es schlechter, und sie wusste nicht, was sie tun sollte. Sie fühlte das Unheil mit langen Fingern nach ihnen greifen, aber sie wollte nicht akzeptieren, dass Rasmus den Kampf verloren hatte. Vielleicht war es egoistisch, so zu denken, sie hatten fünf Kinder gefunden. Kostbare Leben.

Auf dem Anleger bewegte sich etwas, huschte durch die Dunkelheit. Was war das? Sie vernahm ein Winseln. Ein Hund? Sie wollte aufstehen und nachsehen, aber sie konnte sich nicht regen, alle Energie war aus ihrem Körper gewichen und hatte sie leer zurückgelassen.

Sie wollte nicht aufhören zu hoffen. Er war nicht zurückgekommen. Sie wollte sich nicht ausmalen, was ihm zugestoßen war. Aber verdammt, warum? Seine Existenz war ein Fiasko gewesen, als sie ihn vor einer scheinbaren Ewigkeit im Camper aufgefischt hatte.

Das Leben hatte ihm nur Fragen gestellt, aber keine Antworten gegeben. Rasmus hatte alles verloren, was ihm lieb war. Der Tod hatte mehr als einmal mit ihm geflirtet, aber er war nicht kleinzukriegen gewesen. Er wusste nichts von seiner Stärke, bis das Leben die richtigen Fragen gestellt hatte.

Gigi schluchzte auf. Niemals hatte sie sich vorstellen können, noch einmal zu lieben. Es tat weh, jetzt, da sie darin verloren war. Sie war zerbrochen gewesen, und die Scherben waren nie richtig zusammengewachsen. Und inmitten der Katastrophe hatte sie ihn gefunden. Er hatte ihr Hoffnung gegeben, ihr Misstrauen ruiniert und ihr Herz mit Leben gefüllt. Sie würde ihn nie vergessen und sein hingebungsvolles Geschenk an sie, den Rasmus-Effekt.

Gigi vernahm ein durchdringendes Dröhnen am Himmel und riss den Kopf in den Nacken. Zwei Kampfflugzeuge jagten im Tiefflug über Deauville und nahmen Kurs gen Osten. Sie wusste, was dort war. Sie musste ablegen. Jetzt!

Nicht für sich selbst, aber den Kindern war sie es schuldig. Er hatte es so gewollt.

Nur noch einen Moment.

Die Nacht hüllte sie ein wie ein schwarzes Kleid, auf das die Tränen flossen, ohne dass sie jemand sah. Gigi blickte in die Sterne. Sie leuchteten so hell wie nie vorher. Nun, da die Lichter der Städte verloschen waren, funkelte der Himmel wie Abermillionen von Diamanten.

Ihr Körper fühlte sich kraftlos an, beharrte darauf, hier sitzen zu bleiben und ewig auf ihn zu warten.

Nein!

Sie sprang auf die Füße, schlug mit den Fäusten gegen den Mast, bis der Schmerz ihre Gefühle vernebelte. Sie checkte erneut die Segel, das Ruder, alle technischen Geräte. Der Tank war fast voll, alles in einwandfreiem Zustand. Sie konnte ablegen.

Sie hatte kein Asthmaspray für Camille, das Mädchen könnte sterben. Aber das würden sie alle, wenn sie jetzt keine Entscheidung traf und sich weiter tot stellte. Sie musste sich für das Leben entscheiden.

»Gib mir ein Zeichen«, sagte sie, die Augen in den Himmel gerichtet, »was soll ich tun?« Sie wartete und fühlte sich idiotisch, weil nichts geschah. Sie starrte minutenlang auf die Sterne. Tränen verschleierten ihre Sicht. Was hatte sie erwartet?

Unvermittelt entdeckte sie eine Sternschnuppe. Sie war von beträchtlichem Umfang und zog einen brennenden blauen Schweif hinter sich her. Immer mehr hell leuchtende Fragmente wurden sichtbar, die wie ein riesiges Feuerwerk über den Nachthimmel zogen.

Ihre Nackenhaare richteten sich auf. Das war kein gewöhnlicher Meteor, etwas Massives war in die Atmosphäre eingedrungen und verglühte allmählich. Tränen schossen ihr in die Augen. War das die Raumstation gewesen? Die Astronauten, die alles von oben betrachtet hatten und nun selbst Teil der Katastrophe geworden waren?

Sollte das die Antwort sein, um die sie gebeten hatte? Sie weckte keine Hoffnung, sondern repräsentierte den Tod. Sie wischte sich übers Gesicht und senkte den Kopf.

Alles geht dem Ende zu. Doch wir leben noch immer. Wir leben. Er nicht.

Sie betrachtete ihre blutigen Fäuste. Wie oft hatte er seine Hand auf ihre gelegt? Nie wieder würde sie seine Wärme spüren.

Sie durfte jetzt nicht mehr auf das Boot einprügeln, sie musste funktionieren und aufhören zu heulen.

Weinend startete sie die beiden Motoren, sprang vom Katamaran, um die Leinen zu lösen.

Hatte sie zu lange gewartet? Die Flugzeuge hatten ein Ziel, und die Wanderer warteten sicher schon vor den Reaktoren.

War er einer von ihnen geworden? Sie dachte an Bohey, als Rasmus sich für eine der gebrochenen Seelen ausgegeben hatte und sie ihn erschießen wollte. Sie lachte auf, und aus dem Lachen wurde Schluchzen.

Da vernahm sie ein merkwürdiges Röhren. Das Geräusch war angsteinflößend, näherte sich rasch, nahm offenbar direkten Kurs auf den Anleger. Zu den Kindern. Sie hielt inne, wirbelte herum, riss die Arme in die Luft, als könnte sie das, was auf sie zuraste, zum Stillstand bringen.

Eine grüne Ente, allem Anschein mit kaputtem Auspuff, raste auf den Anleger und tauchte Gigi in das Licht der Scheinwerfer.

Der Wagen bremste mit quietschenden Reifen, die Tür flog auf, ein Mann sprang heraus, rannte mit nur einem Schuh an den Füßen auf sie zu.

Gigi begann zu weinen, weil es scheinbar der verdammte Effekt dieses Mannes namens Rasmus war, dass sie sich schon wieder in Tränen auflösen musste.

Ihre Knie gaben nach. Er fing sie auf und riss sie in seine Arme. Sie umklammerten und küssten sich.

»Du halsstarrige Frau, warum bist du nicht weg?«

»Verdammt, Rasmus!«

Egal, wie fest sie sich umarmten, es reichte nicht.

Unverhofft vernahmen sie Kinderstimmen. Die Kleinen standen verschlafen auf dem Deck und beobachteten die beiden.

»Ihr küsst euch ganz schön viel!«, sagte Manon und die Kinder lachten.

Rasmus lief zurück zum Wagen und trug den Karton mit dem Asthmaspray an Bord. Er legte einen Inhalator in Camilles Hand, die ihn dankbar umarmte.

»Kinder, wir legen jetzt ab. Schaut euch den Himmel an, habt ihr schon einmal so viele Sterne gesehen?« Gigi stand wie eine wilde Seemannsbraut am Steuer.

Die Kleinen setzten sich aufgeregt an Deck. Manon hielt Émile in ihren Armen, der das aufregende Geschehen einfach verschlief.

Rasmus sprang auf den Anleger und löste die Leinen. Er lächelte, als er die großen roten Buchstaben las: *Noah*.

Kaum war er wieder auf dem Schiff, schrie Nicolas: »Da ist ein Hund!«

Der Katamaran bewegte sich sachte vom Anleger.

»Da ist er!«, rief nun Yanis.

Als ob er ahnte, wie sehr er hier gebraucht würde, setzte der Vierbeiner zu einem todesmutigen Sprung an.

So kam es, dass sie mit fünf Kindern, zwei Erwachsenen und Filou, wie sie den Hund tauften, ablegten.

Gigi steuerte den Katamaran von der Anlegestelle, hinaus auf den Ärmelkanal. Sie setzten die Segel, und mit dem Wind im Rücken glitten sie in die Nacht, über ihnen das mächtige Sternenzelt.

Gigi und Rasmus sahen sich an. Sie waren bis hierher gekommen. Getragen von Mut, Zuversicht und Liebe. Sie hofften, ihre gemeinsame Reise würde noch lange weitergehen.

Epilog

Cheklu ya laku mej'ra –
Wer vermisst die Meeresschildkröte?

Patuk war blutjung, gerade einmal fünfzehn Jahre alt. Mit dem Ende des Monsuns hatte er endlich die Erlaubnis erhalten, mit den Männern zum Fischen hinauszufahren. Seit er sie begleitete, fingen sie prächtig, als wäre er ein Glücksbringer.

Jedes Mal, wenn es hinausging, fühlte er gespannte Vorfreude, welchen der unzähligen Schätze des Meeres sie heute in ihre Netze oder an die Speere bekommen würden.

Wenn sie stundenlang auf dem Wasser trieben und warteten, erzählten sie sich Geschichten über die mächtigen Fänge ihrer Ahnen. Vor langer Zeit, sagten sie, gab es Meeresschildkrötenschwärme, so unermesslich, als hätte ihr Gott Puluga alle von ihnen an einem Ort versammelt.

Doch dann hatten sich immer weniger gezeigt, eines Tages waren sie fort, man hatte nie wieder welche gesehen.

Wehmütig blickten die Männer in die Tiefen des Meeres und sangen das Lied *Cheklu ya laku mej'ra?*

– ›Wer vermisst die Meeresschildkröte?‹, und hofften, eines Tages auf diese majestätischen Tiere ihrer Ahnen zu treffen.

Patuk brannte das Herz, so sehr wünschte er sich, die Meeresschildkröten zu sehen. Und er vertraute zutiefst darauf, dass es eines Tages geschehen würde.

Sein Volk praktizierte den Brauch, ihre Träume der Gemeinschaft zu offenbaren. Sie nannten es *Aramuyatarabanga*, – ›den zweiten Blick‹, und Patuk war geschickt darin, seine Träume ausgesprochen lebendig vorzutragen. Er bemerkte es an der Art, wie seine Zuhörer gebannt seinen Worten lauschten, sobald er mit traumversunkenem Blick am Feuer saß und sie preisgab.

Einige Nächte später, nachdem er einmal mehr mit den Männern im Meer gefischt hatte, träumte er wieder.

Er schwamm im Wasser und folgte den jungen Barrakudas, die sich im Schutze ihres Schwarms auf die Jagd nach unvorsichtigen Riffbewohnern machten. Patuk tauchte hinter ihnen her und konnte genau wie sie die übermütigsten Manöver im glasklaren Meer vollführen. Weit unter sich sah er farbenprächtige Korallen, an die sich kleine Fische wie Blüten an die Ästelungen schmiegten.

Er sank ohne Anstrengung hinab bis kurz über den Grund. Riffhaie zogen wachsam ihre Bahnen, Patuk spürte keine Angst.

Ein riesiger Schatten formte sich über ihm. Sein Herz klopfte, übertönte die glucksenden Geräusche des Wassers. Die dunkle Silhouette bewegte sich ohne Eile. Gleißende Lichtstrahlen, die wie Sperre gen Meeresboden schossen, enthüllten seine ovale Kontur.

Patuk ließ sich auf den Rücken gleiten und brauchte einen Moment, um zu begreifen, was es war. Nie vorher hatte er leibhaftig eine von ihnen erblickt, aber in der

Hütte des Schamanen hing genau so ein Panzer.

Freude und Erstaunen durchfluteten ihn. Riesige Meeresschildkröten, lang wie zwei Männer, durchwogten den Ozean, und er konnte nicht erahnen, wie viele es sein mochten.

Patuk erwachte, sprang von seiner Hängematte und stürmte brüllend durch das Dorf: »Ich habe sie gesehen, ich habe sie gesehen!« Und immer wieder: »Sie sind hier!«

Nach kurzer Zeit strömten alle Einwohner zum Strand, zu dem der junge Knabe rufend geeilt war. Es dauerte einen Moment, bis alle realisierten, dass Patuk nicht in Wirklichkeit etwas erblickt hatte.

Der Schamane schritt beglückt lächelnd auf ihn zu, ergriff die Arme des Jungen und sagte mit leiser hörbar erregter Stimme: »*Oko-paiad*, Puluga hat uns einen Träumer geschenkt.«

Die Einwohner starrten den betagten Weisen ungläubig an. Laute des Staunens wogten durch die Menge. Der Junge sollte ein Zukunftsträumer sein, wie jene, die einst die Geschehnisse der Ahnen vorhergesehen hatten?

Unverzüglich baten sie Patuk, dem versammelten Stamm von seinem Traum zu berichten. Er konnte sich an alles erinnern. An jedes Geräusch, die Farben und Bewegungen und besonders an die Gefühle, welche seinen Traum begleitet hatten. Die Menschen hörten ihm fasziniert zu. Vereinzelt riefen sie überraschte Worte, seufzten ehrfürchtig.

Nachdem Patuk seine Offenbarungen umfassend beschrieben hatte, herrschte Stille. Daraufhin drängten sie erneut, seinem Traum zu lauschen. So geschah es die ganze Nacht bis zum Morgengrauen.

Bei Tagesanbruch begaben sich die Männer auf das Boot. Patuk nahm seinen Platz ganz vorn ein, als sei er die Galionsfigur. Sie ruderten kraftvoller als sonst, die Hochspannung befeuerte ihre drahtigen Arme, die unermüdlich ihre Ruder ins Meer stachen.

Der Knabe ließ seinen Blick wie ein Fregattvogel über das Wasser gleiten, auf den einen Augenblick konzentriert, in dem dieser seine Beute unter der Wasseroberfläche erspäht. Er hielt Ausschau nach kleinen Verwirbelungen, Wellenkämme, die gegenläufig ineinandergriffen.

Seine Augen zuckten, Patuk registrierte einen fließenden Schatten unter der Oberfläche, der sich aus einem gewaltigen Fischschwarm formierte. Ein Dutzend Albatrosse verfolgte ihn ausgehungert. Die Männer sahen ihn ungeduldig an, fragten, ob er etwas entdeckt habe.

Patuk legte einen Finger auf die Lippen, um die aufkeimende Unruhe seiner Gefolgsleute zu beschwichtigen.

Fiebrig überwachte er die Aktivitäten im Ozean. Etwas wollte nicht ins Bild passen. Eine solche Dichte und Dunkelheit hatte er nie gesehen.

Es wirkte, als wären die Wellen an der Stelle, wo sich der Schatten befand, höher und gleichmäßiger. Gebannt starrte er auf die sich nähernde Woge, dann blitzte etwas auf. Eine Flosse. Nicht die eines Fisches, sie sah eher aus wie die einer großen Echse und vereinte hundert Grün- und Brauntöne in sich, und ein heller Ton blitzte auf, der wie die Strände rund um das Archipel erschien.

Patuk hatte unzählige farbenprächtige Fische in seinem jungen Leben gesehen, doch nie zuvor war etwas Überwältigenderes auf ihn zugeschwommen als an diesem Tag. Die Verschmelzung aller Farben des Dschungels auf einem einzigen Tier im Meer. Die Meeresschildkröte war zurückgekommen, sie bevölkerte das Wasser mit ihren Tausenden von Brüdern und Schwestern.

Atemlos beobachteten Patuk und die Männer auf dem Boot das Spektakel, welches sich vor ihren ungläubigen Augen ereignete, konnten sich nicht sattsehen an diesem Wunder. Die Tiere umschwärmten sie, Patuk beugte sich über das Boot, berührte ihre Panzer und schrie vor Verzückung.

Sie entschieden gemeinsam, dass der Schamane sofort unterrichtet werden sollte, und ruderten wie von Sinnen ans Ufer zurück. Der alte Mann war durch Patuks aufgeregte Rufe alarmiert an den Strand gelaufen, stieg in das Boot, und sie brachten ihn zum Schwarm der Meeresgiganten.

Der Schamane rieb sich die Augen, konnte eine Zeit lang nichts sagen und starrte die Tiere ehrfürchtig an. Tränen flossen über sein zerfurchtes Gesicht.

Er erhob sich feierlich, zerrieb einige Blätter in einer Muschelschale, die er mit einer geweihten Essenz beträufelte. Er warf das Gemisch in Richtung des Schwarms, flüsterte Koseworte und weinte.

Schließlich drehte er sich zu Patuk und den Männern und verkündete klangvoll: »Wir werden sie nicht jagen. Es sollen alle Tiere unversehrt wieder in die Meere zurückkehren. So möge es für alle Zeit geschehen.«

An diesem Abend nahm der Schamane Patuk mit an den Strand, und sie ruderten ein Stück mit dem Boot auf das Meer hinaus. Der alte Mann holte einen kleinen Beutel Muscheln hervor und begann eine Zeremonie abzuhalten. Er sah dem jungen Patuk in die Augen und beschwor ihn, bei diesem Ritual in sein Inneres zu blicken.

Während er mit den scharfkantigen Muscheln tiefe Kerben in Patuks Haut ritzte, erzählte er ihm von der alten Zeit seines Stammes und der Erde.

»Mein Sohn, lange glaubte unser Volk, wir seien allein auf dieser Erde und das Meer würde alles bedecken. Aber unsere Ahnen berichteten von einem gelben Licht, das vor langer Zeit den Horizont erhellte, von gewaltigen Booten, die in der Sonne funkelten, von Kolossen, die Flügel besaßen, aber keine Vögel waren, sie sprachen von Unrat, den das Meer an unsere Strände schwemmte. Die Träumer unserer Ahnen erhielten in ihren Visionen Kenntnis über die Menschen, die den ganzen Erdball bevölkerten. Sie hatten große Städte erschaffen, hatten die Bäume erschlagen, die Luft mit Gift verdorben, die Fische aus den Meeren gestohlen, Kriege geführt und an Hunger gelitten, obwohl sich ihre Tische übervoll gebogen hatten. Sie erkrankten an todbringenden Leiden und Leere.

Viele Monsunregen später entdeckten unsere Vorfahren keine Boote mehr, die fliegenden Kolosse waren verschwunden, das Meer hatte sich gesäubert und das gelbe Licht war erloschen.«

Der Schamane sah dem jungen Mann eindringlich in die Augen und sagte: »Patuk, du bist jetzt der Träumer unseres Stammes und ich will, dass du die Geschicke unseres Volkes leitest, wenn ich meine Reise antrete. Ich werde dich alles lehren, was du wissen musst, mein Junge.« Er beugte sich über den Rand des Bootes, schöpfte mit seinen gegerbten Händen einige Male das Wasser des Ozeans und goss es auf Patuks Oberkörper.

Nachdem der Schmerz nachgelassen hatte, sah Patuk an seiner Brust hinunter. In einem Geflecht aus kunstvollen Linien erkannte er deutlich das Wesen, welches ihn von nun an leiten sollte.

Seinen Brustkorb zierte eine große Meeresschildkröte.

Ende

Danksagung

Natürlich beginne ich mit dem Mann – Fred, wie ich ihn hier liebevoll nennen möchte – mit dem ich mein Leben seit vielen Jahren teile und dem die Story einen besonderen Bestandteil zu verdanken hat, die ISS. (Kurze Erklärung: Nachdem ich mit Rasmus und Gigi zwei Protagonisten hatte, die sich frei bewegen konnten, wollte ich einen Gegenpart, absolute Enge und Unausweichlichkeit – einen Schmelztiegel, in dem die Charaktere aufeinandertreffen. Da Fred immer tolle Ideen hat, habe ich ihn gefragt, was ein guter Schmelztiegel sein könnte. Er hat nicht lange nachgedacht und die ISS vorgeschlagen. Was soll ich sagen? Das war nicht die Antwort, die ich erwartet hatte, und ich habe einen Lachanfall bekommen. Die Internationale Raumstation? Doch die Idee hat in mir gearbeitet und irgendwann ist meine Faszination größer als meine Angst geworden. Und plötzlich steckte ich schon mitten in der Recherche-Arbeit.)

Du, mein Schatz, bist mein Sparringspartner im Brainstorming, Visionär und Mutmacher. Du bist ein multikreativer Mann, Gedankenjongleur und geduldiger Zuhörer. Fred, du hast mich in jeder Weise unterstützt. Du bist ein mega Cover-Designer, Songtexter und Buchtrailer-Crack. Du hast es über Jahre ausgehalten, dass ich lieber schreiben wollte, als etwas zu unternehmen, hast dir meine Fortschritte täglich angehört und meine schlechten Tage ertragen. Du liebst die Story genauso wie ich. Aber was mich absolut glücklich macht – du hast immer an mich geglaubt. Ich danke dir aus tiefstem Herzen für deine Unterstützung und für deine Liebe! Ich liebe dich!

Von Herzen danke ich dir, Chris, mein Schatz! Für deine liebevolle Unterstützung und dass ich deinen Astralkörper für die Covererstellung bekommen habe. Ich liebe dich!

Danke für Eure Geduld, fürs Zuhören und Eure Vorfreude – Nina, Laura und Sarah. Ihr seid meinem Herzen nah!

Jetzt kommt die »Patentante« von Rasmus, meine unersetzliche Lektorin Nina Restemeier. Liebe Nina, was für ein Ritt! Von Herzen danke ich dir für die wertvolle Zusammenarbeit, deine Expertise und Gnadenlosigkeit. Durch dich ist die Story gewachsen, reifer und runder geworden. Ich danke dir für die Wortklaubereien, die mir so oft ein lautes Lachen beschert haben, deinen Feinsinn und deine großartigen Ideen. Du bist ein Geschenk des Himmels!

Mein tiefer Dank gilt meinen Kolleginnen Charlotte Charonne und Virginie Storm. Eure Rückmeldungen auf die Story waren absolut wertvoll und ermutigend. Ich bin glücklich, so tolle Autorinnen und Frauen an meiner Seite zu haben.

Danke K.B. fürs Testhören, dein Feedback und deine Gespanntheit! Ich denke gern an die vielen Stunden, als wir zusammensaßen und ich inbrünstig vorgelesen habe. Dein Schmunzeln und immer wieder die Frage, ob Richard jetzt gebrochene Rippen hat.

Unbedingt erwähnen möchte ich hier meine wundervolle Instagram-Community! Ihr seid so inspirierende Menschen! Danke für eure Unterstützung, Geduld und eure Vorfreude auf Rasmus. Ihr habt mir so viel Freude gemacht, ihr wisst ja gar nicht, wie viel! Meine süße Marlene, deine Begeisterung hat mich ins Herz getroffen, und die Vorstellung, wie du über die Felder hüpfst, war umwerfend.

Unerwähnt lassen kann ich zwei Menschen nicht, die von meiner Existenz überhaupt nichts wissen, mich aber unheimlich beflügelt haben.

Mein Dank gilt Alexander Gerst mit den vielen Videos, z.B. aus der Cupola und den Fakten rund um die Raumfahrt. Ich habe wohl jedes Video davon angesehen und war zutiefst beeindruckt. Auch Samantha Cristoforetti möchte ich für ihren spannenden Bericht über ihre Zeit auf der ISS danken! Beide haben mich inspiriert und die Raumstation fast greifbar gemacht für jemanden, der nie einen Raumanzug tragen wird.

Und natürlich danke ich dir, liebe Leserin und lieber Leser!

Für dein Interesse an dieser wilden Geschichte! Genau für dich habe ich mich vor bald fünf Jahren hingesetzt und begonnen sie zu schreiben. Lange bevor wir real eine weltweite Pandemie erlebt haben. Kurz hatte ich Zweifel, ob ich sie in diesen Zeiten veröffentlichen kann.

Doch der Mut kam zurück. Es sind einige Parallelen zu finden, aber bei Weitem haben Rasmus und Gigi mit anderen Problemen zu kämpfen.

Danke, dass du sie auf ihrer Reise begleitet hast! Ich würde mich sehr über deine Rezension freuen. Danke dafür!

Bis bald mit dem Prequel zum Rasmus-Effekt – freu dich auf Gigis Geschichte: ***Möge Gottfrida uns beistehen.***

Herzliche Grüße
Cookie Ellerdahl

Prolog

Möge Gottfrida uns beistehen

Prequel zu »Der Rasmus-Effekt«

Du duftest nach Lilien.

Atme, ohne Luft zu bekommen, deine Schwere lastet auf mir. Dein Leben rinnt über meine Arme, die grauen Stufen hinab.

Du löst dich auf. Deine Hand sucht meine. Sehnsucht bündelt sich in deinem Blick. Dein Mund stumm geöffnet. Ersticke an meinen Gefühlen. Lege meine Finger in die Wunde. Bohre sie hinein.

Der Ausdruck deiner Augen verändert sich.

Ich brülle.

Meine Hände sind Raubvogelkrallen. Tief treibe ich sie in die klaffende Öffnung. Niemand hält mich auf.

Entsetzte Augen beobachten uns.

Sie hoffen, ich töte dich.

Printed in Poland
by Amazon Fulfillment
Poland Sp. z o.o., Wrocław

76607395R00216